LE CHANT DE LA RIVIÈRE

ÉGALEMENT CHEZ POCKET

LA MAISON DU LAC

LES SECRETS DE CLOUDESLEY

LE CHANT DE LA RIVIÈRE

HANNAH RICHELL

LE CHANT DE LA RIVIÈRE

Traduit de l'anglais
par Florence Hertz

belfond

Titre original :
THE RIVER HOME
publié par Orion Books,
une marque de The Orion Publishing Group Ltd, Londres

MIXTE
Papier issu de sources responsables
FSC® C003309
FSC
www.fsc.org

L'éditeur de cet ouvrage s'engage dans une démarche
de certification FSC® qui contribue à la préservation
des forêts pour les générations futures.

Pour en savoir plus :
www.editis.com/engagement-rse/

ISBN : 978-2-266-32249-2
Dépôt légal : mars 2022

Pour Will

Prologue

Dans son sommeil, les souvenirs surgissent malgré elle. Des arbres noirs indiquent le chemin dans l'ombre du verger. Une senteur aigre et sucrée de vieilles pommes monte de l'herbe, alors qu'en bas la rivière coule, lente et silencieuse.

Derrière ses paupières fébriles, elle rêve du goût fermenté et pétillant du cidre, des ampoules qui dansent comme des feux follets à l'entrée de la jetée et des rires lointains sur l'eau. Une sensation de feuilles de papier pressées sous son visage, une main qui la retient, ses doigts abîmés et sanglants couverts de vase, la douleur qui la lacère comme des tessons de verre.

Quand elle dort, les bruits, les odeurs, les couleurs du passé remontent à la surface, et tout ce qu'elle a cru enterrer – les secrets, la noirceur – la submerge.

Mais qu'est-ce que tu as fait ? Qu'est-ce que tu as fait ?

C'est une leçon chèrement acquise qu'elle n'oubliera jamais : même les meilleurs fruits tombent et pourrissent, et on a beau enterrer le mal le plus profondément possible, les ossements restent et finissent toujours par revenir pour vous poursuivre, comme l'odeur écœurante des pommes, comme les sons d'une nuit d'été, comme la rivière que rien jamais n'arrête.

LUNDI

J'espère que c'est toujours le bon numéro. Viens à Windfalls. Lucy se marie. Ce samedi ! Toujours aussi folle. Appelle-moi. Bises. E.

Envoyé le 18/09/18, 17:58 ✓✓

Eve dit qu'elle t'a envoyé un message. Viens, je t'en supplie. J'ai besoin de toi. Bisous. Luce.

Envoyé le 18/09/18, 20:49 ✓✓

MARDI

1

Margot est réveillée par le sifflement strident du train qui passe sous un tunnel. Sa joue moite est appuyée à la vitre et une odeur familière, douceâtre et entêtante, flotte dans l'air. En ouvrant les yeux, elle croise le regard d'une fillette assise face à elle de l'autre côté de la table rabattable. Coiffée d'écouteurs violets à oreilles de chat, elle mange une pomme. Des emballages de sandwichs vides traînent entre elles à côté d'une boîte à pique-nique rose.

Le regard de Margot passe de la boîte à la pomme, puis retourne au visage de l'enfant. Sept ou huit ans, yeux bleus, cheveux blonds comme les blés coiffés en nattes bien sages. La petite lui fait penser à Lucy malgré la coiffure soignée, raie droite et tresses parfaites. Les nattes de sa sœur étaient le plus souvent nouées à la va-vite pendant le petit déjeuner par Eve ou par leur père. Lucy n'a jamais été une petite fille modèle – mais maintenant c'est une femme adulte, et elle va se marier.

Deux messages sont arrivés la veille au soir sur son portable. Celui d'Eve a émis son flash le premier, alors que Margot entrait dans l'appartement vide. Elle l'a lu debout dans la cuisine pendant que la bouilloire chauffait, et elle a dû s'y reprendre à deux fois avant de comprendre. Lucy allait se marier dans moins d'une semaine… Lucy, la deuxième des trois sœurs, était un peu imprévisible – elle avait le chic pour faire et dire tout ce qui lui passait par la tête sans se soucier des conséquences – et cette fois encore, cette belle spontanéité risquait de leur jouer des tours. Eve aussi était égale à elle-même dans son rôle de sœur aînée, toujours critique, facilement exaspérée, et ne sachant pas le cacher, jusque dans la brièveté de son texto. Mais dans le fond, songe Margot en se contemplant dans la vitre, elle, la cadette, n'a pas changé non plus. Ses yeux rougis, sa bouche pâteuse lui rappellent ses excès de la veille.

Sur la banquette d'en face, la petite fille croque dans sa pomme, exposant les pépins marron dans leurs logements creux. Margot l'observe, s'attendant à ce qu'elle pose le trognon, ou s'en débarrasse en le donnant à sa mère qui lit un livre à côté d'elle – oui, sans aucun doute, c'est sa mère –, mais la petite continue et, en quelques bouchées, engloutit ce qui reste du fruit, pépins et queue compris. Exactement comme le faisait Lucy. Ce ne sont pas les souvenirs de sa sœur qui lui manquent : couchée sur une couverture dans le verger au milieu des pommes tombées, short en jean et minces jambes bronzées, un grand sourire aux lèvres et ses longs cheveux blonds indisciplinés formant un halo autour de sa tête.

Margot soupire. Elle pense au chariot de restauration rapide qui est passé une demi-heure plus tôt, et au cliquetis tentant des mignonnettes. Elle regrette de ne pas avoir cédé à la tentation d'en acheter une. Quelques gorgées d'alcool pour dissiper sa gueule de bois.

J'ai besoin de toi.

L'enfant se lèche les doigts et jette un coup d'œil à Margot, esquissant un sourire. Cette dernière répond d'un petit signe de tête, puis se détourne et se rencogne contre la vitre. Il a suffi de cette petite phrase pour faire fondre sa résolution. Car Margot sait combien ce genre d'appel à l'aide est important. Elle ne se sent pas capable d'ignorer la supplique de Lucy. Alors, bien qu'elle se soit juré de ne plus jamais remettre les pieds dans la demeure familiale, la voilà qui retourne à Windfalls en se maudissant.

2

Au bas du verger, Eve, une main plaquée contre sa poitrine et l'autre protégeant ses yeux du soleil, attend que le loueur de barnums termine d'arpenter le terrain. Elle le voit qui branle du chef en fronçant les sourcils, qui se baisse en secouant la tête comme pour dire que la pente est trop forte, le sol trop instable.

— La terre est détrempée, déclare-t-il en la rejoignant, et il y a du dénivelé, mais ça peut encore aller. Il y a suffisamment de place entre ces arbres là-bas pour monter un chapiteau de dix à douze mètres de long, ce qui est tout à fait suffisant pour accueillir tous vos invités. Une cinquantaine, c'est bien ça ?

— Un peu plus de soixante, maintenant.

L'homme sifflote en consultant ses documents.

— Nous pouvons vous le monter jeudi matin. Ça vous laissera le temps de le décorer.

— Parfait. Vous êtes sûr que ça sera solide ?

L'état du sol, qui s'enfonce sous ses bottes, l'inquiète. Elle se demande si les piquets vont tenir dans toute cette boue. Oppressée, elle imagine le grand chapiteau blanc s'envolant jusqu'à l'autre côté de la vallée. Elle lutte contre cette angoisse qui serre son cœur comme une main glacée.

— Ne vous inquiétez pas, dit-il. Nous allons vous arrimer ça solidement. Il est très joli, ce coin, ajoute-t-il.

Eve regarde autour d'elle. Les branches sont chargées de pommes mûres. Les oiseaux gazouillent dans l'épaisse frondaison, tandis que le soleil, ayant juste passé son zénith, baigne la colline d'une belle lumière d'automne. En bas de la pente, la rivière scintille comme un miroir, visible à travers les arbres qui se balancent dans la brise. Derrière elle, les cheminées de pierre blonde de Windfalls se dressent dans le ciel bleu. Elle est charmante dans la douce clarté dorée de septembre, cette ferme du XVIIe siècle, avec ses larges fenêtres à guillotine, son toit d'ardoises grises et la glycine touffue accrochée à la façade.

Mais Eve ne se sent pas l'esprit assez tranquille pour admirer les lieux de son enfance : elle est trop préoccupée par l'éventualité d'un barnum qui s'envole, empoisonnée par la crainte qu'il pleuve avant samedi, que le verger se transforme en marécage et que les invités pataugent dans la gadoue. Mais rien de tout cela n'est vraiment grave : de simples soucis logistiques qui seront résolus. Ce n'est rien comparé à l'appréhension que lui cause cette réunion familiale. Ils ne se sont pas retrouvés au complet depuis huit ans, et cette perspective la fait trembler.

De la paille, songe-t-elle, regrettant de ne pas avoir pris de stylo et de papier pour noter ses idées. Rien de plus simple que de trouver quelques bottes de foin dans une ferme ou une autre. L'intérêt serait double : d'abord pour la décoration, les bottes de foin apporteraient une jolie touche rustique… et puis ce serait pratique pour s'asseoir… mais surtout, en cas de mauvais temps, il n'y aurait qu'à en étaler par terre pour garder les pieds au sec. Pour le branchement électrique, il y avait deux possibilités : soit un générateur, soit un câble branché dans la maison. Il faudrait aussi un plancher de danse et des lumières. Des lanternes japonaises lui plairaient bien, mais elle doute qu'on ait le droit d'éclairer un chapiteau à la bougie. Ce sont des questions qu'il faut poser au loueur.

Elle le cherche des yeux, voit qu'il s'est éloigné entre les arbres et continue de prendre des mesures. Et puis soudain, sa mère arrive sur le chemin, semblant sortir de son lit, ses cheveux grisonnants relevés en un chignon à moitié défait, n'ayant enfilé qu'un caftan de soie coloré pour sortir, le soleil jouant sur le coton blanc de la longue chemise de nuit qui en dépasse.

Adolescente, Eve se recroquevillait de gêne devant les lubies vestimentaires de sa mère. Au cours des ans, elle a fait plusieurs hypothèses : elle a d'abord pensé que sa mère était originale parce qu'elle écrivait des romans, et puis elle s'est persuadée que ce n'était qu'une façon de bousculer ses filles pour les rendre moins conformistes. Maintenant, le temps ayant passé, Eve croit juste que Kit ne se soucie sincèrement pas des apparences. Perdue dans ses mondes imaginaires, elle ne remarque pas plus les vêtements qu'elle porte que le frigo vide ou le ménage à faire. Elle se contente d'enfiler ce qui lui tombe sous la main sans se soucier ni d'élégance ni même de décence. Elle est ainsi faite. En l'apercevant, le loueur de barnums marque un temps d'arrêt. C'est normal. Eve a l'habitude, depuis le temps.

— J'ai vu la camionnette, explique Kit en approchant.

— Tout va bien, je m'en occupe.

— Lucy est là ?

— Non. Je ne sais pas où elle est passée.

— Ils vont monter le chapiteau ici, dans le verger ? demande Kit en considérant l'homme et son mètre déroulant. C'est une bonne idée.

— Oui, c'est le mieux.

Kit tourne le visage vers le ciel et ferme les yeux.

— On est bien, ici, non ?

— Je me disais qu'on pourrait accrocher des fanions et des guirlandes lumineuses pour indiquer le chemin depuis la maison. Ce sera très joli quand la nuit tombera. Mais ça prendra peut-être trop de temps…

Eve se demande s'ils arriveront à organiser même le plus strict nécessaire d'ici à samedi, car cette fête s'avère déjà être un vrai casse-tête.

— Fais comme tu le sens, chérie. Je suis sûre que ce sera parfait.

L'oppression d'Eve s'accroît en flèche. Lucy est bien gentille de leur annoncer ce mariage au dernier moment en disant qu'elle ne veut rien d'extraordinaire : « Une signature toute simple à l'état civil suivie par une petite fête à Windfalls… Une bonne occasion de tous se revoir sans chichis. » Eve s'agace : elle a beau admirer un peu sa sœur de vouloir échapper à la monstrueuse machine nuptiale et à la pression qui l'accompagne, ce genre d'événement ne s'improvise pas. La spontanéité a ses avantages, leur mère est peut-être on ne peut plus adaptable, mais ce n'est pas sans raison que les couples planifient leur mariage pendant des mois. Même prévenus à la dernière minute, les invités viennent avec certaines exigences. À un mariage, on s'attend à trouver au minimum de quoi manger, de quoi boire, de la musique et de la place pour danser. Impossible d'échapper à ça.

Son propre mariage avec Andrew s'est déroulé dans les règles de l'art. Ils avaient prévu large : douze mois pour organiser le plus beau jour de leur vie. Le lieu avait été choisi avec soin. Des cartons d'invitation à monogramme avaient été envoyés plusieurs mois à l'avance. Le traiteur, les essayages de la robe, le DJ, la pièce montée, les fleurs et le photographe avaient été orchestrés avec le légendaire souci du détail d'Eve, et le mariage s'était déroulé sans la moindre anicroche si on exceptait le talon cassé d'une demoiselle d'honneur.

Lucy semble imaginer que la musique, la décoration, la restauration vont se préparer en un coup de baguette magique et que des petites fées feront le service. Eve soupire. Et encore… s'il y avait eu peu d'invités… mais Lucy, égale à elle-même, a envoyé une invitation générale par e-mail à tous ses amis et connaissances aussitôt après avoir annoncé son projet fou à sa famille.

« Ne t'en fais pas, Eve, avait-elle dit. Avec si peu de préavis, presque personne ne pourra venir. Seulement les plus proches. »

Mais la petite fête toute simple virait au cauchemar : les acceptations déferlaient, et la liste d'invités grossissait, grossissait, jusqu'à atteindre soixante-cinq personnes au dernier décompte. Cinq végétariens. Deux végétaliens. Un intolérant au gluten, un autre aux produits laitiers. Mais qu'est-ce qu'ils avaient tous ? Ils n'avaient donc rien à faire de leur vie ? Pas de projets, pas de week-ends prévus, pas de calendriers accrochés au réfrigérateur, toutes les cases cochées et zébrés de rendez-vous conflictuels ? C'était tellement typique de Lucy, tellement naïf, tellement n'importe quoi.

Comme si Eve n'avait rien de mieux à faire… mais c'est loin d'être le cas ! Elle a sa maison à tenir tout en assurant son mi-temps d'assistante de direction dans un petit cabinet de recrutement, alors qu'Andrew, consultant en informatique, travaille pratiquement jour et nuit. Elle aide les filles à faire leurs exposés de SVT, les accompagne à leurs cours de danse, de piano, aux anniversaires de leurs copines. Alors s'il faut ajouter à cela l'organisation d'un mariage en une semaine, il y a de quoi devenir dingue.

La voix de Kit interrompt ses pensées :

— Eve, chérie… et pourquoi pas un feu d'artifice ? ou un feu de joie ? Ça serait sympa, non ?

Le visage neutre, Eve considère sa mère en soupirant intérieurement. Un feu d'artifice, mais bien sûr ! La réunion de samedi sera déjà assez explosive sans y ajouter de spectacle pyrotechnique…

— Andrew ou ton père pourraient s'en charger, peut-être, ajoute Kit en interprétant de travers le silence de sa fille.

Eve ne répond toujours pas. Elle imagine la tête d'Andrew si elle lui annonçait qu'il avait été désigné volontaire pour bricoler un feu d'artifice d'ici à samedi.

— Vous avez eu des nouvelles de Margot ? demande Kit.

— Non, maman. Nous lui avons envoyé des messages, mais ni Lucy ni moi n'avons reçu de réponse.

Sa mère prend l'air pincé.

— C'est triste, mais ça vaut peut-être mieux comme ça.

— Lucy serait très déçue si Margot ne venait pas. C'est vrai que si elle est là, nous devrons tous faire un effort pour que tout se passe bien, ajoute-t-elle en lançant un regard inquiet à sa mère, mais ce qui compte avant tout, c'est le bonheur de Lucy.

Kit fronce les sourcils et se détourne, s'abîmant dans la contemplation de la vallée.

Un nouvel accès de panique s'empare d'Eve : elle imagine les psychodrames que sa petite sœur caractérielle serait capable de provoquer dans l'atmosphère surchauffée d'un mariage. Elle garde en mémoire la catastrophe du soixantième anniversaire de leur père, deux ans plus tôt, auquel Margot a assisté, sans leur mère bien sûr.

Kit rend les armes :

— Ne t'en fais pas ! Je ne vais pas empêcher Margot de venir au mariage de Lucy, mais tant qu'elle ne m'aura pas présenté d'excuses et qu'elle ne se sera pas expliquée, je serai incapable de lui pardonner. Et toi ? demande-t-elle en se tournant vers Eve. À ma place, tu réagirais comment ?

Eve fronce les sourcils. Est-elle la seule à voir la ressemblance entre Kit et Margot ? Elles ont toutes les deux un caractère fort, emporté et imprévisible, un tempérament de feu. Ce qu'a fait Margot est en effet incompréhensible et… oui, peut-être impardonnable.

— C'est vrai, admet-elle. Ça n'est pas facile.

Kit semble satisfaite d'être comprise et remarque :

— Je ne pense pas qu'elle viendra.

En effet, cela vaudrait certainement mieux pour tout le monde que Margot s'abstienne, songe Eve. Sa présence risque de tout gâcher. Eve pose de nouveau la main sur son cœur et le sent tambouriner. Respire calmement, se dit-elle. Tout va bien se passer.

3

Margot descend du train à la gare de Bath Spa et prend un taxi. Le chauffeur laisse derrière lui les élégantes artères de la ville, ses rues courbes aux hautes maisons de pierre du pays, cheminées identiques alignées sur le ciel, et s'enfonce dans une campagne à l'orée de l'automne. La nature est verte, or et bronze, parsemée de l'incandescence ambrée des hêtres pourpres. La voiture traverse la rivière et ils commencent la lente montée à travers bois vers le village de Mortford. Margot se tourne pour apercevoir encore une fois par la lunette arrière le ruban d'eau verte de l'Avon qui serpente au creux de la vallée, lumineux comme du verre. Un spectacle qui lui donne le frisson.

— Ça m'arrive assez souvent qu'on me demande de monter par ici, commente le chauffeur pour faire la conversation. La plupart des touristes que je prends en charge sont des fans de l'écrivaine célèbre qui habite dans le coin. Comment elle s'appelle, déjà ? Je ne me souviens jamais… Ça n'est pas trop le genre de livres qui me plaisent.

— Kit Weaver, indique poliment Margot.

Elle regarde passer les maisons de pierre blonde sans se laisser perturber par le ton méprisant du chauffeur qui continue :

— Ah, oui ! C'est ça. K.T. Weaver. Ma femme adore ce qu'elle écrit. Elle dit qu'elle préfère de loin passer une soirée à lire un de ses bouquins plutôt que d'aller au bingo et manger un bout après au pub. Vous connaissez ? Vous aimez ?

— J'en ai lu un ou deux, dit-elle sans quitter le paysage des yeux.

— On dit qu'elle ne sort plus jamais de chez elle.

— Il paraît, oui.

— Moi, je trouve ça bizarre d'arrêter d'écrire d'un coup comme elle l'a fait. J'imagine qu'elle a déjà gagné tellement d'argent qu'elle n'a même plus besoin de terminer la série. Y en a qui se la coulent douce, hein ?

Se rendant sans doute compte qu'elle n'a pas envie de parler, il finit par se taire. Il continue sur l'étroite route jusqu'à ce que le toit en ardoises de Windfalls apparaisse et que Margot lui indique de s'arrêter devant le portail. Le taxi se gare derrière une camionnette blanche portant les mots « TENTES ET CHAPITEAUX POUR RÉCEPTIONS » peints en grandes lettres rouges sur le côté. Les portières arrière du véhicule sont grandes ouvertes, révélant un intérieur vide, où ne restent que quelques couvertures et une boîte à outils. Il n'y a personne.

— Il va y avoir une fête ?

— Oui, un mariage.

— C'est sympa, un mariage, vous allez vous amuser.

Ça m'étonnerait, songe Margot.

Ces dernières années, elle n'arrive plus à penser aux lieux de son enfance qu'en noir et blanc. Elle se voit marchant dans un paysage sans couleurs écrasé par des nuages gris qui la suffoquent en s'enroulant autour d'elle comme une couverture. Mais dans la réalité, le ciel est bleu roi, un agréable vent tiède caresse son visage et la vallée déploie devant elle ses couleurs chatoyantes dans une riche palette allant du vert à l'ambre. Le soleil éclaire le haut du marronnier où était autrefois accrochée la balançoire. Les vieilles cordes pendent encore à la branche et ballottent au gré du vent. Derrière l'arbre, la grande ferme en pierre de Bath, la pierre du pays, s'illumine d'or dans le soleil, les vitres réfléchissant la lumière comme des miroirs. Même derrière ses lunettes de soleil, elle trouve la luminosité trop violente, trop intense.

Margot règle la course, récupère son sac de voyage et prend le chemin qui contourne la maison le long d'une haie mal taillée et de parterres délaissés. Elle ouvre la porte de derrière qui donne dans la cuisine, une pièce fraîche, pavée de larges dalles. Elle reste un moment à écouter le silence, assaillie par des détails si familiers qu'elle s'étonne d'avoir pu les oublier. Tout y est, depuis le *tea cosy* crocheté multicolore posé de travers sur la théière près de la bouilloire, jusqu'au compotier en terre cuite rempli de fruits posé sur la table de chêne brut, assorti de la mouche qui semble avoir élu domicile à jamais sur une poire tapée. Elle voit la vieille planche à découper couverte de miettes, la moitié d'un pain en train de rassir dans un rayon de soleil ; la vaisselle sale du déjeuner empilée dans l'évier. Les mêmes coussins informes aux couleurs délavées sont posés sur la banquette de fenêtre, la natte de blé tressé est toujours accrochée au mur depuis que Lucy l'a rapportée de la fête des moissons du village voilà des années. Près du téléphone s'amoncelle une énorme pile de lettres fermées – sans doute le courrier des admirateurs de sa mère. Un carton de livres, des réimpressions envoyées par un éditeur étranger, a été ouvert sans ménagement, puis laissé tel quel pour caler la porte qui donne dans l'entrée. Elle s'imprègne de ce décor et ferme les yeux, luttant contre un mal de tête de plus en plus lancinant.

La pendule qui scande les secondes sur la cheminée du salon rythme sa migraine. Sur le canapé en velours, un vieux chat noir roulé en boule fait la sieste dans une tache de soleil. Elle lui caresse la tête.

— Salut, Pinter.

Le chat ouvre un œil larmoyant, lui fait la grâce de ronronner un peu, puis se rendort. Elle prend un coussin usé jusqu'à la corde, autrefois patiemment brodé d'une rose au point de croix, et la poussière qui s'en échappe tourbillonne dans un rai de lumière. Le soleil révèle aussi la couche de crasse qui grisaille un vase en verre. Des papiers traînent un peu partout. Des moutons, des toiles d'araignées, des plantes assoiffées et des piles de livres branlantes complètent le tableau. Margot admire la constance de sa mère qui met un point d'honneur à montrer qu'il y a plus important dans la vie que de faire le ménage. Kit ne plie pas devant les conventions et, apparemment, même l'arrivée imminente d'une horde d'invités ne la fera pas déroger à ses principes de laisser-aller.

À côté d'un plateau chargé de mugs sur la table basse, une vieille enveloppe a servi à dresser une liste. Margot la prend et reconnaît l'écriture soignée d'Eve.

Nombre de repas _ donner un chiffre précis à R
Serviettes en papier
Location de verres
Photographe
Rallonges électriques
Pots à confiture
Fleurs – voir avec S
Piles électriques
Guirlandes lumineuses
Confettis
Margot ?

Elle lit jusqu'au bout puis prend le dernier biscuit qui reste sur le plateau. Il ne lui échappe pas que son nom vient en dernier – après les guirlandes lumineuses et les confettis – et assorti de ce point d'interrogation prudent.

Elle a l'impression d'être entrée sur une scène de théâtre vide, juste avant le lever de rideau et l'arrivée des comédiens. Plutôt que de briser le silence en appelant à voix haute sa mère et ses sœurs, elle se dirige vers l'escalier.

Sur le palier du premier, le soleil qui passe à travers les vitres du chien-assis projette des carrés de lumière sur le plancher. Margot les franchit en sautant comme à la marelle. En dépassant la chambre de sa mère, elle aperçoit le papier peint à motifs écarlates, les lourds rideaux de velours et l'immense lit défait. Une pile de livres sur la table de chevet, un peignoir en soie abandonné négligemment par terre. Il n'y a plus aucun signe que leur père a partagé cette chambre un jour. Elle dépasse l'escalier en colimaçon qui monte dans la tourelle où Kit a installé son bureau, continue jusqu'à l'ancienne chambre d'Eve, puis jusqu'à celle de Lucy devant laquelle elle a l'impression de sentir encore flotter des effluves d'encens et son parfum entêtant, le CK One.

Cette maison est si pleine de souvenirs d'enfance – de photos, d'odeurs, d'objets familiers – qu'en arrivant au bout du couloir, Margot est prise d'une sensation étrange, presque d'un vertige, comme si ses pieds ne touchaient plus tout à fait le sol. Elle a l'impression de flotter à quelques centimètres au-dessus du plancher, d'avoir non seulement traversé le pays du nord au sud pour venir, mais aussi le temps, d'avoir franchi un voile fin comme une mousseline et de retomber dans un passé qu'elle a tout fait pour oublier.

Elle s'arrête. Après une nuit très courte puis le long voyage, elle meurt d'envie de s'allonger, mais c'est son vieux lit qui l'attend, et elle hésite à entrer dans sa chambre, de peur de plonger encore plus profondément dans ses souvenirs. Que redoute-t-elle le plus de trouver derrière cette porte ? Sa vie d'autrefois ? La jeune fille qu'elle a été ? L'adolescente qui a arrêté ses études, a fait sa valise et quitté la maison à seize ans ?

Autant le palier était clair, autant la chambre est sombre. Les rideaux à moitié tirés ne laissent passer qu'un étroit triangle de lumière et Margot doit s'habituer à la pénombre avant de distinguer ce qui l'entoure. Au bout de quelques secondes, elle a la mauvaise surprise de voir que son lit est occupé. Quelqu'un est allongé sur le couvre-lit, tête sur l'oreiller, yeux fermés, bras étendus de chaque côté du corps. Cheveux blonds et non pas bruns. Ce n'est donc pas son fantôme, celui de l'adolescente d'autrefois, mais Lucy, endormie dans une position étrangement rigide – presque comme un cadavre. Sous une veste en jean qu'il lui semble reconnaître, la robe à fleurs de sa sœur se confond avec les roses qui grimpent sur le papier mural. Cette vision lui rappelle un devoir de collège, un tableau montrant une jeune femme flottant sur l'eau qu'on lui avait donné à décrire : *Ophélie*. De Millais. Elle s'étonne d'avoir réussi à retrouver le nom du peintre.

Dans la mauvaise lumière, Lucy lui semble pâle, frêle, menue comme un oiseau, sa peau presque luminescente tant elle est blanche. Ses longs cheveux blonds sont comme toujours en broussaille. Elle ouvre les yeux et regarde fixement Margot sans sembler la reconnaître. Une demi-seconde, elle ressemble à la fillette du train – elle a le même regard intense et curieux –, et puis l'enfant disparaît, laissant place à Lucy adulte, couchée sur le lit. Sa sœur s'illumine en la reconnaissant.

— C'est toi !

— Oui, répond Margot. C'est moi.

Elles se taisent l'une et l'autre pendant un long moment. Margot reste à la porte, un petit sourire lui venant aux lèvres devant la stupéfaction de sa sœur.

Lucy se reprend.

— Bon, tu vas rester longtemps plantée là comme un zombi, ou tu vas venir embrasser ta sœur préférée ?

Le sourire de Margot grandit. Elle approche et s'assoit au bord du lit.

— Salut, ça fait longtemps…

— Salut, ma belle.

Lucy a l'air heureuse de la voir. Elle se redresse, replie les jambes tant bien que mal sur le matelas mou pour se rapprocher et l'attire dans ses bras.

— Je suis la dernière à qui tu dis bonjour ?

— Non, la première.

Lucy jette un coup d'œil coupable vers le jardin.

— Eve va être encore plus furieuse. Elle fait la tête depuis que je lui ai annoncé que Tom et moi, on allait se marier – tu connais… Tu vois le genre d'air pincé qu'elle peut prendre…

— Tu le lui as dit quand ?

— Dimanche dernier.

— Un mariage à organiser en une semaine, commente Margot en éclatant de rire. Pauvre Eve. On peut dire que tu as le chic pour la faire tourner en bourrique.

— Mais moi, je ne lui ai rien demandé ! Je n'arrête pas de lui dire que je veux quelque chose de très simple, qu'on improvisera, mais tu la connais. Elle regarde trop la télé : elle s'est mis en tête que si on ne croulait pas sous la nourriture et les fleurs, ça n'était pas un mariage. Sans parler d'un DJ ringard et d'une pièce montée.

— Alors c'est Eve qui fait tout ?

— Je n'y peux rien : elle s'est bombardée organisatrice officielle.

— Et toi, tu l'abandonnes… tu prends tes aises sans un souci en tête… dans ma chambre… pendant que tout le monde s'éreinte à préparer ta fête ! Et par-dessus le marché, ajoute Margot en considérant attentivement Lucy, tu m'as piqué ma veste en jean, si je ne m'abuse.

Lucy hausse les épaules.

— Je ne tire pas au flanc : je me planque juste cinq minutes. Et la veste s'ennuyait toute seule, pendue derrière la porte. Je parie que tu ne te souviens même pas de la dernière fois où tu l'as portée. À quand penses-tu que ça remonte, ça ? ajoute-t-elle en plongeant la main dans une poche.

Elle en ressort un paquet de Marlboro Light et une boîte d'allumettes en jetant un regard amusé à sa sœur.

— Donne ! s'exclame Margot.

Elle arrache cigarettes et allumettes à Lucy et gagne la banquette aménagée dans le renfoncement de la fenêtre. Avant de s'asseoir, elle ouvre en levant le bas du châssis à guillotine.

— Elles doivent être dégueulasses, avertit Lucy.

Margot ne s'arrête pas à cela. Elle en allume une, aspire une longue bouffée, puis souffle la fumée par la fenêtre avant de passer la cigarette à sa sœur, qui s'est levée pour aller s'asseoir à côté d'elle.

— Non merci.

— Pardon, j'oubliais que tu es devenue Mademoiselle Parfaite, experte en yoga et en vie saine.

— Mais c'est dingue ! s'exclame Lucy en donnant une claque sur la cuisse de Margot. Tu es là ! Je n'en reviens pas !

— Oui, ça m'étonne moi-même.

— Et tu n'as pas eu envie de répondre à nos messages ? Rien qu'un mot pour nous avertir, faire un petit coucou ?

— C'était mieux comme ça. Je suis venue, c'est tout. Tu disais que tu avais besoin de moi.

Lucy lui presse le bras avec un sourire radieux.

— Je suis trop contente ! Mon plan diabolique a marché.

— Pourquoi diabolique ?

— Ben, génial en tout cas : un mariage de dernière minute pour t'obliger à venir voir maman après tout ce temps.

— Super génial, réplique Margot sèchement. Un peu extrême quand même si c'était juste pour me faire venir… Tu trouvais ça tellement urgent ?

— Bah, tu me connais. Je ne sais pas m'organiser. Et puis je ne voulais pas te laisser trop de temps pour réfléchir. J'ai bien fait ou pas ? Autrement, tu te serais défilée…

Sentant que sa sœur ne lui dit pas tout, Margot expulse un long filet de fumée par la fenêtre et se cale sur le coussin.

— Bon, alors, raconte ! Comment Tom t'a-t-il convaincue de te passer la corde au cou ?

Lucy hésite.

— C'est moi… C'est moi qui lui ai proposé qu'on se marie.

— Alors là, tu m'épates ! C'est courageux.

— Je l'aime, Margot, répond Lucy avec un haussement d'épaules.

— Je ne suis pas experte en relations amoureuses, je reconnais, mais ça me semble une excellente raison.

Margot laisse son regard errer par la fenêtre jusqu'aux arbres du verger. Elle voit la rivière qui scintille en bas de la pente. Elle lève sa cigarette et bloque la fumée au fond de ses poumons, choquée de sentir sa main trembler. Elle espère que Lucy ne remarquera rien.

— J'ai vu une camionnette de location de chapiteaux à l'entrée, dit-elle. Ça va être grandiose…

— Maman et Eve en font beaucoup trop.

— J'aurais plutôt cru que tu serais du genre à te marier en douce pour éviter tout ce bazar. À Las Vegas dans la chapelle Elvis, par exemple.

— C'est vrai…

Lucy hésite, et Margot attend en silence, se demandant ce qu'elle n'arrive pas à lui dire.

— Finalement, j'ai eu envie que ça se passe à Windfalls, reprend Lucy au bout d'un moment. Je n'imagine pas faire ça ailleurs. Ce mariage, c'est l'occasion de réunir tout le monde. On ne t'a pas vue depuis quand ? Le soixantième anniversaire de papa ?

Margot hoche la tête.

— Ne parlons pas de ça, d'accord ?

— Plus personne n'y pense, j'en suis sûre.

Margot, elle, s'en souvient très bien. Sa chute, le fracas de verre brisé de la table basse dont elle a fait éclater le plateau à l'hôtel où se passait l'anniversaire. La cicatrice sur sa jambe est là pour lui rappeler cette mésaventure gênante : elle a honte d'avoir trop bu, d'avoir porté un toast à son père assorti d'un discours qui la fait encore rougir. Et puis elle s'est pris les pieds dans une coûteuse antiquité que son père a dû rembourser.

— Bon, de toute façon, je voulais qu'on soit tous réunis, continue Lucy en revenant à sa préoccupation principale. C'est important pour moi. Et puis je trouve qu'il est grand temps que toi et maman, vous vous expliquiez. La brouille a assez duré, tu ne crois pas ?

Margot ricane intérieurement. La « brouille », c'est cela, le terme officiel, maintenant ?

— Tu as invité Sibella ? demande-t-elle au lieu de répondre.

— Oui, bien sûr.

Lucy fait preuve d'une incroyable innocence si elle croit qu'en les forçant à se réunir, ils vont tous faire la paix et soudain s'adorer, songe Margot en tirant sur sa cigarette.

— Tu as plus de courage que moi, commente-t-elle, en ajoutant pour changer de sujet : Je te suis sur Instagram. Bravo pour les pieds au mur en position du lotus et très drôles, tes photos détournées pour inspirer les troupes. Un cocktail sympathique. Tu vas donner des conférences TED, bientôt.

Lucy a un rire.

— Je n'ai plus le temps de rien faire, entre les cours et la gestion du centre. Et puis Instagram a ses limites. Il ne faut pas croire tout ce qu'on voit sur les réseaux sociaux. Je me fais ma petite pub. Quand on est dans l'industrie du bien-être et de la santé, c'est la loi du genre. On doit donner une certaine image de soi – on vend du rêve. Je montre ce qu'on s'attend à voir.

— Et ça marche ?

— Du feu de Dieu. J'ai même encore embauché des profs pour répondre à la demande.

— Quoi ? Tu es devenue patronne ?

— Mais oui. Et j'ai ouvert un nouvel espace à Bath, un vieil entrepôt au bord de la rivière. Je suis malheureusement obligée de pas mal déléguer la partie enseignement… J'ai déjà assez de boulot comme ça avec le marketing et le management.

— Le management…

Margot lance un regard surpris et admiratif à Lucy qui hausse les épaules.

— Dans ce business, il ne suffit pas de boire du jus de blé, de bouffer du quinoa et de s'habiller comme un sac à patates, tu sais.

— Non, j'imagine bien. Et ça te réussit ? demande Margot en la dévisageant. Je te trouve mauvaise mine. Tu travailles trop… ou c'est la préparation du mariage qui t'angoisse ?

— Un peu des deux, dit Lucy, le regard fuyant vers le jardin. Et toi ? Tu es toujours à Édimbourg ?

Margot hoche silencieusement la tête.

— C'est-à-dire aussi loin d'ici que possible ? ajoute Lucy.

— Quelque chose du genre.

— Aux dernières nouvelles, tu bossais dans l'édition.

Margot éclate de rire.

— C'est ce qui se dit ?

— Oui. Eve avait l'air de penser que tu avais décroché un bon job. Tu suivais les traces de maman d'une certaine façon. Quoi ? Qu'est-ce qu'il y a de drôle ?

— Eve est incroyable. Je travaille à la bibliothèque municipale, où je scanne les bouquins qui entrent et qui sortent cinq jours par semaine. Je suis devenue championne du rangement de livres sur les rayonnages.

— Il n'y a pas de sot métier.

— Absolument.

Malgré son sourire, Margot ne peut s'empêcher de trouver qu'elle a moins bien réussi que Lucy. Pourtant, elle ne s'est pas trop mal débrouillée pour une fille qui n'a pas fini ses études et qui a fugué sans aucun projet, avec seulement quelques centaines de livres sterling sur son livret d'épargne. Elle a traîné un peu à Londres, elle a rencontré des jeunes de son âge dont elle a squatté les petits studios et qui lui ont appris les ficelles des aides sociales, puis un jour, pour fuir les prix exorbitants de la capitale et l'anonymat des grandes villes, elle a réuni ses quelques affaires et elle est montée dans le Nord. Après quelques mois d'itinérance en stop, elle a échoué à Édimbourg.

Quelque chose dans l'atmosphère de la cité écossaise lui a plu et elle y est restée. Elle adore son architecture médiévale, les ruelles sinueuses de la vieille ville, le château majestueux dominant les hauteurs. Pendant près de deux ans, elle a vécu d'emplois de serveuse dans des petits cafés, et puis un après-midi, alors qu'elle s'abritait de la pluie à la bibliothèque centrale, elle a remarqué sur le panneau d'affichage une annonce d'embauche pour un agent de bibliothèque. Elle a réussi l'entretien et travaille là depuis.

Après la précarité des années difficiles, la bibliothèque la rassure et le silence lui permet de céder à sa nature rêveuse, de s'échapper dans d'autres mondes, d'autres lieux. Elle est chargée de l'heure de lecture, et les enfants l'adorent. Elle leur raconte des histoires en mimant les scènes et en prenant des voix bizarres qui les font rire. Elle est bien obligée de constater que presque pas un jour ne passe sans qu'un livre écrit par sa mère soit emprunté ou commandé. Chaque fois qu'elle scanne un K.T. Weaver pour un lecteur, elle ressent une émotion étrange, mélange de fierté et de tristesse. Une forme de torture très personnelle.

— Alors, tu es heureuse là-bas ? Tu as rencontré quelqu'un ? interroge Lucy avec curiosité.

Margot hausse les épaules.

— Non. Enfin… non…

— Tu n'as pas l'air de trop savoir, insiste Lucy après avoir attendu la suite qui ne vient pas. Tu aurais dû venir avec lui.

— Non, c'est mieux comme ça. Disons que ton invitation est arrivée à point nommé.

Margot voit bien que Lucy attend des détails, mais elle n'a pas envie d'expliquer. Elle écrase sa cigarette sur le rebord de la fenêtre à la peinture écaillée et la jette en bas dans une plate-bande étouffée par les mauvaises herbes.

— J'espère que ça va bien se passer, dit soudain Lucy qui tire nerveusement sur le tissu de sa robe. Tu penses que je suis totalement folle d'avoir voulu faire ça ici, à Windfalls ?

— Mais non, répond Margot d'un ton pas très convaincu. Pas totalement…

— Parce que tu vois, ce qui me ferait le plus plaisir au monde, ce serait qu'on s'entende bien, comme une famille normale.

Margot n'arrive pas à retenir un ricanement.

— Nous, une famille normale ?

L'air désolé de sa sœur la pousse à adoucir sa réaction.

— Luce, ne t'en fais pas. Je suis là pour te soutenir, et je ferai tout ce que tu voudras.

Lucy hésite.

— Bon, tant mieux, parce que je compte bien rétablir le dialogue.

Lucy pose sur elle un regard si lourd que Margot a l'impression qu'une tonne de briques lui tombe sur les épaules.

— Si tu parles de maman et de moi, c'est du pur fantasme, tu le sais. C'est foutu.

— Mais si vous preniez un moment pour vous parler… Si tu essayais de lui expliquer ? Tout le monde a droit à l'erreur.

— Tu as toujours été d'un optimisme incroyable, soupire Margot. Bon, je ne peux pas te promettre de réconciliation avec les violons, mais je te jure de ne rien lui lancer à la tête et de me tenir à l'écart de tout ce qui brûle et tout ce qui pique. Qui sait, maman nous fera peut-être la bonne surprise de porter des vêtements présentables pour le grand jour !

Voyant qu'elle a réussi à arracher un sourire à Lucy, Margot conclut sur le même ton :

— Je vais être une petite sœur parfaite, c'est promis.

— Merci.

— À une seule condition, bien sûr.

— Laquelle ?

— J'exige que tu me montres la robe de demoiselle d'honneur que tu as l'intention de me faire porter. Parce que je t'avertis, si elle est rose, s'il y a des dentelles, ou… des ruchés, ou des gros nœuds, je ne jure plus de rien.

— Il n'y a pas de demoiselles d'honneur, répond Lucy en riant. Je te l'ai dit, ça n'est pas un mariage comme ça.

— Eh bien, ouf ! Tu me rassures ! Je commençais à me dire que tu avais bien changé.

4

Eve recompte les invités dans sa tête en entrant dans la cuisine par la porte du jardin, préoccupée par le menu du samedi. Elle s'arrête net. Lucy et Margot sont assises à la longue table de chêne, tête penchée l'une vers l'autre – longs cheveux blonds contre carré brun coupé net.

Margot est venue.

Profitant de ce qu'elles n'ont pas remarqué sa présence, Eve les observe. Il y a tellement longtemps qu'elle ne les a pas vues ensemble qu'il lui semble que flottent au-dessus d'elles les fantômes des enfants d'autrefois, si souvent assises autour de cette même table pour les repas, les devoirs. Dans cette cuisine, elles se sont disputé leurs jouets, leurs vêtements, et elles ont partagé les corvées en ronchonnant. Lucy, toujours aussi forte, énergique, optimiste, imprévisible, est sur le point d'épouser Tom. Margot, la plus jeune, autrefois si flamboyante, si théâtrale, est devenue bien difficile à cerner. Eve s'arrête devant cette énigme aux cheveux châtain foncé frôlant les clavicules, sa vieille veste en cuir posée sur ses épaules étroites. Lucy et Margot, la blonde et la brune, le jour et la nuit.

À les voir là, ensemble, Eve est saisie par une puissante émotion, un peu semblable à ce qu'elle ressent le soir quand elle entre sur la pointe des pieds dans les chambres de ses filles pour les regarder dormir, leurs petits poings fermés sous le menton, le visage détendu dans le sommeil. C'est un amour qui la touche au plus profond – et une nostalgie, aussi, de tout ce qu'elles ont partagé, de tout ce temps qui a filé si vite.

Lucy dit quelques mots qu'Eve n'entend pas et le rire de Margot éclate, à la fois familier et étrange, comme le tintement lointain d'une cloche longtemps restée silencieuse. L'envie d'être intégrée, de participer à ce conciliabule, la pousse vers ses sœurs. Elle annonce sa présence en demandant :

— Qu'est-ce qui vous amuse comme ça ?

Elle entend, alors même que les mots quittent ses lèvres, que sa question est moins aimable qu'elle le voulait, presque accusatrice.

— Eve ! s'exclame Margot en levant la tête. Justement, on parlait de toi.

Eve la dévisage, se demandant si c'est une plaisanterie, mais le regard sombre de sa sœur reste indéchiffrable. Elle a vieilli. Son visage est plus anguleux, plus dur aussi, et son expression plus distante qu'autrefois, du moins dans ses souvenirs. Sur le pas de la porte, dans son T-shirt rayé, avec son jean trop large et ses bottes en caoutchouc, Eve retrouve une sensation familière : ses sœurs lui ont toujours donné l'impression qu'elle était mal fagotée, barbante, une bonne poire, fiable mais pénible. Vieille avant l'heure. Elle s'est si souvent sentie différente, mise à l'écart. Sans doute parce qu'elle est l'aînée – elle a trois ans de plus que Lucy, sept de plus que Margot –, c'est elle qui a le plus le sens des responsabilités. Elle ne peut pas se permettre comme elles le luxe de l'insouciance.

— Lucy me disait que tu es formidable, et que tu fais tout.

Eve sourit.

— Quand es-tu arrivée ?

— Il y a une demi-heure. Les filles sont là ? ajoute Margot en jetant un coup d'œil vers la porte.

— Non, elles sont à l'école.

— C'est vrai qu'elles sont déjà grandes… Je les imagine toujours sachant à peine marcher.

— Chloé a neuf ans et May vient d'entrer à la grande école.

Consciente d'avoir de nouveau pris un ton de reproche, Eve se reprend.

— Tu les verras au dîner de famille… ou même avant.

— Le dîner de famille ? répète Margot d'un ton inquiet.

— Oui, vendredi soir, explique Lucy. J'avais envie qu'on dîne tous ensemble en petit comité avant le mariage.

— Tous… tous ? Tous qui ?

Si Lucy remarque le froncement de sourcils de Margot, elle l'ignore.

— Nous tous, répond-elle d'un ton léger. Alors, ça se passe comment ? reprend-elle en se tournant vers Eve, consciente de devoir se faire pardonner.

— Tout va bien. J'ai laissé maman s'occuper des derniers détails avec le type du chapiteau.

— Le pauvre…, commente Lucy.

— Enfin, quand je dis qu'elle s'en occupe, c'est plutôt qu'elle erre à moitié à poil en rêvassant et en cueillant des branches d'aubépine dans la haie pendant que le loueur fait semblant de ne pas la regarder.

— Elle porte son caftan transparent ? demande Margot.

— Sur une chemise de nuit, quand même.

— On évite le pire. Tu te souviens de sa période nudiste ? Elle adorait les bains de soleil.

Lucy éclate de rire.

— C'est à cause de ça que je n'osais jamais inviter mes copines à la maison !

— Tu as bien fait d'attendre l'automne pour te marier, après les grandes chaleurs.

Elles sont encore en train de rire quand la porte s'ouvre sur Kit, qui entre dans la cuisine, portant une brassée d'aubépines au feuillage vert brillant, chargées de baies rouges. Elle s'arrête net en voyant ses trois filles assises à la table, puis son regard passe de l'une à l'autre pour venir s'arrêter sur Margot.

— Te voilà, toi.

— Bonjour, maman.

Les branches d'aubépine sont jetées sans ménagement dans l'évier et des baies rouges atterrissent sur le carrelage, sautant comme des billes. Kit se dépoussière les mains en les frottant l'une contre l'autre.

— Tu aurais dû nous avertir, dit-elle. Quelqu'un serait allé te chercher à la gare.

Dans un cliquetis de joncs d'argent, elle attrape Margot par les épaules et la tient à bout de bras pour la contempler d'un œil critique.

Eve ne peut s'empêcher de remarquer combien Margot est mal à l'aise. Elle se recule le plus possible, voûte le dos et ne regarde pas leur mère en face.

— Je ne voulais pas vous déranger.

— Nous déranger ! Mais quelle idée ! s'insurge Kit avec un rire nerveux.

Elles s'embrassent, raides et sans s'attarder, sans vrai contact. Eve jette un coup d'œil à Lucy, mais celle-ci regarde ailleurs, très occupée à tirer sur un fil qui dépasse du chemin de table, et qu'elle finit par arracher.

— Qui veut du thé ? demande Eve d'un ton beaucoup trop gai pendant que Margot se détache de l'étreinte maternelle. Tout le monde en prend ?

— Oui, dit aussitôt Lucy. Je veux bien.

— Bon, eh bien, quelle bonne surprise, lance Kit en les regardant toutes les trois avec un enthousiasme qui sonne faux. Je suis bien contente de vous revoir enfin réunies sous le même toit.

— Moi aussi, dit Lucy.

— Tu comptes dormir à la maison ? demande leur mère en se tournant vers Margot.

— Si ça ne t'ennuie pas.

— Pas du tout, voyons. Tu as toujours ta chambre. Je n'y ai pas touché. Elle est restée telle que tu l'as laissée.

Un silence se fait. Eve se racle la gorge, cherchant quelque chose à dire pour briser la tension. Elle songe que c'est peut-être l'occasion de régler les questions logistiques en attente.

— Ça sera bien utile d'avoir une paire de bras en plus, remarque-t-elle. Il y a encore pas mal de boulot à abattre avant samedi après-midi. On pourrait se répartir les tâches.

Alertée par le silence, elle regarde ses sœurs et sa mère.

— Quoi ? Qu'est-ce qu'il y a ?

— Tu n'arrêtes jamais ? demande Lucy.

— J'ai compté les retours d'invitations ce matin. Tu en es à soixante-cinq.

— En fait, je pense qu'on en est plutôt à soixante-dix, précise Lucy, penaude. D'autres amis ont eu vent de l'histoire par Facebook. Je ne pouvais pas refuser.

Eve fronce les sourcils.

— D'accord… Donc, dans quatre jours, soixante-dix personnes vont débarquer à Windfalls pour faire la fête. Tu te rends compte qu'il va falloir nourrir et abreuver tout ce petit monde, et que les gens vont s'attendre à une préparation minimum ?

— Je ne pense pas qu'ils s'attendent particulièrement à…

— Lucy ! Tu peux me croire ! Tes invités vont avoir faim et soif. Tout le monde voudra boire un coup – sans parler de nous, ajoute-t-elle à mi-voix. Et tout ça va leur donner envie d'aller au petit coin, reprend-elle. Ah, non ! J'ai oublié de mettre le papier-toilette sur la liste. Tu peux marquer ça quelque part, s'il te plaît, maman ? demande-t-elle à Kit qui est retournée à l'évier. Ils vont vouloir danser, faire la fête. C'est ça, un mariage. Et notre rôle, c'est de l'organiser pour toi.

Elle pose des mugs sur la table puis va ébouillanter la théière. Cela fait, elle prend des feuilles de thé dans la boîte en métal, verse l'eau chaude par-dessus.

— J'apprécie le mal que tu te donnes, Eve, je t'assure, dit Lucy, mais on n'a vraiment pas besoin de tout prévoir. Tu as eu une excellente idée de demander au pub de s'occuper de tout ce qui est nourriture et boisson. Pour le reste… On peut bien être cool. La spontanéité, c'est bien aussi, non ? J'avais dans l'idée que la journée serait un peu improvisée. Je veux juste réunir les gens que j'aime ici, et que tout le monde s'amuse.

Eve apporte la théière en grinçant des dents. Elle attaque sur un autre front.

— J'ai vu de jolies robes sur le Net. Si on passait la commande aujourd'hui, elles arriveraient à temps. Chloé et May seraient folles de joie. Elles pourraient porter des petits paniers enrubannés et lancer des pétales de rose. Ce serait pas mal, qu'est-ce que tu en penses ?

— Des pétales de rose ?

Eve se tourne vers Margot pour quêter son approbation.

— Je n'arrive pas à convaincre Luce que des petites demoiselles d'honneur avec des fleurs, ce serait joli.

Lucy pousse un soupir.

— Je t'ai dit qu'il n'y aurait que Tom et moi et les parents comme témoins pour la signature au bureau de l'état civil. Rien de particulier. Les filles pourront porter ce qu'elles veulent à la fête plus tard. On peut leur mettre des fleurs dans les cheveux, leur coller des paillettes sur les chaussures, et elles n'ont qu'à porter des petits bouquets si ça leur plaît.

— Mais si elles n'ont aucun rôle à jouer, elles ne seront pas vraiment demoiselles d'honneur. Elles seraient tellement mignonnes sur les photos. En parlant de photos, ajoute Eve en fronçant les sourcils, il faudrait penser à établir la liste des groupes familiaux que nous voulons faire prendre par le photographe.

Elle ouvre le tiroir à couverts pour chercher les petites cuillères.

Lucy proteste :

— Quoi ? Tu vas faire venir un photographe professionnel ? Je n'ai aucune intention de passer des heures à poser. C'est complètement barbant. Nous avons nos téléphones, ça devrait suffire.

Eve lève les yeux au ciel.

— Un mariage, c'est symbolique ! Ça marque le début de votre vie commune, à toi et Tom. Tu ne penses pas que tes beaux-parents auront envie d'un portrait professionnel de vous deux, leur fils et sa jolie épouse ? Un souvenir pour la postérité. Ça te fera quelque chose à montrer à tes petits-enfants quand tu seras vieille.

Lucy se recroqueville sur elle-même. Elle ferme les yeux et grommelle, l'air perturbé :

— Je ne veux pas d'un photographe de mariage ! C'est toujours ridicule !

— Tu le regretteras…

— Eve, arrête, je t'en supplie !

— Et les filles ? insiste Eve, qui n'a aucune intention d'abandonner la partie.

Lucy perd patience.

— Bon, fais comme tu veux ! Ça m'est égal.

— Je peux leur dire qu'elles seront demoiselles d'honneur ?

Lucy prend Margot et leur mère à témoin de cette obstination en leur jetant un coup d'œil exaspéré.

Eve soupire.

— Très bien, on laisse tomber, mais ça va beaucoup les décevoir. Elles s'en faisaient une telle joie !

— Je suis désolée, Eve, mais je n'ai jamais parlé de demoiselles d'honneur…

— En effet. Tu n'as même jamais parlé de rien. Tu n'as strictement rien organisé. Tu ne vas pas me croire, mais j'essaie de t'aider, Luce.

Lucy s'empourpre.

— Je ne t'ai rien demandé ! Tu te mêles de ce qui ne te regarde pas. Tu me voles ma fête !

Eve la contemple, bouche bée. Comment ça, elle lui vole sa fête ? Du coin de l'œil, elle voit que Margot soulève la théière et entreprend de servir le thé. Leur mère a l'air très occupée du côté du réfrigérateur, soudain fascinée par la capsule d'une bouteille de lait. Personne ne semble vouloir la soutenir.

— Tom et moi, nous voulons un mariage un peu différent, explique Lucy d'un ton plus conciliant.

Eve hausse les épaules.

— Bon, disons que c'est moi qui suis bête, alors.

Elle distribue les petites cuillères qu'elle gardait serrées dans ses mains, puis elle prend son sac.

— Allez, je vous laisse, si vous n'avez plus besoin de moi.

— Tu ne veux pas prendre le thé avec nous, au moins ? demande Kit en brandissant la bouteille de lait.

— Désolée, maman, je n'ai pas le temps.

Elle sait bien que sa conduite est infantile, mais c'est plus fort qu'elle. Furieuse, elle sort de la cuisine par le jardin et laisse la porte lui échapper et claquer derrière elle, poussée par le vent.

Une fois dans sa voiture, elle descend la vitre puis appuie les bras et le front sur le volant avec un grand soupir. Pourquoi Lucy prend-elle tout aussi mal ? Elle pourrait comprendre que cela part d'un bon sentiment.

Vu de près, le cuir du volant est craquelé, sa couleur passée. Elle ferme les yeux. C'est incroyable comme sa mère et ses sœurs ont le don de la mettre hors d'elle. Pourquoi n'arrive-t-elle pas, pour une fois, à les laisser se débrouiller toutes seules, et advienne que pourra ? Leurs échecs leur permettraient de comprendre leurs erreurs. Au lieu de cela, elle ne peut pas s'empêcher de voler à leur secours, de les guider, les conseiller et réparer les catastrophes. Elle doit être comme ces « parents hélicoptères » dont elle a entendu parler à la radio il n'y a pas si longtemps. Des parents surprotecteurs qui ne lâchent jamais leurs enfants d'un pouce et sont constamment sur leur dos. Bien sûr, les enfants deviennent incapables de s'assumer, parce qu'ils n'ont jamais eu à le faire.

Elle redresse la tête et regarde sa montre. Il lui reste une heure avant d'aller chercher les filles. La ferme se dresse derrière elle, formant une masse sombre dans le rétroviseur. Ah ! Si seulement elle était restée… Elle pense à sa mère et à ses sœurs en train de boire du thé autour de la table. Elle pense à Margot et Kit, à leurs rapports difficiles. Elle pense à la liste qu'elle a laissée sur la table basse du salon, et à toutes les courses qu'il reste à faire d'ici à samedi, et elle soupire encore. Son téléphone vibre sur le siège à côté d'elle. Elle déverrouille l'écran pour lire son texto. Le rouge lui monte aux joues. Elle reste un long moment les yeux posés sur le message qu'elle lit et relit, le doigt hésitant au-dessus du cadre de réponse. Et puis elle reprend ses esprits et le fait glisser pour le supprimer. Un nouveau soupir, puis elle démarre et passe le portail. Comme si elle avait le temps : elle n'a vraiment pas besoin de ça maintenant. Il y a encore tellement de choses à régler.

5

Le claquement de la porte du jardin n'a pas allégé l'atmosphère dans la cuisine. Kit se tourne vers ses deux plus jeunes filles. Margot, coudes sur la table, cheveux sombres et raides, regard indéchiffrable, et Lucy, pâle, à qui elle trouve l'air épuisé, affalée sur sa chaise et se massant les tempes.

— Bon, j'ai royalement foiré, dit Lucy. Je ne sais pas ce qui lui prend. Elle est tendue, non ?

— Ne t'inquiète pas, ça va aller, assure Kit en posant le lait sur la table. Eve est comme ça, elle va se calmer.

Elle tire une chaise pour s'asseoir à côté de Lucy qui demande :

— Vous trouvez que j'ai eu tort ? J'exagère ?

Margot hausse les épaules.

— C'est ton mariage. Tu devrais pouvoir faire ce qui te plaît.

— Remarque, je suis contente qu'elle me donne un coup de main… mais elle a des idées tellement arrêtées sur tout, et en particulier sur ce qu'il faut faire à un mariage…

— Ne t'en fais pas, ça va aller, répète Kit en lui tapotant la main. Donne-lui le temps, ça va s'arranger. Elle reviendra demain comme si de rien n'était. Bon, je ne sais pas si vous êtes comme moi, mais je prendrais bien un petit remontant.

Elle se lève pour aller chercher une bouteille de vin blanc dans le réfrigérateur et la brandit pour susciter une réponse.

— Pas pour moi, dit Lucy, je conduis. D'ailleurs, ajoute-t-elle en jetant un coup d'œil à sa montre, il serait temps que je rentre.

Kit, se rendant soudain compte que Lucy va la laisser seule avec Margot, sent une angoisse la prendre.

— Reste dîner avec nous ! Tu as l'air fatiguée. Je vais vous préparer quelque chose de bon, et vous aurez le temps de discuter en attendant que ce soit prêt.

— Je dois aller retrouver Tom. J'ai promis de ne pas trop tarder, et vous avez sûrement beaucoup de choses à vous raconter, ajoute-t-elle avec un coup d'œil entendu à sa petite sœur.

Ayant compris que Lucy ne part que pour les laisser seules, Kit jette un coup d'œil à Margot, visiblement très mal à l'aise elle aussi.

Lucy prend son temps, rassemble ses affaires, les embrasse toutes les deux.

— Bonne soirée. Je vous appelle demain.

— Tu sais que je n'ai pas oublié que tu m'as volé ma veste ! plaisante Margot.

Lucy lui envoie un baiser du bout des doigts en s'arrêtant sur le pas de la porte, puis disparaît.

Kit croise le regard de Margot avec un sourire.

— Je te sers du vin ?

Elle voit que Margot hésite, mais pas très longtemps.

— D'accord. Un petit verre, alors.

Kit les sert généreusement.

— Tu ne veux pas aller te rafraîchir, chérie ? Défaire ta valise ? Je m'occupe du dîner.

— C'est bon, ça va, dit Margot en étirant les jambes et en les croisant aux chevilles. Je n'ai pas apporté grand-chose.

Le silence qui s'installe pesant comme une enclume, Kit met la radio en sourdine et commence à rassembler les casseroles et ustensiles dont elle a besoin. Elle remplit d'eau un faitout et prend un pot de basilic sur le rebord de la fenêtre.

— Tu veux que je t'en coupe ? demande Margot.

— Si tu veux.

Margot retire sa veste en cuir et entreprend d'arracher quelques feuilles qui parfument aussitôt la cuisine d'une senteur épicée. Kit, qui lui tournait le dos pour sortir un paquet de pâtes du placard, sursaute quand elle revient à la cuisinière. Le bras gauche de sa fille est entièrement tatoué. Du poignet au bord de la manche de son T-shirt, des motifs noirs s'enroulent comme une plante et doivent continuer jusqu'à l'épaule. Kit ne parvient pas à en détacher les yeux. L'encre noire injectée sous la peau très blanche choque le regard. Elle a envie de dire quelque chose, mais en l'entendant s'éclaircir la voix, Margot lève la tête. Kit rencontre son regard et préfère se taire. Laisse-la tranquille, songe-t-elle.

Elle retourne à sa marmite et allume le gaz. Tout en réunissant le sel et l'huile d'olive, elle profite de toutes les occasions pour jeter des coups d'œil subreptices à sa fille qui se concentre de nouveau sur le basilic.

Son tatouage est insolite mais beau. Kit se demande si elle a eu mal, et ce que cela signifie. Margot l'intrigue comme une contrée lointaine qu'elle aurait connue autrefois, à la fois familière et étrangère. Sa fille cadette n'est plus la douce adolescente dont elle se souvient, mais une femme mince, anguleuse – belle, certes, mais dure et peu communicative. Comme elle a changé. En regardant Margot, elle ressent de la tristesse, comme si elle avait perdu un être cher. Elle ne connaît pas cette jeune femme qui est dans sa cuisine.

— Ne t'inquiète pas, dit Margot en rompant le silence qui s'éternise. Je n'ai aucune intention de gâcher la fête.

Kit lâche un rire qui sonne faux, même à ses propres oreilles.

— Je sais bien !

— Je ne suis là que pour Lucy.

— Oui, je m'en doute.

Après un petit temps, tout en ciselant les feuilles sur la planche avec la lame d'un couteau bien aiguisé, Margot reprend :

— On annonce du beau temps pour samedi ?

— Variable.

Kit jette les pâtes dans l'eau bouillante.

— Mariage pluvieux, mariage heureux, c'est ce qu'on dit, non ? commente Margot.

Kit reste immobile devant la marmite dans un nuage de vapeur d'eau.

— Oui, il paraît…

Voilà qu'elles parlent de la pluie et du beau temps. Ça la ferait rire si cela ne lui donnait pas autant envie de pleurer. C'est profondément triste.

— Je suis sûre que Luce et Eve vont vite se réconcilier, dit Margot après un nouveau silence. C'est normal que tout le monde soit un peu hypersensible juste avant un mariage.

— Oui. Je ne m'inquiète pas. Elles ne sont rancunières ni l'une ni l'autre.

La gêne monte et s'installe. Kit voudrait ravaler ce dernier commentaire qui flotte encore dans l'air. On croirait un sous-entendu destiné à expliquer la tension et à la perpétuer.

— Lucy n'a pas changé, remarque Margot, cherchant visiblement à alléger l'atmosphère. C'est une grande romantique… et puis elle est impulsive… et elle ne sait pas réfléchir avant d'agir.

Kit lui jette un coup d'œil discret. Elle se souvient de l'enfance de ses filles. À la naissance de Margot, Lucy avait quatre ans et Eve, sept. Elles avaient toutes les deux adoré leur nouvelle petite sœur. Elles passaient des après-midi entiers dans le pré, les deux grandes penchées sur le moïse de Margot, à agiter des hochets et à jouer avec elle. Elles ne se faisaient pas prier pour courir chercher des couvertures : rien n'était ennuyeux si c'était pour le bébé. Kit se souvient que dès qu'elle a su marcher, Margot suivait Eve et Lucy comme leur ombre, dans la maison comme dans le jardin. À l'heure du coucher, elle grimpait sur les genoux de son père et, blottie dans ses bras, pouce dans la bouche, elle écoutait Ted lui lire ses livres d'enfant. Kit se rappelle si bien les soirs où c'était son tour de la coucher : elle s'asseyait sur le bord du lit et inventait des histoires fantastiques pour l'endormir en lui caressant le dos. Margot ronronnait comme un petit chat et écoutait de toutes ses oreilles. Elle se souvient que Margot exigeait qu'ils se réunissent tous dans le salon, assis en rang d'oignons sur le canapé face à la baie vitrée qui lui servait de scène, et dont elle ouvrait les rideaux comme dans un théâtre pour leur chanter des chansons et leur jouer des pièces de son invention. Elle ne se souvient aussi malheureusement que trop bien de l'été du départ de Margot. Sa plus jeune fille venait d'avoir seize ans. Elle était descendue un matin dans la cuisine avec son sac à dos plein à craquer, l'air résigné, et avait annoncé : « Je ne peux plus vivre ici. » Quelques mots prononcés d'une voix monocorde, et c'était tout, et Kit n'avait rien fait pour la retenir. Elle avait dit simplement : « Oui, je crois que ça vaut mieux comme ça. » Rien d'autre, et elle s'était détournée, non parce qu'elle était indifférente, mais au contraire parce qu'elle ne voulait pas montrer l'intensité de son désarroi. Huit ans avaient passé, et elles ne s'étaient pratiquement plus adressé la parole depuis.

Ce souvenir submerge Kit et lui donne une envie presque irrépressible d'aller vers Margot et de la prendre dans ses bras pour la serrer sur son cœur. Mais l'expression de Margot, fermée, méfiante, la retient. Kit sent qu'elle rejetterait tout contact physique. Elle se tourne donc de nouveau vers la gazinière et agite un peu la cuillère dans le faitout. Au moins, Margot fait l'effort d'agir comme si elles pouvaient avoir des relations normales. Il est sans doute préférable de l'imiter.

— Oui, on reconnaît bien Lucy, s'amuse Kit pour rester dans le ton. Quand elle a demandé si elle pouvait organiser sa réception de mariage ici, j'ai été surprise, mais bien entendu, j'ai accepté avec plaisir.

Margot hoche la tête, le couteau cisaillant toujours les feuilles de basilic.

— Et puis ça me fait plaisir d'avoir une occupation qui m'éloigne un peu de mon travail.

Le bruit du couteau s'arrête dans son dos. Elle se tourne vers sa fille qui la contemple fixement, la lame d'acier étincelant comme une flamme dans la lumière de la suspension allumée au-dessus de la table.

— Tu t'es remise à écrire ? demande Margot d'une voix tendue.

Kit pense aux boules de papier froissé qui jonchent le sol de son bureau de la tourelle et au document sans titre pratiquement vide dans son ordinateur.

— Non. J'avais envie d'écrire une préquelle à ma série des *Éléments rares*, mais mon éditeur préfère que je finisse d'abord l'histoire de Tora Ravenstone.

Du coin de l'œil, elle voit que Margot lève son verre et le vide à moitié. Kit lâche un petit rire emprunté.

— Vu les tonnes de droits d'auteur que je reçois, je suis bien obligée de constater que les lecteurs en redemandent. Je devrais m'estimer heureuse. Mais certains jours, j'ai l'impression d'être ligotée à un monstre.

Elle prend son verre et boit pour tâcher de dompter la sensation désagréable qui la prend aux tripes. Elles savent toutes les deux que le terrain est miné. Elle pose son verre sur le plan de travail et, soudain, sans qu'elle le veuille, les mots sortent tout seuls.

— Pour te dire la vérité, Margot, je n'arrive plus à me concentrer sur mon travail depuis… Tu sais… ça m'a démolie.

Elle attend, le cœur cognant à grands coups, la tension haute. C'est la première fois depuis toutes ces années qu'elle aborde le sujet, et elle se demande comment Margot va réagir. Elle voudrait… Oui, la seule chose qu'elle veuille vraiment, ce sont des excuses.

Alors elle ajoute, ennuyée par le silence prolongé de sa fille et incapable de se retenir d'insister, ne serait-ce que pour provoquer une réaction :

— Ce qui a été perdu est irremplaçable.

Le regard de Margot devient dur comme la pierre, sa mâchoire se crispe. Ses yeux bruns – si semblables à ceux de son père – brillent de colère. Kit avance alors résolument sur la couche de glace fine comme du papier qui les sépare et risque de se briser au moindre choc. Eh bien, tant pis ! songe-t-elle. Il est grand temps de l'obliger à s'expliquer ! Mais qu'elle parle, bon sang !

— Tu n'as rien à me dire ?

Un grondement étouffé lui répond :

— Pas ce soir, maman ! Je t'en prie, passons au moins une soirée sans parler du passé, d'accord ?

Au moins une soirée ? Kit trouve cette réflexion vraiment comique. Cela fait huit ans qu'elles se taisent.

— Je n'ai jamais rien voulu d'autre que des excuses, dit-elle calmement.

Elle se félicite d'arriver à rester si conciliante. Elle ne demande pas la lune.

— Des excuses ? Je ne suis là que depuis une heure et tu veux nous replonger dans toute cette…

— Oui, je veux qu'on en parle, l'interrompt Kit, reprise par la colère.

Elle éprouve un violent besoin de rouvrir les vieilles blessures, c'est plus fort qu'elle. C'est nécessaire : elle ne se sentira mieux que si elle s'autorise à exprimer la violence qui lui a été faite, à verbaliser sa douleur. Elle a dû rester avec cette plaie au cœur trop longtemps. Sa rancœur doit s'exprimer. Il faut que Margot reconnaisse ce qu'elle a fait, qu'elle essaie d'expliquer son geste inconcevable.

— Tu as détruit quelque chose qui avait pour moi une valeur inestimable, Margot. J'ai besoin que tu comprennes l'étendue des dégâts. Je veux qu'on parle du dommage que tu as causé. Je ne vois pas pourquoi tu trouves si difficile de demander pardon, surtout après tout ce temps.

Margot a du mal à respirer. Elle regarde le couteau dans sa main, puis le pose doucement sur la planche à côté du basilic haché.

— Tu veux qu'on parle de ce qui a été détruit, des dommages qui ont été causés ?

Kit hoche la tête, mais le petit rire amer de Margot indique que cela ne sera pas du tout simple.

— Tu ne voudrais pas plutôt parler de ce que moi, j'ai subi, maman ? Tu ne veux pas penser un peu à ce que moi, j'ai perdu ?

Kit considère Margot sans comprendre. Elle ouvre la bouche pour répondre, mais Margot n'a pas terminé.

— Bien sûr, tu ne veux pas y penser, parce que les autres, ça ne t'intéresse pas ! Tu ne t'es jamais sentie concernée que par toi, ton travail, ton succès !

Elle a craché ce dernier mot comme une insulte.

Kit se rebiffe.

— Mon succès ? Tu crois que c'est mon succès qui m'importait ? Le succès, je m'en suis toujours moquée ! Je ne me suis jamais intéressée qu'à l'écriture. À l'histoire que je voulais raconter. Mais ce succès, comme tu dis, avait quand même quelques avantages : c'est ce qui a permis de payer les factures, les extras, et de mettre un toit sur nos têtes.

Margot s'empourpre.

— Mais tu ne t'es jamais rendu compte des conséquences pour nous ! C'était comme si tu n'étais pas là… Tu ne voyais jamais nos besoins… mes besoins.

Margot reprend son verre et le vide, puis le repose brutalement sur la table.

Kit s'indigne.

— Moi, je n'étais pas là ? Enfin, chérie, continue-t-elle en secouant la tête, il est possible que je n'aie pas été la meilleure des mères, mais je te rappelle que c'est ton père qui nous a abandonnées. Ton père ! répète-t-elle un ton plus haut. C'est lui qui est parti avec cette… bonne femme !

Elle sait qu'elle a fait mouche. Elle se doutait que cet argument allait blesser Margot, mais c'est pour lui faire comprendre que ce n'est pas elle, la coupable. En tout cas, pas la seule responsable.

— Je suis restée, je ne vous ai pas laissées tomber, moi !

Kit s'arrête, la respiration forte, consciente qu'elle a presque crié et que sa main est crispée sur la cuillère en bois.

— Et pourquoi penses-tu qu'il est parti ? attaque Margot. Tu ne voyais même pas qu'il était là. Tu faisais avec lui comme avec nous. Pas étonnant qu'il soit tombé amoureux de la première femme qui passait par là et qui l'a un peu écouté. Toi, tu ne t'intéressais qu'à tes histoires et à ton idiote d'héroïne.

— C'est pour ça que tu as tout détruit ? demande doucement Kit. Pour me punir ? Tu m'en voulais parce que ton père nous a quittées ?

Margot rougit encore plus fort.

— Tu ne comprendras jamais, parce que tu es incapable de voir le monde qui t'entoure. On aurait pratiquement pu ne pas vivre sous le même toit. Tu ne te souviens pas des pique-niques oubliés, des fêtes de fin d'année zappées. La pièce de théâtre où je jouais que tu n'es même pas venue voir.

Kit la dévisage, sidérée.

— Tu veux dire que tu as fait ça parce que j'ai manqué une fête de fin d'année ? Parce que je ne suis pas venue te voir jouer ta pièce ?

Un rire incrédule lui échappe et Margot baisse la tête.

— Tu m'as punie parce que je n'avais pas le temps de tout faire ? Mais enfin, Margot, ce sont des griefs de gamine ! Je suis désolée que ton père et moi, nous nous soyons séparés, mais finalement, c'est sûrement moi qui ai le plus souffert dans l'affaire. Tu n'étais pas la première adolescente dont les parents divorçaient.

— Je sais bien.

Margot se recroqueville sur sa chaise, yeux tournés vers le sol.

— Il ne s'agit pas de ça…, commence-t-elle. C'est toi… Chaque fois que j'essayais de te parler… tu…

Elle termine par un vague mouvement de main, profondément abattue, comme si elle sentait qu'elle n'arriverait jamais à s'expliquer.

Kit est très surprise de la voir se mordre les lèvres comme si elle était submergée par l'émotion. Une larme glisse sur la joue de sa fille, puis elle enfouit son visage dans ses mains, pour se cacher, semble-t-il, incapable de laisser voir à sa mère combien elle souffre. Kit a de nouveau sous les yeux le tatouage qui s'enroule sur le bras de Margot, et cette fois elle distingue un détail qui lui avait échappé : un petit cœur noir niché dans la liane au creux du coude. Un cœur noir. C'est bien trouvé.

Chaque fois que j'essayais de te parler… Kit fronce les sourcils. Elle a beau chercher, il lui semble que Margot n'a jamais, par aucun signe, montré qu'elle voulait se confier à elle. Elle se souvient seulement de cette dernière année, du jour horrible où Ted a fait ses cartons pour quitter définitivement Windfalls. C'est vrai, elle n'a pas très bien su gérer la situation. Elle s'est plongée dans l'écriture pour ne pas trop penser, et elle a déversé toute son énergie dans le dernier tome de la saga de Tora Ravenstone que son éditeur lui réclamait à cor et à cri. De cela, elle se souvient parfaitement, mais pas de Margot voulant lui parler. Au contraire.

Cette année-là, elle avait vu leur gentille fille, normale, mignonne – peut-être un peu plus difficile qu'Eve et Lucy, un peu moins docile, plus turbulente mais toujours joyeuse –, se transformer du jour au lendemain en une adolescente introvertie classique. Elle se souvient du rideau de cheveux sombres derrière lequel elle se cachait, de sa façon de raser les murs comme une ombre, ses écouteurs collés en permanence aux oreilles. Elle se souvient d'avoir tant de fois été arrêtée par une porte fermée à clé quand elle frappait le soir pour dire bonsoir à sa petite dernière, ne recevant qu'un « bonne nuit » étouffé en réponse. À cette époque, Margot ne voulait pas être dérangée, encore moins touchée, et pas même vue. C'était Margot qui avait tout fait pour l'éloigner, pas l'inverse.

Cette transformation était survenue à peu près à l'époque du départ de Ted. Une coïncidence malencontreuse entre ce changement de vie imposé et ces années d'âge ingrat dans lesquelles elle entrait. Il n'y a pas de période idéale pour un divorce et la fuite d'un père, mais pour Margot, la rupture était sans doute survenue à un très mauvais moment. Kit avait bien essayé de lui parler de la séparation, mais Margot avait été mutique. Il était très injuste de sa part de prétendre le contraire. Un divorce, cela arrivait à tout le monde. Bien sûr, cela avait été compliqué, pour toute la famille, et, oui, sans doute encore plus pour Margot, qui n'avait que quinze ans et était la dernière des trois filles à vivre encore à la maison. Ce n'était pas une excuse. Ce qu'elle avait fait était impardonnable.

Kit entend derrière elle l'eau des pâtes en ébullition déborder de la marmite. Elle se précipite pour baisser le gaz et essuie la cuisinière.

— Bon, je suis désolée d'avoir été une si mauvaise mère, dit-elle au bout d'un moment, se résolvant enfin à regarder Margot. Je te demande pardon de t'avoir déçue. Je suis navrée d'avoir gâché ta vie en manquant quelques fêtes scolaires.

Margot se lève si brusquement que sa chaise grince sur le carrelage.

— Tu peux arranger cette histoire à ta sauce autant que ça te plaît, maman, mais la vérité, c'est que tu étais trop aveugle pour voir ce qui se passait sous ton nez.

Kit sourit tristement.

— Je n'étais pas aveugle, chérie. Ça s'appelle un point de vue, et il y en a toujours plusieurs pour toute chose. Un même événement est vécu différemment par ses protagonistes…

Margot lui jette un regard froid.

— C'est bon, épargne-moi tes cours de littérature. Ça ne change rien.

— C'est vrai, tu as raison. Ça ne change rien. Ça ne ramènera jamais ce que tu as détruit.

Margot la regarde fixement un long moment, le souffle court, les émotions se succédant sur son visage comme sous l'effet d'un choc : l'incrédulité, la colère, puis la souffrance.

— Je te demande pardon, finit-elle par dire. Ça te va, comme ça ? Je suis désolée pour tout.

Face à Margot, Kit a l'impression que les murs tombent comme un château de sable emporté par une vague. Elle a envie de la prendre dans ses bras mais se retient, redoutant une réaction violente.

— Explique-moi, demande-t-elle plus gentiment. Dis-moi ce qui s'est passé, et pourquoi tu as fait ça. Aide-moi à comprendre pourquoi tu as voulu me faire du mal.

— Je… je…, bégaye Margot, qui ferme les yeux pour tâcher de se reprendre. Je n'ai pas… Je ne peux pas…

Kit ressent une douleur physique à voir sa petite fille souffrir autant. Elle attend, souhaitant de tout son cœur que Margot poursuive, mais cette dernière inspire à fond comme pour se donner du courage, et quand elle rouvre les yeux, son visage est redevenu un masque immobile. Elle tente de la pousser quand même à s'expliquer et insiste :

— Tes excuses n'ont pas beaucoup de valeur si tu ne me dis pas ce qui t'a motivée.

Margot rentre le cou dans les épaules et baisse les yeux, une attitude d'adolescente obstinée et incapable de s'exprimer qui vient de loin et rappelle à Kit sa fille, à seize ans, en pleine crise. *Mais qu'est-ce qu'il y a ?* a-t-elle envie de hurler. *Qu'est-ce qui t'a rendue aussi dure ?* Elle préfère se taire et se contente de soupirer.

— Très bien, comme tu voudras. Nous sommes obligées de nous côtoyer pendant quelques jours dans cette maison. Je te demande seulement de ne pas gâcher le mariage de ta sœur.

— Je t'ai déjà dit que j'étais là pour Lucy. Ne t'en fais pas, tu seras vite débarrassée de moi.

Elle regarde le basilic haché.

— Ça m'a coupé l'appétit, marmonne-t-elle. Je ne vais pas dîner.

Kit ne la retient pas. Elle attend d'entendre ses pas sur le palier du haut pour reprendre la bouteille de chardonnay et se resservir. Au bruit de la porte de la chambre qui claque, elle boit une grande gorgée, puis elle remue les tagliatelles et en attrape une pour goûter si elles sont cuites. Elle les égoutte, ajoute du beurre et le basilic que Margot a préparé, quelques pignons de pin et une bonne pincée de parmesan, puis elle s'en sert un bol qu'elle pose sur la table.

Elle s'assoit et contemple ses pâtes. La maison est silencieuse. Le rythme de son cœur commence à se calmer. Il se passe exactement ce qu'elle redoutait : en venant, Margot a aussi apporté sa mauvaise humeur, ses problèmes. Elle avait espéré qu'avec le temps sa fille si difficile, si coléreuse, s'adoucirait, mais elle est restée exactement la même, pleine de reproches et de griefs secrets. Kit s'en veut de se laisser autant atteindre. Elle souffre encore de la perte immense que Margot lui a fait subir. Et elle rage de ne toujours pas parvenir à comprendre ce qui est arrivé. Les excuses ne réparent rien si elles sont forcées et que l'acte lui-même reste inexpliqué.

Kit repose sa fourchette après quelques bouchées. Elle n'a plus faim. Elle abandonne et va jeter ses restes à la poubelle, puis elle fait la vaisselle. Un faitout. Une cuillère en bois. Un bol. Ce décompte des objets qui passent entre ses mains est à l'image de sa solitude. Le chat entre dans la cuisine en poussant des miaulements plaintifs et se frotte contre ses jambes pour réclamer sa pitance. Elle verse quelques croquettes dans son bol et caresse sa vieille tête pendant qu'il les mange lentement.

La vie de Kit n'a pas toujours été aussi morne. Elle se souvient des années d'enfance de ses filles à Windfalls, à l'époque où Ted y vivait encore. En ce temps-là, les journées étaient frénétiques, et elle n'avait pas encore appris à tout gérer, à jongler avec les obligations. Il lui semblait alors qu'elle n'avait jamais assez de temps pour elle. Il y avait aussi eu les jours heureux avant la naissance des filles, bien sûr, l'époque où Ted et elle avaient emménagé ensemble, heureux de s'approprier la vieille ferme, sans un souci en tête. Ted écrivait ses pièces de théâtre et Kit envisageait l'avenir avec bonheur.

Elle n'aurait jamais cru qu'un jour elle vivrait seule à Windfalls, qu'elle se battrait avec l'écriture dans son bureau de la tourelle, qu'elle se retrouverait seule à la fenêtre de la cuisine devant le verger où, dans quelques jours, on allait fêter le mariage de Lucy.

Lucy. Lucy se mariait… Kit laisse cette pensée s'emparer d'elle et se demande ce qu'elle en pense vraiment. Quand Lucy lui a révélé son projet si soudain, elle l'a tout de suite rassurée et lui a dit que, bien entendu, la réception pourrait avoir lieu à Windfalls, et que, oui, bien sûr, elle n'interdirait à personne de venir… même pas à Margot. Elle a assuré que tout se passerait bien. Elle ne s'autorise que maintenant à s'interroger sur cette promesse et à se demander si elle avait pleinement conscience de ce qu'elle acceptait. Mais comment lui refuser cela ? C'est son adorable bébé blond, sa jolie petite bombe d'énergie qui, assise dans sa chaise haute, tapait avec sa cuillère en chantonnant des syllabes décousues ; c'est la fillette ébouriffée aux longues jambes qui faisait la roue dans le jardin et marchait sur les mains ; c'est l'adolescente décontractée, pas très bien classée au lycée, mais douée au hockey, championne de basket et inégalable dans tous les sports d'équipe. Et cette jeune fille est devenue une femme, elle a fait le tour du monde et monté sa propre entreprise. Et maintenant, elle se marie. La transformation a eu lieu à une vitesse stupéfiante, comme si on avait appuyé sur « Avance rapide ».

Elle n'en revient pas : ses trois filles sont maintenant des femmes adultes. Eve a des enfants, Lucy va se marier et Margot… Margot est certainement très occupée dans son exil volontaire. Pensive à la fenêtre de la cuisine, Kit se demande par quel coup du sort elle se retrouve là, à la cinquantaine passée, la ménopause derrière elle, en train de regarder par la même fenêtre la même vue qui lui a tant plu alors que Ted et la femme pressée de l'agence attendaient qu'elle se décide à sortir. Ces deux temps éloignés, ces deux versions d'elle-même se fondent en un seul point, une seule personne ; le temps se plie en accordéon ; hier et aujourd'hui se rejoignent comme les coins d'une feuille de papier pliée. Elle ferme les yeux. « C'est ici chez nous, lui avait-elle dit. Je le sens. »

Ce souvenir lui évoque aussi les bras de Ted qui l'enlacent, la chaleur de son souffle dans son cou. Elle s'attarde sur cette sensation qui vient de loin : Ted dans son dos, qui la prend par la taille, alors qu'ils bercent tous les deux l'espoir d'un avenir partagé. Comme cette vie a été délicate à mener, fragile. Oh, Ted ! songe-t-elle, c'est ici que nous devions vieillir heureux…

Elle rouvre les yeux. Dans la nuit tombante, la vitre obscurcie lui renvoie son reflet qui l'observe. Elle se détache de la fenêtre et quitte la cuisine, prend l'escalier pour monter dans sa chambre. De la lumière passe sous la porte de Margot. Elle hésite, dévorée de regrets, se demande si elle doit aller frapper. Elle entend des mouvements derrière la porte. Des pas, puis le bruit de la fermeture Éclair d'un sac de voyage. Plusieurs objets – des livres, peut-être – tombent par terre. Encore des pas, puis le grincement du sommier. Kit pense à tous les non-dits qui les empoisonnent – à toutes les occasions de parler perdues, et, avec un soupir, elle se résigne à aller se coucher.

Elle se déshabille tout en regardant l'araignée grise à longues pattes qui s'est installée dans un coin du plafond. Cette semaine, elle a observé tous les jours les progrès de sa toile, le tissage des fils selon une méthode bien précise. En femme d'intérieur accomplie, Eve aurait bien entendu depuis longtemps fait déguerpir la bestiole par la fenêtre à coups de balai ou de torchon, mais Kit l'aime bien. La contemplation de ce travail lent et contrôlé l'apaise, et elle se rassure en voyant se déployer et grandir la toile circulaire. Cela lui donne de l'espoir pour son travail. Elle sent qu'il est possible de retrouver le processus régulier d'écriture auquel elle s'astreignait autrefois. Poser les mots sur le papier, l'un après l'autre, progresser lentement mais sûrement, les joindre les uns aux autres pour élaborer son récit.

Elle se brosse les dents au-dessus du lavabo de porcelaine fendillé qui se trouve dans un coin de sa chambre, enfile une chemise de nuit propre, puis se glisse dans son lit défait en tirant draps et couvertures sous son menton, les yeux toujours posés sur l'araignée, qui tisse lentement comme elle la spirale de ses souvenirs, de ses pensées qui font la navette entre le passé, le présent et l'avenir.

Le week-end qui s'annonce l'inquiète : en les réunissant, le mariage va faire remonter de vieux souvenirs, de vieilles querelles, de vieilles blessures. Elle pense à Ted, de l'autre côté de la vallée, couché dans les bras d'une autre femme. Cette évocation ranime sa terreur. C'est une sensation ancienne qu'elle connaît bien. Elle a éprouvé la même horreur absolue la nuit de l'incendie en regardant, impuissante, monter les flammes dans le ciel noir.

Kit se tourne et se retourne. L'obscurité l'étouffe, lourde, oppressante. Elle se sait condamnée à passer des heures à se battre contre l'insomnie qui depuis peu perturbe si souvent ses nuits. Alors, plutôt que de rester à se torturer dans son lit, à s'obséder avec des idées noires jusqu'au chant des oiseaux, elle se lève, enfile son peignoir de soie et se dirige vers l'escalier en colimaçon qui mène à la pièce de la tourelle où elle a installé son bureau, avec l'ordinateur et le fouillis de livres et de papiers qui s'étale autour d'elle quand elle travaille. Elle prend la dernière page qu'elle a imprimée et tâche de relire son texte inachevé, raturé : bouts de phrases retirés, rajoutés d'une écriture illisible, déplacés par des zébrures épaisses. Une énième tentative manquée pour retrouver le chemin de son imaginaire. Elle froisse le feuillet et l'envoie dans la corbeille débordante, remplie d'autres boules de papier semblables. Puis, avec un soupir, elle se coule dans la courbe familière de son fauteuil de bureau. Elle pense à l'araignée qui tisse sa toile, fil à fil. Elle essaie de chasser sa famille de ses pensées et elle allume l'ordinateur, prête, encore une fois, à faire face à l'écran vide.

LE PASSÉ
1986-1987

6

Avant Windfalls, avant Eve, avant Lucy et, bien sûr, avant Margot, il y avait eu Ted et Kit, jeunes et amoureux, dans leur appartement londonien, avec devant les yeux une petite annonce, un encadré en dernière page d'un journal national : *Somerset. Succession. Ferme de caractère, six chambres, terrain. Toute proposition étudiée.*

— Six chambres ! Que veux-tu qu'on fasse de tout ça ? avait demandé Ted en riant.

Mais la petite photo en noir et blanc de la ferme ancienne avait attiré l'attention de Kit et, sans s'arrêter à cette remarque, elle avait téléphoné à l'agence dès le lendemain matin et pris rendez-vous pour visiter la propriété.

Deux jours plus tard, ils se retrouvaient sur la route, Ted au volant, silencieux et pensif, tandis que Kit à côté de lui bavardait joyeusement, pleine d'un charmant enthousiasme juvénile. En chemin, ils s'arrêtèrent dans un petit restaurant de bord de route où ils burent du thé et partagèrent une assiette d'œufs brouillés et de frites.

— On ne l'achète pas, avertit Ted. On y va juste par curiosité.

— Mais bien sûr !

De retour dans la voiture, après s'être un peu débattue avec la carte routière, Kit repéra le trajet qui les mena jusqu'à Mortford à travers des vallons boisés et resplendissant de couleurs automnales. C'était un village pittoresque perché dans les coteaux de la vallée de l'Avon. Ils passèrent devant un bureau de poste et un pub, franchirent un pont étroit et se retrouvèrent dans la campagne. Ils eurent un peu de mal à trouver la maison, mais elle finit par apparaître, solitaire dans les hauteurs, juste à l'extérieur du village, au bout d'un chemin sans panneau.

— C'est sûrement là, dit Kit.

Ted s'arrêta et s'appuya au volant pour mieux voir la belle ferme aux dimensions harmonieuses nichée dans la colline, le solide corps de logis avec son aile d'un côté, ses chiens-assis et sa glycine qui couvrait toute la façade, l'immense étendue de ciel au-dessus d'un jardin en pente, et un verger en bas qui descendait vers un trait d'eau, un méandre de la rivière juste visible à travers les arbres. La pelouse était pelée et envahie de boutons-d'or et de grosses têtes blanches de pissenlits. Les premières feuilles d'automne tombaient des arbres en virevoltant. Une vieille corde de balançoire pendait mollement de la grosse branche noueuse d'un châtaignier. Cela correspondait bien à la photo du journal, mais ce n'était plus du tout pareil. Ted ressentit une étrange émotion. Cela n'avait rien à voir de rêver à un avenir possible avec

Kit assis sur le canapé de leur appartement londonien, et de mettre ce même fantasme à l'épreuve de la réalité. Cette propriété, avec sa maison et son jardin, vibrait d'une vague mélancolie qui l'intrigua.

— Je me demande qui étaient les propriétaires. Comment s'appelle la maison, déjà ? demanda-t-il.

— Windfalls.

Il y eut un silence.

— C'est là, on a trouvé, dit-elle. C'est ici, chez nous.

— Tu crois ?

— Oui, je le sens.

Il se tourna vers elle et comprit à son expression de joie sereine qu'elle parlait très sérieusement et qu'il allait avoir du mal à la faire changer d'avis.

La négociatrice de l'agence arriva peu après, une petite femme pressée, disparaissant dans un tailleur trop grand aux épaules gonflées par d'énormes épaulettes qui la rapetissaient. Elle leur donna une poignée de main étonnamment ferme avant de leur faire visiter la maison. Elle pointa au passage les multiples taches d'humidité et les lattes de parquet vermoulues. Ted comprit vite qu'elle les avait classés dans la catégorie des enquiquineurs qui lui faisaient perdre son temps – un jeune couple de bobos londoniens venus passer quelques heures à la campagne pour se faire plaisir mais pas pour acheter. Kit, le sentant certainement aussi, n'en fut que plus déterminée à visiter la maison de fond en comble, hésitant ici et là, s'arrêtant aux fenêtres pour admirer la vue sur la vallée, appréciant avec enthousiasme la couleur de miel de la pierre de pays, l'énorme cheminée à l'âtre noirci du salon, les poignées de porte en laiton à motif ancien. Tant et si bien qu'en finissant la visite par la tourelle, en la suivant dans l'escalier en colimaçon qu'elle montait quatre à quatre pour voir la pièce qui y était aménagée, Ted savait déjà que pour Kit, l'affaire était faite.

— Tu as vu ce bel espace ? s'exclama-t-elle une fois arrivée en haut. Qu'est-ce que tu en penses ? Ça te ferait un super bureau pour écrire.

— Je ne sais pas si tu as remarqué, mais je n'écris pas beaucoup pour l'instant.

— Et est-ce que tu sais pourquoi ? Qu'est-ce qui t'en empêche ?

— Je ne sais pas… On dit souvent que pour créer, il faut ressentir un certain malaise… souffrir, même. Alors c'est peut-être juste parce que je suis trop heureux.

— On peut être trop heureux ?

— Absolument, et c'est ta faute !

— Bon, alors je sais ce qu'il me reste à faire : je dois te rendre très malheureux.

— Non merci, sans façon, murmura-t-il avant de poser un baiser sur ses lèvres.

En relevant la tête, il vit par la fenêtre en demi-lune le jardin désordonné et le verger qui descendait vers l'eau.

— Tu as vu la taille du terrain ? On ne pourra jamais l'entretenir.

— On le laissera à l'état sauvage, et les enfants pourront courir dans la prairie. Ce serait une belle enfance, à la campagne, au bon air, et ils nageraient dans la rivière.

— Les enfants… Au pluriel ? Tu en veux plusieurs ?

— Oui. Je ne t'ai pas dit ? J'en veux plein. J'en veux des hordes, qui courent partout, qui grimpent aux murs et font les fous.

— Tiens… je ne me rappelle pas qu'on en ait vraiment discuté. Comme on n'a pas vraiment discuté de ce petit-là non plus, d'ailleurs, ajouta-t-il en posant la main sur le petit ventre arrondi de Kit.

Elle lui lança un sourire rayonnant.

— Moi, je pense que dans la vie il faut se jeter à l'eau sans trop réfléchir. Tu ne voudrais pas avoir un fils unique ? Je sais comme tu regrettes de n'avoir eu ni frère ni sœur.

— Un fils, tu crois ? demanda-t-il avec un haussement de sourcils.

— Ou une fille…

Ted jeta un coup d'œil à la fiche qu'on leur avait donnée pour la visite.

— Tu te rends compte du prix ? Pour acheter ça, tout l'héritage de mes parents y passerait et une bonne partie de mes droits d'auteur. Il ne resterait pas grand-chose.

— Mais le coût de la vie est bien plus bas ici qu'à Londres. Tu auras tout le calme dont tu as besoin pour écrire. Tu feras d'autres pièces. C'est ça qui est bien, non, avec le génie créatif…

Kit le vit lever les yeux au ciel mais continua sans se laisser perturber.

— Tu ne crois pas que c'est un signe que nous ayons vu cette annonce ? « Windfalls », l'aubaine, le signe du ciel… Ce nom va nous porter chance !

— Et tu ne te sentirais pas perdue, au fin fond du Somerset ? Londres ne te manquerait pas ?

— Oh, moi, tu sais, je ne m'ennuie jamais ! Et puis ça va me donner du boulot de fabriquer tous ces bébés.

— Là, je crois que je vais devoir participer un peu, dit-il en l'embrassant de nouveau, pris de désir, s'émerveillant toujours du pouvoir qu'elle exerçait sur lui. Il ne pouvait jamais rien lui refuser.

La dame de l'agence les attendait dehors, impatiente. Elle ferma la maison derrière eux et partit en faisant voler les graviers sous ses roues. Ted n'avait pas fait deux pas vers leur voiture que Kit le rappelait déjà.

— Viens !

Elle voulait visiter le jardin. Elle lui fit descendre les terrasses et l'entraîna jusqu'au verger aux pommiers chargés de fruits. Elle avança jusqu'à une barrière en bois branlante. Ted s'arrêta derrière elle au portail et l'attira contre lui en l'enlaçant. Elle appuya la tête en arrière et il huma son parfum – une fraîche odeur citronnée mêlée aux premières senteurs de l'automne et à celle, douceâtre, des premières pommes tombées.

— Tu n'en as pas assez de vivre en ville ? demanda-t-elle. Tu n'as pas l'impression d'étouffer ? D'être toujours pressé ? Et si on s'éloignait des gens, des fêtes, de tout ce qui occupe nos journées de dingues ? Ici, nous aurions le temps de réfléchir, de respirer et, toi, d'écrire. Et puis regarde-moi ça… Si tu n'écris plus de pièces, on pourra toujours vivre de la vente de pommes.

Elle se tourna pour le regarder avec son plus joli sourire et Ted sut qu'il n'était pas de taille à résister. À la seconde où il avait posé les yeux sur elle, il avait été ensorcelé.

La première fois qu'il l'avait vue, elle était pratiquement nue, sur la scène d'un théâtre, devant plusieurs centaines de spectateurs. Il se trouvait là par devoir, invité à la première d'une pièce – une œuvre expérimentale prétentieuse écrite par un ancien copain de fac. Kit avait un rôle de figuration. Elles étaient quatre comme elle à jouer les statues, seulement vêtues de tout petits strings, le corps blanchi, prenant des poses sur des socles disposés ici et là sur le plateau pour représenter une exposition artistique. Entre chaque scène, au passage au noir, les figurantes nues changeaient de position sur leur socle, puis se figeaient de nouveau. Le dernier acte traînait en longueur dans un dialogue laborieux entre les deux personnages principaux, quand Ted avait entendu un spectateur devant lui murmurer beaucoup trop fort :

« Les statues jouent mieux que les autres, non ? »

Son voisin avait approuvé en ajoutant :

« Et la deuxième en partant de la gauche n'est pas mal foutue du tout. »

Ce qui avait déclenché quelques fous rires nerveux autour d'eux.

Or, depuis le début de la pièce, Ted faisait justement de son mieux pour ne pas trop regarder « la deuxième en partant de la gauche ». Comment faisait-elle pour rester immobile sous les regards curieux, sachant que plusieurs centaines d'yeux étaient fixés sur son corps ? N'avait-elle pas froid ? Ne s'ennuyait-elle pas ? Son immobilité parfaite, presque bouddhique, était extraordinaire à voir. Il s'était fait la morale : arrête, c'est une comédienne dans une pièce sérieuse, pas une fille nue mise là pour alimenter tes fantasmes d'ado.

Après la pièce, alors que les invités se bousculaient dans le petit bar bondé du théâtre, attendant leur tour de commander une boisson hors de prix, il s'était joint à la cohue en réfléchissant à un compliment un peu sincère qu'il pourrait faire à son ami Timothy. Quelqu'un l'avait poussé pour se glisser à côté de lui dans un espace inexistant. En tournant les yeux, il avait vu que c'était « la deuxième en partant de la gauche » qui se pressait contre lui. Il avait bien failli ne pas la reconnaître maintenant qu'elle était habillée. Elle portait une robe à fleurs aux couleurs vives, ses cheveux noirs étaient détachés sur ses épaules, mais quelques traces de maquillage blanchissaient encore sa peau, une preuve qui avait confirmé Ted dans sa première impression.

« Félicitations », avait-il dit sans pouvoir faire un geste, mais lui montrant qu'il s'adressait à elle par un mouvement de tête.

Elle avait répondu par un petit signe du menton, mais sans quitter le barman des yeux.

« Vous jouez très bien les statues, avait-il ajouté.

— Vous vous foutez de moi ? avait-elle demandé, toujours sans le regarder.

— Pas du tout ! s'était exclamé Ted en rougissant, désolé de l'avoir vexée. Non, non… J'ai pensé que vous aviez très bien… très bien… tenu la pose.

— Sans blague ! »

Un petit espace s'étant créé au comptoir, elle avait sauté sur l'occasion et pris la place avant de se tourner pour lui jeter un coup d'œil.

En sentant le regard de la jeune comédienne sur lui, il s'était demandé ce qu'elle pensait de sa haute silhouette et de sa tenue assez négligée. Il avait rougi et dit précipitamment :

« Oui, vous ne bougiez vraiment pas du tout. C'est très difficile de rester comme ça sans du tout… du tout… »

Le regard noisette l'avait rendu muet.

« Sans du tout… bouger ? » avait-elle complété non sans ironie.

Ted avait éprouvé une sensation étrange. Il perdait pied, comme si un gouffre s'ouvrait sous lui. Il avait hoché la tête, réduit au silence

« J'ai l'habitude, avait-elle expliqué.

— Vous avez l'habitude de faire la statue ?

— Mais non, avait-elle répondu en lui lançant un regard étonné. Je pose comme modèle dans une école d'art.

— Ah ! oui, d'accord, bien sûr. Mais oui, alors. C'est bien. »

Le barman s'était alors arrêté devant eux, et Ted avait proposé d'offrir un verre à la jeune femme.

« Je me raconte des histoires, avait-elle dit.

— Pardon ?

— Vous me demandiez comment j'arrivais à rester aussi immobile. J'invente des histoires pour me distraire et ne pas penser aux crampes et à l'envie de me gratter.

— Quel genre d'histoires ? demanda-t-il, réellement intéressé.

— Oh, tout ce qui me passe par la tête. Pour le moment, j'en suis surtout aux fantasmes de vengeance. Je prends un grand plaisir à imaginer des fins atroces pour le type qui a écrit cette pièce. Il est immonde. Il a tenu à choisir personnellement les rôles de statues, chez lui, en tête à tête ! Il m'a fait marcher toute nue dans son salon et il m'a sauté dessus avec l'air de croire que j'allais coucher avec lui sans transition sur son canapé en velours dégueulasse. »

Ted eut un sursaut, horrifié mais pas totalement surpris d'apprendre que Timothy était capable d'une conduite aussi inqualifiable.

« Désolé.

— Ne vous inquiétez pas, je lui ai retourné une bonne claque et je l'ai menacé de porter plainte pour harcèlement sexuel s'il ne me donnait pas le rôle. Donc finalement, il y a eu plus de peur que de mal. »

Ted lui avait jeté un regard admiratif.

« Bravo ! »

Elle avait regardé autour d'elle et Ted avait cru qu'elle cherchait un prétexte pour lui fausser compagnie. Mais ce n'était pas le cas car elle avait repris la conversation.

« Vous faites quoi ?

— J'écris.

— Pour le théâtre ? avait-elle demandé en reculant un peu comme pour mieux le jauger. Comme Tim ?

— Oui. Enfin non, pas exactement comme lui, j'espère. »

Le volume sonore avait tellement monté qu'elle avait dû se dresser sur la pointe des pieds pour lui crier dans l'oreille :

« Vous avez écrit quoi ? Vous pensez que j'ai pu voir une de vos pièces ? »

En sentant le souffle de la jeune comédienne sur sa peau, Ted avait senti monter du désir. Quel imbécile, s'était-il dit. Il ne valait pas mieux que ce salaud de Tim, pas mieux que ces vieux dégoûtants assis devant lui pendant le spectacle. Il avait passé le doigt dans son col de chemise et pris une gorgée de son demi avant de répondre :

« Je ne sais pas. Peut-être, si vous vous intéressez aux tragédies familiales traitant des relations compliquées entre un père et son fils. »

Ce résumé eut l'air de lui évoquer quelque chose.

« Comment elle s'appelle, cette pièce ?

— *Paroles perdues*. »

Elle avait alors eu un sourire, un sourire étincelant, merveilleux, révélant de jolies dents blanches.

« Oui, bien sûr que je l'ai vue ! Deux fois, même, avait-elle ajouté, un peu gênée. Un prof à l'école d'art m'a donné deux billets comme paiement. J'ai tellement aimé que j'ai fait la queue pour m'inscrire sur la liste d'attente, et j'ai pu la revoir la semaine suivante. C'est une très belle pièce. Triste, mais qui fait du bien en même temps.

— Merci.

— Ted Sorrell », avait-elle dit, en retrouvant soudain son nom.

Il avait hoché la tête et elle lui avait tendu la main.

« Kit Weaver. »

Sa peau était tiède au toucher, mais quand il avait baissé les yeux, les traces de maquillage blanc lui avaient donné l'impression qu'elle était faite de porcelaine.

« J'ai lu un article sur vous dans l'*Evening Standard*, avait-elle continué. Il paraît que vous faites partie des jeunes espoirs du théâtre anglais. On attend beaucoup de votre prochaine pièce et ce sera le projet le plus prometteur des dix prochaines années. »

Il avait contemplé le bout de ses chaussures.

« Oui… Eh bien, ça n'est pas certain, parce qu'il n'y a rien de tel qu'un succès soudain pour vous écraser sous le poids des doutes.

— C'est compliqué de s'y remettre ? »

Il avait laissé échapper un rire sardonique.

« C'est peu de le dire. »

Un silence s'était fait, et il s'était creusé la tête pour relancer la conversation.

« J'aime beaucoup votre robe, avait-il lancé. Elle est… très originale.

— Merci. C'est moi qui l'ai faite. Je l'ai taillée dans de vieux rideaux… Ça vous étonne ?

— Pas du tout. Je savais bien que ça me rappelait quelque chose : ma mère doit avoir les mêmes dans son salon. »

Elle avait ri, puis vidé son verre avec une vigueur impressionnante, en faisant cogner les glaçons à grand bruit.

« On va finir la soirée ailleurs, Ted Sorrell ? Il y a un pub pas trop mal en bas de la rue, et ça ne me déplairait pas de me transporter quelque part où tout le monde ne m'aurait pas vue à poil. »

Ils étaient restés dans le pub jusqu'à la fermeture, et après, c'était elle qui l'avait pris par la main et qui l'avait ramené à l'appartement où elle vivait en colocation. C'était elle qui l'avait attiré sur son lit et elle qui lui avait murmuré à l'oreille que s'il ne lui faisait pas l'amour à la seconde, elle allait en crever. Et le lendemain matin, parce qu'ils n'arrivaient pas à se quitter, c'était elle qui lui avait proposé de l'accompagner au marché de Camden où elle tenait un stand avec une amie. Il l'avait donc suivie et était resté toute la matinée avec elle, à la regarder vendre des cristaux et des attrape-rêves artisanaux.

« Un peu cher pour un caillou, avait-il commenté en prenant une pierre ovoïde rose pâle sur la table pour la soupeser.

— C'est du quartz rose. Une pierre de cœur, bourrée d'énergie féminine. Elle stimule la réflexion, la connaissance de soi et l'inspiration. C'est une bonne pierre pour les créateurs, avait-elle ajouté en lui donnant un coup de coude. Tu devrais l'acheter, je te fais un prix. »

Il avait ri.

« Pas mal, l'argumentaire. Tu as de l'imagination !

— Non, non ! C'est vrai.

— Comment sais-tu tout ça ?

— J'ai appris sur le tas. Je m'intéresse à plein de choses. Aux pierres, mais aussi aux contes et légendes depuis que je suis toute petite. Les mythes, les épopées celtes… J'ai commencé une licence d'histoire médiévale, mais je ne suis pas allée au bout, avait-elle ajouté avec un haussement d'épaules. Il y avait trop de cours, trop de travail… Je ne suis pas super performante dans ce genre de cadre. Je n'ai pas assez les pieds sur terre pour me plier aux horaires et au travail scolaire. Mes parents s'arrachaient les cheveux, et puis ils ont laissé tomber quand j'ai quitté la fac il y a deux ans.

— Mais alors, tu veux faire quoi dans la vie ? Je suppose que tes séances de pose ne représentent pas le summum de tes ambitions.

— Je sens comme une critique dans ta voix, Ted… Ça t'ennuie que je gagne ma vie en me mettant toute nue ? »

Ted avait entendu qu'elle ne plaisantait qu'à moitié, mais pour être honnête, cela ne lui plaisait pas du tout qu'elle s'expose devant n'importe qui.

« Ça m'ennuie peut-être un peu, admit-il. Ce serait grave si tu ne retournais pas au théâtre ?

— Quoi ? Ce soir ?

— Oui, ce soir. »

Elle l'avait considéré avec ennui.

« Je n'ai pas besoin qu'un preux chevalier vole à mon secours, Ted.

— Non, bien sûr, s'était-il dépêché de répondre. Tu fais ce que tu veux, évidemment ! Je te soutiens, tu as le droit de t'exprimer comme tu veux. La liberté de création, c'est très important. »

Il était bien clair pour lui qu'il n'essaierait jamais de l'empêcher de faire quoi que ce soit : ce serait beaucoup trop dangereux.

« C'est seulement parce que j'aime tellement être avec toi que je voudrais que cette journée ne finisse jamais. Et cette pièce est… C'est un vrai navet, il faut bien l'admettre.

— Tu ne vas pas devenir un monstre de jalousie ?

— Non, je ne suis pas possessif. Je n'aime pas étouffer les gens. »

Elle l'avait considéré attentivement puis elle avait jeté les bras autour de lui.

« Oui. Serrons-nous fort, mais ne nous étouffons pas.

— Bon, alors, avait-il repris au bout d'un moment en se détachant de leur étreinte. Tu ne m'as pas répondu tout à l'heure. Tu veux faire quoi, dans la vie ?

— Je ne sais pas encore.

— Tu es jeune, tu as le temps.

— Tu dis ça comme si tu étais un vieillard ! Tu n'es pas tellement plus âgé que moi.

— J'ai neuf ans de plus, quand même… »

Ted avait plongé la main dans sa poche pour en sortir son portefeuille.

« Ce quartz, je vais te l'acheter et te l'offrir. Comme je n'y crois pas, je suis sûr que je te donne seulement un caillou hors de prix. Mais comme de ton point de vue cette pierre est pleine de vertus, il se peut qu'elle t'aide à mieux te connaître et t'inspire. L'avenir nous dira qui avait raison.

— Merci, avait-elle dit en acceptant son cadeau avec un baiser. Oui, on verra bien. »

Deux ans seulement avaient passé, mais ils avaient beaucoup changé tous les deux depuis le jour de leur rencontre. Ted ne pouvait s'empêcher de s'en étonner en regardant Kit descendre le sentier vers la rivière à côté de lui, rayonnante dans ce début de grossesse qui transformait déjà son corps. Ils allaient devenir parents. Cette idée presque incompréhensible l'émerveillait et le terrorisait à la fois.

— Quoi ? Qu'est-ce qu'il y a ? demanda-t-elle en surprenant son regard.

— Rien, répondit-il avec un sourire.

Ils virent se profiler une construction entre les arbres, une petite bâtisse ronde en pierre, coiffée d'un toit de chaume bas, au bord de l'eau, près d'une jetée. Au bout, une vieille barque était attachée à un poteau.

— Tu crois que c'est un hangar à bateaux ? demanda Kit.

— Non, plutôt une réserve à pommes. La dame de l'agence m'a dit qu'il y en avait une sur le terrain. Les gens de la ferme transportaient les fruits du verger jusqu'au marché par la rivière.

Kit approcha de la jolie petite remise et colla le nez à la fenêtre pour regarder à l'intérieur par les vitres poussiéreuses. Elle eut la surprise de voir un espace propre et vide, seulement occupé par une vieille table et quelques cageots empilés dans un coin.

— Ça semble en bon état.

— Un joli petit pavillon d'été, approuva Ted avec bonne humeur.

— Tu imagines, toutes les journées qu'on pourrait passer à lézarder au bord de l'eau, les pique-niques et les balades en barque…

— Je te crois.

— Ce serait un repaire de pirates idéal pour nos futurs marins d'eau douce. Ils tendraient des embuscades aux innocents randonneurs. Ils partiraient à l'aventure dans les mers du Sud et reviendraient avec des trésors volés qui leur permettraient d'entretenir leurs vieux parents dans le luxe et l'oisiveté jusqu'à la fin de leurs jours.

Ted lui jeta un regard pensif.

— Eh bien, on dirait qu'un auteur sommeille en toi qui ne demande qu'à s'exprimer.

Elle eut un rire et l'embrassa.

— Je crois qu'un auteur par famille, ça suffit amplement.

Se tournant de nouveau vers le paysage qui s'étendait devant eux, il admira les saules pleureurs penchés sur l'eau de l'autre côté de la rivière, dont les longues branches basses caressaient la surface en laissant traîner leurs feuilles légères dans le courant. Le chemin de halage passait en bas du verger, suivait le méandre de la rivière et disparaissait au coude suivant. De l'autre côté de la vallée, les collines se découpaient sur le ciel en un spectaculaire patchwork champêtre. C'était très beau, certes, mais le tableau que Kit venait de peindre de leur avenir lui faisait un peu peur. La solitude de la campagne… Il avait l'impression d'être à un million de kilomètres de la vie qu'ils menaient à Londres.

Seulement il ne serait pas seul : ils étaient deux, et il y aurait aussi le bébé. S'ils s'installaient ici, ce serait une nouvelle vie. La conviction de Kit et sa force de persuasion étaient telles qu'à cet instant, devant cette nature palpitante, en y réfléchissant, il se dit qu'il ne pouvait pas la priver de cette vie nouvelle qu'elle désirait tant. Peut-être était-ce aussi ce dont il avait besoin pour se remettre à écrire. Il voulait tellement y croire et se dire, comme elle, que le bonheur les attendait.

Il la prit dans ses bras et lui embrassa le sommet du crâne.

— Oui, tu as raison. C'est ici, chez nous.

Ils emménagèrent à Windfalls à la fin du mois de novembre. En ouvrant les yeux le premier matin, ils virent des motifs blancs de givre à l'intérieur des vitres. Les fenêtres à guillotine laissaient passer l'air, et il n'y avait plus d'eau chaude, la chaudière ayant rendu l'âme pendant la nuit. La maison leur avait été vendue meublée : ils avaient hérité de beaucoup d'affaires des précédents occupants, un étrange assortiment. Un lourd secrétaire était resté dans un coin de la salle à manger, des hautes bibliothèques dans le salon, une longue table en chêne dans la cuisine, un cheval à bascule mité et borgne dans l'une des petites chambres, et un énorme lit en acajou, grand comme un voilier, occupait la quasi-totalité de la chambre parentale. Tout n'était pas à leur goût, mais cela les dépannait car leurs possessions paraissaient bien réduites dans leur nouveau château aux dimensions impressionnantes. Les quelques meubles disparates de Kit, additionnés à ce que Ted avait récupéré après la mort de ses parents, avaient été engloutis dans la bâtisse immense, avalés comme un poisson dans le ventre caverneux d'une baleine.

Peu importait. Kit ne songeait pas à se plaindre, même si elle passait ses matinées à se battre contre une cuisinière à bois récalcitrante, à brûler les toasts et parfois ses doigts. Les après-midi étaient occupés à arrêter les courants d'air avec de vieux journaux, les soirées, à grelotter sous des couvertures devant une cheminée qui fumait. Mais rien de tout cela ne les perturbait car ils étaient ivres de bonheur et adoraient toutes ces occupations nouvelles liées à leur nouvelle maison. Le matin, Ted réveillait Kit en lui apportant du thé dans leur immense lit-voilier puis la laissait paresser et rêver pendant qu'il allait écrire dans son bureau. Elle restait au lit, la main posée sur son ventre qui gonflait à vue d'œil. Elle admirait les jolis motifs que dessinait la lumière hivernale en s'accrochant aux fils de l'attrape-rêves qu'elle avait pendu au-dessus de leur lit – son préféré, qu'elle n'avait pas pu se résoudre à laisser quand elle avait quitté son stand au marché. Elle caressait l'œuf en quartz rose de Ted, qu'elle gardait sous son oreiller. Elle se sentait comblée. Il y avait tant d'amour, de complicité entre eux. C'était plus qu'il n'en fallait pour être heureux. Il lui suffisait d'errer dans la maison et d'entendre le cliquetis de la machine à écrire de Ted pour savoir qu'ils ne s'étaient pas trompés et que cette maison était faite pour eux.

Il avait fallu s'adapter, bien sûr. Oublier les fêtes et les sorties au pub, les samedis aux puces pour chiner des vêtements. Se passer des soirées entre amis dans des bars branchés et des matinées au boui-boui du coin à boire du thé en fumant cigarette sur cigarette. Elle avait dû renoncer à partir pour le marché dans la fraîcheur des petits matins, à voir les promeneurs s'arrêter à son stand, mais elle ne regrettait pas les interminables séances de pose aux Beaux-Arts où, bercée par le frottement des fusains sur le papier et des pinceaux sur la toile, elle avait tué le temps en se racontant des histoires et en laissant libre cours à son imagination. Elle n'avait toujours pas trouvé de réponse à la question que Ted lui avait posée sur ses projets d'avenir. Elle ne savait pas ce qu'elle voulait faire de sa vie. À côté de lui, qui était bourré de talent, elle avait l'impression de manquer d'envergure. C'était un artiste talentueux, reconnu. Un écrivain. Alors il y avait peut-être tout de même un peu d'insatisfaction en elle, un besoin de s'accomplir. Ce trouble, songeait-elle, disparaîtrait quand elle mettrait au monde son enfant. En attendant, elle n'avait qu'à faire son nid et se concentrer sur la petite vie qui grandissait en elle. Ce déménagement et l'enfant qu'elle attendait étaient une nouvelle voie qui s'ouvrait, un travail à part entière dans lequel elle voulait canaliser toute son énergie. Elle serait la meilleure des mères.

Elle avait de quoi s'occuper dans la nouvelle maison : une vieille machine à coudre trouvée dans un placard à l'étage, qui ne marchait pas très bien, lui avait permis de bricoler des rideaux pour leur chambre, et elle s'était aussi lancée dans la confection de vêtements d'enfant et de robes de maternité en dessinant ses propres patrons. Elle avait emprunté un livre de cuisine à la bibliothèque et passait tellement de temps à mitonner des soupes et à faire de la confiture que les fenêtres de la cuisine étaient embuées en permanence. Elle avait poncé une vieille table découverte dans l'étable et l'avait cirée au chiffon.

Ted, qui tenait absolument à finir sa deuxième pièce, avait eu du mal à trouver l'endroit idéal pour travailler. Il avait déplacé plusieurs fois sa machine à écrire, passant de la pièce de la tourelle à l'une des petites chambres du premier, pour finalement élire domicile sur le grand bureau de chêne laissé par les anciens propriétaires dans la salle à manger.

— Il fait plus chaud en bas, dit-il, et puis j'aime bien t'entendre t'activer dans la maison. Je me sens moins seul.

Elle savait que Ted souffrait parfois de la vie retirée qu'ils menaient à la campagne, mais le bruit des touches qui frappaient le rouleau de sa machine à écrire lui démontrait, dans ses rares moments de doute, qu'ils avaient pris la bonne décision. Tout irait mieux quand il aurait terminé d'écrire sa pièce, elle le savait, et Ted le savait aussi. Son agent, Max Slater, s'impatientait. Cela faisait trois ans qu'il attendait. Loin des pressions et des diversions du milieu littéraire londonien, Ted retrouverait sa liberté et son énergie créatrice. Il devait à tout prix présenter une nouvelle œuvre, ne fût-ce que pour se prouver à lui-même qu'il en était capable.

Elle le laissait en paix jusqu'en fin d'après-midi, puis ils sortaient se promener au soleil couchant en ramassant du petit bois. De temps en temps, Ted s'arrêtait pour prendre Kit dans ses bras, il l'embrassait dans le cou, caressait son ventre rond. Le soir, ils se blottissaient sous un plaid, les pieds de Kit sur les genoux de Ted, des livres étalés tout autour d'eux, en écoutant des 33 tours rayés sur la chaîne.

— On devrait peut-être régulariser la situation, dit Ted un beau soir de printemps.

Au moment de cette étrange demande en mariage, ils étaient au salon, Ted installé par terre, les feuillets de son manuscrit autour de lui, ses lunettes de lecture qui lui donnaient l'air beaucoup plus âgé que ses trente et un ans au bout du nez.

— Tu devrais savoir que je ne suis pas du genre à avoir besoin d'un morceau de papier pour avoir la preuve que tu m'aimes, avait-elle répondu en tapotant son énorme ventre. Et puis tu te rends compte du prix que ça coûterait ? Nous n'avons plus un rond depuis que nous avons acheté la maison.

— Ah, tant mieux. C'est vrai qu'on n'a pas besoin d'une alliance pour savoir que je suis à toi et que tu es à moi.

Exactement, avait-elle songé en répondant au sourire de Ted. Ils se comprenaient. Ils n'avaient peut-être pas une grande sécurité financière, mais ils étaient heureux. Bientôt ils seraient trois et un avenir riche de promesses les attendait, comme les pommiers du verger couverts de fleurs blanches.

Le bébé vint au monde par une douce soirée du mois de mai, et salua ses parents par des hurlements. Ils avaient préparé son arrivée de leur mieux. Une des petites chambres avait été repeinte en jaune bouton-d'or, ils avaient rénové un berceau trouvé au fond du grenier sous une épaisse couche de poussière et plié d'avance une grande pile de couches en tissu qui traduisait leur impatience. Ils avaient tout prévu sauf que l'arrivée d'Eve, un si petit bébé que Ted avait nommée en la prenant dans ses bras, allait bouleverser leur vie à ce point. Ils n'avaient envisagé ni l'un ni l'autre que leur enfant allait leur faire traverser l'enfer.

Kit avait imaginé que l'instinct maternel s'éveillerait en elle naturellement dès qu'elle tiendrait son bébé sur son sein, mais n'ayant eu ni petit frère, ni petite sœur, ni aucune expérience des nouveau-nés, elle ne s'était pas du tout sentie à l'aise pendant les premières semaines. Les gens avaient des enfants depuis la nuit des temps, mais Kit se demandait comment les autres faisaient pour supporter ce calvaire. Finis les jours sereins à Windfalls loin de tout, dans leur bulle. Finies les longues promenades et les soirées au coin du feu. Une troisième personne dirigeait à présent chaque seconde de leur vie en leur cassant les oreilles de ses cris assourdissants. Nuit après nuit, Eve les tenait éveillés avec des hurlements que rien ne parvenait à calmer. Les couches immondes, qui se succédaient à un rythme infernal, devaient être mises à tremper et frottées dans une horrible bassine en plastique, et c'était la ronde des biberons, des lessives, des vomissures de lait, et des larmes aussi bien de la mère que de la fille.

— Tu es épuisée, dit Ted un jour en trouvant Kit dans la cuisine en train de pleurer sur la tête du bébé qui hurlait contre son épaule. Tu as besoin de repos. Je vais prendre le relais.

— Non, laisse. C'est mon travail. Toi, tu dois écrire. Et puis, tu ne peux pas la nourrir. Il n'y a que moi qui puisse lui donner le sein, ajouta-t-elle avec désespoir en regardant l'auréole humide qui se formait sur sa chemise à travers son soutien-gorge de maternité. C'est la seule chose que je sois capable de faire !

Elle avait l'impression de ne plus rien contrôler, même pas son corps. Elle s'était toujours crue forte et responsable. Son physique lui avait procuré une certaine fierté. Et… oui, elle avait aimé être admirée. Mais c'était bien fini. Elle était devenue une masse molle, informe, une copie ratée d'elle-même. Elle ne se reconnaissait plus dans la glace.

L'épreuve était cruelle. Le cycle des réveils, des pleurs, de la tétée, des couches à changer. Les nuits blanches dans le fauteuil à bascule qui couinait, le bébé au sein, et son pauvre cerveau épuisé uniquement capable de lui souffler des berceuses incomplètes, des comptines tronquées. *Dodo, l'enfant do*, *Rock-a-bye Baby*. Elle chantait comme une désespérée des bribes de chansons qu'elle ne savait même pas connaître, et elle avait l'impression de devenir folle, poursuivie par le cliquetis de la machine à écrire de Ted en bruit de fond.

Finalement, Ted eut une idée et lui prépara une surprise. Après deux après-midi de labeur secret dans le jardin, il la rejoignit dans la cuisine, des toiles d'araignées plein les cheveux et le visage animé d'une joie enfantine.

— Je me suis dit que tu avais besoin de quelque chose qui soit complètement à toi, de quelque chose de plus.

— Quelque chose de plus ? J'arrive déjà à peine à me débrouiller avec ce que j'ai !

— Tu as besoin d'un peu d'espace, de te retrouver loin de moi et d'Eve de temps en temps. Je te connais, tu as besoin de rêver. Viens, ajouta-t-il en la forçant à quitter sa chaise. J'ai quelque chose à te montrer.

Il la conduisit à la rivière, jusqu'à la remise à pommes.

— Vas-y, entre.

Kit le regarda sans comprendre, puis elle poussa la porte. La pièce était métamorphosée. La table avait été poussée sous la fenêtre et couverte avec un vieux rideau de la maison. Un fauteuil invitait à s'asseoir, une couverture au crochet posée sur l'accoudoir. À côté, sur un cageot à pommes retourné pour faire une table basse, il avait empilé quelques-uns de ses livres préférés et posé un vase de pois de senteur et un pot avec des pinceaux. Sur le rebord de la fenêtre, il avait mis à la place d'honneur l'œuf de quartz rose qu'il lui avait offert, et au milieu de la table trônaient un grand calepin de papier à dessin et une machine à écrire Olivetti ancienne dont il ne se servait plus.

— Qu'est-ce que c'est que tout ça ? demanda-t-elle en se tournant vers lui, incertaine.

— C'est pour toi. Une pièce rien que pour toi. Tu vas pouvoir venir ici quand tu auras besoin d'être seule. Pour lire. Pour écrire. Pour peindre. Pour fabriquer tes attrape-rêves. Pour faire tout ce que tu voudras.

Elle tendit le bras et appuya sur une touche de la machine à écrire, qui fit entendre le joli claquement d'une lettre frappant le ruban.

— Tout ce que je veux…, bégaya-t-elle. Et Eve ?

— Prends-la ou laisse-la-moi. Ça ne me dérange pas de m'en occuper de temps en temps. Et puis, ajouta-t-il prudemment, je me suis dit que tu te sentirais peut-être inspirée. Tu pourrais essayer d'écrire des contes ? Je t'ai entendue raconter des histoires à Eve pour l'endormir quand tu te croyais seule avec elle. Tu as de l'imagination et tu racontes bien. On ne sait jamais :

surprends-toi. Ça pourrait t'aider à te recentrer d'avoir un hobby.

Kit n'en revenait pas, surprise et touchée par la gentillesse de Ted, mais un peu angoissée.

— Ne dis pas non avant d'avoir essayé, ajouta-t-il en la sentant douter. Tente le coup et tu verras bien. Qu'est-ce que tu risques ? Une heure sans le bébé, tranquille, ici, pour lire, dormir, faire exactement ce que tu voudras… Ça ne peut que te faire du bien.

Kit mit de côté ses peurs et se jeta dans ses bras.

— C'est trop gentil. Merci !

Davantage par fatigue et passivité que par envie, elle fit ce que lui demandait Ted. Deux après-midi par semaine, il se chargeait d'Eve et envoyait gentiment Kit dans son « atelier ». À sa grande surprise, elle se rendit compte qu'Eve était plus calme quand elle était loin. C'était presque vexant. De son côté, Kit y trouvait beaucoup moins son compte. Elle errait comme une âme en peine dans la remise, se sentant perdue, une boule dans la gorge, les larmes aux yeux. Elle feuilletait ses livres sans arriver à lire, les reposait, et passait des heures entières assise sur la jetée, balançant les jambes dans le vide, hypnotisée par les longues algues qui flottaient entre deux eaux comme des cheveux de noyée. Elle entreprit de tresser un panier avec quelques pousses de saule, mais elle n'y prit que peu de plaisir et ne le termina pas.

Elle avait l'impression de perdre son temps. Au lieu de l'aider, l'idée de Ted ne faisait que renforcer son impression de ne pas être capable de remplir son rôle. Elle ne savait même plus qui elle était. Elle aurait dû soutenir Ted, lui offrir un cadre propice à la création, et voilà qu'à cause d'elle, il trouvait des excuses pour délaisser son travail parce qu'il devait s'occuper de leur fille. Était-ce une nouvelle façon de fuir la page blanche et de ne pas terminer sa pièce ? À cause d'elle, allaient-ils s'enfoncer dans la précarité et accumuler les dettes ?

Au bout de quelques jours, alors qu'elle n'employait plus ses heures de répit qu'à marcher de long en large dans la remise à pommes, elle abandonna. Elle retourna à la maison, guidée par les hurlements affamés d'Eve.

— Attends, je vais la prendre, dit-elle en enlevant le bébé des bras de Ted. Je te remercie pour ton idée, mais je ne crois pas que ça va marcher.

Elle s'installa dans un fauteuil avec le bébé, puis éclata en sanglots.

— Ça ne va pas du tout, Ted. J'ai tout raté. Je suis une mère nulle, et toi, tu ne finiras jamais ta pièce.

— Si, je la finirai, mon amour, je te le promets.

Elle le regarda sans cacher sa détresse.

— J'ai vu ton manuscrit. Il n'a pas bougé de ton bureau. Tu n'y as pas touché depuis des semaines. C'est triste, soupira-t-elle. Moi qui croyais que nous avions trouvé l'endroit idéal… Je me suis trompée. La campagne nous étouffe.

Ted, ne sachant de toute évidence pas quoi répondre, remplit la bouilloire et fit du thé. Il posa un mug devant elle puis il lui massa les épaules. Ses mains trop hésitantes firent plus de mal que de bien au moral de Kit.

— Tu veux que j'appelle le médecin ? demanda-t-il gentiment.

Elle secoua la tête.

— Je fais de mon mieux, Kit, je t'assure. J'essaie d'écrire, mais pas moyen.

Eve se mit à pleurer. Kit déboutonna son chemisier et lui présenta son sein mais la petite détourna la tête. Elle fit une nouvelle tentative, mais Eve se débattit.

— Mais bon Dieu ! Qu'est-ce que tu veux à la fin ?

— Ça vous ferait peut-être du bien à toutes les deux de prendre l'air, suggéra Ted. Si tu l'emmenais faire un tour ?

Kit lui jeta un coup d'œil, certaine qu'il voulait seulement se débarrasser d'elles. Rien de plus normal : il avait besoin de tranquillité. Comment pouvait-il travailler dans ce vacarme incessant ? Sans discuter, elle enveloppa Eve dans la grande écharpe qui lui servait à la porter, noua le tissu, passa une couverture sur ses épaules dont elle drapa aussi le bébé qui chouinait et sortit.

Elle traversa le jardin, descendit le pré jusqu'au verger, dépassa la remise à pommes qui lui semblait incarner son échec et s'arrêta au bord de la rivière. Elle resta un long moment à regarder l'eau couler en silence. Deux élégants cygnes blancs apparurent au tournant du méandre, glissant entre les plantes aquatiques. Non loin derrière eux, une file de bébés cygnes gris et duveteux suivait en bon ordre. Ça n'est pas la peine de venir me narguer, songea-t-elle en observant les parents cygnes qui avançaient fièrement : pour eux, cela semblait tellement facile. Elle continua sa promenade par le chemin de halage, Eve piaillant toujours, lovée contre elle dans l'écharpe.

Kit poursuivit son chemin le long de la rivière, tandis que les ombres s'allongeaient. Le vide commença à se faire dans son esprit. En se retournant, elle vit que le soleil était déjà bas sur les collines. Il serait sans doute plus sage de revenir sur ses pas, même si elle n'en avait aucune envie et que l'idée de rentrer éveillait en elle un terrible sentiment d'impuissance. La sentant ralentir, Eve se mit à hurler.

En regardant autour d'elle, Kit vit une plate-forme rocheuse qui dominait la berge. Elle défit l'écharpe, s'installa sur la pierre et déboutonna son chemisier pour tenter une nouvelle fois de donner le sein au bébé. Cette fois, Eve aspira goulûment le mamelon, et les larmes séchèrent sur ses joues pendant qu'elle se nourrissait. Yeux baissés sur le petit être qui tétait, Kit se remit à pleurer.

On lui avait parlé de la dépression postnatale, bien sûr, mais elle n'avait jamais envisagé que l'arrivée de l'enfant chamboulerait autant sa vie, la perturberait à ce point, la rendrait tellement claustrophobe qu'il lui semblait souvent qu'elle se noyait. Dévisageant sa fille, elle pensa : C'est trop pour moi. C'est insupportable.

L'ombre gagnait du terrain, comme attirée par ses idées noires. Elle avait tout sacrifié pour cet enfant, tout perdu. Elle ne se reconnaissait pas, et sa relation avec Ted avait complètement changé. Il ne la touchait plus de la même façon. Elle ne sentait plus autant de désir, plus de passion. Il était trop délicat avec elle, trop prudent. Ses yeux se posèrent sur sa fille.

— Et tout ça à cause de toi, petite peste.

Elle enveloppa bien chaudement dans la couverture le bébé rassasié et silencieux, et le posa sur la roche plate. Le cœur battant à se rompre, elle recula d'un pas. Elle essaya de voir Eve avec des yeux neufs, comme une étrangère. La menotte levée, échappée de la couverture, qui s'agitait en l'air. Le petit visage rond distendu par un bâillement. Un cri.

Kit recula encore d'un pas, puis d'un autre, si bien que plusieurs mètres la séparaient maintenant de l'enfant. Le fil invisible qui les reliait se distendait, devenait de plus en plus ténu. Sa poitrine se contracta douloureusement. Serait-elle capable de l'abandonner vraiment ? Pourrait-elle laisser sa fille ici, sur cette pierre ? Pour l'offrir à une autre destinée… une autre vie… ou bien peut-être à la mort ? Cela ne serait-il pas mieux ainsi ? Kit ferma les yeux et entendit le tonnerre de son sang qui grondait dans ses veines.

En rentrant vers Windfalls, elle fixa son attention sur le bruit de ses pas sur le chemin, mais quelque chose revenait la tourmenter, une pensée persistante. Elle avait tellement pris l'habitude d'avoir la tête dans du coton, de cet engourdissement général qui la ralentissait depuis quelques semaines, qu'elle ne comprit tout d'abord pas ce qui arrivait. Pourtant une idée était là, qui ne voulait pas partir, si insistante que Kit s'autorisa à se concentrer, et la sentit se développer.

Un bébé.

Un rocher.

Un sacrifice.

Tout en suivant la rivière, elle laissa libre cours à ses pensées, marchant un peu plus vite, et c'est d'un pas décidé qu'elle arriva au sentier qui montait au verger. Elle hésita à l'entrée de la remise. Après la barrière, les pommiers chargés de fruits mûrs lui indiquaient le chemin du retour, mais elle n'écouta pas leur appel. Elle ouvrit la porte et la referma doucement derrière elle.

Retenant son souffle, elle défit l'écharpe pour détacher Eve profondément endormie et la déposa délicatement par terre dans un nid de couvertures. Chut, chut, dodo, songeait-elle en prenant mille précautions. Eve poussa un petit gémissement. Kit se figea, puis s'autorisa à respirer quand le nourrisson replongea dans le sommeil.

— Dodo, dodo, mon bébé, souffla-t-elle.

Elle alluma la lampe à pétrole que Ted avait accrochée à un clou pour elle, puis alla s'asseoir à la table devant la machine à écrire et la feuille blanche déjà passée dans le rouleau. Elle jeta un dernier coup d'œil derrière elle à Eve, puis, les mains frôlant les touches, ne sachant trop ce que cela allait donner, mais une joie étrange au cœur, elle se mit à taper.

MERCREDI

7

Un bruit de pluie accueille Lucy à son réveil. Elle est trempée de sueur, envahie d'une horrible angoisse. Elle reste immobile dans le noir, tâchant de prendre pleinement conscience de ce que son corps semble déjà savoir. Il ne lui faut qu'une ou deux secondes pour que tout lui revienne : le mariage de dernière minute, le retour de Margot à Windfalls, les orages qu'elle va devoir gérer dans les jours qui viennent. Une forte nausée la prend. Avec un soupir, elle touche l'épaule de Tom qui murmure dans son sommeil et se tourne vers elle en l'attirant plus près, mais sans se réveiller vraiment.

Elle ne veut pas le déranger mais elle ne se sent pas capable de rester couchée sans rien faire, en proie à cette détresse physique et psychologique. Alors elle prend son téléphone et se rabat sur les réseaux sociaux. Elle fait défiler son fil d'actualité, regarde passer les photos d'un monde idéalisé, les messages drolatiques d'amis et d'inconnus exposant leur bonheur et leur réussite. Ce n'est pas bon pour elle, elle le sait très bien, de se torturer avec ces images artificielles nées des frustrations des autres, mais elle est hypnotisée.

Elle s'arrête sur une belle photo. Une instructrice de yoga qu'elle vient d'engager dans son centre de bien-être en posture de grand écart vertical, avec la légende : « Vis ta vérité » tracée en lettres lumineuses au néon, dans le style bande dessinée, suivant la ligne parfaitement droite de sa jambe levée. Elle ne fait pas partie de l'équipe depuis longtemps mais ses cours de yoga dynamique sont déjà très demandés. Lucy reposte la photo sur le flux Instagram du centre et, un instant plus tard, son téléphone se met à vibrer sous une avalanche de notifications.

Tom s'agite.

— Ça va ? marmonne-t-il. Tu es déjà réveillée ?

— Oui.

Elle se blottit contre lui, cherchant la chaleur de son corps. L'oreille contre sa poitrine, elle écoute le battement lent et régulier de son cœur et cale sa respiration sur ce rythme apaisant.

— Je suis désolé d'être rentré aussi tard, dit-il. Je vais encore devoir donner un bon coup de collier, et je pourrai me libérer toute la semaine prochaine pour être avec toi. Ça s'est bien passé, chez ta mère ?

— Margot est là, dit-elle, un petit sourire aux lèvres. Je t'avais bien dit que j'arriverais à la faire venir.

Tom lui presse tendrement l'épaule.

— Ah, tant mieux ! Et ta mère, elle prend ça comment ?

— L'atmosphère est un peu tendue. Je les ai laissées en tête à tête. J'espère qu'elles vont réussir à s'expliquer.

— Surtout, souviens-toi que ça n'est pas à toi de régler tous les conflits et de réconcilier ta famille.

— Oui, je sais bien.

— Les gens ne changent pas. Tu vas t'épuiser pour rien. Je ne veux pas que tu t'infliges ce genre de pression maintenant.

Il enfouit le visage dans le cou de Lucy.

— Tu as déjà assez de choses à gérer comme ça.

— Je sais. Mais les jours qui viennent vont faire du bien à tout le monde – à moi aussi.

Une moto passe en vrombissant dans la rue en bas de l'appartement. On entend le bruit des pneus sur l'asphalte mouillé, puis le grondement du moteur qui va decrescendo et s'éteint.

— Comment te sens-tu ce matin ?

— Bien.

— Bien ? s'exclame-t-il avec un regard scrutateur. Tu es sûre ?

— Je suis fatiguée, admet-elle. J'ai des nausées.

— Je veux que tu te ménages cette semaine. Promets-moi de ne pas t'épuiser à trop t'occuper des autres.

— J'aurai toute la semaine prochaine pour ne plus rien faire du tout.

Tom soupire.

— Ça, je vais m'en assurer ! La semaine prochaine, tu te concentres sur toi, et puis c'est tout…

— Mère poule !

— C'est pour ça que tu m'aimes, non ? Parce que je suis la couveuse la plus collante de tous les temps.

— C'est vrai.

Elle lève le bras pour caresser le lobe de l'oreille de Tom.

— Je t'aime parce que tu me couves et parce que tu as les oreilles les plus parfaites que je connaisse.

— C'est nouveau, ça !

— On ne te l'a jamais dit ?

— Bizarrement, non !

Tom la prend dans ses bras, et elle sent son souffle tiède sur sa peau, ses baisers dans son cou.

— Tu es sûre de vouloir leur dire au dîner ? demande-t-il. Tu ne veux pas attendre après le mariage ?

— Je préfère faire comme ça, soupire-t-elle, le regard se perdant dans les ténèbres. Une bonne fois pour toutes.

Tom enveloppe sa main dans les siennes.

— D'accord.

— Rendors-toi, dit-elle. Il est encore tôt.

Lucy sait qu'il n'est pas question pour elle de dormir, mais elle s'écarte de lui et roule sur le côté en posant les mains sur son ventre. La lumière jaune du lampadaire qui éclaire la rue devant leur fenêtre du premier étage tombe sur la couette en formant un triangle. Plus que trois jours avant le mariage. Trois jours avant d'épouser l'homme simple et merveilleux qui sommeille à son côté en se remettant à ronfler doucement. « Il a les pieds sur terre », avait commenté son père après avoir rencontré Tom la première fois. Pour lui, c'est un grand compliment. Un homme solide, ancré dans la vie. Elle avait rencontré Tom deux ans plus tôt dans une rave à Glastonbury. Quand elle avait parlé de lui à sa mère et à Eve, elle avait compris à leur manque d'enthousiasme qu'elles s'attendaient à un énième gosse de riche fumeur de joints et un peu barré. Mais Tom, avec son sourire chaleureux, son optimisme et son bon caractère, les avait conquises. Même Margot, au soixantième anniversaire de leur père, avait trouvé le temps de lui murmurer à l'oreille : « C'est un type bien, Lucy. »

Ayant décidé de rester encore un peu au lit, elle pense à la réunion au sommet de la veille. Elle espère que sa mère et Margot sont parvenues à dîner sans s'arracher les yeux avant le dessert. Avec un peu de chance, elles auront trouvé un terrain d'entente. Elle se promet aussi de se réconcilier très vite avec Eve après leur petite dispute. Bientôt, elle va se lever pour aller au centre. Il y a de nouvelles adhésions à entrer dans le système informatique et les plannings du mois prochain à terminer. Elle s'est aussi promis de contacter un artiste de la région pour lui demander de peindre un mandala dans le hall du centre, et elle doit voir où en est une commande de tapis de yoga qui n'arrive pas. Et tout cela, elle veut le faire avant samedi car elle ne sera pas du tout disponible la semaine suivante.

Le temps passe tellement vite. Elle a l'impression qu'une énorme horloge pend au-dessus de sa tête, dont les aiguilles tournent inexorablement, si vite qu'elle en a des sueurs froides. Elle voudrait ralentir leur mouvement, appuyer sur « Pause », arrêter tout. C'est trop tôt… Beaucoup trop tôt.

Vis ta vérité. Cette petite phrase écrite avec des couleurs électriques sur Instagram lui revient, comme gravée sur ses paupières, et elle est prise de doute. Pourtant, il lui semble que sa décision de leur annoncer la nouvelle quand ils seront tous rassemblés est la meilleure. En face à face.

Elle chasse ses pensées et ses craintes, et tâche de se concentrer sur sa respiration. Elle met en pratique les techniques qu'elle enseigne dans ses cours de yoga, bien utiles pour aider les gens stressés par leur travail et les parents surmenés. C'est drôle, songe-t-elle, qu'une action aussi naturelle, aussi instinctive que la respiration soit parfois tellement difficile à accomplir. Si elle se laissait aller, elle serait vite envahie par la peur qui trouverait toujours le moyen d'entrer par la fenêtre si elle la chassait par la porte. Mais elle ne veut pas de ça. Elle ne se laissera pas atteindre, surtout avec Tom à ses côtés. Elle ne veut penser ni au mariage, ni aux fractures familiales encore béantes, ni à la nouvelle qu'elle doit leur annoncer. C'est trop tôt pour tout cela. Pour l'instant, il faut simplement respirer.

8

Margot est dans son lit, très occupée à arracher des lambeaux de papier au mur à côté d'elle. Elle est devenue allergique à ce papier à fleurs fané par le soleil – des coquelicots et des guirlandes de roses. Combien de matins a-t-elle ouvert les yeux dessus ? Tout est si familier, la mollesse du matelas, ces fleurs… Margot se sent happée par le passé et éprouve l'étrange sensation de rajeunir. Elle redevient l'adolescente mal dans sa peau, déconnectée, d'autrefois.

Elle suit la forme d'un pétale avec le doigt et accroche le bord du lé avec l'ongle, à la ligne de jonction. Elle soulève le papier, puis tire, voit grandir la déchirure et finit par retirer un lambeau de papier triangulaire d'une belle longueur. Il s'enroule entre ses doigts comme une pelure de pomme. Elle étudie sa forme en spirale, puis le laisse tomber par terre entre le mur et le lit pour qu'il rejoigne tous les autres morceaux qu'elle a déjà jetés là. Quand elle se recule, elle est stupéfaite par les dimensions de la zone arrachée : une surface de la taille de son visage, blanche comme une cicatrice.

Il n'est jamais simple de revenir chez ses parents : on a vite fait de se sentir dépouillé de tout ce qu'on est devenu. Pourquoi, dès la porte franchie, est-on renvoyé au passé et envahi par sa personnalité d'autrefois ? Comme si le fait de pousser la porte familiale était déjà une régression en soi. Elle se sonde et découvre que malgré ses espoirs, le mal est toujours là, intact. Il est enfoui profondément, caché sous des couches protectrices savamment empilées, mais présent, et actif, tout au fond. La douleur, la honte battent toujours sourdement en elle. C'est tout de même rageant d'être ainsi mise à mal par une maison.

Incapable de rester une seconde de plus au lit, elle se lève et s'habille. En prenant un T-shirt propre dans son sac, elle voit la bouteille de vodka nichée entre ses vêtements. Elle l'enroule bien serrée dans un pull, puis glisse son sac de voyage sous le lit. Elle s'est promis de ne pas toucher à cette bouteille. En cas d'urgence seulement. Son œil s'étant arrêté sur le mur balafré, elle dispose deux oreillers pour masquer les dégâts, puis elle sort de sa chambre.

Il n'y a pas un bruit dans la maison. Dans la cuisine, elle nourrit Pinter, le vieux chat qui vient se frotter contre ses jambes pour réclamer ses croquettes. Ensuite elle fait du café et s'assoit sur le pas de la porte du jardin pour le boire. Elle a entendu les marches grincer tard la veille au soir et deviné que Kit montait à la chambre de la tourelle. Elle sait d'expérience que sa mère n'émergera pas avant un bon moment. Kit a toujours vécu à des heures bizarres. Lorsque sa mère était en phase d'écriture, Margot avait l'impression d'habiter avec une personne vivant dans un fuseau horaire lointain. À l'époque, elle lui en avait voulu d'être aussi absente, mais ce matin, elle est soulagée d'avoir le champ libre. Dehors, le jardin est humide et fourmille de vie. La pluie des premières heures a cessé et, dans l'herbe, une extraordinaire mer de toiles d'araignées se déploie à perte de vue, comme un filet d'argent tendu au-dessus du pré pour attraper la rosée. Un peu plus loin, là-bas dans le verger, une pomme tombe de sa branche avec un bruit sourd. Elle se demande en combien de temps la décomposition la fera retourner à la terre. Une senteur familière monte de la vallée, l'odeur fade de la rivière, qui fait jaillir bien malgré elle une image : celle de l'eau verte, de la vase noire, de ses ongles malmenés. Prise d'angoisse, Margot baisse le visage sur sa tasse et chasse cette odeur et ce souvenir en humant le parfum amer du café.

Elle n'avait pas vu sa mère seule depuis des années avant ce retour. Le stratagème cousu de fil blanc de Lucy avait fonctionné. En arrivant, Margot avait été prête à tenter une réconciliation. Elle aurait voulu passer une soirée normale – rester avec Kit dans la cuisine, l'aider à préparer le dîner, comme si cela n'avait rien d'exceptionnel. Boire un verre de vin. Partager le repas. Discuter tranquillement. Une mère et sa fille, tout simplement, se retrouvant après une absence. Quoi de plus ordinaire ?

Aurait-il été si difficile pour sa mère de tirer un trait sur le passé ? Et si Kit ne l'avait pas fait pour elle, n'aurait-elle pas au moins pu faire cet effort pour Lucy ? Margot était venue, c'était un premier pas. Cela voulait déjà dire quelque chose… Et pourtant non. Il avait fallu que Kit réveille le passé. Enfin, le réveille… le lui jette à la tête, plutôt, comme un cocktail Molotov enflammé. Elle avait bourré sa bombe d'accusations, d'émotions, de rancœurs, et Margot, assise à la table de la cuisine, la tension haute, s'était demandé un instant si elle entendait bien. Mais oui ! Sa mère n'hésitait pas. Elle allait droit au but : « Dis-moi ce qui s'est passé, Margot, et pourquoi tu as fait ça. »

Il s'en était fallu de peu qu'elle ne craque. Elle avait eu envie de dire la vérité, de retrouver sa mère et leur intimité perdue depuis si longtemps. Mais la honte, toujours cette honte dévorante, l'avait retenue. Et puis elle avait pensé à Lucy, à son mariage tout proche, au désir qu'elle exprimait de les voir se conduire comme une famille normale. C'était sans doute surtout cette demande qui l'avait poussée à se taire et à sortir de la cuisine.

De toute évidence, Lucy veut se marier au pays des Bisounours. Sa sœur semble croire qu'en les rassemblant tous à Windfalls, elle va pouvoir tout réparer. Réconcilier ses parents, pousser Kit et Margot à passer l'éponge sur ce qui s'est passé il y a huit ans. Hop ! D'un coup de baguette magique. Mais Lucy est une incurable optimiste, et tellement naïve, parce qu'elle ne sait pas tout. Personne ne sait. Kit et Margot sont sur les rives opposées d'une vaste rivière, séparées par le cours profond et tumultueux du passé. Il va falloir tenir quatre jours. Quatre jours à naviguer sur ces eaux troubles et se conduire du mieux possible – parce qu'elle veut faire plaisir à Lucy le temps du mariage –, et puis elle pourra partir.

Ces pensées lui rappellent le malentendu de la veille avec Eve. Elle prend son téléphone et tape un message adressé à ses sœurs : *Dites-moi ce que je dois faire pour donner un coup de main. Bises. M.*

Presque à l'instant où elle appuie sur le bouton d'envoi, la sonnerie retentit et la fait sursauter. Le nom de l'appelant, Jonas, s'affiche. Elle hésite, puis coupe le son et pose son portable à côté d'elle, attendant que l'écran s'éteigne. Le roucoulement matinal d'un pigeon ramier monte et se prolonge. Elle a besoin de bouger.

Le jardin l'absorbe. Le feuillage goutte encore de la pluie tombée à l'aube et la terre ameublie s'enfonce sous ses pieds alors qu'elle descend les terrasses argentées jusqu'au verger. En le traversant, elle passe devant un vieux pommier qu'elle connaît bien, un Bramley aux branches noueuses, au bord du ruisseau qui coule vers la rivière. Son tronc porte encore les cinq initiales gravées par Lucy dans l'écorce comme on marque le bétail : K.T.E.L.M.

Margot contemple ces lettres, revoyant le canif dans la main de sa sœur et le reflet de sa lame qui entaille l'écorce. Elle touche les lettres du bout du doigt. C'était une autre époque, une autre Margot. Ce souvenir s'accroche à un autre, du même canif, des années plus tard, dans sa propre main. Le geste violent pour poser sa vengeance. Un cri de femme. Le canif qui tombe à grand bruit. La cavalcade de Margot sur la chaussée. Elle tâche d'étouffer l'angoisse qui monte.

Les versants de la vallée forment une caisse de résonance qui multiplie les chants d'oiseaux et amplifie le vrombissement d'un tracteur au loin. Au bout du verger, la barrière ouvre sur le chemin de halage et la rivière. Elle reste là, la main posée sur le tronc, se demandant si elle aura le courage de continuer son pèlerinage. Elle n'est encore jamais revenue.

Elle ferme les yeux, sentant monter en elle le même élan destructeur qui lui a fait arracher le papier peint de sa chambre. C'est plus fort qu'elle, comme l'envie irrésistible de gratter au sang une piqûre qui démange. Elle rouvre les yeux et se décide à poursuivre son chemin jusqu'à la rivière.

Elle passe le portail pour rejoindre le chemin de halage et le ruban d'eau verte qui glisse en silence devant elle. La vieille barque est remontée sur la berge, à l'abandon, pourrissante. Margot tâche de calmer sa respiration, s'appliquant à ne regarder que l'eau. Elle inspire, elle expire le plus lentement possible.

Trois canards s'envolent et partent à tire-d'aile avec des cris furieux, dérangés par son arrivée. Elle sursaute, effrayée par le vacarme soudain, le cœur battant, et voit leurs ombres qui filent à la surface de l'eau tandis que le bruit s'éloigne. Elle évite de regarder l'amas de pierres et de poutres couvert de lierre qui forme un monticule sombre d'un côté du sentier, et va vers la jetée. Les planches grincent sous ses pas. Elle s'assoit sur la plate-forme humide, les jambes au-dessus du vide, et contemple le courant et les tourbillons, les insectes volants, les mouches qui survolent l'eau en bourdonnant et les algues ondoyantes semblables à des chevelures de sirènes sous la surface.

Une libellule se pose à côté d'elle. Elle l'observe, s'émerveillant de la beauté de ses ailes luminescentes teintées de vert et de bleu métallisé qui frémissent et s'allument à chaque souffle de vent. L'insecte semble fatigué par le long été. Margot sympathise : elle comprend si bien. Tout en continuant à surveiller la libellule du coin de l'œil, elle reprend son téléphone et écoute le message qui l'attend.

Margot. C'est moi. Il faut qu'on parle. Rappelle-moi. Je t'en prie.

En entendant la voix de Jonas – les intonations bien particulières de son accent scandinave, sa façon hachée de prononcer les mots –, elle ferme les yeux. Elle voit sa tignasse blonde, sa barbe broussailleuse, ses yeux bleu ciel. Jonas… Un incident qui prouve bien qu'elle ne devrait jamais baisser sa garde et laisser les gens l'approcher de trop près. Tout est trop confus. Gâché par cette honte envahissante, handicapante. Elle n'est qu'une idiote, et elle s'est encore mise dans de beaux draps. Il va falloir trouver le moyen de limiter les dégâts. Avec un soupir, elle appuie sur le rappel de numéro et attend.

— Salut, dit Jonas presque instantanément d'une voix douce et basse.

— C'est moi.

— Salut, toi… Je suis content que tu me rappelles. J'avais peur que tu cherches à m'éviter, ajoute-t-il après une hésitation.

— Pas du tout.

Un silence se fait.

— Tu es partie sans rien dire.

— Je t'ai laissé un mot.

— Tu parles : « Problèmes de famille. » On ne pouvait pas faire plus clair !

— Ma sœur se marie, explique-t-elle succinctement.

— Ah !

— Oui… Elle nous l'a annoncé à la dernière minute.

— Je vois.

Il s'interrompt, puis hasarde :

— Et tu ne voulais pas y aller accompagnée ?… Un ami photographe de bonne volonté qui aurait pu se rendre utile ?

— C'est sympa, merci, mais je croyais que tu devais travailler ce week-end. Et puis, je doute que Luce puisse s'offrir les services d'un super photographe comme toi.

— Je ne me serais pas fait payer, bien sûr ! C'est cadeau. À quoi ça sert, les amis ?

Le silence retombe et se prolonge. Margot se revoit dans la chambre de Jonas, allongée nue sur son lit. Elle soupire et comprime les paupières pour chasser cette image qui la dérange. Elle a fait n'importe quoi, et c'est la merde !

— Tu ne crois pas qu'on devrait parler de ce qui s'est passé l'autre nuit ? demande-t-il.

— Si, dit-elle alors qu'elle préférerait se pendre.

— On ne peut pas faire comme si de rien n'était, ajoute-t-il avant de reprendre après une nouvelle hésitation : Moi, je n'en ai pas envie en tout cas.

Ne sachant que répondre, elle se tait, ce qui pousse Jonas à continuer pour combler le silence.

— Depuis que tu loues la chambre… Je sais que ça ne me donne aucun droit, et au début ça n'était rien de plus, mais en apprenant à te connaître mieux… Je… Tu es devenue importante pour moi, Margot. Une vraie amie.

— Oui, nous sommes amis, répond-elle, sautant sur la formule pour essayer de s'en tirer.

— Oui, seulement, l'autre soir… Ce qui s'est passé… Je ne m'y attendais pas, mais ça m'a fait comprendre que je…

Margot ferme les yeux. Non, pense-t-elle, tais-toi.

— … que j'ai des sentiments pour toi.

Margot ose à peine respirer pendant qu'il poursuit :

— Alors je me disais… Heu… Je me demandais si tu…

— Ne stresse pas, Jonas. Tout va bien. Nous avions beaucoup trop bu tous les deux. Ça ne voulait rien dire.

Un silence.

— Non ? Tu es sûre ?

Le silence se prolonge, alors Jonas reprend :

— C'est que… J'ai cru… J'ai senti qu'il y avait peut-être quelque chose.

— On est des potes, Jonas. On partage l'appart. Ne compliquons pas tout.

Un nouveau silence, puis Jonas soupire.

— Oui, d'accord.

Margot regarde l'eau. Elle s'en veut de le faire souffrir, parce qu'elle entend de la peine dans sa voix. Cela lui fait mal sous les côtes, une douleur désagréable qui gonfle et l'oblige à poser la main sur sa poitrine pour comprimer les battements de son cœur.

— Bon, tout va bien, alors ? demande-t-elle avec un entrain forcé.

— Oui…, répond-il sans aucun enthousiasme. Et toi ? Tu vas bien ? Tu me le dirais si ça n'allait pas ? Si tu avais besoin de quelque chose ? Entre amis ?

— Oui, répond-elle sans hésiter à mentir. Oui, bien sûr que je te le dirais.

Son attention vient d'être distraite par quelque chose sur l'autre rive. Une forme blanche prise dans le fouillis de branches d'un saule pleureur.

— Bon, tant mieux, dit Jonas.

Quelques mots étouffés se font soudain entendre : « Oui, le réflecteur et la batterie de rechange. » Jonas a écarté le téléphone de sa bouche pour donner des directives.

— Pardon, dit-il, sa voix reprenant son plein volume. Je suis sur un shoot. Un boys band. Tu verrais ça, ajoute-t-il à voix basse, de vraies divas, ils n'arrivent plus à passer les portes tellement ils ont la grosse tête. Bon, il faut que je te laisse. Tu seras à la maison la semaine prochaine ?

À la maison…, songe Margot. Il en parle comme si c'était chez elle, mais se sent-elle vraiment chez elle dans l'appartement de Jonas ?

— Oui, je rentre lundi, répond-elle.

Elle plisse les yeux pour mieux voir la masse prise dans les branches du saule pleureur. Une sorte de fagot de branchages blancs, réguliers et convexes comme des côtes ou la coque d'un navire.

— Bon, OK, Jonas, à plus, alors.

— D'accord, Margot, à plus tard.

La connexion se coupe.

Margot garde l'écouteur dans l'oreille un long moment, ennuyée par le silence, mais absorbée par ce qu'elle voit sur l'autre rive. Pendant la conversation, une pensée horrifiante lui est venue, qui lui semble malheureusement tout à fait plausible. Ce retour à Windfalls ne l'a pas fait régresser, mais l'oblige plutôt à comprendre que malgré sa fuite – malgré ses années d'exil volontaire – elle est restée la même, que rien n'a changé. On n'échappe pas à son destin.

Contemplant l'autre rive, elle est de plus en plus mal à l'aise. La forme de cet étrange amas de branchages blancs devient plus claire. Leur arrondi, leur succession forment une image reconnaissable. Non, ce ne sont pas des bouts de bois, pense-t-elle, sentant la peur enfler. Ce sont sûrement des ossements.

Elle reste un long moment à scruter l'autre rive, se demandant si ses yeux lui jouent des tours, puis elle se lève pour aller au bout de la jetée. Oui, ce sont bien des os. La tête lui tourne, sa tension monte, sa respiration se bloque. Elle se demande ce qu'il faut faire. Elle plonge la main dans l'eau et frissonne. À sa place, Lucy se déshabillerait et plongerait, mais elle n'en a aucune envie.

Elle cherche des yeux la vieille barque échouée sur la berge, la contemple de loin, puis s'en approche. Le bateau est dans un piteux état mais semble encore étanche. Il n'y a pas de trous visibles. Il reste une rame, laissée sur le banc central. Elle donne un coup de pied dans la coque, rassurée d'entendre un son plein et sain. Elle jette un coup d'œil autour d'elle, puis se décide à dénouer la corde effilochée qui retient l'embarcation à la jetée et la pousse pour la mettre à l'eau.

9

Eve se délasse sous le bon jet d'eau chaude de sa douche. Elle écoute les rires étouffés de ses filles tout en passant un rasoir plus très aiguisé sous une aisselle. Les hurlements suraigus de May couvrent presque les gloussements un peu plus graves de sa sœur aînée. « Arrête, Chloé, arrête ! » crie May avec la joie hystérique d'une enfant de six ans qui ne veut surtout pas que sa grande sœur cesse de l'embêter. Eve pousse un soupir. Elle leur a demandé de s'habiller et de préparer leur cartable. Andrew est en bas. Il n'a qu'à s'occuper d'elles.

Yeux clos, elle se shampouine les cheveux. Tout en rinçant la mousse, elle s'imagine ailleurs, loin… dans un club sombre, assise sur un tabouret au bar, un cocktail devant elle que n'éclaire que la lueur vacillante des bougies. Un homme prend place à côté d'elle, un inconnu. Il se penche pour l'enlacer, et sa peau brûlante…

— Maman !

Eve ouvre les yeux puis les referme, vite, mais trop tard pour empêcher le shampooing de lui entrer dans les yeux.

— Merde ! gémit-elle en cherchant son gant à tâtons.

— Tu as dit un gros mot, maman !

— Oui, oui, pardon.

Elle met la tête sous la douche réglée à pleine puissance pour finir de se rincer les cheveux, puis elle rouvre les yeux et voit May de l'autre côté de la paroi de la cabine de douche, vêtue du haut de son uniforme scolaire et de son bas de pyjama rose à motif de licorne, les mains et la bouche tartinées de marmelade, et le visage déformé par les pleurs et l'indignation.

— Maman ! Chloé veut me tuer !

— Ça m'étonnerait, chérie.

— Mais si ! Elle s'assoit sur moi pour m'obliger à respirer les chaussures de papa.

Eve lève les yeux au ciel.

— Et tu peux me dire pourquoi elle te soumet à cette horrible torture ?

— Elle veut regarder *Scooby-Doo* et moi je veux voir *La Pat'Patrouille*.

— Je croyais qu'on avait dit pas de télévision avant de partir à l'école.

May fait la moue.

— Papa a dit qu'on pouvait !

— Ah, il a dit ça ? soupire Eve. Bon, je descends dans une minute. Je vais dire deux mots à Chloé… et à papa. Ça va comme ça ?

Pensant avoir obtenu gain de cause, May se jette sur la paroi.

— Je t'aime, maman !

Elle embrasse le Plexiglas puis elle recule, laissant l'empreinte poisseuse de ses mains et de ses lèvres.

Eve tente de se dire que ça n'est pas grave, et de profiter pleinement de cette preuve d'affection. Elle se baisse et appuie les lèvres de l'autre côté de l'empreinte laissée par May.

— Moi aussi, je t'aime. Maintenant, va t'habiller, s'il te plaît, et évite de provoquer ta sœur.

May sort triomphalement de la salle de bains, laissant Eve se sécher et s'habiller. Elle regarde l'heure. Plus que vingt minutes avant de monter en voiture.

En bas, elle trouve Chloé encore en pyjama, les cheveux emmêlés, assise au fond du canapé en train de se bourrer de Cheerios piochés directement dans la boîte. Les coussins du canapé ont été jetés par terre, l'eau d'un vase renversé a dégouliné sur le tapis. Le panier à chaussures, habituellement rangé près de la porte d'entrée, a été traîné dans le salon et vidé par terre. Une horrible rengaine sort de la télévision.

— Chloé ! Mais qu'est-ce que tu fabriques ?

Sa fille détache à peine les yeux de l'écran, le regard vitreux.

— Pourquoi tu n'es pas habillée ? Qu'est-ce que c'est que ce bazar ? Où est ton père ?

Chloé hausse vaguement les épaules du geste indifférent d'une fillette de neuf ans qui se croit en vacances.

— Papa ? Il est dans la cuisine.

May arrive sur ces entrefaites, toujours en pantalon de pyjama, mais ayant pris la peine pour une raison obscure de fixer des oreilles de lapin sur sa tête.

— Pourquoi vous avez mis des chaussures partout ? demande Eve, de plus en plus exaspérée.

— C'est May qui me les a lancées dessus.

— Elle m'a traitée de bébé !

— Ben oui, quel bébé ! Elle a peur de *Scooby-Doo*, ricane Chloé en tournant de nouveau la tête vers la télévision.

C'en est trop. Eve se saisit de la télécommande et éteint le poste en ignorant le cri indigné de sa fille aînée.

— Rangez-moi tout ça, les deux terreurs !

— Mais c'est injuste ! hurle May. C'est pas moi qui ai commencé !

Eve redresse le vase et les fleurs en envoyant un dernier filet d'eau par terre.

— Action ! gronde-t-elle. Pas de discussion !

Chloé se lève de mauvaise grâce, redresse le panier à chaussures et y jette une basket d'Andrew avec un soupir théâtral.

— T'es méchante ! jette May à sa mère.

Les deux sœurs oublient leur guerre et ont vite fait de s'unir contre l'horrible injustice qu'Eve leur fait subir.

Cette dernière trouve Andrew à la cuisine, devant son ordinateur portable, entouré de tasses, de bols de céréales sales, d'assiettes semées de croûtes de pain. De la musique s'échappe de la radio posée sur l'appui de la fenêtre. Une casserole de porridge figé a été posée dans l'évier, telle quelle. Du café moulu jonche le comptoir. La bouteille de lait à moitié pleine est restée à côté du réfrigérateur, bien au chaud. Eve s'arrête sur le seuil devant cette scène, deux rides profondes creusant son front entre les sourcils.

— Tout va bien ? demande-t-il en lui jetant à peine un regard.

Elle va éteindre la radio d'un pas furieux.

— Non, tout ne va pas bien ! crie-t-elle en appuyant sur le bouton.

— C'était pour essayer de ne pas les entendre, avoue Andrew en lui souriant. Bon, ça va, non ?

— Oui, très bien, à part que le salon est dévasté et que les filles ne sont pas prêtes pour partir à l'école !

— Pardon, je me suis laissé détourner par le boulot. J'avais l'impression qu'elles s'amusaient.

Eve hausse les sourcils.

— Quoi, qu'est-ce qu'il y a ? demande-t-il.

— Il y a qu'elles sont au bord de s'étriper, et toi, tu ne fais pas un geste pour intervenir. Tu avais promis de m'aider un peu plus le matin.

— Ben, je suis là, non ?

— Pas vraiment. En tout cas, on ne dirait pas. Tu as la tête ailleurs.

— Elles sont grandes, maintenant, Eve. On n'a pas besoin de les surveiller à chaque seconde. J'ai un truc urgent à régler. Bon, pas de panique, ajoute-t-il avec un sourire. Il n'y a pas de victimes au moins ?

Eve pousse un soupir. Ça n'est pas la question. Elle considère l'état immonde de la cuisine, puis pense aux batailles qui l'attendent : le brossage des cheveux, l'enfilage des chaussures, l'inévitable course contre la montre pour ne pas arriver en retard à l'école, les instruments de musique et les tenues de sport oubliés. Elle pense à la difficile journée qui s'annonce au cabinet de recrutement. Son job est moins important que celui d'Andrew, c'est vrai, mais elle travaille, elle aussi, et elle a des obligations. Elle songe au week-end, à la liste des tâches à accomplir avant le mariage, qui s'allonge tous les jours un peu plus. Elle s'inquiète de la tension entre Kit et Margot, puis se rappelle que Sibella est invitée au dîner de famille vendredi soir, et se demande si la soirée va virer au psychodrame. Cet horizon bouché la décourage profondément.

Sa vie a-t-elle toujours été aussi difficile ? Il lui semble que toutes les corvées lui retombent toujours sur le dos et que sans elle, rien ne se ferait jamais. D'aussi loin qu'elle s'en souvienne, elle a dû s'occuper de ses sœurs. Préparer les sandwichs pour l'école quand leur mère oubliait, ou parce qu'elle écrivait toute la nuit et ne se réveillait pas le matin. Sortir les uniformes scolaires du panier à linge pour les nettoyer à la serviette humide quand elles n'avaient plus rien de propre à se mettre. Nouer les nattes, poursuivre Kit pour lui faire signer les papiers envoyés par l'école. Elle a l'impression d'avoir eu trop de responsabilités, trop tôt. C'est en partie pour cette raison qu'elle veut une autre enfance pour ses filles, et leur donner une mère présente et fiable. Mais c'est bien difficile d'être toujours là quand on doit jongler avec autant de choses à la fois. Elle a de plus en plus peur de ne pas y arriver.

Andrew se lève et allume le gaz sous la bouilloire.

— Attends, je te fais une tasse de thé.

Il s'approche d'elle et l'enlace.

— Ne sois pas fâchée. Je te demande pardon. Je vais faire plus attention.

Eve hoche la tête sans trop y croire, mais se laisse aller dans ses bras, cherchant un peu de solidité pour se rassurer. À peine une seconde, car la vibration de son téléphone la fait se redresser. Elle prend son portable et regarde l'écran. C'est un message de Margot. Bon, c'est déjà ça, songe-t-elle. Son aide est la bienvenue. Elle tape rapidement une réponse, appuie sur « Envoi », puis écrit dans la foulée un mot à son père.

Andrew pousse un soupir et va récupérer la bouilloire.

— Comment se passe l'opération « mariage express » ? demande-t-il en versant de l'eau sur un sachet dans un mug.

— Ça va, répond-elle en rempochant son téléphone. Mais je crois que malheureusement tu vas être obligé de t'occuper du feu de joie avec papa. Tu peux t'estimer heureux : maman voulait un feu d'artifice, mais je crois que je suis arrivée à l'en dissuader.

— Un feu de joie ? Un feu d'artifice ? Je croyais que ça devait être une petite fête intime.

— Ça n'en prend pas le chemin, à moins que tu trouves que plus de soixante-dix invités, c'est une petite fête intime…

Andrew, sidéré, en reste muet, puis il éclate de rire.

— Vous êtes des marrants dans ta famille…

Eve sent monter l'irritation. Elle lui tourne le dos et entreprend de rincer les bols à céréales avant de les mettre dans le lave-vaisselle.

— J'ai une réunion du conseil d'administration de l'école ce soir. Tu seras là pour t'occuper des filles ?

— Quoi ? Ce soir ?

— Oui. À 19 heures.

— Ah, mince, Eve, je suis désolé, mais j'ai un dîner de travail. Je croyais que tu le savais.

Il fait glisser le mug de thé sur le comptoir vers elle.

Eve tâche de garder son calme.

— Tu es pris ? Ça n'est pas marqué sur le calendrier.

— Ah, non ? s'étonne-t-il innocemment en glissant son portable dans sa sacoche. Désolé, ma chérie. J'ai dû oublier. Je ne savais pas que tu voulais que je fasse du baby-sitting.

Les joues d'Eve s'enflamment.

— Combien de fois faut-il que je te répète que ça n'est pas du baby-sitting ! C'est tes gosses ! Bon, ajoute-t-elle avec un soupir. Je fais quoi, maintenant ?

— Bah, tu n'es pas la seule représentante de l'association des parents d'élèves. Ils ne peuvent pas se passer de toi ?

Elle dépose un bol dans le lave-vaisselle un peu trop violemment.

— Ça n'a rien à voir. Je me suis engagée à y aller.

— Bon, alors fais venir quelqu'un pour les garder. Désolé, mais je ne peux pas manquer ce dîner. C'est un client important.

Il s'interrompt et tente une approche plus conciliante.

— Je sais que c'est dans ta nature, mais tu en fais trop. Tu ne devrais pas te mettre dans un état pareil pour des réunions scolaires et le mariage de ta sœur.

Eve jette quelques couteaux dans le panier à couverts, si brutalement que l'un d'entre eux est éjecté et tombe par terre.

— Oui, c'est ça, j'en fais trop !

Elle retient la suite, car elle brûle de rétorquer que si elle en fait trop, d'autres n'en font pas assez. Silencieuse, elle espère qu'Andrew va remarquer combien elle lui en veut, mais il continue tranquillement de réunir ses affaires, lui pose un baiser sur la joue, lui lance un joyeux « au revoir » et s'en va. Elle reste devant l'évier encore un moment, tâchant de se calmer. Elle compte jusqu'à dix pour contrôler sa colère, puis sort de la cuisine en criant à ses filles d'une voix de mégère qu'elle déteste :

— Si vous ne vous dépêchez pas de vous habiller, ce sera à vous d'expliquer à la directrice pourquoi vous êtes allées à l'école en pyjama ! Et je ne plaisante pas !

Un commentaire de Chloé lui parvient du salon :

— Ouah, quelle mère pourrie, je te jure !

10

— Tu crois que ça va bien se passer ? demande Ted, appuyé à la porte de l'atelier de Sibella.

Il tient sa tasse de café entre ses mains pour se réchauffer et a posé celle de Sibella à sa portée sur le banc car elle a les deux mains occupées par la boule d'argile blanche qui prend forme sur son tour de potier.

Il ne se lasse pas de la regarder travailler et admire sa dextérité depuis la première fois qu'il l'a vue à l'œuvre. D'abord la montée et la descente de l'argile, les rides de la matière qui ondule entre ses mains, son pied qui donne l'impulsion au plateau. Elle est très concentrée, ses yeux verts fixés sur son travail, une traînée blanche sur sa joue gauche. Derrière elle se dresse un haut meuble à étagères sur lequel s'alignent des rangées de poteries blanches comme des spectres, mises à sécher sur les planches.

Elle trempe les doigts dans un bol d'eau et les place au centre du cône d'argile pour creuser la forme. Le bord descend un peu, puis remonte, la paroi devenant de plus en plus fine en s'élevant. Elle arrondit le haut, puis le recourbe pour façonner un bord bien net. Quand il écrit pour le théâtre, Ted cherche les mots justes, des dialogues percutants. Son travail est de faire évoluer des personnages sur une scène pour raconter une histoire. Ce n'est finalement qu'une vue de l'esprit, alors que le métier de Sibella, lui, est beaucoup plus concret. Elle crée des objets avec ses mains. Des assiettes, des cruches, des bols, des pots. C'est une activité physique, pratique, réelle. Certains jours, il lui envie la solidité de son art.

Elle ne lève pas les yeux en lui répondant.

— C'est le mariage qui t'inquiète ?

— Oui.

Sibella réfléchit un peu avant de reprendre prudemment :

— Je suis sûre que tout le monde va faire des efforts pour bien se conduire.

Elle lui jette un rapide coup d'œil et ajoute :

— Tu trouves qu'ils ne devraient pas se marier ?

— J'aime bien Tom, vraiment, mais je ne comprends pas pourquoi ils se sentent obligés de tout faire si vite. Je me pose des questions, ajoute-t-il en approchant sa tasse de ses lèvres. Je me demande si elle ne serait pas enceinte.

— Possible, mais ça n'explique pas leur hâte d'officialiser : tu n'es pas le genre de père à prendre sa carabine pour obliger le jeune homme à réparer sa faute. Tu n'aurais aucune crédibilité !

— Bien vu, s'amuse Ted avec un petit rire. Kit et moi, nous avons fabriqué un paquet d'enfants illégitimes.

Il baisse les yeux sur sa main et sa fine alliance en or. Il se souvient de l'instant où Sibella la lui a passée au doigt et se demande pourquoi il lui a semblé aussi important d'épouser cette femme alors qu'il a vécu autant d'années avec Kit sans se marier, par conviction. Il ne comprend toujours pas très bien, mais il ne doute aucunement d'avoir pris la bonne décision.

— Il ne faut peut-être pas aller chercher trop loin, dit Sibella. Elle l'aime et ils en ont envie tous les deux.

Ted a un sourire.

— Oui, tu as raison. Il faut croire que malgré les apparences, Lucy est une grande romantique. J'avoue qu'elle m'étonne souvent. Comme toutes mes filles, d'ailleurs.

— Ah, les femmes ! s'amuse Sibella en trempant de nouveau les doigts dans l'eau pour lisser l'extérieur de son vase. Tu devrais avoir l'habitude, pourtant : tu es bien entouré.

— L'arrivée d'un nouveau bébé dans la famille, quel bonheur ce serait ! Tu penses qu'ils comptent annoncer la nouvelle à la réception ?

Sibella sourit. Elle ralentit le tour puis recule un peu pour contempler son œuvre d'un œil critique.

— Tu t'intéresses toujours à la porcelaine…, commente Ted.

— Oui, ça me plaît, cette fragilité. Il faut avoir la main légère. Ça n'est pas facile au tour, mais c'est un plaisir d'apprendre.

Ted admire la délicatesse des poteries blanches qui sèchent sur les étagères face à la baie vitrée, que la lumière met magnifiquement en valeur. Elle a raison, songe-t-il. La porcelaine, c'est pur.

— Tu t'es levé tôt, ce matin, dit-elle. Tu as travaillé ?

— Oui, je voulais revoir une scène avant d'envoyer ma dernière version à Max.

— Tu es content du résultat ?

Ted réfléchit un peu. Il est plongé depuis quelques mois dans les relations complexes entre un père et sa fille : un sujet difficile.

— Oui, je suis assez satisfait. Je ne veux pas me réjouir trop vite, mais j'ai l'impression que j'ai fait du bon boulot. Ce sera peut-être même ma meilleure pièce. Mais tu me connais, ajoute-t-il. Un jour je suis content, et le lendemain… tout retombe, comme l'argile sur ton tour. Une scène qui va bien peut redevenir un gros tas informe du jour au lendemain.

Cela la fait rire.

— On connaît tous ça, les jours sans.

— J'ai retenu la table au Bridge pour vendredi soir, annonce-t-il, en passant à autre chose. Tu es toujours d'accord pour être des nôtres ?

Sibella fronce les sourcils.

— Tu crois vraiment que je dois venir ?

— Lucy a beaucoup insisté.

— Je me disais juste que… avec Kit… il aurait été plus simple que je…

— Il ne s'agit pas de faire plaisir à Kit. Nous nous réunissons pour Lucy et Tom. Je sais qu'ils tiennent tous les deux absolument à ce que tu viennes. Et puis, ce dîner la veille du mariage permettra peut-être d'aplanir les difficultés et de prédisposer tout le monde à un samedi plus… harmonieux.

— En même temps, tu sais bien que Kit ne supporte pas que je me rapproche de tes filles.

— C'est son problème, répond Ted fermement. Lucy veut que tu sois là.

Sibella soupire et lance un regard à Ted.

— Bon, dans ce cas, je viendrai.

Il approche pour lui poser un baiser sur le dessus de la tête. Le doux contact des cheveux roux contre ses lèvres le remplit de bonheur. Il a pleinement conscience de sa chance d'avoir trouvé une femme aussi belle et créative, mais cette agréable pensée est interrompue par son téléphone portable qui couine dans sa poche.

— Qui est-ce ? demande Sibella en le voyant froncer les sourcils.

— Eve. Elle me demande d'ajouter une personne à la réservation de vendredi soir. Margot est arrivée, ajoute-t-il avec un regard entendu.

— Ah ! Et tu n'es pas content ?

— Tu as oublié mes soixante ans ? commente Ted en riant un peu.

— Presque ! répond Sibella avec un sourire. Elle t'a manqué, je le sais. Cela fera du bien à tout le monde de la voir, j'en suis sûre.

— Sans doute…

— J'espère qu'elle va enfin trouver la force d'assumer ce qu'elle a fait. Il va bien falloir qu'elle s'explique un jour.

— C'est vrai, dit Ted, le front soucieux.

Il tourne la tête vers la vallée à l'instant où le soleil disparaît derrière un nuage noir, effaçant les collines comme un rideau de scène qui descend. Margot, sa petite dernière, l'inquiète : quelque chose la perturbe depuis longtemps, mais quoi ?

Sibella prend sa tasse et boit une gorgée de café.

— Restons positifs. Si Margot est là, au moins je ne serai pas la seule ennemie à abattre vendredi soir.

Ted fait entendre un petit rire, mais sans quitter des yeux la vallée noyée d'ombre.

11

À peine arrivée au milieu de la rivière, Margot se rend compte que son entreprise est beaucoup trop risquée. La vieille barque est bien plus difficile à diriger avec une seule rame qu'elle l'imaginait. Et surtout, loin d'être étanche, elle prend l'eau à une vitesse inquiétante. Une flaque brune s'élargit à ses pieds au fond de la coque. Margot s'obstine et redouble d'efforts, toute son attention se portant sur l'autre rive et les ossements blancs qu'elle y a vus.

Le courant commence à la faire dévier de sa trajectoire. Elle sent qu'elle pourrait être entraînée et imagine ce qui arriverait si elle se laissait emporter et que le bateau descendait la rivière jusqu'à la mer et la jetait dans le dangereux tumulte des vagues. Elle lutte de toutes ses forces pour conserver le cap. Elle rame, rame avec une énergie farouche, et approche du but.

Elle y est presque, mais l'accumulation de bois flotté forme entre les branches de saule comme un barrage qui résiste à toute approche. Après quelques égratignures et une ou deux tentatives qui manquent lui faire perdre sa rame, elle parvient à attraper une grosse branche et à se tracter à la force des bras. Enfin, elle arrive à la hauteur du squelette couché dans son nid aquatique.

Elle ne s'est pas trompée. C'est bien une cage thoracique. Les côtes arquées qu'elle a remarquées depuis la jetée sont en parfait état, toujours reliées entre elles et rattachées à la colonne vertébrale. Le crâne est là, aussi. Les os, nettoyés par les charognards et les poissons, sont d'une blancheur éclatante, mais contrairement à ce qu'elle redoutait, ce ne sont pas des restes humains. Un daim, sans doute. Elle contemple les orbites creuses et la pointe du museau avec soulagement. Elle a envie de rire quand elle songe à la situation ridicule dans laquelle elle s'est mise, à cette équipée folle dans une barque qui prend l'eau pour voir un animal mort.

Une sensation humide la rappelle à l'ordre : ses chaussures sont mouillées et l'ourlet de son jean commence à s'imbiber. Il est urgent de rentrer. Elle tourne tant bien que mal la proue vers l'autre rive et repart vers la jetée. À mi-chemin, elle doit faire une pause, les bras presque tétanisés par l'effort. Elle reprend son souffle en regardant l'eau noire et en écoutant le heurt régulier des vaguelettes contre la coque. Ce bruit lui rappelle un après-midi d'été, il y a bien longtemps. Elle avait sauté dans la rivière et était restée presque une minute au fond. En regardant le courant noir, elle revit ce moment, se voit sous l'eau, les yeux tournés vers la lumière de la surface, momentanément isolée dans un monde silencieux et obscur. Un frisson la parcourt.

Elle se secoue, empoigne la rame et repart. Le bateau se remplit de plus en plus vite et devient très lourd à manœuvrer. C'est avec soulagement qu'elle sent enfin la coque frotter contre un poteau de la jetée et qu'elle saute sur la terre ferme dans ses chaussures détrempées. Après avoir tiré la barque, elle l'attache, puis retire son pull, ses efforts lui ayant donné très chaud.

Pendant qu'elle reprend son souffle, elle contemple le tatouage qui forme comme une manche sur son bras. Elle pose le doigt sur le cœur ancré dans le creux du coude, suit les circonvolutions de la liane qui forme des arabesques sur sa peau. C'est par le petit cœur noir qu'elle a commencé, puis elle a continué, retournant de nombreuses fois demander au même tatoueur d'agrandir le dessin, ayant besoin de percevoir la vibration sur sa peau, la douleur électrisante de l'aiguille qui perçait son engourdissement. C'était presque le seul moment où elle arrivait à éprouver quelque chose. Cette douleur, oui, elle la sentait. La vue du tatouage l'aidait à garder cela en mémoire.

Son téléphone vibre dans sa poche. C'est une réponse d'Eve à son texto. Elle lui demande d'aller voir Sibella et de l'aider à préparer les fleurs pour samedi.

Bien, songe-t-elle, une occupation qui lui permettra de rester encore un peu dehors et d'éviter Kit. Elle a les pieds mouillés, mais Sibella n'habite pas très loin, juste de l'autre côté de la rivière. Elle reprend le chemin de halage, mais vers la gauche, en s'éloignant de la maison et aussi de la sombre ruine de pierres et de charpente calcinée, envahie par le lierre et les ronces, qu'elle prend soin d'éviter depuis qu'elle a passé la barrière. Dans ce sens, le chemin permet de passer de l'autre côté de la vallée par le pont.

12

Lucy descend Milsom Street d'un pas décidé, ses chaussures de sport frappant les pavés avec un bon bruit énergique. Un mince rayon de soleil perce la couche de nuages et donne du brillant aux couleurs : le gris devient argenté, la pierre de pays prend des tons de miel. Lucy ne pense pas aux fichiers qui l'attendent dans le bureau du centre de yoga, ni à la multitude de rendez-vous de la journée ni à tout ce qui reste à organiser pour le week-end. Elle ne pense qu'au miracle de ses pieds qui frappent le sol, se délecte de l'air humide sur son visage, de la légère brise qui fait voleter les franges de l'écharpe en soie qu'elle porte autour du cou. Elle tourne dans une ruelle et se dirige vers une boutique qui se trouve tout au bout. Elle n'est qu'une passante parmi tant d'autres, une petite parcelle du flot d'humanité qui a foulé et foulera ces mêmes pavés – des gens sont partis, d'autres viendront. Le sentiment de son insignifiance la réconforte.

Un peu plus loin sur le trottoir, une mère poursuit deux jeunes enfants, des fillettes de trois ou quatre ans, nattes au vent, qui font la course.

— Je cours ! Je cours ! chantonne l'une d'elles, les yeux baissés sur ses pieds. Bonjour ! Je suis là !

C'est un refrain si simple que sa sœur le répète en riant tout en essayant de la rattraper.

— Bonjour ! Je suis là !

Elles sont toutes les deux de toute évidence très contentes d'elles, heureuses simplement d'être en vie, de bouger.

Lucy ne peut s'empêcher de sourire en les suivant. Elle se souvient de ses jeux à Windfalls avec ses sœurs, des courses-poursuites dans le jardin, des glissades dans la colline en faisant le tonneau dans un joyeux méli-mélo. Le plaisir de se dépenser. *La première arrivée au vieux pommier !* Eve et Margot se donnaient à fond, mais c'était toujours Lucy qui remportait les courses. Elle se promet de se réconcilier avec Eve plus tard, contente d'avoir réussi à rassembler tous ceux qu'elle aime pour le week-end. Elle a bien fait, elle en est convaincue. Je suis là ! songe-t-elle en emplissant ses poumons de la fraîcheur automnale.

La cloche annonce son arrivée en tintant au-dessus de la porte de la boutique. Dorothea, la propriétaire, lève le nez de sa machine à coudre et lui fait signe, marmonnant une salutation indistincte, des épingles entre les lèvres.

Lucy sourit et attend.

— Tu arrives plus tôt que prévu, remarque Dot avec un sourire dès qu'elle a terminé l'ourlet et retiré les épingles de sa bouche.

— Oui, je sais… J'ai hâte de voir.

— Je comprends ça. Elle est accrochée là-dedans, dit-elle en désignant une cabine d'essayage entourée de rideaux à l'arrière du magasin. Vas-y. Appelle-moi si tu as besoin d'aide.

Cinq minutes plus tard, Lucy tire le rideau de la cabine et virevolte devant le grand miroir.

— Alors ? Comment tu me trouves ?

— Magnifique ! s'exclame Dot en accourant pour tirer sur un pli. C'est parfait.

La robe est longue, en soie, d'un rouge soutenu. C'est une robe flamboyante qui arrête le regard comme un feu rouge. Lucy passe la main sur le tissu, heureuse de constater que la coupe est parfaite. Elle a vu la robe dans la vitrine d'une boutique vintage à Bristol et l'a tout de suite voulue. Une robe exceptionnelle pour un jour exceptionnel. Elle sait que cette robe est de loin le vêtement le plus beau qu'elle portera jamais.

— Tu as fait des miracles ! On dirait qu'elle a été taillée pour moi.

— Mais peut-être, qui sait ? dit la couturière avec un sourire. Ils vont tous être sous le choc en te voyant samedi.

Oui, songe Lucy en s'assombrissant devant le miroir. Elle ne croit pas si bien dire…

Dot enveloppe la robe dans du papier de soie et glisse le tout avec soin dans un carton à poignées. À la porte, elle embrasse Lucy avec enthousiasme, trois bises qui claquent sur ses joues.

— Je vous souhaite à tous les deux une longue vie de bonheur et d'amour.

Lucy serre Dot contre son cœur, prise d'une puissante émotion, la retenant un peu pour qu'elle ne voie pas les larmes qui remplissent ses yeux.

Le carton est très léger, la robe en soie à l'intérieur n'étant pas beaucoup plus lourde que son emballage. Sur le chemin du retour, il se balance au bout du bras de Lucy et cogne de temps en temps contre sa cuisse. Elle marche d'un bon pas, mais arrivée à l'obélisque de Queen Square, elle se sent prise d'une forte nausée. Elle respire profondément, parvient à atteindre la clôture métallique qui entoure la place et s'y appuie, puis elle repère un banc libre un peu plus loin et va s'y asseoir. Pliée en deux, elle attend que la crise passe.

Le vent fait bouger les branches des cerisiers au-dessus de sa tête. Vite, vite, semble chuchoter le feuillage. Mais il ne faut pas qu'elle bouge. C'est trop tôt. Elle inspire à fond plusieurs fois et tâche de penser à autre chose en regardant les passants. Un homme au dos très droit portant un costume noir traverse la place, son porte-documents au bout du bras. Deux vieilles dames, des foulards cachant leur mise en plis, discutent de la pluie et du beau temps. Un homme jeune, portant des écouteurs géants, avance en battant la mesure avec la tête. Une mère arrive avec une poussette, son enfant endormi attaché sur le siège. Alors qu'elle passe devant le banc, un ours en peluche bleu échappe aux mains du petit et atterrit aux pieds de Lucy.

— Madame ! appelle-t-elle en se baissant pour le ramasser. Vous avez laissé tomber ça !

— Merci, dit la mère en revenant sur ses pas. Vous nous sauvez la vie ! Vous n'imaginez pas le drame…

La jeune femme replace l'ours à côté de son fils en le coinçant fermement et remet la couverture en place. Soudain, Lucy fond en larmes.

— Qu'est-ce qui se passe ? demande la mère, interdite. Ça ne va pas ?

Lucy est incapable de répondre.

— Est-ce que je peux… Y a-t-il quelque chose… Je peux appeler quelqu'un pour vous ?

— Non, pardon, finit par dire Lucy en retrouvant sa voix.

La dame regarde autour d'elle sans savoir que faire, puis approche la poussette du banc et s'assied.

— Je vous tiens un peu compagnie si vous voulez…

Lucy hoche la tête. Elle s'essuie les yeux, puis se surprend elle-même en s'entendant annoncer :

— Je me marie samedi.

La dame semble étonnée. Ce n'est de toute évidence pas ce qu'elle s'attendait à entendre.

— Mais c'est génial, ça… Vous êtes contente, au moins ? ajoute-t-elle prudemment.

Lucy fait signe que oui.

La dame fouille dans son sac.

— Désolée, c'est tout ce que j'ai, dit-elle en lui tendant un mouchoir en papier froissé. C'est trop d'émotion, c'est ça ?

Lucy regarde la place, les arbres qui frémissent, les gens qui vaquent à leurs occupations.

— C'est les montagnes russes dans ma tête. On a décidé ça très vite. Au départ, ça m'a semblé une très bonne idée de nous marier sans attendre, mais maintenant… maintenant je me pose des questions.

— Vous regrettez ?

Elle se mouche et se demande comment faire comprendre ce qu'elle ressent à cette femme qu'elle ne connaît pas.

— Tom est un homme formidable. Il est bon, généreux, droit. Il fait toujours tout ce qu'il faut.

— Je suis peut-être bête, mais vous semblez avoir choisi quelqu'un de très bien. Pour moi aussi, ajoute-t-elle en regardant son alliance, les quelques jours avant le mariage ont été difficiles. Les émotions partent dans tous les sens, on est épuisée, sans parler des chamailleries familiales et de l'effort pour ne fâcher personne. Je ne sais pas pourquoi on s'impose ce genre d'épreuve…

— Oui, c'est pareil pour moi, exactement.

— Je vais peut-être dire une bêtise, parce que je ne vous connais pas, mais si vous l'aimez, et si vous pensez qu'il vous aime, essayez de ne pas vous laisser atteindre par le reste. Votre famille va faire un effort et vous en garderez un bon souvenir. Ce sera un moment important pour vous deux, et vous l'aurez passé avec les gens que vous aimez. C'est ça qui compte.

Lucy sourit.

— Merci, c'est vrai.

La dame lui tapote la main.

— Après sa naissance, dit-elle avec un geste vers la poussette, j'ai passé six mois à pleurer… des larmes de joie, et d'angoisse aussi. Les grands moments nous fragilisent, mais ce n'est pas grave.

— Je suis désolée de m'être donnée en spectacle, dit Lucy, puis elle ajoute en regardant l'enfant endormi : C'est comment, d'être mère ?

— C'est merveilleux. Il n'y a pas de plus beau métier au monde.

Lucy voit les longs cils du bébé battre sur sa peau satinée, parfaite. Elle pose la main doucement sur son ventre.

— Vous savez ce que je ferais si j'étais vous ? dit la dame en reprenant la poignée de la poussette. J'irais faire les magasins et je m'offrirais un petit cadeau. Ça vous remettrait d'aplomb.

— Merci pour votre gentillesse.

— C'est moi qui vous remercie pour le doudou. Il refuse de se coucher sans son nounours. Bonne chance pour samedi, conclut-elle en se levant. Je vous souhaite un très beau mariage.

Lucy reste assise encore un peu sur la place, attendant que sa nausée finisse de se dissiper et que ses larmes sèchent. Dès qu'elle s'en sent capable, elle reprend son carton et se remet en route. La jeune mère a raison. Un peu de shopping, ce serait une bonne thérapie. Elle a envie d'acheter des cadeaux. Quelque chose pour faire plaisir à Eve et la remercier de son aide précieuse ; une bricole pour Tom, aussi. Il aura besoin de boutons de manchettes pour samedi, et il n'y a sûrement pas pensé. C'est un homme de terrain qui passe ses journées par monts et par vaux dans la campagne du Somerset pour ses projets de protection de la nature sous l'égide du Woodland Trust. Il choisit des vêtements pratiques. Quand on supervise la décontamination de sites pollués ou qu'on se balade dans des réserves naturelles pour surveiller la faune et la flore, il ne faut pas avoir peur de se mettre de la terre sous les ongles, et on ne porte pas de belles chemises. Oui, c'est une bonne idée : ce sera un joli cadeau de mariage.

Au grand magasin, elle va au rayon bijouterie au rez-de-chaussée. Une élégante paire de pendants d'oreilles et des peignes Art déco attirent son œil : ils iraient très bien avec sa robe, mais elle ne se laisse pas détourner de son objectif. Peu après, elle trouve deux joncs en or, des cercles délicats à motif de lierre qui plairont certainement à Eve et à Margot. Elle demande à une vendeuse de lui faire des paquets-cadeaux, puis s'éloigne, ayant repéré la vitrine des boutons de manchettes. La vendeuse, qui a reniflé la possibilité d'une nouvelle vente, accourt.

— Vous désirez que je vous en sorte pour les voir de plus près ?

Lucy étudie le choix de boutons fantaisie. Il y a des dominos, des voitures, des panneaux de stop, des bouteilles de champagne. Tout cela est beaucoup trop citadin pour son Tom.

— Je cherche quelque chose de simple, explique-t-elle. Quelque chose de moins… voyant.

— Dans ce style ? suggère la vendeuse en ouvrant la vitrine avec sa clé.

Elle sort un petit plateau doublé de velours noir présentant une collection de boutons de manchettes en argent.

Lucy les passe en revue et s'arrête sur une paire en forme de feuilles de chêne, un arbre solide qui correspond tout à fait à Tom.

— Ceux-là, dit-elle en les présentant à la lumière.

La vendeuse les enveloppe dans du papier de soie et pendant qu'elle termine le paquet, l'attention de Lucy est attirée par un rire à la sonorité familière. Elle tourne la tête et aperçoit un homme en costume, grand, carré, le front dégarni. Il montre des boucles d'oreilles scintillantes à la petite jeune femme qui l'accompagne. Le sourire de Lucy s'efface. C'est son beau-frère.

La jeune femme – cheveux noirs et bouclés, lèvres pleines et rouges – lève un regard transi vers Andrew qui présente le pendant en diamant devant son oreille. Il se penche sur elle pour mieux voir.

— Elles te vont bien…

Du moins, c'est ce que Lucy devine aux mouvements de ses lèvres. Elle fronce les sourcils. La fluette demoiselle est nettement plus jeune qu'Eve.

Andrew conclut l'achat avec sa vendeuse et sort son portefeuille. La jeune femme lui attrape le bras et s'accroche à lui, semblant très heureuse. Une aiguille de glace s'est fichée dans le cœur de Lucy. Andrew achète un bijou à une femme ? Une femme qui lui prend le bras et lui sourit comme à un prince, son prince charmant…

Sous le choc, Lucy ne sait pas si elle a plus envie d'aller leur mettre son poing dans la figure ou de se cacher à quatre pattes derrière le comptoir pour éviter une scène gênante. La vendeuse la tire d'embarras : elle a terminé les paquets et les lui tend.

— Merci pour vos achats et bonne journée, madame.

Lucy les prend, ramasse le carton qui contient sa robe et se dépêche de quitter le magasin. Andrew ! Andrew a une maîtresse… Elle n'arrive pas à le croire. Pauvre, pauvre Eve.

13

Eve sort de la grande surface au pas de charge et jette ses courses dans son coffre – bougies, assiettes en carton et serviettes en papier. Elle vérifie l'heure sur son téléphone et soupire. Cela va être juste : il va falloir bien rouler pour arriver à l'heure à la sortie des classes.

Elle ne devait travailler qu'une demi-journée aujourd'hui au bureau, mais comme d'habitude, le boss est venu la voir à midi moins le quart avec une pile de lettres qu'il venait de signer et qui devaient absolument partir tout de suite. Depuis, c'est la cavalcade. La queue aux caisses était tellement longue qu'elle a failli renoncer, mais elle n'avait pas vraiment le choix : c'était le seul créneau possible avant le grand jour.

En passant rapidement en revue ses messages, elle en trouve un de Margot qui confirme qu'elle ira voir Sibella, et un autre de Lucy annonçant que Tom a trouvé un ami qui accepte de s'occuper de la musique pendant la fête et – encore mieux – qui viendra avec ses platines et sa sono. Peut-être a-t-elle bien fait de se montrer ferme : le résultat est là. Lucy ne lui présente peut-être pas explicitement d'excuses, mais elle semble commencer à comprendre qu'il faut se mettre un peu au travail. Le dernier message est de Ryan, le propriétaire du pub, qui lui rappelle qu'il a besoin du nombre définitif d'invités pour calculer ses achats en nourriture et en boissons pour samedi. Son message se termine par une série d'émojis : bouteilles de champagne, cocktail dans un verre, danseuse et smiley qui fait un clin d'œil. Elle démarre et sort du parking.

Elle a de la chance : il n'y a pratiquement aucune circulation sur le chemin de l'école, ce qui est exceptionnel, et une des rares places de parking se libère à son arrivée. Bénissant le ciel, elle fait son créneau, saute de la voiture et court vers le portail. C'est un miracle : elle n'a que deux minutes de retard.

May la voit la première et court vers elle, son énorme sac à dos ballottant sur ses épaules. Elle brandit un grand dessin très coloré et incompréhensible.

— Maman !

— Pardon, chérie, grosse journée. Comment ça va ?

Elle embrasse May et sourit à la maîtresse par-dessus la tête de sa fille.

— Tu as fait de la peinture ?

— C'est du pop art.

— C'est très joli.

— Je suis tombée par terre à l'heure du déjeuner, annonce May en levant le bas de sa jupe d'uniforme pour lui montrer un pansement sur son genou. Mme Greenaway m'a mis un sparadrap.

— Elle a été très courageuse ! crie la maîtresse de loin.

— Merci, répond Eve avec un nouveau sourire tout en passant une main dans les cheveux de sa fille. Bravo, ma chérie.

Chloé les rejoint en traînant les pieds.

— Je suis obligée d'aller à mon cours de piano aujourd'hui ? demande-t-elle d'un air morose en tapant par terre avec la pointe de sa chaussure.

— Arrête, Chloé, tu vas les abîmer. Elles sont toutes neuves.

— Je déteste le piano.

— On en a déjà parlé : on s'est mis d'accord pour que tu finisses le trimestre avant d'abandonner. Si tu n'aimes toujours pas après Noël, on en reparlera.

— Bon… OK…

Eve jette les sacs dans le coffre et sangle May sur son rehausseur.

— Je dois m'arrêter une minute au pub en passant. J'ai quelques détails à régler pour le mariage de tante Lucy samedi, précise-t-elle pour éviter toute récrimination.

Chloé l'observe dans le rétroviseur.

— On pourra boire un Coca ?

— Bien tenté ! s'amuse Eve. Non, pas de Coca, on n'a pas le temps. Vous m'attendrez dans la voiture.

Le parking du pub est vide. L'heure du déjeuner est terminée, et il s'en faut encore d'un bon moment avant l'ouverture du soir.

— Je n'en ai pas pour longtemps, dit-elle à ses filles en se garant dans le parking de devant.

Elle fait le tour pour aller frapper à la porte de derrière. Des pas résonnent dans l'escalier et une clé tourne dans la serrure puis Ryan apparaît sur le seuil, pieds nus, en jean et en polo.

— Ah ! Super ! J'espérais que tu passerais, mais je pensais que ça serait plus tard. Entre.

— Je ne peux pas. Je n'ai qu'une minute. Les filles sont dans la voiture.

— Bon, d'accord, on se dépêche.

Il tient la porte ouverte et s'écarte pour la laisser passer, mais elle s'arrête sur le pas de la porte.

— Passons tout de suite aux choses sérieuses, dit-il. Tu sais combien vous serez, samedi ?

— C'est pratiquement impossible d'obtenir des informations claires avec Lucy, mais je pense qu'il faut prévoir en gros pour quatre-vingts personnes.

— OK. Et le menu te convient ? Les assiettes garnies et les options végétariennes ?

— Oui, parfait.

— Super, alors. Et la bibine… Du rouge, du blanc, du champagne et quelques barils de bière locale ?

— La bibine, relève-t-elle en riant. On dit ça en Australie ?

— À t'entendre, on croirait que c'est ridicule…

— Pas du tout. C'est bon pour la bibine. Tout ça me semble impeccable.

— Cool alors. Je te reprendrai tout ce que vous n'aurez pas ouvert.

Il sourit et fait un pas vers elle.

— Bon, maintenant que le business est réglé…

— Les filles…, proteste-t-elle faiblement.

Elle s'est juré tout le long du chemin qu'elle n'allait pas craquer.

— La voiture est garée à l'avant, ajoute-t-elle.

— Viens voir par ici, dit Ryan sans remarquer sa réticence ou sans vouloir en tenir compte. J'ai pensé à toi toute la journée.

Il la prend dans ses bras et l'embrasse sur la bouche.

C'est très mal, elle le sait. Elle ne devrait pas se laisser faire, évidemment. Elle devrait lui rappeler que c'est impossible, qu'elle est mariée, qu'il ne faut pas. Mais les vannes sont ouvertes. Submergée par le désir, elle l'enlace et se presse contre lui, si bien qu'ils finissent appuyés à la porte ouverte. Il est tellement différent – différent d'Andrew –, il a le corps si ferme, si musclé, les bras si puissants que c'est un choc. Elle se dégage avec un gémissement.

— Je dois y aller.

— D'accord, mais on se voit toujours ce soir ?

— Désolée, je ne peux pas. Andrew a un dîner de travail.

Il fronce les sourcils.

— C'est à cause de ce qui est arrivé l'autre soir ?

— Non ! Bien sûr que non !

— D'accord. Alors tout va bien ? Je me demandais, tu sais, après ça, si…

— Tout va bien.

— Bon, parce que moi, je veux qu'on se revoie. Ce sera… beaucoup mieux… la prochaine fois. Promis. Tu n'as qu'à me dire quand ça t'arrange.

Eve fronce les sourcils. Il y a du désir, oui, mais soudain, quelque chose se passe – une réaction inattendue. Elle sent rôder comme un agacement à peine caché derrière l'envie d'être dans ses bras, une exaspération. Voilà encore quelqu'un qui est en demande.

— Je ne sais pas, dit-elle. Ce week-end, je vais être totalement prise par la famille. Je ne serai pas libre avant la semaine prochaine, au plus tôt.

Et même peut-être pas la semaine prochaine, songe-t-elle, se demandant de plus en plus si elle en a vraiment envie. Depuis leur dernière rencontre, elle ne sait plus à quoi elle joue. Ryan n'est pas le genre d'homme qui lui plaît. Il parle fort, il fanfaronne, il est très physique, bourré d'énergie masculine. Elle l'a vu boire au bar avec ses clients jusque très tard et ses joues empourprées montrent assez qu'il a tendance à lever un peu trop le coude. Contrairement au mari d'Eve, il est très nature. C'est un homme à l'état brut – immature, certainement ; peu fiable, probablement ; alcoolique sur les bords – et pourtant… et pourtant, elle est là, dans ses bras, pleine de désir.

Ryan ne fait aucune difficulté.

— Pas de souci. La semaine prochaine, ça me va. Tu sais où me trouver.

Tout à coup, Eve se rappelle quelque chose.

— Attends ! Je te verrai vendredi ! Je viens dîner au pub avec toute la famille. On a réservé une table.

— Tiens, voilà qui risque d'être intéressant…

— Je suis désolée… Tu imagines bien que ça n'est pas moi qui ai proposé ça.

— Non, en effet, dit Ryan avec un sourire en croisant les bras. Ne t'inquiète pas. Ça se passera très bien. Je me tiendrai correctement.

Ce commentaire rappelle fortement à Eve ce que lui a déjà promis Margot. Il va y en avoir, des gens qui feront des efforts ce week-end ! Une fraction de seconde, elle se représente une soirée où ils se tiendraient tous mal, au contraire, et elle a du mal à réprimer un rire nerveux. Puis Margot et le dîner familial lui sortent de la tête parce que Ryan se penche de nouveau sur elle et l'embrasse à pleine bouche, et elle ne pense plus qu'à l'incendie qu'il allume en elle. Elle se souvient de la première étincelle de désir – l'instant où elle a eu le sentiment enivrant de briser l'interdit, de vivre dangereusement, d'être désirée et désirable, d'abandonner toutes ses responsabilités et de tourner le dos aux conventions qui l'enchaînent.

Ils sont toujours en train de s'embrasser quand une voiture entre dans le parking de derrière et vient se garer pas très loin.

— Merde !

Eve s'arrache aux bras de Ryan avec un sursaut.

— Qui est-ce ? Tu crois qu'on nous a vus ?

— Non, sûrement pas. C'est seulement Stacey. Elle vient préparer le bar pour ce soir. Ses lunettes sont épaisses comme des culs de bouteille.

Eve lui donne une petite tape sur le bras.

— Ne dis pas de mal d'elle !

— Quoi ? s'indigne-t-il pour rire. C'est vrai. Elle n'y voit rien, la pauvre, du moins si j'en crois l'état où elle laisse le bar le soir.

— Ne sois pas méchant.

— Mais pas du tout. Stacey est une très chic fille ! En plus, je crois qu'elle en pince un peu pour moi, ajoute-t-il avec un clin d'œil.

— Et si elle nous avait vus ?

— Mais non, ne t'en fais pas, tout va bien.

Il lui caresse le bras.

— Ça me donne encore plus envie de t'embrasser. Tu es la MILF de mes rêves.

Cette fois, elle le tape plus fort.

— Je t'ai dit que je n'aimais pas ce mot-là !

Les pas de Stacey crissent sur le gravier.

— Salut, tout le monde, dit-elle en adressant un sourire épanoui à Ryan.

— Salut ! Donc je vous livre la commande chez vous vers midi samedi ? demande-t-il à Eve en prenant un ton sérieux qui sonne totalement faux.

— Oui, merci.

— Et on fixe bientôt un jour de la semaine prochaine pour s'occuper de la facture, ajoute-t-il avec un clin d'œil.

Eve reprend la voiture pour emmener Chloé à sa leçon de piano. Elle roule, la radio réglée un peu trop fort pour couvrir le bruit des filles qui font un boucan d'enfer à l'arrière, et elle se laisse emporter par des pensées coupables.

L'histoire a commencé par une rencontre très ordinaire à la kermesse d'été de l'école. Eve était arrivée pour son créneau au stand de barbecue et avait trouvé le propriétaire du Bridge devant la grille fumante, jouant déjà des pincettes.

Elle lui avait tendu la main.

« Bonjour, je m'appelle Eve, ravie de te rencontrer. Mais tu n'as pas d'enfants à l'école, il me semble…

— Non, pas d'enfants. Pas de femme non plus – du moins, plus depuis un petit moment. Elle m'a quitté, avait-il précisé en lui donnant une poignée de main ferme.

— Ah, désolée, avait-elle dit sans trop savoir comment continuer. Alors tu t'es retrouvé embauché pour la corvée de kermesse ? »

Il avait désigné son tablier imprimé du logo du Bridge.

« C'est le pub qui sponsorise le barbecue cette année. »

Eve l'avait considéré, heureusement surprise.

« C'est très généreux.

— Un petit coup de main d'un digne Australien pour vous montrer, à vous autres rosbifs, ce que c'est que les vrais pros de la grillade. Et puis, j'avoue que ça m'intéresse pour me faire ma petite publicité, avait-il reconnu avec un franc sourire. De mon point de vue, je ne travaille jamais à perte dans ce genre d'événement. Ça rapporte toujours quelque chose de s'intégrer à la population.

— Bon, parfait, alors fais-moi une place. C'est moi qui suis désignée pour t'aider pendant l'heure du déjeuner. »

Sur quoi elle avait enfilé son tablier et l'avait rejoint derrière le gril.

Il faisait chaud et l'odeur de graisse frite imprégnait tout. Les cheveux d'Eve avaient beaucoup souffert, elle avait abondamment transpiré, mais Ryan avait bien travaillé sans jamais se départir de sa bonne humeur et ils avaient vite trouvé un partage des tâches équitable. Ryan retournait les hamburgers et les saucisses, tandis qu'Eve prenait les commandes, beurrait les petits pains et versait de la limonade aux enfants assoiffés. Elle avait passé un très bon moment, trouvant drôle de servir la foule sous le feu roulant des plaisanteries de Ryan.

« On forme une bonne équipe, avait-il dit alors qu'elle posait du fromage en tranches sur des burgers qui finissaient de griller.

— C'est vrai, avait-elle approuvé en lui rendant son sourire.

— Prêts à fourrer », avait-il ajouté sans innocence en indiquant la pile de petits pains à hot-dog attendant leur saucisse.

Elle avait ri sans montrer qu'elle était morte de gêne.

Une ou deux fois, leurs mains s'étaient frôlées alors qu'elle lui passait des serviettes en papier ou des bouteilles de sauce. Après son service, quand la dernière saucisse avait été vendue et la bouteille de gaz éteinte, il avait sorti deux bières de la glacière et ils avaient trinqué en entrechoquant les bouteilles.

« On l'a bien mérité ! » avait-il clamé.

Et puis, sans avertissement, il avait tendu le bras et lui avait caressé la joue avec l'index.

« Tu as de la moutarde, là », avait-il dit, puis il s'était léché le doigt.

Rougissante, Eve avait regardé son tablier constellé de taches de graisse.

« Je suis dans un état épouvantable…

— Non. Tu es sublime. »

Il avait suffi de ce seul geste, de ce seul compliment. Rien de plus. Une chaleur soudaine était montée en elle – un désir si puissant qu'elle avait dû se détourner et s'activer pour cacher son trouble, fermer un gros sac-poubelle noir, essuyer les tables poisseuses. Les hommes comme lui – énergiques, confiants, blagueurs – étaient à éviter à tout prix. C'était un séducteur. Elle savait qu'il ne faisait cela que pour jouer.

Mais tard le même soir, dans sa salle de bains, elle s'était longuement inspectée dans le miroir. Son coup de soleil sur le nez, ses cernes, ses pattes-d'oie au coin des yeux. Elle avait aspiré ses joues pour les avoir plus creuses, s'était tournée de profil et avait rentré le ventre. *Tu es sublime*, avait-il dit, sans complexes, avec son accent australien charmant. Que pouvait-il bien trouver d'intéressant chez elle ? Elle n'en avait pas la moindre idée. Était-ce un détraqué ? Un amateur malsain de mères de famille harassées avec des racines noires et des jeans trop larges ? Elle était mariée, elle avait des enfants. Elle ne s'en cachait pas : une alliance en or à l'annulaire et le ventre qu'elle n'avait pas perdu depuis la naissance des filles ne le proclamaient que trop pleinement. Elle n'avait rien d'exceptionnel. Et strictement rien de sublime.

Elle était retournée au salon et s'était affalée sur le canapé à côté d'Andrew qui avait levé les pieds et les avait laissés retomber sans façon sur ses genoux, dans leur position habituelle. Elle n'avait regardé que d'un œil la série médicale qu'il avait mise à la télévision, trop occupée à penser à Ryan.

Avec l'arrivée des vacances d'été, ses journées avaient été très pleines, entre le travail et l'obligation de conduire les enfants à leurs activités. Ils étaient partis tous les quatre une semaine sur une île volcanique assez sinistre, par un temps exceptionnellement froid et ils avaient passé les sept jours complets sous la pluie. L'atmosphère avait été tendue. Andrew s'était lamenté parce que cela gâchait sa seule semaine de vacances, et Eve lui avait rappelé que c'étaient leurs seules vacances à tous, et que ce temps passé ensemble aurait dû lui faire au moins un peu plaisir. Quel soulagement cela avait été quand les filles avaient repris l'école et qu'ils avaient tous retrouvé leurs habitudes !

Elle n'avait plus du tout pensé à Ryan jusqu'au jour où elle était allée au Bridge pour la première réunion parents-professeurs de l'année scolaire, qui se tenait au pub à cause d'une répétition de la chorale dans la salle de réunion de l'école. Ryan essuyait les verres derrière le bar et lui avait adressé un clin d'œil quand elle était venue commander du vin rouge. En retournant auprès des autres, elle s'était demandé si elle se faisait des illusions, ou s'il lui jetait des regards particulièrement appuyés.

La réunion de rentrée était toujours longue, et avait duré une éternité cette fois car il y avait plusieurs points à l'ordre du jour : l'installation d'une aire de jeux et d'escalade, la mise en place d'une passerelle de paiement en ligne. L'attention d'Eve s'était relâchée et, tandis que les discussions s'éternisaient, elle s'était surprise à jeter des coups d'œil vers le bar. Son regard avait rencontré celui de Ryan. Et puis, alors que le trésorier se levait pour prendre la parole en remontant son pantalon sur sa bedaine, l'air important, Ryan avait levé les yeux au ciel, obligeant Eve à feindre une quinte de toux pour couvrir son envie de rire.

À la fin de la réunion, tout le monde s'était empressé de s'en aller, sauf Eve, qui était restée au prétexte de rapporter les verres vides au comptoir.

« Nous te devons un grand merci, avait-elle dit à Ryan. Nous avons collecté plus de deux mille livres pour l'école grâce à la kermesse d'été.

— Tant mieux ! C'est toujours sympa de donner un coup de main. Tu prends un dernier verre ? avait-il proposé en levant une bouteille de rouge à moitié pleine.

— Je ne devrais pas, je conduis.

— Dommage. Je voulais te demander de m'aider à tester des cocktails. Il me faut une nouvelle recette pour ma carte de cet automne. »

Elle avait eu un sourire.

« Ça m'amuserait. Une autre fois.

— Tu es la dernière à partir, avait-il remarqué en faisant le tour de la salle d'un coup d'œil. Je te raccompagne à ta voiture. C'est plus prudent.

— C'est bon, ne t'en fais pas… »

Il l'avait suivie malgré ses protestations et, alors qu'elle se tournait pour lui dire bonsoir, Eve s'était rendu compte qu'il était très près d'elle.

« Bon… ben, j'y vais. »

Il était allé droit au but :

« Oui… mais je voulais te dire, Eve… Enfin plutôt, je ne devrais pas te le dire, mais je te trouve hypersexy. »

Elle s'était figée, le cœur battant à se rompre, alors qu'il avançait les mains vers son visage. La chaleur de son toucher lui avait rappelé le jour où il lui avait frôlé la joue à la kermesse et le désir qu'il avait fait naître. Elle n'avait pas retenu l'élan qui la poussait vers lui et l'avait embrassé.

La sensation nouvelle des lèvres de Ryan et leur goût de bière avaient levé en elle un vent de panique. Elle faisait n'importe quoi ! Mais difficile de réfléchir : Ryan répondait à son baiser et la sensation était si intense qu'un gémissement s'était échappé de sa gorge. Il avait passé les mains sous son chemisier pour la caresser tandis qu'elle trouvait la boucle de son ceinturon. Une minute plus tard, ils faisaient l'amour dans le parking désert plongé dans l'obscurité, appuyés au capot de la Volvo d'Eve.

Après, essoufflés et sous le choc, ils avaient ri de cette frénésie inattendue. Eve avait remonté son jean et rentré son chemisier à la taille.

« Je n'ai… Je ne…

— Tout va bien, avait-il dit en lui prenant la main pour la porter à ses lèvres. Je te promets de ne pas être lourd. On peut juste se faire un peu plaisir, sans se prendre la tête. Ça irait comme ça ?

— Oui… »

Elle avait voulu dire qu'elle n'avait jamais fait une chose pareille, qu'elle était heureuse en mariage et qu'elle ne savait pas ce qui lui avait pris. Mais sans doute était-ce évident. Il semblait en tout cas le comprendre avec cette promesse de ne pas être lourd. C'était déjà quelque chose.

Elle était rentrée chez elle sur la pointe des pieds, soulagée de trouver Andrew profondément endormi dans leur lit. Elle avait pris une douche et était restée un long moment devant le miroir de la salle de bains, cherchant à voir si sa trahison était détectable. Et puis elle s'était glissée en silence entre les draps à côté de son mari, sans le réveiller et, incapable de s'endormir, elle avait passé des heures à se demander ce qui lui avait pris. Comment avait-elle pu, elle, se jeter sur un presque inconnu dans un parking… C'était tellement contraire à sa nature.

Le lendemain matin, elle avait été incapable de regarder en face Andrew et les filles – qui n'avaient d'ailleurs absolument rien remarqué. La matinée avait commencé par la frénésie habituelle, les pique-niques scolaires à préparer, les livres de classe égarés et le mystère des chaussures orphelines à régler, et puis d'un coup, ils avaient tous passé la porte pour vaquer à leurs occupations respectives, au travail et à l'école, comme si tout était comme d'habitude et qu'aucun cataclysme ne s'était produit. En y réfléchissant sur le chemin du bureau, Eve avait pris toute la mesure de sa trahison. Elle avait brisé ses vœux de mariage. Et sans aucune circonstance atténuante, sans même l'excuse d'avoir bu. Le souvenir de ce qui s'était passé la remplissait de honte et de regret, et pourtant, dans la fébrilité des battements de son cœur il y avait autre chose : un sentiment inattendu, l'ivresse extraordinaire d'être devenue une hors-la-loi et d'avoir fait quelque chose qui ne lui ressemblait absolument pas.

Elle était la plus sage des trois sœurs, celle qui avait étudié la gestion à l'université, une matière utile et pratique, aussi éloignée que possible du métier de ses parents et de la précarité de la vie d'artiste. Eve était comme ça : elle s'était mariée tôt, avec son premier petit copain sérieux, et elle avait fait deux beaux enfants très vite, puis déménagé dans un pavillon rénové avec goût dans le style victorien, dans une rue de maisons toutes pareilles. Elle allait acheter des plantes dans les jardineries, elle avait mis au point un roulement de recettes variées pour tous les jours de la semaine, et elle menait sa petite famille tambour battant grâce à un calendrier à entrées multiples qu'elle tenait scrupuleusement à jour. Elle avait travaillé dur pour se construire cette vie équilibrée et harmonieuse. Ce qui venait d'arriver était incompréhensible.

— Y a quoi pour le dîner ? demande May depuis la banquette arrière, interrompant ses réflexions. J'ai faim !

— C'est le soir du hachis parmentier.

Les filles poussent des cris d'orfraie.

— J'aime pas le hachis ! maugrée Chloé.

— Tiens ? Depuis quand ?

— Depuis toujours.

— Non, c'est nouveau. La dernière fois, tu as tout englouti.

— C'est pas bon !

— Si tu préfères, je te ferai des toasts aux haricots blancs.

Il y a encore quelques protestations à l'arrière, puis, Dieu merci, les filles se taisent et c'est le silence.

Ryan a beau avoir promis de ne pas être lourd, il la poursuit assidûment, et chaque fois qu'elle a essayé de considérer logiquement la situation et d'être raisonnable, chaque fois qu'elle a tenté de prendre de la distance, sa réaction physique n'a pas du tout suivi la consigne. Il lui envoie des textos de plus en plus explicites. Il veut son corps, il la veut tout entière. Il lui donne des détails de plus en plus précis sur ce qu'il va lui faire, et quand elle lit ses messages, elle est envahie par un mélange complexe de désir et de honte, et elle efface tout très vite pour ne rien laisser de compromettant dans son téléphone. Sa vie sexuelle avec Andrew a toujours été satisfaisante, du moins jusqu'à l'arrivée des bébés, bien sûr. Mais en dix ans de mariage, Andrew ne lui a jamais dit ce genre de choses. C'est horriblement gênant et excitant à la fois. Difficile de savoir ce qu'elle pense et ce qu'elle veut. Cela fait du bien d'être autant désirée. C'est libérateur de mettre de côté ses responsabilités et ses principes. Mais cette force incontrôlable la pousse à détruire tout ce qu'elle a construit.

Une semaine après cette première fois, elle avait appelé son patron pour raconter qu'elle était malade et elle avait rejoint Ryan dans un hôtel anonyme non loin de l'autoroute M4, suffisamment éloigné de chez elle pour ne pas courir le risque d'être reconnue, et assez grand et banal pour ne pas les plonger dans un romantisme dont ils ne voulaient pas. Eve était arrivée à midi dans le terne restaurant de l'hôtel, en lingerie fine affriolante sous le tailleur modeste qu'elle portait au travail. Elle était morte de peur, mais ne s'était pas sentie aussi vivante depuis des mois. Et cela n'avait rien gâté de sentir la soie sur sa peau, qui lui rappelait qu'elle avait mis une culotte noire à dentelles et son plus beau soutien-gorge à balconnet pour un homme qui la trouvait « sublime ». Elle avait à peine touché à son assiette, et quand Ryan avait suggéré d'aller finir leur verre dans la chambre qu'il avait retenue au bout du couloir, elle avait accepté avec soulagement.

Ce qui lui plaisait le plus, peut-être, était de se soumettre à lui. De ne plus avoir à jouer le rôle qu'on attendait d'elle à chaque instant – celui d'une femme contrôlée, respectable, mesurée. Peut-être était-ce une tentative désespérée pour se sentir de nouveau jeune, ou pour conjurer l'impression qu'il n'y aurait rien d'autre pour elle dans la vie, jusqu'à sa mort. Même si elle ne savait pas bien ce qui lui arrivait, une chose était sûre :

l'intérêt de Ryan avait ouvert la porte à ses désirs les plus fous. C'était comme si une partie d'elle-même, restée en sommeil, s'était réveillée tel un volcan.

La porte de la chambre à peine passée, Ryan s'était jeté sur elle. Pour le plus grand délice d'Eve, il avait pris l'initiative avec fougue. Il l'avait poussée contre le mur alors que la porte se refermait derrière eux et avait arraché ses vêtements, la bouche dans son cou, les mains sur ses seins. Elle n'avait demandé que cela, avide d'être touchée, heureuse de se plier à son désir. C'était le sujet de tous ses fantasmes. La frustration n'en avait donc été que plus intense quand ils s'étaient retrouvés quelques minutes plus tard allongés côte à côte sur le lit, lâchés par l'érection, ou plutôt l'absence d'érection de Ryan.

« Ne t'en fais pas, avait-elle dit, ce sont des choses qui arrivent. »

Ryan s'était couvert les yeux avec les mains.

« Je… Ce n'est pas la première fois que ça m'arrive. Seulement, après la dernière fois dans le parking, j'ai cru… »

Eve lui avait pris la main, rassurante.

« Tout va bien… »

Il s'était blotti contre elle et avait posé la tête sur sa poitrine dans une attitude étrangement enfantine.

« Mon ex-femme n'était pas aussi compréhensive. Elle s'est barrée avec mon meilleur pote. Et le chien. Elle disait que je ne la satisfaisais pas. »

En entendant les excuses maladroites de Ryan, Eve était retombée sur terre. Ce n'était pas la situation fantasmatique dont elle avait rêvé. Au lieu de faire sauvagement l'amour comme elle l'avait imaginé, elle se retrouvait dans un motel sinistre en train de bercer un bébé géant qui se blottissait contre elle. Au secours… Peut-être était-ce cela qui l'avait attiré chez elle ? Il avait le complexe de la femme mûre. Il voulait une maman. Cette pensée lui avait fait horreur.

Elle avait commencé à comprendre ce jour-là que le Ryan de ses fantasmes, auquel elle avait tant pensé, n'était pas le vrai Ryan, l'homme réel. Il avait un passé et des blessures. Tout le monde avait un passé, c'était normal. Simplement, elle n'avait aucune envie de jouer les infirmières alors qu'elle n'avait voulu qu'une liaison brève et libre. Une histoire avec un homme comme Ryan n'avait aucun avenir, et de son côté elle avait tout à perdre.

Égarée dans ses pensées, Eve voudrait trouver un moyen de lui faire comprendre qu'elle ne souhaite plus le voir sans le vexer, mais c'est dangereux, et elle ne sait pas comment s'y prendre en douceur. Attendons la semaine prochaine, se dit-elle. Dès que le mariage serait passé, elle romprait.

La tête ailleurs, Eve s'engage sur un rond-point. À sa droite, elle entend le crissement violent de pneus sur l'asphalte et un bruyant coup d'avertisseur. Elle abat le pied sur la pédale de frein. Son sac à main est éjecté du siège du passager et son contenu se déverse sur le sol : stylos, téléphone, portefeuille. Sur la banquette arrière, les filles ressentent une violente secousse. May pousse des hurlements stridents. Eve tourne la tête et découvre une camionnette blanche qui a pilé, le pare-chocs à quelques centimètres du côté de la voiture. Il s'en est fallu de peu. Le conducteur furieux sort la tête par sa vitre ouverte avec de grands gestes.

— Espèce de connasse ! hurle-t-il. Regarde où tu vas ! Tu veux tuer quelqu'un ?

Eve le dévisage, horrifiée. Son cœur tambaurine dans sa poitrine, sa respiration s'est bloquée. Ses poumons sont comme paralysés. Dans sa tête se déroule en parallèle une scène différente : les deux véhicules sont entrés en collision, ses filles à l'arrière ont subi de plein fouet l'impact de la camionnette qui s'est encastrée dans le côté de la Volvo.

Des passants se sont arrêtés pour regarder. Le conducteur de la camionnette secoue la tête et agite encore le bras avant de repartir en faisant patiner bruyamment ses pneus.

— Maman ! crie Chloé à l'arrière. Maman !

— Oui, dit Eve en revenant au temps présent. Pardon, les filles. Ça va ?

— Oui, et toi ?

Eve fait simplement signe que oui, de peur qu'elles entendent trembler sa voix.

— Le monsieur a dit un gros mot, fait remarquer May d'un ton pincé.

— C'est vrai, répond Eve. Il était en colère. C'est ma faute, je ne faisais pas assez attention.

Un coup de klaxon lui rappelle qu'il y a des voitures derrière elle.

Avec un grand soupir, elle passe en première. Elle sort du rond-point et, dès qu'elle peut, tourne dans une petite rue. Elle se gare et appuie son front contre le volant.

— Maman ? dit de nouveau Chloé d'un ton hésitant. Tu es sûre que ça va ?

— Donne-moi juste cinq minutes.

Les filles ne disent plus rien, mais elle sent leurs regards inquiets dans son dos pendant qu'elle pleure en silence. Une cascade de larmes brûlantes roule sur ses joues et tombe sur ses genoux. Au bout d'un moment, la voix de May se fait de nouveau entendre.

— C'est l'heure du cours de piano de Chloé…

Eve soupire.

— Oui, on repart.

Elle relève la tête, s'essuie les yeux et tourne la clé dans le contact.

— Pardon, les filles.

Elle regarde dans le rétroviseur et met son clignotant avant de revenir prudemment dans la circulation. Mais que lui arrive-t-il ? Elle doit à tout prix se reprendre. Cet homme a eu raison de la traiter de conne. On n'a pas idée de se laisser autant perturber par une petite liaison sordide. Elle aurait pu tuer quelqu'un. Elles auraient pu y rester toutes les trois.

14

Margot traverse la rivière par le petit pont, évitant de regarder en bas dans l'ombre de ses arches de pierre, puis elle prend le chemin à flanc de coteau. Elle longe des champs de blé et de maïs moissonnés, évite les ornières boueuses creusées par le piétinement des moutons. Ici et là, des touffes de laine accrochées aux barbelés attestent de leur passage.

En approchant du cottage où vivent son père et sa belle-mère, Margot voit que la partie supérieure de la porte d'écurie est à moitié ouverte. Sibella est installée à la table de la cuisine, devant des brassées de lavande séchée et de blé doré.

— Bonjour !

Sibella lève la tête.

— Bonjour, répond-elle comme si la présence de Margot à sa porte après une aussi longue absence était toute naturelle. Entre. Tu veux une tasse de thé ?

Margot se penche pour ouvrir le loquet.

— Oui, je veux bien, merci.

Sibella se lève pour poser une bouilloire cuivrée sur le fourneau.

— Il y a des biscuits au gingembre dans le bocal, là-bas. Ton père est au potager. Il trafique je ne sais quoi avec les légumes.

— Il bloque sur une scène ? demande Margot, qui prend les biscuits et s'assoit à la table.

— Tu le connais bien. Il ne devrait pas en avoir pour trop longtemps.

— Je ne suis pas pressée. Je suis venue aussi pour te soutenir. C'est Eve qui m'a demandé de passer.

— Tu pourras témoigner que je prends ma tâche au sérieux, répond Sibella avec un sourire. Je travaille comme un forçat.

C'est au tour de Margot de sourire.

— Je ne suis pas venue t'espionner. J'ai plutôt l'ordre de te donner un coup de main.

— Tu es tombée à l'eau ? demande sa belle-mère en remarquant ses chaussures trempées.

— Plus ou moins.

Son équipée en barque lui semble tellement bête maintenant…

— Tu veux mettre mes pantoufles ?

Elle indique une paire de mules brodées posées au coin de la cheminée.

— Merci, je veux bien.

Margot retire ses chaussures et ses chaussettes et glisse les pieds dans les mules doublées de fourrure.

Sibella met les feuilles de thé et l'eau dans la théière, puis la rejoint à la table. Margot admire ses doigts longs et agiles quand elle trie les tiges. La lumière tombe sur ses cheveux roux, les faisant luire comme du cuivre. Margot avait oublié à quel point elle était jolie – des pommettes hautes, une peau lisse et blanche et si jeune, alors qu'elle approche de la cinquantaine.

— Qu'est-ce que je peux faire ?

Sibella pousse une pile de lavande vers elle.

— La récolte a été fructueuse. Eve a eu la bonne idée de se servir du surplus pour faire des petits arrangements floraux. Relié avec quelques tiges de blé, cela fera de jolis petits bouquets. Il y a des roses, aussi, mais je ne les couperai que vendredi. Pour l'instant, je prépare les brins de lavande en retirant les tiges abîmées.

Elle désigne un grand saladier en terre déjà rempli au tiers de débris de lavande, d'où monte un fort parfum.

— Je ferai des sachets avec ce que j'enlève.

Margot attire à elle un petit tas de tiges et trie comme Sibella les plus belles. Tout en travaillant, elle laisse de temps en temps son regard errer, curieuse des indices de leur vie quotidienne. Des herbes séchées. Des casseroles en cuivre. Une rangée de livres de cuisine très utilisés sur le vaisselier. Une chose qui semble être un vieux nid, perché sur le valet de cheminée en fer forgé. Des plats en terre cuite. Un vase en porcelaine éclairé par un rayon de soleil qui passe par la fenêtre, si fin qu'il est presque translucide. Le père de Margot vit dans cette maison depuis pratiquement neuf ans, et même si sa présence est trahie par certains détails, des chaussons usés près de la porte, un journal plié sur une chaise, c'est encore surtout la maison de Sibella.

— Tu n'étais pas rentrée depuis longtemps, dit sa belle-mère qui de toute évidence marche sur des œufs. Ça se passe bien ?

— Oui.

Margot ne veut surtout pas se laisser entraîner dans une discussion pesante.

— Lucy et Eve doivent être très contentes que tu sois là.

— Oui.

— Et ta mère ?

Margot hausse les épaules.

— Ça va.

Il y a un petit silence.

— C'est encore un peu… difficile ?

Elle hoche la tête.

Sibella reprend un tas de lavande et ajoute :

— Ça ne me regarde pas, je sais bien.

— Mais si, c'est bon…

Margot réfléchit un peu, puis elle reprend :

— C'est bizarre d'être restée loin aussi longtemps et de voir que rien n'a changé quand on revient. Rien du tout. La situation est restée au point mort.

— Tu ne veux pas essayer de lui parler ?

Margot pense à leur échange tendu de la veille.

— À quoi ça servirait ? De l'eau a coulé sous les ponts.

Sibella lève les yeux pour capter son regard.

— Tu en es sûre ?

De l'eau a coulé sous les ponts… Margot jette un coup d'œil à ses chaussures trempées près de la porte et sent ses joues brûler. Elle respire lentement, fait pénétrer l'entêtante senteur de lavande au fond de ses poumons, en tâchant de chasser les souvenirs qui font intrusion.

— Le passé est difficile à enterrer, je sais, dit doucement Sibella. Les vieux dossiers ont la désagréable habitude de nous poursuivre quand on refuse de régler les problèmes…

— Il n'y a rien de spécial à régler.

Le ton impérieux de Margot ne prête pas à discussion. Elle tend le bras et passe la main dans le saladier de lavande, les fleurs filant comme des grains de sable entre ses doigts.

Sibella verse deux mugs de thé et en pose un devant Margot. Puis elle reprend sa tâche. Le bruissement doux de la lavande accompagne ses mains qui forment des bouquets.

— J'ai fini par comprendre, reprend-elle au bout d'un moment, que les événements les plus durs sont justement ceux qui peuvent nous rendre plus forts, si on accepte de s'y confronter… Ce que je veux dire, continue-t-elle, c'est que la souffrance nous change, mais qu'en y faisant face, en l'acceptant telle qu'elle est, et en la surmontant, elle nous apprend aussi beaucoup de choses… On y gagne en sagesse, peut-être, en courage aussi… Tu vois ce que je veux dire ?

Margot hoche la tête mais n'est pas vraiment convaincue. Et si la vie au contraire vous affaiblissait ? Et si les événements vous transformaient, mais pas en bien ? Si le mal était irréversible ?

— Tout le monde a droit à l'erreur, ma belle.

La gorge de Margot se contracte.

— Nous faisons tous de notre mieux, poursuit Sibella en posant sur elle son regard bienveillant. Ta mère aussi, j'en suis sûre.

À la mention de Kit, Margot se révolte intérieurement. Cette conversation aussi ouverte avec la petite amie – non, la femme – de son père lui donne l'impression de marcher sur une corde raide. Combien de fois n'a-t-elle pas rêvé de pouvoir discuter ainsi avec sa mère ? Est-ce que cela aurait changé quelque chose si elle avait parlé à quelqu'un autrefois, à Kit ou même à Sibella ?

Peut-elle révéler à cette femme ce qu'elle n'a encore jamais avoué à personne ? Yeux baissés, elle se demande quelle serait la réaction de Sibella si elle exprimait ses pensées à voix haute. Un fol instant, elle s'imagine prononcer les mots qu'elle retient si profondément enfouis en elle, et la honte la paralyse. L'idée d'exposer au grand jour la pire faute qu'elle ait jamais commise lui donne envie de vomir. Il vaut beaucoup mieux enterrer tout ça en soi et ne pas y toucher.

Elle prend son thé, en boit une gorgée, puis repose le mug avec un soupir. On ne peut pas nier que c'est apaisant d'être là, à cette table, dans cette cuisine. Peut-être, songe-t-elle, est-ce dû au parfum de lavande qui imprègne l'air, la calme. Elle inspire à pleins poumons, puis exhale lentement. Ses épaules se détendent un peu.

— Non, mais je t'assure, finit-elle par dire en roulant sous un doigt un petit fil qui dépasse de son jean. C'est loin, tout ça.

Un bruit de pas retentit dehors. Ted entre dans la cuisine en retirant des gants de jardin terreux. Il s'arrête net, surpris.

— Margot, chérie, je ne savais pas que tu devais venir !

— Surprise ! dit-elle avec un demi-sourire en se levant pour l'embrasser.

Il la serre dans ses bras, et bien qu'il soit toujours grand et tonique, et qu'il ait bonne mine grâce au jardinage, elle ne peut s'empêcher de remarquer que ses cheveux sont beaucoup plus gris, et son visage plus ridé.

— Il y a du thé, annonce Sibella.

— Merci.

Il se tourne de nouveau vers Margot.

— Nos légumes sont gigantesques, gargantuesques. Regarde-moi ça.

Il retourne à la porte pour ramasser un panier en bois rempli de gros navets et d'oignons énormes encore pleins de terre.

— Je venais chercher un bol pour cueillir des mûres. Les haies en sont pleines. Prends des bottes et viens me donner un coup de main.

Le jardin est un joyeux fouillis de plantes et de ronces, un carré d'herbe envahi par les arbres et les buissons. Les mûres constellent le tour du potager comme de gros joyaux juteux. On voit la terre que Ted vient de retourner. Un rouge-gorge perché sur le manche de sa fourche s'envole à leur approche.

— Lucy a choisi un très bon week-end pour se marier, dit Ted en mettant plusieurs grosses mûres dans son bol.

— Pourquoi ?

— C'est l'équinoxe d'automne dimanche, le point où notre hémisphère commence à s'éloigner du soleil, ce qui marque la venue des jours plus courts et des nuits plus longues. Belle image, non ? C'est joli de célébrer le jour le plus long de la saison, le dernier moment où nous nous penchons vers la lumière avant de nous en écarter.

— C'est vrai. Ça doit parler à Lucy, ce genre de chose. Je me demande si elle y a pensé.

Elle avance le long de la haie, attirée par un bouquet de grosses mûres à portée de main.

— Je me souviens que je t'emmenais à la cueillette des mûres quand tu étais petite, remarque Ted après un moment de silence. Je te portais sur mes épaules pour que tu puisses attraper les plus grosses, ajoute-t-il en regardant avec regret de belles baies en plein soleil, beaucoup trop hautes pour lui.

— C'est vrai, dit Margot avec un sourire.

Elle mange une mûre tout en considérant son père, ses cheveux gris, son dos un peu voûté, et s'étonne d'avoir été un jour suffisamment petite pour monter à cheval sur ses épaules. Elle se souvient qu'elle le guidait par les oreilles comme un gentil poney. Une intense nostalgie la prend.

— C'était Eve qui en trouvait toujours le plus, dit-elle. Elle était de loin la plus patiente. Lucy s'ennuyait facilement, et toi et moi, nous en mangions toujours plus que nous n'en mettions dans le bol… C'était bien, non ? ajoute-t-elle après une hésitation.

— Oui, c'était bien.

— Nous avons eu de la chance de passer autant de temps avec toi quand nous étions petites. Tu étais beaucoup plus présent que la plupart des autres pères. J'ai trouvé ça dur quand tu es parti.

— Je sais que tu as eu du mal à l'admettre, mais Sibella me fait du bien. Je l'aime. J'espère que tu le comprends maintenant.

— Tu ne t'es pas fait de souci pour maman ?

Il hésite.

— Si, bien sûr, mais nous n'étions plus heureux ensemble depuis un moment déjà. À dire vrai, je n'étais même pas sûr que votre mère regrettait vraiment de me voir partir. Elle était tellement absorbée par ses livres. Tu t'en souviens certainement… Nous cohabitions, c'est tout. Ça ne me suffisait plus.

Margot opine du chef et ce sentiment lourd revient comprimer sa poitrine, cette petite douleur oppressante qu'elle ressent depuis son retour, une nostalgie pour un passé à jamais disparu : l'effervescence générée par ses sœurs ; son père à la maison ; et sa mère… Eh bien, sa mère, déjà la même femme distraite et compliquée qu'elle est toujours… Mais avant… Avant tout ce qui est arrivé… La saveur des mûres lui semble soudain beaucoup trop acide.

— J'ai dû sauver ma peau, continue Ted. Vous étiez pratiquement adultes toutes les trois. Kit et moi, c'était fini – et depuis un bon moment. J'étouffais, au niveau créatif aussi. Je ne pense pas que ce soit un hasard si je ne me suis vraiment remis à écrire qu'après être parti vivre avec Sibella. Je ne veux pas faire porter le chapeau à ta mère… Tout est ma faute. C'était moi qui avais un problème. Je n'en suis pas fier.

Il semble gêné d'avoir autant parlé de lui.

— Et toi, chérie ? demande-t-il en déviant la conversation. Tu as quelqu'un dans ta vie ? Un copain ? Ou… Heu… Une copine ?

Margot sourit.

— Il y a eu quelqu'un, mais plus maintenant. Nous sommes restés amis.

— Ah, oui ?

Ted attend, mais elle ne sait pas quoi lui dire de plus. Elle n'a aucune intention de lui raconter l'intermède étrange de l'autre soir avec Jonas. Elle retourne à sa cueillette en longeant la haie. Elle ne sait vraiment pas quoi penser de cette dernière nuit à Édimbourg.

Elle s'en veut d'avoir trop bu – c'est toujours l'alcool qui lui fait faire des bêtises. Elle venait de recevoir le texto d'Eve lui annonçant le mariage de Lucy. En lisant le message, elle avait éteint la bouilloire électrique et, au lieu de se faire du thé, elle s'était servi un grand verre – trois doigts de vodka avec un reste de jus d'orange qui traînait dans le frigo. Après quoi, elle avait emporté le verre et la bouteille au salon en se demandant ce qu'elle allait faire. Qu'est-ce qui te prend de te marier, Lucy ? avait-elle pesté intérieurement.

Bien évidemment, cela aurait été beaucoup plus simple de ne pas y aller, sauf que Lucy et Eve lui en voudraient. Elles ne lui pardonneraient jamais d'avoir manqué ce mariage. Le message de Lucy était arrivé alors qu'elle se cherchait malgré tout une excuse habile, comme si sa sœur avait deviné ses pensées malgré les kilomètres, et tout fait pour l'empêcher de se défiler. *Viens, je t'en supplie. J'ai besoin de toi.*

L'appartement de Jonas était au dernier étage, et par les fenêtres du salon on voyait scintiller les toits d'Édimbourg dans un ciel crépusculaire. Son regard s'était posé sur la ligne familière des petits immeubles en brique de l'autre côté de la rue, puis était monté vers les clochers de la cathédrale Saint-Gilles au loin. Cette ville était devenue son refuge dès l'instant où elle était descendue du train, un sac à dos pour tout bagage et sans aucune idée de ce qu'elle allait faire, ni d'où elle allait dormir, simplement animée par le désir de s'éloigner le plus possible de Windfalls. Cette ville écossaise magnifique, tout en hauteur, n'aurait pas pu être plus différente du cadre rural de son enfance, avec ses champs vert tendre, ses arbres ondulant dans le vent, la rivière et les chants d'oiseaux. Serait-elle capable d'y retourner sans s'effondrer ? De côtoyer sa famille pendant quelques jours sans trop souffrir ? Était-elle prête ?

Mais avait-elle le choix maintenant ? La prière de Lucy était impossible à ignorer. Elle avait vidé son verre, ouvert son ordinateur portable et cherché les horaires de train pour Londres et Bath. Quand Jonas était rentré deux heures plus tard, chargé de son matériel photographique, elle avait déjà pris son billet aller-retour et bu la moitié de la bouteille de vodka.

« Ah, te voilà, avait-elle dit, affalée sur le canapé et très consciente d'avoir trop bu. Comment ça s'est passé ? Le shooting était en Suisse, cette fois, c'est ça ?

— Oui, super. Mais le retour a été épique. Il y a eu des turbulences horribles dans l'avion. Je prendrais bien un verre aussi, avait-il ajouté avec un regard vers la bouteille.

— Vas-y, sers-toi. »

Jonas était allé chercher un verre à la cuisine et s'était jeté à côté d'elle sur le canapé. Margot l'avait contemplé du coin de l'œil. Il avait pris le soleil pendant son absence et les poils blonds qui pointaient sur son menton brillaient comme des points d'or sous la lumière électrique. Il avait vidé son shot, cul sec, puis avait plongé la main dans son blouson de cuir.

« Je t'ai rapporté un cadeau. »

Il avait sorti de sa poche un petit paquet enveloppé dans du papier d'emballage.

À l'intérieur, elle avait trouvé un porte-clés coucou suisse en plastique, d'où pendait même la petite chaîne d'horloge.

« Ouah ! C'est vraiment… vraiment…, avait-elle bégayé sans trouver de qualificatif.

— Kitsch ? avait-il complété avec un sourire espiègle. Tire la chaîne. Si, vas-y ! »

Elle avait tiré sur la minuscule chaîne et un « coucou » étonnamment puissant avait retenti. Elle avait éclaté de rire.

« Je l'adore ! Merci ! »

Pendant qu'il remplissait leurs verres, elle avait remonté les pieds sur le canapé, pensive.

Il était indéniable que leur relation avait évolué en un an. Beaucoup de choses avaient changé depuis qu'elle avait répondu à la petite annonce « CHAMBRE À LOUER » trouvée sur le panneau d'information de la bibliothèque, et leur premier entretien distant. Au téléphone, il lui avait dit qu'il cherchait quelqu'un de « discret et facile à vivre » pour partager le loyer et les factures. Elle était allée visiter l'appartement le soir même.

« Tu fais quoi, dans la vie ? lui avait-il demandé alors que, arrêtée sur le seuil, elle considérait la chambre simplement meublée.

— Je travaille à la bibliothèque.

— Tu es bibliothécaire ?

— Plus ou moins. Je me forme. Pour l'instant, je joue surtout les bouche-trous. »

Et elle avait ajouté pour lui inspirer confiance et paraître un peu plus sérieuse et fiable :

« Je suis chargée de l'heure de lecture des enfants. »

Elle avait remarqué qu'il parlait avec un peu d'accent. Le débit et le rythme sonnaient bizarrement, ses voyelles étaient plus musicales. Scandinave, avait-elle jugé, surtout avec ces cheveux blonds en bataille, cette peau mate et ces yeux bleus. Il était grand, aussi, et avait des mains de bûcheron. Dans la cuisine, elle avait remarqué une photo aimantée au réfrigérateur, celle d'une très belle femme assise au bord d'un lac, un rayon de soleil illuminant ses cheveux blonds. L'air de famille était frappant.

« C'est ta mère ?

— Oui.

— Elle est très belle.

— Merci.

— C'est toi qui as pris cette photo ? » avait-elle demandé, ayant remarqué les sacoches d'équipement photographique alignées dans l'entrée.

Il avait répondu par l'affirmative et, après une hésitation, avait ajouté :

« Elle est morte il y a cinq ans.

— Désolée.

— Tu n'as pas l'air d'une apprentie bibliothécaire, avait-il enchaîné en jetant un coup d'œil au tatouage en partie visible sur son bras, très probablement pour détourner la conversation.

— Et pourtant… »

Elle avait été bizarrement déconcertée, curieuse de savoir comment elle lui apparaissait : une jeune femme brune et mince portant un jean noir déchiré, les cheveux au carré et les sourcils froncés en permanence. Mais il n'avait sans doute pas eu trop peur car il avait demandé :

« Tu peux emménager quand ? »

Elle avait hésité. Il semblait plutôt sympathique, et l'appartement, d'une propreté parfaite, avec sa belle vue sur les toits d'Édimbourg, était mille fois plus agréable que le foyer où elle avait trouvé une place. Ce serait beaucoup plus confortable, et plus calme. Le loyer était un peu cher, mais elle pouvait se le permettre maintenant qu'elle avait trouvé un emploi stable à la bibliothèque.

« La semaine prochaine, c'est possible ? »

Pour commencer, elle avait tout fait pour ne pas le croiser. Elle restait dans sa chambre et évitait la salle de séjour quand il était dans l'appartement, n'opérant que des sorties rapides pour aller à la salle de bains et à la cuisine. En vérité, elle s'était un peu méfiée de son physique de beau gosse et de son boulot super classe. Il était bien photographe, comme elle l'avait deviné.

« Je fais surtout des portraits, pour la presse, le show-business, les agences de communication. Je suis souvent en déplacement pour mes séances photo. Tu ne me verras pas beaucoup. »

Et puis, au bout de deux ou trois mois, il était venu frapper à la porte de sa chambre.

« Margot, je sais que j'ai demandé quelqu'un de discret, mais pas forcément quelqu'un d'invisible. »

Il apportait une bouteille de vin rouge.

« Je n'aime pas boire seul. Ça te dirait de prendre un verre avec moi ? »

Leur amitié s'était peu à peu développée. Un verre de vin de temps en temps ; puis quelques repas partagés ; puis des séries regardées ensemble sur le canapé, les rares week-ends où il ne travaillait pas. Elle l'aimait bien. Il pensait toujours à lui demander comment sa journée s'était passée, il avait très bien réagi en apprenant l'identité de sa mère et il ne se formalisait pas quand elle s'abîmait dans ses réflexions au milieu d'une conversation. Il n'essayait pas à tout prix de combler les silences, mais laissait le temps à la méditation de s'installer. Il lui montrait parfois son travail en faisant défiler les photos sur l'écran de son ordinateur et lui demandait lesquelles elle préférait comme si son opinion comptait.

« Tu as l'œil, lui avait-il dit. Il y a une créatrice qui sommeille en toi.

— Quand j'étais adolescente, je voulais être comédienne, avait-elle révélé, surprise de s'entendre l'avouer.

— Et pourquoi as-tu abandonné ? »

Elle avait haussé les épaules.

« Les accidents de la vie, je suppose. La dure réalité.

— Ça n'est pas facile de faire son trou dans ce métier », avait-il commenté, et elle n'avait pas épilogué.

Elle avait posé le coucou porte-clés sur la table basse entre elle et Jonas, et elle lui avait souri.

« Merci.

— Tu veux que je te dise quelque chose de vraiment bizarre ? avait-il demandé en prenant une grande gorgée de vodka et en étendant un bras sur le dossier du canapé.

— J'adore tout ce qui est bizarre. Vas-y…

— Tu m'as manqué. »

Elle avait ri.

« Je ne m'attendais vraiment pas à ça.

— Je sais. »

Il avait plongé les yeux dans les siens et elle avait détourné la tête la première. Le regard bleu de Jonas était tellement intense, et sa bouche si… si proche.

« Margot ?

— Oui.

— C'est moi, ou bien… ?

— Ou bien quoi ? »

Il avait haussé les sourcils.

« Tu veux vraiment que je te fasse un dessin ? »

Elle avait hésité, puis, complètement contre sa volonté, elle s'était penchée et l'avait embrassé.

« Tu es sûre ? » avait-il demandé en s'écartant pour mieux la dévisager, et Margot avait fait oui de la tête avant de l'embrasser plus fougueusement, comme pour se prouver à elle-même peut-être autant qu'à lui qu'elle savait ce qu'elle faisait.

Ils s'étaient déshabillés dans la chambre de Jonas, vite, sans se détacher l'un de l'autre, laissant tomber les vêtements à leurs pieds, et pendant un moment ils s'étaient perdus dans les sensations nouvelles de la découverte. Elle le connaissait très bien intellectuellement maintenant, mais pas physiquement. Des émotions qu'elle s'interdisait depuis très longtemps montaient en elle. Le besoin d'intimité, d'être touchée, d'être vue. Elle ne s'inquiétait ni de gâcher leur amitié ni de compliquer la cohabitation. Tout ce qui comptait, c'était l'instant.

Mais, avec la montée du désir, un autre sentiment dérangeant était apparu. Elle avait ouvert les yeux pour regarder Jonas – son ami –, se rappeler que c'était lui qui l'embrassait. Les premiers frémissements désagréables avaient enflé et donné naissance à un fort malaise, une angoisse, un fardeau sombre et terrible associé à l'odeur fade de pommes pourries et de terre bourbeuse. Cette noirceur l'envahissait malgré elle et gâchait tout, et elle se révoltait contre cette idée. Elle avait alors jeté la tête en arrière, pris les mains de Jonas pour les poser sur sa gorge et appuyé pour l'obliger à lui serrer le cou. Il l'avait laissée faire un moment, puis il avait retiré ses mains. Elle les lui avait reprises.

« Serre, avait-elle dit. Vas-y. »

Jonas avait froncé les sourcils.

« Margot, arrête…, avait-il protesté doucement.

— Si, vas-y, s'il te plaît.

— Margot, je ne veux pas te faire mal. »

Elle avait plongé le regard dans celui de Jonas, la pression de ses doigts sur sa gorge encore sensible et présente, et puis elle avait détourné les yeux.

« Bon, ben, j'ai tout foutu en l'air, avait-elle dit en s'asseyant et en tendant le bras pour récupérer son T-shirt.

— Mais attends, avait-il lancé en l'attirant de nouveau contre lui. Tout va bien. Reste encore un peu là avec moi. »

Alors elle s'était allongée à côté de lui sagement et l'avait laissé caresser son tatouage du bout des doigts.

« Qu'est-ce que ça veut dire ? » avait-il demandé.

Elle avait posé les yeux sur le dessin tracé sous sa peau.

« Rien. »

Après un long silence, si long qu'elle l'avait cru endormi, il avait repris la parole.

« Pourquoi tu as fait ça, Margot ?

— Pour rien.

— Rien, comme le tatouage ? »

Non, avait-elle aussitôt songé. Rien, comme moi.

« Tu es étonnante, Margot. Tu donnes de toi une image très noire, révoltée. Tu essaies de ne rien montrer de qui tu es vraiment, et pourtant, je vois quelque chose – une lumière qui voudrait s'échapper.

— Tu ne devrais pas croire tout ce que tu vois.

— Mais si, au contraire. Je ne peux pas faire autrement. C'est mon métier. Voir les choses. Les révéler. Les exposer. Les bons photographes trouvent toujours la lumière. »

Dans la chambre obscure, elle avait appuyé la tête sur la poitrine de Jonas qui s'endormait. Le bruit de sa respiration lui avait rappelé le mouvement des océans, l'eau qui enfle et se retire. Une voiture était passée en bas dans la rue. Il y avait eu un fracas de bouteille cassée. Un rire haut perché. Ses pensées étaient retournées sans qu'elle sache pourquoi à la photo de la mère de Jonas aimantée à la porte du réfrigérateur. Cette femme blonde magnifique la mettait profondément mal à l'aise – si différente d'elle, si rayonnante, si saine. Un homme comme Jonas ne pouvait pas aimer une fille comme elle.

Elle avait fermé les yeux et tenté de caler sa respiration sur celle de Jonas pour s'endormir avec lui, mais le bras qui pesait sur elle était trop lourd, le contact de sa peau trop chaude la dérangeait. Finalement, comprenant qu'elle n'y arriverait pas, elle s'était glissée hors du lit. Elle avait récupéré ses vêtements éparpillés, et puis elle avait fait son sac, griffonné un message pour lui, et elle était partie à l'aube pour prendre le premier train pour

Londres, les symptômes de sa gueule de bois montant avec le soleil.

Mais ici – dans ce potager foisonnant, avec le bruissement de la végétation et de lointains mugissements pour bruits de fond –, la ville, Jonas, l'appartement lui semblent bien loin. Margot soupire. Elle aime beaucoup Jonas, et même plus que cela. Depuis un an, son amitié lui a été précieuse et elle s'est sentie en paix chez lui. Et voilà qu'elle a tout gâché. C'est un raté monumental. Elle mérite le titre de reine du sabordage. Elle ne voit qu'une seule façon de sauver la situation : il faut à tout prix rétropédaler pour retourner en terrain familier. Reprendre leur relation simple de colocataires. Le tenir à distance, comme elle le fait avec tout le monde.

Chassant Jonas de ses pensées, elle s'aperçoit que son bol déborde de mûres. Le jus teinte ses doigts en rouge foncé. Un peu plus loin, Ted cueille vite lui aussi.

— Je n'ai plus de place ! lui crie-t-elle. On laisse le reste pour un autre jour ?

Ted la rejoint et ils retournent au cottage, mais avant d'arriver à la porte de la cuisine, il l'arrête soudain en lui posant la main sur le bras.

— Margot, attends, dit-il d'un ton grave.

Elle sursaute.

— Qu'est-ce qu'il y a ?

Il a du mal à continuer et elle le voit chercher ses mots.

— Je voudrais que tu me dises quelque chose.

— Quoi ?

— Je voudrais savoir pourquoi tu as fait ça.

Margot se fige, son bol de mûres tenu devant elle entre des mains rigides.

— Pourquoi as-tu mis le feu à la remise ? Tout ce travail, ces années passées à écrire ce maudit bouquin, et tout part en fumée. Tu te rends compte de ce que tu lui as fait ? Personnellement, professionnellement ?

Elle soutient le regard de son père un moment avant de détourner les yeux.

Ted soupire.

— Je ne comprends pas. Je sais que tu n'es pas une mauvaise fille, et pourtant ce geste… C'est un acte… si malveillant…

Margot souffre. Il veut penser qu'elle n'est pas mauvaise… Bien sûr qu'il préférerait ça…

— Si tu m'en voulais de vous avoir abandonnées, ta mère et toi, pourquoi la punir, elle ? Tu aurais pu venir ici pour faire brûler mes manuscrits à moi. Dieu sait que tu m'aurais plutôt rendu service, ajoute-t-il avec un ricanement sardonique. À ce stade de ma carrière, c'était ce qui aurait pu m'arriver de mieux. Non, vraiment, j'ai beau essayer de comprendre, ça n'a aucun sens.

— Non, je sais… je sais…

— Alors dis-moi ce qui s'est passé. Aide-moi à comprendre.

Elle redresse la tête. Elle voit la confusion dans les yeux de son père, la tristesse, et autre chose aussi… Est-ce de la peur ? Il a peur d'elle peut-être, peur de qui elle est devenue. Il se demande de quoi elle est capable. Il se dit qu'elle n'est peut-être pas la fille qu'il pensait. Il redoute de s'être trompé sur son compte, de ne pas la connaître, finalement. Devant cette peur, elle se referme. Non, elle ne peut rien lui dire. Elle ne peut rien dire à personne. Ses yeux se baissent.

Sentant sans doute que l'occasion de se parler s'est perdue, qu'elle est rentrée dans sa coquille, Ted soupire.

— Allez, viens, Sibella va se demander où nous sommes passés.

Elle hoche la tête, soulagée qu'il n'insiste pas.

Alors qu'ils reprennent le chemin du cottage, Margot cherche quelque chose à dire et découvre qu'elle est curieuse de savoir comment son père réagit au mariage précipité de sa sœur.

— Tu es content pour Lucy ? Tu crois qu'elle a raison de faire ça ?

— Oui, bien sûr. Je suis heureux pour elle, et elle a bien raison. Mais entre nous, ajoute-t-il avec un léger sourire, je me demande s'il n'y aurait pas anguille sous roche..., une autre petite surprise qui expliquerait sa décision de se marier maintenant.

— Oui, moi aussi, j'y ai pensé. Il va falloir qu'on fasse semblant d'être étonnés.

— Ah ! Alors je ne suis pas le seul à avoir tiré des conclusions ?

— Non, tu penses bien.

— En tout cas, j'espère que c'est ça. Je serais tellement heureux pour eux.

Il tend la main pour voler une grosse mûre dans le bol de Margot.

— Tu restes dîner, ou tu préfères que je te reconduise à Windfalls ?

Margot hésite.

— Je me demandais si je ne pourrais pas rester chez vous cette nuit. Ça ne m'ennuie pas de dormir sur le canapé, ajoute-t-elle très vite en voyant l'air peu enthousiaste de Ted. Je ne vous dérangerai pas, c'est promis.

— Mais ta mère ?

— Elle s'en fiche.

— Pas si sûr, dit prudemment Ted.

Margot ne relève pas.

— Je vais lui envoyer un texto pour l'avertir – si tu es certain que ça ne vous gêne pas, toi et Sibella.

Visiblement contrarié, il hoche tout de même la tête. Margot tape un bref message et l'envoie sans lui laisser le temps de changer d'avis.

Alors qu'elle remet son téléphone dans sa poche, son regard s'arrête sur les taches rouges sur ses mains. Laissant son père la devancer, elle les scrute un long moment puis s'arrache à sa contemplation et le suit.

LE PASSÉ
2005

15

— Allez, Margot, vas-y, saute !

Au bord du rocher, Margot, bras croisés et orteils crispés, regardait Lucy nager en cercle en bas dans la rivière. L'eau, verte et profonde, se constellait d'une myriade de paillettes de soleil et renvoyait le reflet du ciel, brouillé par les mouvements de sa sœur. Lucy lui cria une nouvelle fois de la rejoindre, puis, lassée d'attendre, elle s'enfonça sous l'eau, filant en laissant un sillage clair aux contours indistincts. Après quelques brasses, elle remonta à la surface, luisante comme un phoque, ses longs cheveux blonds, assombris par l'humidité, plaqués sur son crâne. Elle vérifia où en était sa petite sœur.

Inquiète, Margot considérait la retenue d'eau, se demandant quels poissons rôdaient dans les profondeurs, quels herbiers géants allaient s'enrouler autour de ses jambes. Elle observait Lucy, aussi. Où trouvait-elle tout ce courage ? Comment arrivait-elle à ne jamais avoir froid, à n'être jamais fatiguée ? Margot regrettait de l'avoir suivie.

— Allez, trouillarde ! Qu'est-ce que tu attends ?

C'était la fin de l'été. L'été du renouveau, comme l'appelait leur père. Eve allait partir à l'université de Birmingham pour passer une licence de gestion, Lucy entrait au lycée, où ses premiers grands examens auraient lieu au printemps, et Margot commençait le collège. Les trois filles profitaient de leur été au maximum. Elles se prélassaient au soleil dans le jardin, se promenaient dans les bois, sortaient avec leurs amies à Bath et – pour suivre Lucy qui adorait cela – allaient nager aussi souvent et longtemps que possible. Si Lucy l'avait pu, elle les aurait obligées à passer leurs journées dans l'eau, qu'il pleuve ou qu'il vente. Cette fois pourtant, c'était Ted qui avait suggéré un pique-nique au bord de la rivière dans leur coin préféré, une retenue derrière le barrage, où seuls quelques initiés du coin venaient pour plonger. Il avait proposé la sortie au petit déjeuner.

— Dieu seul sait quand nous serons de nouveau tous réunis, avait-il dit, ne plaisantant qu'à moitié.

Il attendait que la bouilloire siffle en massant les épaules de Kit.

— Quoi, qu'est-ce que tu as dit ? avait-elle demandé d'un ton vague en sortant de sa rêverie.

— Je propose qu'on aille pique-niquer à la rivière tous les cinq aujourd'hui.

— Quelle bonne idée ! Je vous rejoindrai plus tard. J'ai une masse d'idées qu'il faut que je note d'abord.

Ted avait froncé les sourcils.

— Je me disais qu'on pourrait y aller à pied, passer la matinée ensemble.

— J'ai trop peur de perdre le fil, Ted. L'inspiration ne s'arrête pas parce que le soleil brille. Partez devant, et moi je préparerai des sandwichs un peu plus tard et je vous rejoindrai avec le pique-nique. Ça l'empêchera de chauffer au soleil pendant que vous nagez.

Voyant que Ted allait insister, Eve s'était dépêchée d'intervenir pour éviter les tensions.

— Super ! Merci, c'est une bonne idée, hein, les filles ?

— Oui, avaient sagement répondu Margot et Lucy à l'unisson.

Margot décroisa les bras et les écarta pour garder l'équilibre tout en regardant en bas. Le rocher n'avait pas semblé particulièrement haut vu de l'autre rive où la berge remontait plus vite et formait un talus. Elles s'étaient dit qu'il serait facile de traverser à la nage et d'essayer ce rocher pour plonger. Lucy était montée la première. Elle avait escaladé facilement le promontoire, plongé sans hésitation et fendu l'eau comme une flèche. Impressionnée, Margot avait suivi. Mais arrivée sur l'étroite plate-forme, elle avait soudain pris peur. Le rocher acéré et friable, l'eau noire ne lui disaient rien qui vaille.

En face, un peu plus en amont, non loin du chemin de halage, elle voyait Eve assise dans une barque amarrée à la berge, une serviette autour de ses jambes nues, le nez plongé dans un livre, bien trop raisonnable pour se laisser entraîner dans leurs acrobaties dangereuses. Ted, installé sous un saule, se débattait avec les pages de son journal. L'ayant enfin plié, il jeta un regard impatient vers Windfalls. Quand ils avaient quitté la maison, Kit s'était déjà mise au travail dans la remise, promettant qu'elle n'en aurait pas pour plus de deux heures. Évidemment, elle était en retard. Ted tourna la tête vers Margot, et elle lui fit un signe mal assuré depuis son perchoir, auquel il répondit par un salut de marin.

Pour une si belle journée, la rivière était étonnamment déserte. En cet instant, il n'y avait personne, à part une silhouette au loin qui franchissait un muret. C'était maintenant ou jamais. Elle regarda de nouveau l'eau.

Pour l'encourager, Lucy cria le compte à rebours :

— Trois… deux… un !

Margot prit une profonde inspiration et sauta en se bouchant le nez. Elle se laissa tomber comme une pierre et s'enfonça tant qu'elle put dans les profondeurs sans rien faire pour freiner sa descente. Elle ouvrit les yeux sous l'eau. Un silence surnaturel régnait. Tous les sons étaient étouffés. Elle avait l'impression d'être tombée dans un monde parallèle, séparé de celui qu'elle venait de laisser au-dessus d'elle et des gens qui l'habitaient. Sentant ses poumons brûler par besoin d'oxygène, elle chercha le haut, désorientée, et fut prise de panique. En regardant autour d'elle, elle repéra les rais de lumière pâle qui striaient la pénombre. Elle donna un grand coup de pied pour remonter et brisa la surface, folle de joie et de soulagement.

Alors qu'elles étaient retournées sur l'autre rive et s'entraînaient à faire le poirier dans l'eau, elle profita d'être seule avec Lucy pour lui poser une question qui la perturbait depuis le début de l'été.

— Luce, c'est quoi, un *bonkbuster* ?

Lucy éclata de rire.

— Attends, je crois que je devine pourquoi tu veux savoir ça. Tu as entendu quelqu'un parler des livres de maman ?

— Ben oui. Brian Hansen a dit que sa mère raconte que maman écrit des *bonkbusters*. Elle dit que ses livres sont « juste des cochonneries qui ne devraient pas avoir leur place dans une bibliothèque publique ».

Elle rougit, car quelle que soit la signification exacte du mot qu'elle ne comprenait pas, il était clair que Mme Hansen trouvait les romans de leur mère très mauvais.

— Ah, ah ! C'est super drôle ! Ne fais pas attention à ce genre d'idiotie, Margot. Brian Hansen est un crétin boutonneux et sa mère… Eh bien, c'est une béotienne moralisatrice.

Margot ignorait le sens de « béotienne » autant que celui de « *bonkbuster* », mais elle hocha la tête d'un air entendu. Lucy la prit en pitié.

— Ça veut dire que dans les livres de maman, les personnages couchent beaucoup ensemble. Il y a plein de scènes érotiques.

Margot fit la grimace.

— C'est dégueu.

— Oui.

Lucy prit son élan pour plonger sous l'eau, et ses pieds et ses chevilles jaillirent à la verticale un instant plus tard, les orteils parfaitement pointés vers le ciel.

Margot attendit qu'elle refasse surface, n'en ayant pas terminé.

— Pourquoi est-ce qu'elle écrit des romans comme ça, Luce ? Elle ne pourrait pas écrire des livres normaux ?

— Et pourquoi est-ce qu'elle se balade toute la journée en chemise de nuit ? Pourquoi est-ce qu'elle prend des bains de soleil à poil et pourquoi elle marche toujours pieds nus ? Pourquoi est-ce qu'elle oublie de préparer nos sandwichs pour midi et nous envoie en classe avec des chaussettes dépareillées parce qu'il n'y a plus rien d'autre de propre ? Et pourquoi nos chaussures sont toujours trop petites trop longtemps ? Je ne sais pas si tu as remarqué, Margot, mais notre mère n'est pas comme tout le monde. Regarde : elle n'est même pas encore arrivée avec le pique-nique alors qu'on l'attend depuis des heures. Je meurs de faim !

Lucy avait raison et ne lui apprenait rien. Margot avait compris depuis longtemps que leur mère était une originale. Alors que les autres mères faisaient des gâteaux, donnaient des bâtonnets de poisson pané à leurs enfants et savaient faire les coiffures les plus compliquées à leurs filles, Kit écrivait. Il y avait deux femmes en elle : la première disparaissait dans sa remise devant sa vieille machine à écrire mécanique, ses rames de papier sous le coude, faisant jaillir ses histoires comme par magie de cette atmosphère presque immobile. Cette femme-là était un mystère pour elle. Une femme énigmatique. C'était l'auteure célèbre – K.T. Weaver – dont on publiait les gros romans sous des couvertures voyantes au titre gaufré en lettres d'or. On faisait la queue pour la rencontrer dans les librairies, les festivals. Ses lecteurs lui réclamaient des autographes, ses éditeurs lui téléphonaient et des journalistes du monde entier venaient l'interviewer. C'était la femme qui protestait quand on la dérangeait même en frappant avant d'entrer, et qui vous chassait d'un geste impatient.

« Oui ? Quoi encore ? demandait-elle. Qu'est-ce que tu veux ? »

Cette femme était sa mère mais pas autant que celle qui reparaissait après une longue journée d'écriture, les yeux fatigués, s'étirant comme un chat qui se réveille de sa sieste. Elle arrivait du jardin en se massant les épaules, son chignon à moitié défait, ses vêtements froissés. Elle se faisait du thé très noir et s'asseyait à la table de la cuisine, se réacclimatant lentement à l'atmosphère de la maison.

Ce n'était qu'après cette phase de décompression que leur mère quittait son état de concentration et se lançait dans une activité intense.

« Venez là, mes petites chéries ! Racontez-moi votre journée ! »

Et soudain, c'était le moment de mettre de la musique à plein volume, pendant que des œufs bouillaient dans la casserole et que les toasts sautaient joyeusement dans le grille-pain. Et Kit, compensant les heures d'absence passées dans son monde intérieur, leur revenait enfin.

Il y avait des moments d'intimité, aussi. Margot se souvenait de son enfance. À l'heure de se mettre au lit, elle avait souvent été agitée, encore tendue par sa journée à l'école, anxieuse pour le lendemain. Alors Kit venait s'asseoir au bord du lit et lui caressait les cheveux, les bras, lui massait l'intérieur des mains, longuement, lentement, jusqu'à ce qu'elle s'apaise. Les années passant, ces moments privilégiés étaient devenus plus courts, plus rares. Sa mère venait moins souvent lui souhaiter bonne nuit, ses gestes devenaient machinaux. Il arrivait souvent que Ted les interrompe pour avertir

Kit que quelqu'un d'important l'appelait au téléphone depuis les États-Unis.

Margot comprenait mal cet éloignement progressif. Elle avait l'impression que Kit soufflait le chaud et le froid. Une minute elle était là, tendre et maternelle, et l'instant suivant, elle redevenait distante, absente. Margot avait parfois l'impression de ne pas compter plus à ses yeux qu'une de ces fans qui faisaient la queue pour quémander une seconde d'attention, n'obtenir que la plus brève des salutations. Avec la célébrité et le succès croissants de sa mère, il avait été difficile de ne pas adhérer au mythe, de ne pas la placer sur un piédestal. On finissait par accepter l'idée qu'elle était inaccessible.

Lucy avait de nouveau la tête sous l'eau. Margot attendit qu'elle remonte pour lui poser une autre question.

— C'est qui, là-bas, avec papa ?

Lucy suivit la direction qu'elle indiquait. La personne que Margot avait vue se promener et franchir un muret depuis le sommet du rocher avait atteint le bosquet de saules et s'était arrêtée pour parler à leur père à l'ombre des branches mouvantes. C'était une femme grande et fine, portant un pantalon vert et une ample tunique blanche, une écharpe jaune autour du cou. Ses longs cheveux roux flottaient autour d'elle comme des rubans dans la brise. Elle tenait dans ses mains de longues tiges brunes – des plumes de faisan, semblait-il.

Margot ne pouvait pas entendre ce qu'elle disait à leur père, mais cela devait être drôle car le rire franc de Ted lui parvint, résonnant sur l'eau.

— Je crois que c'est la dame qui a acheté le cottage de l'autre côté de la rivière, indiqua Lucy. La veuve… Mme Ash.

Elle avait prononcé le mot « veuve » sur le ton de la tragédie dans un chuchotement.

Margot regarda de nouveau discrètement la promeneuse. Elles étaient un peu loin pour bien la voir, mais elle ne semblait pas avoir plus de trente ans.

— Elle n'a pas l'air d'une veuve.

Lucy se rapprocha de Margot en quelques brasses, le menton sous la surface, ses yeux bleus étincelant dans la lumière plus vive au ras de l'eau.

— Il a été victime d'un accident horrible. Il a été écrasé par un tracteur. Tu imagines. Il paraît que c'est elle qui l'a trouvé. Trop tard.

Margot en eut la chair de poule et plongea pour essayer de chasser l'horrible image qui avait surgi dans son esprit. Inspirée par Lucy, elle tendit les mains pour trouver le lit de la rivière et faire le poirier en prenant appui dans la vase. Elle perdit aussitôt l'équilibre et remonta à la surface pour respirer.

— Recommence. Garde les jambes bien serrées, recommanda Lucy.

Voulant montrer à sa sœur ce dont elle était capable, elle replongea. Cette fois, elle tendit les bras plus fort pour s'appuyer au fond, mais tout ce dynamisme disparut quand une douleur violente à la main lui fit pousser un cri. Elle remonta en buvant la tasse.

Elle leva le bras et vit le sang tomber comme de l'encre dans l'eau verte.

— Lucy ! gémit-elle, affolée par la vue du sang. Lucy, je me suis coupée.

— Ah, merde !

En voyant l'entaille sur sa paume, Lucy se mit à hurler :

— Papa ! Papa, vite ! Margot s'est blessée.

Lucy l'aidait à remonter le talus quand Ted, Eve et la promeneuse les rejoignirent. En voyant combien Margot avait du mal à grimper, Ted entra dans l'eau entre les roseaux pour la prendre par la taille et la hisser. Elle fermait la main, mais des ruisselets de sang descendaient le long de son poignet et de son bras. À cette vue, elle sentit la tête lui tourner et poussa un gémissement.

— Tu as dû te couper sur de la ferraille, dit Ted en pâlissant.

La promeneuse prit sa main dans la sienne.

— Tu me laisses regarder ? demanda-t-elle.

Margot desserra prudemment les doigts.

La promeneuse inspecta la paume, puis lui fit resserrer le poing. Elle retira la jolie écharpe jaune qu'elle portait au cou.

— Si tu peux rouvrir la main juste un peu, je vais te faire un bandage avec ça pour arrêter le sang. Tu veux bien être courageuse ?

Margot, les dents serrées de douleur, hocha la tête. Elle rouvrit la main et laissa la promeneuse enrouler fermement l'écharpe et la nouer. Le tissu clair rougit presque aussitôt à l'endroit de la plaie. La femme se tourna vers leur père.

— Il vaut mieux l'emmener aux urgences. On lui fera sûrement quelques points de suture et une piqûre de sérum antitétanique.

Ted approuva, et Margot remarqua qu'il était blanc comme un linge.

— Eve, dit-il, rassemble nos affaires. Nous rentrons tout de suite. Mais bon Dieu ! Qu'est-ce que fabrique votre mère ?

La promeneuse posa une main rassurante sur l'épaule de Margot.

— Ça va, ne t'en fais pas. Tu vas voir, ça va très bien se passer.

Voyant que Lucy et elle grelottaient, elle les enveloppa dans leurs serviettes, puis aida Eve à ranger leurs affaires dans le grand panier en osier. Alors qu'ils se mettaient en route, le soleil disparut derrière un nuage et l'eau s'assombrit.

— Merci ! lui cria Ted. Merci beaucoup, et pardon pour votre écharpe !

— C'est normal ! Soignez-la bien !

— Maman nous a oubliés ? demanda Lucy à son père en courant presque pour le suivre sur le chemin de halage tant il avançait vite.

Il ne répondit rien, mais alors qu'ils arrivaient à l'embranchement du chemin qui menait à la réserve à pommes et à la jetée, il ouvrit le portail du verger et leur dit de rentrer sans lui.

— Allez à la maison. Je vais avertir votre mère de ce qui est arrivé. Eve, peux-tu aider Margot à se changer ? J'arrive tout de suite pour la conduire à l'hôpital.

Elles comprirent à la façon dont il refermait la barrière derrière elles qu'il était furieux.

Alors qu'elles traversaient le verger, elles entendirent les coups violents qu'il frappait à la porte de la remise, puis le bruit d'une dispute.

— Mais bon sang, Kit, je ne te demande jamais rien ! Tu n'avais qu'une seule chose à faire ! Une seule ! C'est vraiment si difficile de nous consacrer une heure ?

Le bruit de ses reproches les suivit, fusant entre les arbres.

Elles trouvèrent le panier à pique-nique là où elles l'avaient laissé sur la table de la cuisine, aussi vide qu'à leur départ. Eve poussa un soupir et le récupéra pour aller le remettre dans la buanderie.

— Il vaut mieux que papa ne le voie pas en rentrant, remarqua-t-elle.

Deux jours plus tard, Margot portait toujours un épais pansement à la main quand il fallut ranger la maison en prévision de la visite d'une journaliste qui venait interviewer Kit. Eve avait déjà passé une heure à mettre de l'ordre dans le salon lorsqu'elle entra dans la cuisine pour trouver une épaisse fumée noire flottant dans l'air, et sa plus jeune sœur, encore en pyjama, perchée sur un coin de comptoir, sa main bandée tenant maladroitement un couteau qu'elle enfonçait dans le grille-pain.

— Mais qu'est-ce que tu fabriques ? hurla Eve. Arrête tout de suite ! Tu vas te tuer !

Elle traversa la cuisine en courant et éteignit l'interrupteur de la prise murale. Cette précaution prise, elle arracha le couteau à Margot, puis enleva soigneusement avec les doigts le pain brûlé tombé entre les grilles. Ce ne fut qu'en le jetant à la poubelle qu'elle remarqua les plumes qui jonchaient le sol, comme si une bataille de polochons géante venait d'avoir lieu.

— Encore ces saletés de chats, maugréa-t-elle.

Margot répondit tout en remettant deux tranches de pain de mie dans le toaster :

— Oui, je crois qu'ils ont chopé un pigeon. Regarde, il y a un joli petit cadeau pour nous là-bas.

Eve suivit la direction qu'indiquait sa sœur et vit un tortillon d'entrailles d'oiseau toutes fraîches qui luisaient sur le paillasson de la porte du jardin, aimablement déposé là par un de leurs trois chats. Ted avait ramené les chatons d'une ferme voisine dont les granges étaient déjà pleines de matous, les sauvant ainsi de la noyade. Depuis, Pinter, Miller et Mamet grandissaient à Windfalls et montraient leur reconnaissance à leurs sauveurs en leur rapportant quotidiennement divers trophées de chasse répugnants.

— Je venais de nettoyer la cuisine, gémit Eve.

— Bah, la journaliste ne va pas visiter la maison. Ne t'inquiète donc pas autant. Ça n'est pas comme si c'était la première fois.

Eve poussa un soupir. C'était vrai qu'elles avaient l'habitude. Elle n'aurait pas dû s'inquiéter. Pourquoi se donnait-elle encore la peine de se lever à l'aube pour ranger, passer l'aspirateur et dépoussiérer le salon ? Pourquoi se fatiguait-elle à rappeler à sa mère qu'il fallait s'habiller de façon un peu moins… décontractée… un peu plus… convenable ? En fait, elle le savait très bien. Elle n'avait aucune envie de faire savoir au monde entier qu'ils vivaient dans une porcherie. Il était déjà assez difficile de supporter que leur mère écrive des livres pornographiques dont se régalaient leurs amis en cachette, et d'avoir la réputation de ne pas être une famille « comme tout le monde » : les parents n'étaient pas mariés, le père ne travaillait pas, les filles étaient habillées avec les vieilleries de leurs aînées. Elle prit la pelle à poussière et la balayette sous l'évier et entreprit de se débarrasser des plumes. Elle se demandait comment sa famille se débrouillerait quand elle serait à l'université, mais elle avait beau se sentir coupable de les laisser, elle avait hâte de se sauver.

La cuisine aérée, les plumes balayées, la dépouille de l'oiseau jetée, la maison fut enfin prête à accueillir la journaliste qui arriva ponctuellement une heure plus tard. Elle était envoyée par un grand magazine féminin pour dresser un portrait intime de Kit, en préparation de la sortie à l'automne du cinquième volume, très attendu, de sa série des *Éléments rares*.

Leur mère leur avait demandé de rester discrètes, dans leur chambre ou dehors, mais Eve ne résista pas à la curiosité. Elle s'assit sur les marches au milieu de l'escalier et écouta en se rongeant les ongles, la tête appuyée contre la balustrade, dans une position qui lui permettait de voir ce qui se passait dans le salon par la porte ouverte, car c'était là que ses parents, assis côte à côte sur le canapé de velours vert, recevaient la visiteuse.

Leur mère se tenait très droite, les genoux rassemblés, et ayant, Dieu merci, écouté les conseils d'Eve, elle s'était coiffée et changée. Elle avait mis une robe, une vraie, boutonnée sur le devant et ceinturée à la taille. Le tissu était tendu sur ses cuisses éclairées par un rayon de soleil qui passait par la fenêtre. Tout ce qu'elle voyait de son père, c'était une épaule large, une jambe couverte d'un pantalon de velours, une chaussure et une main bronzée posée légèrement sur le genou de sa mère. La chaussure, un solide brodequin, battait un rythme silencieux sur le tapis. C'était cela que sa mère avait à côté d'elle : la moitié d'un homme.

La visiteuse tournait le dos à la porte. Eve ne voyait d'elle que l'arrière d'un haut chignon gris crêpé et les manches bouffantes d'un chemisier en soie maniéré à col lavallière dont Eve apercevait la large boucle qui tremblait comme de la gelée dès qu'elle se penchait sur le carnet posé sur ses genoux. Un magnétophone tournait sur la table à café entre eux.

— C'est charmant, chez vous, dit la journaliste en regardant autour d'elle. C'est exactement ainsi que devrait être un salon d'écrivain : intime, sympathique, confortable.

Eve se félicita d'avoir eu la bonne idée de dépoussiérer la table à café et de cueillir un bouquet qu'elle avait mis dans un vase en terre cuite.

— Je pense que nos lectrices aimeraient savoir ce que vous avez ressenti quand on a accepté votre premier manuscrit, reprit la journaliste d'une voix haut perchée et nasillarde, le visage tourné vers Kit. Cela a dû être un fameux choc de recevoir le coup de fil de votre agent !

Eve se représenta les « lectrices » auxquelles la journaliste faisait allusion comme une armée de femmes sérieuses, du genre bibliothécaires, plongées dans le magazine en question et tournant les pages à l'unisson avec un bruissement martial.

Kit répondit avec un sourire.

— Tu te souviens, Ted ? Tu avais envoyé la première version à Max pour me faire plaisir, en disant qu'il trouverait peut-être une ou deux personnes qui pourraient y jeter un coup d'œil et me donner leur avis. Il ne s'est écoulé que deux semaines, et nous ne nous attendions absolument pas à son appel. Quand Max m'a appris la nouvelle, j'ai poussé un cri et j'ai lâché le téléphone.

Eve avait déjà souvent entendu l'anecdote, mais elle l'adorait toujours, heureuse d'imaginer la joie de sa mère.

— C'est Ted qui a récupéré l'appel, continua Kit. Je n'arrivais pas à y croire. Les éditeurs se battaient pour signer un contrat avec moi !

Le visage de Kit reprit son habituelle expression lointaine. Elle faisait la même tête quand elle tournait la cuillère dans la marmite, à mille lieues de la cuisine, ou quand elle mâchonnait rêveusement le bout de son crayon, assise à son bureau. Présente physiquement, mais perdue dans ses pensées.

— Tu te souviens ? Nous n'avions rien à la maison pour trinquer, reprit Kit au bout d'un instant en se tournant vers Ted. En tout cas, rien d'aussi cher que du champagne. Nous n'avions pas les moyens de nous offrir des produits de luxe à l'époque, hein, mon chéri ? ajouta-t-elle en poussant la jambe de Ted avec la sienne, tout sourire. Mais toi, il t'en fallait absolument.

Eve entendit son père corroborer dans un murmure.

— Ted s'est précipité à notre pub, continua Kit. Il a tambouriné à la porte pour qu'on lui ouvre et qu'on lui vende une bouteille de champagne !

La journaliste écoutait en hochant la tête avec enthousiasme.

— C'est l'histoire de Cendrillon : la pauvre orpheline qui passe de la misère à la fortune. Nos lectrices adorent ce genre d'histoires.

Ted laissa échapper une sorte de glapissement étranglé, mais qui passa inaperçu dans le feu de la conversation.

— La misère, c'est un peu exagéré, protesta-t-il.

— Et la fortune aussi, ajouta Kit avec un sourire. En tout cas, pas à l'époque. La somme proposée dépassait de loin mes rêves les plus fous, bien sûr, mais personne ne pouvait se douter du succès que la série rencontrerait auprès des lecteurs. Le premier volume, *L'Œil de la pierre*, a mis un peu de temps à trouver son public. Il n'est entré dans la liste des best-sellers qu'au bout de plusieurs mois.

« Mais après cela, tout est allé très vite. Les droits étrangers se sont vendus, et on m'a demandé d'écrire la suite de la série. Tout cela grâce aux lecteurs. Ce sont eux qui ont aimé l'histoire de Tora Ravenstone, et qui l'ont recommandée à leurs amis.

— Et c'est ce premier succès qui a fait boule de neige ! Vos quatre premiers romans sont devenus des best-sellers internationaux et votre cinquième, *Le Cœur de quartz*, doit sortir à l'automne, c'est bien cela ?

— Oui. Il y aura sept tomes au total. Je sais que certains critiques méprisent mes livres parce que ce serait « du porno soft commercial » et les lecteurs se demandent sûrement pourquoi je n'arrive pas à les écrire plus vite, mais on ne peut pas forcer l'inspiration. Cela prend le temps que ça prend. On doit suivre ses idées là où elles vous mènent et se laisser guider par la Muse.

— Bien sûr, dit la journaliste, un peu surprise. Et je suppose que vous devez faire pas mal de recherches pour écrire vos livres.

— Absolument. C'est important que le contexte historique soit exact pour que les personnages et leur monde paraissent aussi authentiques que possible. Nous avons beaucoup de chance d'habiter par ici, près de sites historiques fascinants tels que Stonehenge et Glastonbury. Nos campagnes sont imprégnées de magie et de mysticisme. Vous ne sentez pas cette atmosphère ? Cela m'inspire beaucoup.

La journaliste pencha la tête, comme si elle tâtait l'atmosphère, puis toussota.

— Oui, c'est certain… il y a quelque chose. Mais vos fans n'apprécient pas seulement les détails historiques. J'ai étudié les réactions de vos lecteurs, et il en ressort qu'ils sont sensibles à votre approche de la condition des femmes, à ce que vous dites des femmes vivant dans un monde dominé par les hommes. Ainsi… reprit-elle après une hésitation, est-il vrai que vous avez trouvé l'idée de la saga alors que vous promeniez votre fille qui venait de naître ? Vous avez dit dans une interview que vous aviez souffert d'une sévère dépression postnatale, et que l'écriture était devenue une forme d'exutoire. Cela vous a permis de vous en sortir ?

— Il est vrai que la maternité n'a pas été facile au tout début. C'est un tel sacrifice. Il faut s'oublier totalement, faire don de soi. La première phrase de mon premier roman m'est venue dans un moment d'extrême fatigue et de fragilité émotionnelle. Je me suis demandé quelle situation pourrait pousser une femme à sacrifier un nouveau-né pour une raison qui la dépasse. Pourquoi une femme abandonnerait un bébé au bord d'une rivière…

— En effet…, murmura la journaliste.

— C'est grâce à l'écriture que j'ai commencé à me sentir mieux, à me retrouver. Cela m'a surprise parce que je n'avais encore jamais rien écrit.

— Tous vos livres ont été rédigés ici, à Windfalls ?

— Oui, c'est bien ça.

— Avez-vous une méthode particulière ? Je sais que Stephen King, par exemple, écrit toujours le matin et ne s'arrête pas avant d'avoir au moins six pages, et ce tous les jours, dimanche compris.

— C'est vrai que j'ai des manies. Je sais que c'est de la superstition, mais j'écris tous mes livres exactement de la façon dont j'ai écrit le premier. Une énergie très forte se dégage de la rivière, et cela me nourrit. J'écris dans une remise, une ancienne réserve à pommes en bas du jardin. C'est un local rudimentaire mais confortable et calme. Je tape mon texte sur une vieille Olivetti que Ted m'a offerte, ajouta-t-elle en lui posant la main sur le genou. Cela me rassure de suivre la même méthode chaque fois.

— Une machine à écrire mécanique !

Eve entendit une réelle surprise dans le ton de la journaliste qui se mit à bafouiller :

— Mais comme c'est… comme c'est…

— Bizarre ? suggéra Kit avec un rire. Oui. Ted me harcèle pour que je me mette à l'informatique. Il veut me convertir à la modernité en me parlant de Mac et de clés USG à longueur de temps.

— USB, corrigea Ted.

— J'entends ses arguments, mais ça ne me dit rien. Je ne fais pas confiance aux machines. J'aime voir un résultat concret. Je travaille sur un seul manuscrit, tapé à la machine. J'ai toujours procédé comme ça. C'est beaucoup plus simple, et ça m'aide à m'y retrouver pour construire mon histoire.

— Fascinant…

Il y eut un court silence pendant que la journaliste compulsait ses notes.

— Vous vivez dans un coin très pittoresque. Vous avez toujours habité dans la région ?

— Depuis la fin des années 1980, dit Ted.

— Windfalls est un endroit charmant, enchaîna Kit, mais comme toutes les vieilles demeures, elle nécessite de l'entretien. Il faut reconnaître que la maison se serait probablement écroulée si mes lecteurs n'avaient pas été aussi fidèles, ajouta-t-elle avec un sourire. Je leur suis très reconnaissante.

Eve remarqua que le pied de Ted s'était immobilisé. L'atmosphère avait brusquement changé, comme si une porte avait claqué quelque part et fait monter la pression et baisser la température.

— Et comment réagissent vos amis et votre famille devant votre succès ? Votre réussite ne fait-elle que des heureux et ne vous attire-t-elle que des félicitations ou avez-vous dû faire face à… (elle s'interrompit avec un petit rire) à de la jalousie, personnelle ou professionnelle ?

— De la jalousie ? Non, je ne crois pas. Aucune jalousie. C'est le grand avantage de vivre avec quelqu'un qui écrit aussi. Tu comprends les contraintes comme personne, n'est-ce pas, chéri ?

Ted grommela une réponse indistincte, peut-être une approbation, mais Eve n'en fut pas totalement certaine.

— Vos lecteurs ont suivi votre héroïne aux cheveux de feu, Tora Ravenstone, depuis le brutal sacrifice aux dieux de ses parents par sa tribu, qui provoque sa fuite, jusqu'à sa transformation en femme-médecine et en guerrière. Les critiques vous ont félicitée pour le ton résolument féministe de vos écrits. Votre héroïne est une femme forte et agissante. J'imagine que Tora est promise à un destin encore plus exemplaire dans les derniers volumes de la série.

Kit accueillit cette question avec un petit rire.

— Je ne peux dévoiler aucun secret, mais laissez-moi simplement vous dire que les lecteurs n'ont encore rien vu. Tora est capable d'aller beaucoup plus loin et la suite nous réserve énormément de surprises. Tora elle-même n'a pas encore pleinement conscience de la puissance de ses facultés.

La journaliste hocha la tête.

— Je voulais aborder encore un point… Quelques critiques ont eu certaines… difficultés, disons, à accepter les scènes à caractère sexuel, qui sont nombreuses et assez réalistes. J'ai lu dans un journal sérieux, sous la plume d'un confrère, que votre livre était, je le cite, « un porno opportuniste et creux destiné à un public de ménagères en mal de sensations ». Lisez-vous les critiques ? Les commentaires de ce genre vous atteignent-ils ?

— Je les lis très peu. Je trouve cela perturbant. J'écris pour les lecteurs, pas pour les critiques.

— Vos filles lisent-elles vos livres ?

La journaliste s'était penchée en avant, de toute évidence très intéressée par la réponse, et Eve tendit l'oreille, se demandant ce que sa mère allait dire.

Kit haussa les épaules.

— Pourquoi pas ? La sexualité est une chose tout à fait naturelle. Nous avons souvent une relation très malsaine à notre corps et à nos désirs. La honte est une émotion destructrice. Je ne vois aucun inconvénient à ce que mes filles lisent ce qui leur plaît, même si Margot, notre cadette, est encore un peu jeune pour s'attaquer à la saga de Tora. Il vaudra mieux attendre deux ou trois ans en ce qui la concerne. Mais, ajouta-t-elle avec un rire, je crois que mes filles ne s'intéressent pas beaucoup à ce que j'écris. De leur point de vue, mon métier n'a rien de passionnant.

C'était peu de le dire, songea Eve. Elle avait bien essayé de lire la saga quelques années plus tôt, mais elle s'était arrêtée à la moitié du premier tome avec horreur. Pour l'adolescente d'alors, rien n'aurait pu être pire que de lire des scènes d'amour imaginées par sa mère. Et l'idée que tous ses amis les connaissaient par cœur était particulièrement gênante.

— Vos filles n'admirent pas votre réussite ? insista la journaliste.

— Pas du tout. Mes filles trouvent ce que je fais parfaitement barbant. Je reste enfermée dans mon bureau toute la journée et je ne vis pratiquement que dans mon imaginaire. Ça n'a rien de glorieux à leurs yeux. Margot m'a dit l'autre jour qu'elle regrettait que je ne sois pas vétérinaire ou épicière, comme les parents de ses amis. Quand on a onze ans, on préfère avoir des chiots et des bonbons à volonté : c'est beaucoup plus désirable qu'une place dans la liste des best-sellers.

La journaliste gloussa, puis se tourna vers Ted pour l'interroger directement pour la première fois depuis le début de l'entretien.

— Et vous, Ted, comment vivez-vous tout ça ? Est-ce que l'érotisme dans le travail de votre femme vous dérange ? ajouta-t-elle avec un sourire dans la voix.

Eve entendit son père tousser.

— Je n'ai pas à juger. Kit écrit ce qui lui plaît. L'inspiration, ça ne se commande pas.

— Oui, bien sûr. J'imagine que vous comprenez d'autant mieux le mécanisme créatif que vous écrivez, vous aussi. Vous avez connu un certain succès autrefois, il me semble ?

Eve remarqua que la main de son père se crispait, formant presque un poing.

— Oui, ça ne marchait pas mal, répondit-il d'une voix tendue. Maintenant, c'est un peu différent : je m'occupe surtout des filles et de la maison pour décharger Kit. Je suis son homme à tout faire.

Kit prit la main de Ted dans les siennes et la leva affectueusement.

— Ne sois pas si modeste, protesta-t-elle en ajoutant : Ted est le véritable artiste de la famille. Il est brillant. Il écrit d'excellentes pièces de théâtre. Vous vous souvenez sûrement de *Paroles perdues*.

Elle s'interrompit, mais comme la journaliste gardait le silence, elle poursuivit :

— Sa pièce a connu plusieurs années de succès dans le West End, et elle a continué sa carrière en tournée. On a même parlé de la monter à Broadway, mais finalement…

Elle ne termina pas sa phrase et reprit en s'adressant à Ted :

— Les années passent tellement vite. Tu t'es remis à écrire, n'est-ce pas, chéri ? Tu vas bientôt nous donner une nouvelle pièce…

Voyant que Ted gardait le silence, Kit se tourna de nouveau vers la journaliste avec un sourire forcé.

— Il n'aime pas parler de son travail en cours, mais cela promet d'être excellent.

— J'en suis sûre, dit la journaliste sans rien noter sur son carnet.

Eve se demanda si elle était la seule à s'en apercevoir.

— Et vos filles ? Elles ne veulent pas marcher sur vos traces ? Avez-vous des écrivaines en herbe chez vous ?

La question plongea Kit dans une profonde réflexion. Eve se colla à la balustrade pour ne pas perdre une miette de la réponse.

— Eve, l'aînée, a l'esprit beaucoup trop pratique pour avoir envie d'écrire. Elle a la tête sur les épaules. C'est elle, notre mère à tous.

Eve éprouva un sentiment désagréable. À entendre Kit, on avait l'impression qu'elle la trouvait un peu ennuyeuse.

— La deuxième, Lucy, n'aurait pas assez de patience, je crois. Elle est incapable de rester tranquille plus de cinq minutes. Elle n'a pas la discipline nécessaire pour écrire, et elle a trop besoin de se dépenser, de s'amuser. Ensuite, pour Margot, je ne sais pas encore. Elle a de l'imagination, mais elle aime aussi se donner en spectacle et elle a un caractère bien trempé. Je pense qu'elle ne serait pas mauvaise actrice. C'est amusant d'imaginer les voies qu'elles pourraient prendre, ajouta-t-elle en souriant à la journaliste, mais au final, ce sont elles qui vont s'inventer avec le temps.

— Nous avons des filles merveilleuses, intervint Ted. Nous en sommes très fiers.

La journaliste ferma son calepin et décroisa les jambes pour se pencher vers son magnétophone qu'elle arrêta.

— Formidable. Je pense avoir tout ce qu'il me faut. Nous allons faire un bel article qui paraîtra dans le numéro de septembre. J'en ferai envoyer un exemplaire à votre chargé de communication.

Eve, prise de court par cette conclusion rapide, remonta de quelques marches à reculons, baissée pour rester hors de vue alors que Kit raccompagnait la journaliste à la porte et lui disait au revoir. Elle entendit Ted se lever du canapé dans un grincement de ressorts et avec un puissant soupir, et il fut bientôt rejoint par Kit qui revenait dans le salon après avoir fermé la porte sur leur visiteuse.

— Ouf ! dit-il. Pas mécontent que ce soit terminé. Je t'avertis, Kit, c'est la dernière fois que j'accepte d'assister à un entretien. « Vous avez connu un certain succès autrefois, il me semble… », imita-t-il d'une voix maniérée.

— Tu as tort, Ted. Ça l'intéressait vraiment.

— Ah, oui ? Tu crois ? jeta-t-il avec un rire cynique. Tu ne te rends pas compte de la torture que c'est de se sentir la cinquième roue du carrosse pendant que les journalistes ne tarissent pas d'éloges sur ce que tu fais. J'aurais aussi bien pu être invisible. J'aurais aussi bien pu être relégué dans le jardin avec les filles.

— C'est pour ça que j'ai parlé de ta première pièce et de celle que tu es en train d'écrire.

— Oui, merci de m'avoir fait cette fleur ! Tu me jettes un os à ronger ?

— Ne le prends pas si mal !

— Comment veux-tu que je le prenne ?

— Pas comme un gamin, en tout cas.

Ted poussa une exclamation agacée.

— Et qu'est-ce que c'est que toutes ces bêtises sur la maison qui s'effondre ?

— Je lui servais une histoire amusante, Ted. C'est le boulot des écrivains, non ?

Eve, toujours cachée dans l'escalier, retint son souffle, attentive à ce que disait Kit qui continuait sur un ton plus conciliant :

— Ce genre d'entretien, c'est pour la promotion du livre, un parcours d'obstacles que je dois franchir pour vendre. Nous avons tout à y gagner. Plus les ventes seront bonnes, plus nous serons à l'aise financièrement. Moi, je t'envie. Je suis liée par ce maudit contrat qui m'oblige à livrer les aventures de Tora Ravenstone pendant encore des années. Toi, tu es libre d'écrire ce que tu veux, et même de lever le pied si tu préfères.

Ted ne répondit pas.

— Peut-être qu'il est temps que tu penses à ce que tu veux vraiment, Ted, reprit Kit avec un soupir. Sois un peu honnête avec toi-même.

— C'est-à-dire ? Je ne comprends pas.

— Ça fait des années que tu te mets la pression. Tu te sens obligé d'écrire pour le théâtre, mais il serait peut-être intéressant de te demander si tu ne serais pas plus heureux en faisant autre chose. Si tu te lançais dans un genre complètement différent, peut-être que tu aurais un peu moins peur de la page blanche.

— Alors quoi ? Simplement parce que tu as écrit quelques navets qui se vendent, tu te considères comme une experte en processus créatif, c'est ça ? Je ne veux pas écrire de la merde, moi. Je veux écrire quelque chose qui compte.

Un long silence suivit.

— Et que nous serait-il arrivé si je n'avais pas écrit mes navets, comme tu dis ? Avec quoi aurions-nous fait vivre notre famille ?

— Mais bon sang, Kit, tu t'entends ? Tu recommences !

— Vas-y, fais-moi des reproches. Fais des reproches à tout le monde si ça te plaît. Tu n'as pas remarqué que pour toi, c'est toujours la faute des autres, jamais la tienne ? Pourtant, il n'y a que toi qui puisse écrire tes pièces. Il faut simplement que tu t'y mettes.

Kit sortit du salon sur ces derniers mots, et Eve attendit une minute pour s'assurer que la voie était libre. Quand elle n'entendit plus rien, elle descendit l'escalier en silence et sortit discrètement dans le jardin.

La couverture de pique-nique était étalée sur la pelouse devant la maison. Un échiquier abandonné montrait que ses sœurs n'avaient pas fini leur partie. Des rires montaient du verger. Elle suivit les voix jusqu'au ruisseau qui se faufilait entre les arbres, sautant sous un pommier noueux avant de descendre la colline vers la rivière. Éclairées en contre-jour par le soleil qui brillait derrière elles, ses sœurs ne lui apparaissaient qu'en silhouettes. Des moucherons voletaient autour d'elles, illuminés d'or. Elle ne comprit pas ce qu'elles faisaient avant d'être tout près et de voir l'éclat de la lame du canif que Lucy tenait dans sa main.

— Et voilà ! chantonna sa sœur en s'écartant pour montrer son œuvre à Eve.

— Qu'est-ce que c'est ? demanda cette dernière en plissant les yeux pour mieux voir.

Elle avait creusé l'écorce et laissé cinq lettres blanches : K.T.E.L.M.

— Pour la postérité.

Eve fronça les sourcils.

— En quel honneur ?

Lucy eut un sourire.

— En l'honneur de nous ! Parce que tu t'en vas, et parce que comme ça, où que tu ailles, et même si tu ne rentres pas souvent, cet arbre sera la preuve que c'est ici chez toi. Nous sommes tous liés à cet endroit.

— T'es bête…

— Ben oui…

Voyant des pommes pendre à portée de main dans le gros pommier, Margot en cueillit trois de la main gauche, une entreprise difficile, parce que les fruits résistaient.

— C'est trop tôt, protesta Eve. Elles ne sont pas encore mûres.

— Et alors ? demanda Margot en riant.

Eve en prit une et croqua une bouchée. Pas mûre, bien sûr. Elle était acide, beaucoup trop acide. Elle cracha dans l'herbe et jeta la pomme dans la haie, le goût âpre lui attaquant la bouche. Son regard retourna aux initiales gravées dans le tronc. *C'est ici chez toi.* Lucy avait sûrement raison, mais Eve avait hâte d'aller chercher la vie ailleurs, d'échapper à l'univers clos de Windfalls.

Furieux, Ted sortit de la maison, descendit l'allée gravillonnée et prit la petite route. Il ne savait pas où il allait, mais il n'aurait pas supporté de rester une minute de plus dans cette maison à se faire rabaisser par Kit.

Quand ils s'étaient rencontrés, elle l'avait écouté. Écouté au point de boire ses paroles. Ce n'était pas bien glorieux de l'admettre, mais la vénération que Kit lui portait regonflait sa virilité. Il était très gratifiant d'être soutenu et aimé par une femme aussi intelligente et vive.

Mais depuis quelques années, le rapport de force avait totalement changé. L'admiration, le respect, tout cela avait disparu. Leur relation s'était clairement inversée.

Ça fait des années que tu te mets la pression. Tu te sens obligé d'écrire pour le théâtre, mais il serait peut-être intéressant de te demander si tu ne serais pas plus heureux en faisant autre chose.

Cette réflexion lui avait fait très mal, d'autant plus mal qu'elle reflétait ses propres peurs. Il était bloqué depuis beaucoup trop longtemps. Son premier succès remontait à des années. Il avait été alors un jeune espoir. La critique chantait ses louanges, le promettait à un grand avenir. Et voilà qu'il prenait de l'âge et qu'on l'oubliait. Il était un auteur raté qui ne gagnait pas un sou et vivait aux crochets de sa femme. Il était devenu un sujet de honte pour elle, un mari sans intérêt, alors qu'elle rencontrait un énorme succès dans le monde entier.

En disant qu'il était son homme à tout faire, il avait exprimé ce qu'il pensait vraiment. Il avait remisé ses ambitions pour s'occuper de Windfalls et de leurs trois filles. Le partage des tâches n'avait jamais fait l'objet d'une discussion explicite dans leur couple, mais la carrière de Kit avait pris son envol, elle avait eu des délais contraignants à respecter, et il avait dû gérer la maison et le quotidien familial. Accompagner les filles à la petite école du village tous les jours. Coller des sparadraps sur les genoux égratignés. Les pousser sur la balançoire, les aider à grimper aux arbres. Leur apprendre à nager dans la rivière, leur lire des histoires avant de dormir. Il avait été présent, et heureux de vivre de si près leur enfance. Elles lui avaient apporté beaucoup par leur énergie, leur joie de vivre, et il savait quelle chance il avait eue d'être leur guide et leur protecteur. Seulement, son éducation lui avait inculqué les valeurs traditionnelles : il avait l'impression de ne pas jouer son rôle d'homme. Il lui semblait manquer à ses devoirs en ne subvenant pas à leurs besoins matériels.

« T'es pas un papa normal, avait remarqué Lucy un jour au retour de l'école.

— C'est-à-dire ?

— Eh ben, tu ne travailles pas. Tu ne portes pas de costume, pas de cravate. Tu n'as pas une grosse voiture.

— C'est vrai. »

Il avait baissé les yeux sur le petit visage en forme de cœur.

« Ça t'embête, chérie ?

— Non. Je t'aime comme t'es. »

Ted avait souri et pressé sa petite main.

« Et moi aussi, Lucy, je t'aime comme tu es, exactement. »

Cela ne semblait pas compliqué de s'accepter tel qu'on était, et pourtant, Ted aurait menti s'il avait prétendu ne pas ressentir une pointe d'amertume. Kit n'avait pas eu un instant de doute et trouvait tout naturel qu'il s'occupe de tout. Quand l'école téléphonait pour les avertir qu'une de leurs filles était malade, il était entendu entre eux que ce serait Ted qui irait la chercher et la mettrait au lit. Au moment des vacances, Ted assurait l'intendance et trouvait des activités. Peu à peu, il avait assumé toutes les tâches qu'ils partageaient auparavant. Il ne le regrettait en aucun cas : l'intimité qui s'était développée entre lui et ses filles était précieuse, mais elle ne soulignait que trop le fossé qui se creusait entre lui et Kit. Il lui en voulait surtout d'avoir trouvé tout naturel de se décharger sur lui sans jamais en discuter. Leurs rôles semblaient maintenant immuables.

Même Max, son agent, ne croyait plus en lui. Ce dernier avait justement téléphoné à Windfalls la semaine précédente.

« Salut, Ted, mon vieux ! Super d'entendre ta voix. »

En bruit de fond, Ted avait distingué la rumeur de la circulation londonienne et la sirène lointaine d'une ambulance. Ce son avait déclenché en lui une immense nostalgie de la capitale, une envie de se retrouver en ville, de fouler les trottoirs gris, de fendre la foule des passants. De redevenir l'homme qu'il était avant.

« Si tu appelles pour réclamer le script... », avait-il commencé.

Il s'apprêtait à se lancer dans des justifications, mais Max l'avait interrompu.

« Non, Ted. Je veux seulement parler à Kit. Je dois clarifier un petit point avec elle pour le contrat japonais. Rien d'inquiétant, juste un détail.

— Bien sûr, avait-il répondu entre ses dents. Je l'appelle. »

Et il était parti chercher sa femme en bon toutou obéissant.

Pourtant, il ne méprisait pas le travail de Kit, loin de là. Il avait lu ses deux premiers romans d'une traite. Il avait été accroché, transporté. Elle savait ménager le suspense et on ne pouvait pas lâcher ses livres. Il avait été surpris et fier, même impressionné. Il était bien placé pour savoir ce qu'il en coûtait de s'asseoir à son bureau tous les jours devant une page blanche. Non, il n'avait pas une mauvaise opinion de ce qu'elle écrivait. Le problème était plutôt la mauvaise opinion qu'il avait de lui-même.

Il avait écrit *Paroles perdues*, sa première pièce, alors qu'il était en proie à un violent chagrin. À la mort de son père, il avait ressenti le besoin impérieux de prendre la plume pour donner un sens à ses années d'adolescence passées auprès d'un homme déjà âgé souffrant de la maladie d'Alzheimer. Ted s'était occupé de son père qui perdait la mémoire et la conscience même de qui il était. Pour un fils, c'était une torture d'être témoin de la lente dissolution d'un père qu'il adorait, comme on peut aimer un homme bon mais distant, appartenant à la génération silencieuse. Après la disparition de la mère de Ted qui leur avait servi de tampon, ils avaient tous les deux été incapables de communiquer. Dans le deuil, l'inspiration lui était venue comme un raz de marée. Il avait répondu à un besoin vital par un acte fondateur.

Là résidait peut-être la différence entre Kit et lui. Dans son travail, Kit s'appuyait uniquement sur son imaginaire : elle filait ses rêveries, tissait des univers fantastiques, inventait des mondes et jouait avec ses fantasmes. Ted, au contraire, avait besoin de s'ancrer dans le réel. Il ne s'intéressait qu'à démêler les mystères de l'âme humaine. Il voulait faire passer des messages, dire des choses importantes. Or son grand problème, quand il s'asseyait à sa table de travail, était qu'il n'avait plus rien à dire.

Le temps perdu se comptait maintenant en années. L'esprit occupé par les filles, il souffrait d'un blocage très frustrant qui le paralysait. À son bureau, deux démons perchés sur ses épaules, l'un lui soufflant le doute, l'autre, la peur de l'échec, l'empêchaient de terminer la moindre pièce. Et plus Kit gagnait en renommée, plus il se sentait diminué. Il était censé savoir tout exprimer avec des mots, et pourtant ce problème-là le réduisait au silence. Il était devenu un homme muet, étouffé par le succès de sa compagne et secrètement dévoré par l'envie. Il avait honte de sa jalousie, se sentait immonde, et ne voulait surtout pas avouer à Kit ses mauvaises pensées. *Ça fait des années, Ted...* Elle n'avait pas la moindre idée du mal que ce genre de réflexion pouvait lui faire. Il devenait Samson et elle, Dalila. Elle lui avait coupé les cheveux avec de grands ciseaux. Le titre de sa première pièce, *Paroles perdues*, était-il prémonitoire ? Il était tenté de le croire.

Il marcha un moment, tête basse, le regard posé sur le goudron de la route de campagne. Il dépassa l'église, traversa la rivière. Au milieu du pont, il s'arrêta pour regarder les remous et les tourbillons. Le niveau de l'eau était plus haut que d'ordinaire après les pluies diluviennes de la nuit. Les longs herbages ondulaient sous la surface et il voyait les galets racler le fond, emportés par la violence du courant. Il médita sur ces pierres de rivière qui à force de frottements et par l'action de l'eau s'arrondissaient avec le temps. Cela lui sembla une belle métaphore, ces cailloux arrachés au rocher et usés par les éléments. Un processus de lente désintégration, comme sa relation avec Kit, comme sa carrière, comme sa perte d'identité. L'attrition, c'était le terme approprié. Il s'atrophiait à Windfalls. Kit n'avait peut-être pas totalement tort : il était sans doute temps de se demander si, en effet, il ne serait pas plus heureux en faisant autre chose. Il y avait beaucoup de vrai dans ce qu'elle avait dit.

Il avait déjà grimpé la moitié de la colline quand il leva la tête pour regarder autour de lui. Il ne voyait plus la rivière et était entouré de champs cultivés et de prés. S'il continuait, après la crête et un petit bois, il arriverait à un cottage blotti dans les maïs. Il hésita, redressa la tête et, le nez levé vers le soleil, il reprit sa route.

Ce ne fut qu'en arrivant au cottage qu'il fut pris d'un doute. Il était sur le point de faire demi-tour, la main posée sur la poignée du portail, quand une femme sortit d'une grange en s'essuyant les mains sur un chiffon et plissa les yeux, aveuglée par le soleil, pour voir qui lui rendait visite.

— Bonjour, dit-elle.

Elle portait une robe verte, un vert doux couleur de mousse, et ses longs cheveux roux étaient retenus en arrière par un peigne qui laissait échapper quelques mèches autour de son visage.

— Vous voulez acheter une poterie ? demanda-t-elle.

— Heu… Je crois que je n'ai pas…

Il fouilla dans ses poches, s'apercevant qu'il n'avait pas pensé à prendre son portefeuille. Ce ne fut qu'en voyant le sourire jouer sur les lèvres de la potière qu'il comprit qu'elle le taquinait.

— Comment va votre fille ? demanda-t-elle.

— Très bien. Vous aviez raison. Quelques points de suture et une piqûre, et on nous a renvoyés chez nous. Ça n'a pas pris plus d'une heure. Elle a eu de la chance. À un millimètre près, cela atteignait le tendon.

— Brrr… Eh bien, en effet, c'est une chance.

Elle jeta son chiffon derrière elle par la porte ouverte.

— J'allais mettre la bouilloire sur le feu. Je vous offre une tasse de thé ? J'ai des sablés, ajouta-t-elle de la même voix taquine. Au chocolat.

Ted songea que s'il n'acceptait pas, il allait devoir reprendre le chemin de Windfalls alors qu'il avait soif et qu'il n'avait aucune envie de rentrer. C'était tentant.

— Pourquoi pas ? Merci.

Dans la cuisine, elle se lava les mains à l'évier, puis, pendant que l'eau bouillait, elle prit des mugs et un bocal en verre qui contenait son thé.

— Asseyez-vous ! dit-elle en le voyant mal à l'aise debout près de la table.

Il s'installa sur une chaise et observa la jeune femme pendant qu'elle s'activait. Il lui trouva de la grâce et s'étonna qu'elle soit si naturelle et si à l'aise alors qu'un inconnu l'observait. Il remarqua un peu d'argile séchée dans ses cheveux et une trace poudreuse rouge sur son bras. Une couleur de sang qui lui remit en tête l'accident de Margot. Il se souvint que cette aimable inconnue avait sacrifié son foulard pour apporter les premiers soins à sa fille et qu'elle l'avait rassurée. Il avait admiré ses doigts fins et son poignet d'une blancheur délicate dans la lumière du soleil.

Pendant que le thé infusait, elle s'assit face à lui et lui accorda de nouveau son attention. Il eut un sentiment étrange quand leurs regards se rencontrèrent. Les yeux de la jeune femme le détaillèrent tranquillement, lui donnant l'impression d'être observé, étudié, par une personne neutre qui ne le jugeait pas. Elle sourit, et il remarqua les petites rides qui se creusaient au coin de ses yeux, un petit grain de beauté en forme de cœur sur sa joue gauche. Elle remplit les deux mugs et en posa un devant lui. Il prit une gorgée de thé qui lui brûla la bouche et avala trop vite, se brûlant également la gorge.

— Attention, c'est chaud ! dit-elle.

L'avertissement avait été lancé toujours sur le même ton gentiment moqueur.

Il ne comprenait pas ce qui lui arrivait. Peut-être était-ce la promenade en plein soleil, ou simplement la chaleur, l'air intime et immobile de cette cuisine. Il détourna la tête, soudain incapable de soutenir son regard. Les casseroles et les poêles pendues au-dessus de la cheminée attrapaient la lumière qui passait par la fenêtre ancienne à losanges. À côté de cette fenêtre, un fauteuil en bois garni d'un coussin en patchwork. Il vit un bol rempli de pommes de pin sur un buffet. Un décor accueillant. Il se tourna de nouveau vers elle, qui l'observait toujours. Ils se sourirent, complices, tous deux conscients de l'étrangeté de ce moment, et Ted se détendit. Il se conduisait comme un imbécile. Il tendit la main.

— Je m'appelle Ted. Ravi de faire votre connaissance dans des conditions un peu plus normales.

— Sibella.

Quand il sentit la chaleur de sa main dans la sienne, un petit courant électrique lui remonta le long du bras.

— Je voulais vous remercier pour votre aide, votre calme et votre gentillesse et… et pour le sacrifice de votre jolie écharpe.

Sibella sourit.

— Ce n'est rien. Le principal, c'est que votre fille aille bien.

Un tic-tac d'horloge se fit entendre dans le silence. Sibella le considéra par-dessus le bord du mug qu'elle portait à ses lèvres.

— Mais vous ? Vous allez bien ? Vous aviez l'air assez perturbé par l'accident. Il est tout à fait normal d'éprouver un choc dans ce genre de cas. Cela vous rappelle d'un coup la fragilité humaine. Je suppose que c'est terrible de voir souffrir son enfant.

Ted fut surpris qu'on se soucie de son sort à lui, et encore plus de sentir une grosse boule se former dans sa gorge.

— Oui, oui, merci, tout va bien.

Il reprit une gorgée de thé. Sibella avait la peau laiteuse, les yeux du même vert doux que sa robe. Elle devait avoir entre trente-cinq et quarante ans.

— Alors, vous êtes potière ?

— Oui, c'est ça.

Elle était trop jeune pour vivre en ermite dans ce trou perdu avec pour seule compagnie son argile et son four. Il se demanda comment elle supportait sa solitude.

— J'ai entendu dire que vous aviez perdu votre mari, dit-il sans très bien savoir s'il avait raison d'en parler, mais ressentant la nécessité de mentionner qu'il était au courant. Je suis désolé…

Quand il releva les yeux, il fut aspiré par le regard vert de Sibella.

— Merci, dit-elle.

Il résista à l'impulsion qui le poussait à poser la main sur son bras pour la réconforter, la rassurer.

— Cela fera sept ans à la fin du mois que mon mari est mort, dit-elle avec une émotion contenue.

— Comment s'appelait-il ?

— Patrick.

— Comment est-il mort ? Ne dites rien si vous me trouvez indiscret.

— Non. Nous élevions des vaches laitières dans le Staffordshire. Il était dans les champs avec le tracteur. Il a sauté à terre pour refermer une barrière. La manette de sécurité du tracteur a lâché. L'engin a reculé sur lui. Quelque chose d'horrible. Un accident très rare, c'est ce qu'ont dit les enquêteurs.

Ted baissa de nouveau les yeux sur son thé.

— Je suis vraiment désolé. Depuis combien de temps étiez-vous mariés ?

— Deux ans.

Ted se garda de l'interrompre, sentant qu'elle n'avait pas terminé.

— J'étais enceinte de neuf semaines. Le choc m'a fait perdre l'enfant deux jours après l'enterrement. J'ai été obligée de vendre une grande partie de nos terres pour payer nos dettes : nous avions eu deux mauvaises années sur l'exploitation. Du jour au lendemain, ma vie a tourné court. L'avenir que j'imaginais s'est envolé. Une période épouvantable. Finalement, j'ai préféré déménager pour m'éloigner de toute cette douleur. Mais bien évidemment, ajouta-t-elle avec un triste sourire, partir ne sert pas à grand-chose. Une pareille tragédie, cela reste en soi.

— Navré, vraiment navré.

Cette fois, Ted tendit le bras, prit la main de Sibella et la serra chaleureusement dans la sienne. À cet instant, il songea que la vie était bien étrange. Il était là, tenant la main d'une inconnue ou presque comme si c'était la chose la plus naturelle au monde. Il éprouvait un besoin puissant de la réconforter, et de continuer à tenir sa main.

Ce fut Sibella qui la retira la première pour s'essuyer une larme qui coulait sur sa joue.

— Excusez-moi. Cela fait sept ans, mais le chagrin me tend encore parfois des embuscades.

— C'était très injuste ! D'abord votre mari, et puis le bébé.

Sibella haussa les épaules.

— Ah, l'injustice…

— Je sais que ça n'a rien de comparable, mais j'ai perdu mes deux parents. Ma mère quand j'étais très jeune, et mon père dans mon adolescence. Il avait la maladie d'Alzheimer. C'est moi qui me suis occupé de lui pendant son déclin. Nous n'étions pas proches, mais j'ai tout de même eu beaucoup de peine quand je l'ai perdu. Je crois comprendre ce que vous avez dû vivre. Le chagrin est une chose difficile à dompter. C'est une bête furieuse qui n'en fait qu'à sa tête.

— C'est vrai.

— Et vous ne vous êtes pas remariée ?

— Non.

— Vous ne vous sentez pas seule, isolée ici ?

— Parfois. Mais j'aime le calme.

Elle poussa un soupir et lui adressa un petit sourire.

— Pardon. Je ne sais pas pourquoi je vous ai raconté tout ça. Ça n'est pas dans mes habitudes de déballer mon passé tragique à mes nouveaux amis autour d'une tasse de thé. Il y a des sujets de conversation plus agréables.

— Peut-être, mais au moins, c'est intéressant.

Ted songea que c'était sans doute la conversation la plus fascinante qu'il avait eue depuis des mois. Ils se regardèrent dans les yeux, et Ted sentit de nouveau l'étrange courant qui passait entre eux. Ils se comprenaient. Ils se ressemblaient. Il ne savait pas très bien pourquoi, mais tout cela l'ébranlait fortement. Baissant de nouveau les yeux sur sa tasse de thé, il constata qu'elle était vide.

— Il est peut-être temps que je vous laisse.

— Mais naturellement…

Alors qu'il sortait dans la cour, il fut accueilli par un rayon de soleil qui perçait les nuages et tombait sur la vallée comme le faisceau d'un projecteur. Haut dans le ciel, une buse décrivait des cercles, faisant retentir son cri sur la campagne. Une scène d'une beauté à couper le souffle. Il se tourna vers elle et sourit.

— Merci pour le thé et pour la conversation.

— Tout le plaisir était pour moi.

Pour une raison inexplicable, il eut un mal extraordinaire à lui tourner le dos et à s'éloigner. Il s'arrêta au portail et se retourna. Elle le regardait.

— Je reviendrai la semaine prochaine, cria-t-il. Avec mon portefeuille cette fois ! Je veux vous acheter un pot !

Elle leva la main pour montrer qu'elle avait entendu et fit un sourire qui le remplit d'une joie qu'il n'avait pas ressentie depuis longtemps.

JEUDI

16

Un rêve perturbant tire Kit du sommeil au petit matin. Un incendie infernal a réduit en cendres Windfalls et tous ceux qu'elle aimait sous ses yeux impuissants. C'est un cauchemar qu'elle connaît, mais qui s'était un peu fait oublier dernièrement. Cette fois, il est revenu en force, dans sa version longue non expurgée. Elle se lève avec lassitude, ayant presque l'impression de sentir l'odeur âcre de la fumée et d'entendre la clameur de ses propres cris. *Mais qu'est-ce que tu as fait ? Qu'est-ce que tu as fait ?*

Son rêve est si traumatisant que le malaise la chasse de sa chambre et la pousse à monter dans son bureau de la tourelle. Elle s'assoit et met son ordinateur en marche. Le vrombissement maintenant familier de la machine qui se réveille se fait entendre dans le silence.

La maison est profondément vide, et plus Kit reste assise sur le vieux fauteuil de bureau en cuir de Ted, plus elle se sent seule. Elle a récupéré ce fauteuil dans le bureau de Ted le jour même de son départ, et elle a refusé de le donner aux déménageurs qui venaient prendre ses affaires. Ce fauteuil est encore plein de son souvenir. Il reste un peu de Ted dans le coussin creusé par le poids des heures qu'il a passées assis devant son ordinateur à s'acharner sur ses pièces. Cela la réconforte. C'est presque une présence physique, un peu de lui qui persiste, et qui soulage sa solitude dans cette grande et vénérable demeure, si on exclut Pinter, le dernier survivant de la portée de chatons que Ted a sauvés autrefois.

Elle regarde le fichier vide devant elle. Allez, vas-y, commence, se dit-elle. Écris quelque chose, n'importe quoi. Elle avance les mains au-dessus du clavier, les doigts effleurent les touches, et leur vue suffit à détourner son attention. Ses mains la choquent. D'où viennent ces rides, ces plis de peau fripée autour des phalanges et des poignets, ces premières taches de vieillesse… ? Elle n'est plus toute jeune. Elle le sait en théorie, bien sûr. Elle n'est ni inconsciente ni mythomane, Dieu merci. Et pourtant, ces mains aux ongles carrés, aux doigts dépourvus de bagues – pas d'alliance non plus – la remplissent d'effroi car ce sont bien celles d'une femme de cinquante-trois ans. Le poids de sa solitude la submerge. Elle pose la tête sur ses bras et éclate en sanglots.

Elle pleure, pleure encore, si fort que la manche de son peignoir est trempée. Au bout d'un long moment, elle redresse la tête et s'essuie le visage en poussant un gémissement. Elle s'en veut de se laisser aller à s'apitoyer sur son sort : c'est détestable. Si seulement l'échappatoire d'autrefois lui était encore accessible, elle pourrait fuir dans son monde imaginaire, et prêter des émotions fictives à des personnages tout aussi fictifs. Mais elle n'y arrive plus. Elle est engluée dans sa condition rien moins qu'enviable : célibataire, vieille, seule.

La semaine dernière, avant que Lucy annonce son projet de mariage délirant, deux plombiers sont venus à Windfalls pour remplacer la vieille baignoire en émail et pour réparer la citerne. Leur présence dynamique, le bruit de leur radio dans la maison, leurs plaisanteries et leur bonne humeur lui ont tellement redonné le moral qu'au moment de leur départ, elle a prié pour que leur camionnette fasse demi-tour au bout de l'allée. *Ne partez pas !* a-t-elle eu envie de crier. *Ne me laissez pas toute seule !*

Sa vie lui semble terrible et l'obsède. Jamais elle n'aurait imaginé cela. Elle avait rêvé de bien autre chose quand elle était jeune et qu'ils avaient pris avec Ted la décision de lier leurs destins.

« J'ai peur que tu n'aimes pas ce que j'ai écrit, lui avait-elle dit quand, curieux de voir ce qu'elle faisait dans la remise depuis des semaines, il avait demandé à lire son manuscrit.

— Ne t'inquiète pas, Kitty. C'est bien de se lancer, tu as le temps de progresser. »

Elle lui avait donc confié à contrecœur les cent premières pages du roman qu'elle avait commencé à écrire après cette promenade mémorable avec Eve. Le laissant lire, elle était allée marcher sur le chemin de halage, avait fait les cent pas en se torturant, horriblement gênée de montrer ses phrases bancales à son cher, son brillant Ted.

Il l'attendait dans la cuisine à son retour, tapotant impatiemment du bout des doigts les pages posées devant lui sur la table.

« Où est le reste ? avait-il demandé, une étincelle dans les yeux. Montre-moi la suite.

— Quoi ? Tu veux tout lire ?

— Oui ! Bien sûr que je veux tout lire ! »

C'était Ted qui avait pensé à envoyer le manuscrit à Max, son agent littéraire londonien. Elle avait d'abord résisté, pensant que sa prose était trop maladroite pour l'œil d'un professionnel.

« Qu'est-ce que tu risques ? »

Cette question… Elle en aurait ri si, avec le recul, cela n'avait été triste à pleurer.

« Rien, c'est vrai », avait-elle répondu.

Comme elle avait eu tort ! C'était peut-être cela le plus triste : au début, Ted l'avait poussée à écrire, à nourrir sa créativité comme on encourage un malade à se lever de son lit pour faire quelques pas. Bien entendu, il ne pouvait pas plus qu'elle prévoir le succès qu'elle rencontrerait dès ses premiers pas dans l'écriture, ni que tout cela finirait par les séparer.

Elle se renverse lourdement sur le dossier du siège de Ted. Le grincement familier de son mécanisme, le frottement des roulettes sur le parquet sont les seuls bruits dans la maison déserte. Margot n'est pas encore rentrée de sa soirée chez son père et Sibella. Kit jette un coup d'œil par la fenêtre vers la vallée et se torture en songeant que Ted va bien, lui, qu'il est entouré d'amour et de rires.

Un souvenir remonte à la surface. Margot, âgée de six ou sept ans, et ses crises d'angoisse au moment d'aller se coucher. Pour une raison inconnue, leur petite fille si confiante et courageuse s'était mise à avoir peur de son ombre, et surtout de ce qui pourrait se cacher sous son lit. Elle refusait de s'endormir, terrorisée, et rien ne l'apaisait. Kit se rappelle que Margot avait pris l'habitude de l'appeler, et alors, délaissant ses occupations, elle montait la voir dans sa chambre et s'asseyait au bord du lit. Pour lui changer les idées et lui redonner confiance, elle avait entrepris de lui raconter des contes inventés, des adaptations d'histoires classiques où cette fois c'était la princesse qui maniait l'épée pour tuer les dragons. Elle se souvient que Margot, enfouie sous son drap et ses couvertures, les yeux écarquillés, n'en perdait pas une miette, et lui tendait ses petits bras fluets pour réclamer les caresses qui l'aidaient à s'endormir. Elle sortait ensuite de la chambre sur la pointe des pieds. Qu'elle était mignonne alors, sa fille… Ces moments passés ensemble avaient été très précieux. Ils l'avaient équilibrée. Lui avaient rappelé quelle place elle occupait dans la famille. Et puis un soir, au lieu de l'appeler, c'était Ted que Margot avait demandé et, blessée, elle n'avait pas voulu songer aux causes de ce rejet. Elle n'avait pas voulu s'y arrêter et avait préféré nier sa peine. Tout allait bien : cela lui donnait plus de temps pour écrire.

Elle avait ressenti un déchirement permanent entre son travail et sa famille. À cette époque, finalement pas si lointaine, elle n'avait rêvé que de vivre dans une maison vide et silencieuse. Le vacarme permanent de la vie familiale, les interruptions constantes lui avaient fait croire qu'elle serait beaucoup plus heureuse et productive loin de ces distractions. Et pourtant, dès l'instant où l'endroit avait été à elle, où le nid s'était vidé – c'était pourtant un sentiment dont on parlait souvent –, le silence lui était devenu insupportable, et il lui avait semblé que la solitude étouffait sa capacité à écrire. Elle avait mis du temps à le comprendre, mais elle savait maintenant que sa famille avait été à la fois sa structure et le terreau fertile qui la nourrissait. Sans cela – sans Ted et les filles –, elle ne savait plus qui elle était, et elle se sentait perdue.

Bien sûr, elle avait tout de suite compris ce qui se passait entre Ted et Sibella, et pas uniquement parce que Ted avait été incapable de cacher ses sentiments. Oui, même une femme comme elle qui ne s'intéressait qu'à son travail et qui s'isolait de sa famille avait assez d'intuition pour se rendre compte que l'homme qu'elle aimait lui échappait. Elle l'avait deviné à ses regards distraits, à ses longs soupirs, et parce qu'il lui tournait le dos au lit tous les soirs. Elle avait décidé de laisser faire. Ne disait-on pas que lorsqu'on aimait une personne, il fallait lui laisser sa liberté ?

Elle croyait toujours en leur promesse de se serrer fort sans s'étouffer, et elle avait pensé faire preuve d'intelligence et de sagesse en le laissant vivre son coup de cœur, fière de sa largeur d'esprit et de sa générosité. Elle avait eu une foi totale en la force de leur attachement. Elle et Ted, c'était pour la vie. Ne lui avait-il pas dit : *Je n'ai pas besoin d'une alliance pour savoir que je suis à toi, et que tu es à moi* ? La monogamie n'était pas une chose naturelle. Il arrivait à tout le monde d'avoir envie d'aller voir ailleurs sans que cela détruise pour autant la relation de base. Leur lien était trop fort, trop profond pour se rompre.

Bien sûr, elle avait éprouvé une grande curiosité. Qui était cette femme qui avait attiré l'attention de Ted ? Elle n'avait eu aucun mal à le découvrir. Ted avait rapporté un jour chez eux un vase, une élégante poterie couleur crème, qu'il avait posée près de la fenêtre du salon et qu'il avait passé toute la soirée à contempler, comme s'il était préoccupé par sa forme.

« Je l'ai vu dans un magasin, avait-il prétendu quand elle lui avait demandé d'où il venait. Je me suis dit qu'il ferait bien ici. Il te plaît ? »

Pour autant que Kit s'en souvienne, Ted n'avait pas une seule fois montré le moindre intérêt pour la décoration intérieure depuis qu'ils avaient emménagé à Windfalls. Dès qu'il était allé se coucher, elle avait pris le vase et l'avait retourné pour lire la signature gravée dans la terre cuite. Sibella Ash.

Elle avait mené son enquête et appris que sa rivale allait tenir un stand dans un marché artisanal à Bath. Alors, un certain dimanche matin, elle était sortie discrètement de la maison pour aller voir ce fameux marché. Se mêlant à la foule, elle avait erré de stand en stand, acheté un pot de miel du pays et un joli sac tissé main pour l'anniversaire de Lucy, avant de tomber sur ce qu'elle était vraiment venue chercher. Le stand présentait une impressionnante exposition de pots, d'assiettes et de cruches en céramique, et était tenu par une jolie rousse, vêtue d'une robe-tablier bleu marine. Ne songeant pas une seconde qu'elle pourrait être reconnue, Kit avait profité que l'artisane servait une cliente pour approcher et examiner sa production de plus près.

Ce n'était pas trop mal, si on aimait la terre cuite. Rustique et sans chichis, et démontrant un certain savoir-faire. Elle avait jeté un nouveau coup d'œil à la potière et avait remarqué sa taille fine, ses yeux en amande. Elle était plus jeune que Kit. Était-ce cela qui attirait Ted, se demanda-t-elle, sa jeunesse ?

Une voix l'avait fait sursauter.

« Je peux vous renseigner ? »

De saisissement, Kit avait failli lâcher le bol qu'elle tenait dans les mains. Elle l'avait reposé sur la table à tréteaux puis avait regardé l'artisane qui venait de s'adresser à elle. À cet instant, en voyant la jeune femme rougir et ses yeux verts s'alarmer, elle avait compris son erreur.

« Vous êtes Kit, je crois ? » avait dit la potière à voix basse.

Elle avait hoché la tête, surprise que l'autre femme la reconnaisse. Mais au fond, elle n'aurait peut-être pas dû s'étonner. Sa photo figurait au dos de ses livres, et depuis quelques années illustrait souvent des articles dans la presse. Ou tout simplement, Sibella avait pris la peine d'étudier la concurrence.

« Oui, je suis la… compagne de Ted… »

Elle avait hésité : techniquement, elle n'était pas sa femme. Alors elle s'était rabattue sur ce mot de « compagne » qui ne la satisfaisait guère.

« Et vous êtes Sibella ?

— Oui. »

Kit, qui éprouvait une certaine satisfaction à voir la gêne de l'autre femme, la considéra tranquillement.

« Vous savez qu'il est heureux avec moi et que nous avons trois filles qu'il adore ? »

Sibella avait eu la bonne grâce de baisser les yeux.

« Ted dit que… qu'il… Je ne voulais pas briser votre couple », avait-elle conclu faute de mieux, au comble de l'embarras.

Kit s'était redressée de toute sa taille.

« Je suis sûre que Ted a dit… ce qui l'arrangeait… D'ailleurs, avait-elle repris avec un rire sec, tout le monde sait ce que veulent les hommes, non ? Avez-vous des enfants, Sibella ? » avait-elle ajouté en la considérant froidement.

Cette dernière avait fait non de la tête, évitant son regard et semblant incapable de parler.

« Non ? C'est bien ce que je pensais. Si vous aviez des enfants, je pense que vous auriez un peu plus le sens de l'honneur, et que vous feriez plus attention aux conséquences de vos actes.

— Je ne suis pas très fière de moi…

— J'espère bien, l'avait froidement interrompue Kit. Mais ne vous inquiétez pas. Je ne dirai pas à Ted que je suis venue vous voir. Inutile de lui apprendre que nous nous sommes rencontrées. Allez-y, ne vous gênez pas, continuez votre sordide petite liaison avec mon Ted. Je n'ai pas l'intention de l'empêcher de vous voir. Mais ne vous faites aucune illusion, vous ne nous le prendrez pas. Il ne me quittera jamais. Vous êtes un intermède agréable, une amourette sans lendemain. Rien de plus. »

Sans laisser à Sibella le temps de répliquer, Kit avait tourné les talons et était partie, se noyant dans la foule, tremblante, mais prise d'une belle euphorie parce qu'elle avait pu dire ce qu'elle pensait. Plus tard dans l'après-midi, elle avait « accidentellement » cogné en passant le vase couleur crème, et avait triomphé en le voyant exploser en mille morceaux.

« Oh, pardon, quelle maladroite ! avait-elle dit sans rencontrer le regard de Ted. Malheureusement, je ne crois pas qu'on arrivera à le recoller, chéri », avait-elle ajouté en partant chercher la pelle et le balai.

Elle avait tout fait pour qu'il soit heureux. Elle l'avait laissé vivre sa vie. De quoi avait-elle été coupable ? De travailler dur ? D'avoir du succès ? Sans doute. Plus elle avait progressé dans sa carrière, plus Ted avait été incapable d'écrire. Plus elle vendait de livres, plus il se détachait d'elle et plus il semblait avoir envie d'être avec Sibella. Jusqu'au jour où il lui avait annoncé sa décision de partir.

Elle avait été détruite, anéantie. Elle ne savait plus qui elle était sans lui. Sa vie à Windfalls perdait tout son sens. Avec le départ de Ted, leur rêve commun éclatait en mille morceaux et, bien sûr, leurs filles grandissaient et déployaient leurs ailes. Une « amourette sans lendemain », comme elle l'avait dit à Sibella, lui avait semblé tolérable, mais le perdre pour cette femme, c'était trop de douleur !

Pour tenir le coup, elle s'était plongée dans le travail. Elle s'était entièrement laissé absorber par son énergie créatrice et avait écrit comme jamais. Elle s'isolait de longues heures dans la remise et vivait avec ses personnages, les manœuvrant comme les pièces d'un jeu d'échecs obéissant à des règles complexes. Seule cette occupation mentale intense lui permettait d'oublier le naufrage de son couple. Ce septième livre serait son meilleur. Elle le sentait. Alors même que la vie de Kit était au plus bas, celle de son héroïne, Tora, atteignait son apothéose. La jeune aventurière avait combattu d'innombrables ennemis et surmonté bien des dangers. Elle avait eu un enfant dans le sixième volume de la série, et cette transformation – la puissance maternelle – avait ajouté une nouvelle dimension passionnante à son personnage et à l'écriture. Kit retrouvait une inspiration aussi forte que dans les premiers temps, à ses débuts dans la réserve à pommes. Après une journée de voyage lointain dans le monde de Tora, elle relevait le nez, abasourdie par la vitesse avec laquelle les heures avaient passé. Elle se décidait alors à quitter la remise du bord de la rivière, épuisée mais satisfaite, en jetant un dernier coup d'œil à la pile de pages qui s'épaississait, certaine qu'elle écrivait là sa meilleure œuvre, et ravie d'approcher de la fin de la saga et de la conclusion de cette longue aventure.

Seulement, elle avait négligé une pièce importante de l'échiquier de la vraie vie. Margot. Elle n'avait pas su voir à quel point sa fille avait mal vécu le départ de Ted et se sentait seule et malheureuse.

Régulièrement, le choc revenait la frapper, physique et insupportable, avec le souvenir de cette nuit de printemps. En regardant par la fenêtre de la cuisine, elle avait vu des flammes monter derrière les arbres du verger. Encore à moitié dans ses pensées, elle avait contemplé la lueur orange qui dansait au fond de la vallée, fascinée. Quelle beauté incroyable, avait-elle pensé. Mais les flammes avaient pris de la hauteur et de la puissance, accompagnées d'épais nuages de fumée noire, et elle avait soudain compris que c'était un incendie. Il y avait le feu quelque part au bord de la rivière ! Saisie d'une peur terrible, elle avait traversé le verger en courant pour aller à la remise. Le bâtiment était dévoré par les flammes, et Margot était accroupie sur la jetée, ramassée sur elle-même, ayant l'air d'une démente. Si Kit avait pu entrer dans la remise et sauver ne fût-ce qu'une seule page de ce roman dans lequel elle avait mis tant d'elle-même, elle l'aurait fait, mais c'était un brasier infernal, et il était clair que rien n'échapperait à cette destruction criminelle. Le seul exemplaire qui existait de son meilleur roman était parti en fumée, et Margot n'avait eu aucune explication sensée à fournir pour expliquer son geste.

« Il est parti… »

Sa fille n'avait rien trouvé d'autre à dire quand, enragée, Kit s'était approchée d'elle pour la sommer de lui expliquer ce qui s'était passé.

« Je sais qu'il est parti ! avait hurlé Kit. Moi aussi, il m'a quittée, espèce d'idiote ! »

Elle avait regardé autour d'elle, horrifiée par les flammes qui se nourrissaient de son travail, lançant des étincelles vers le ciel.

« Comme si ça allait le faire revenir ! »

Kit s'était dit que jamais elle ne pourrait lui pardonner cet acte cruel et gratuit.

Et tout cela avant le dernier coup qui avait achevé de la mettre à terre seulement quelques mois plus tard. Au départ, en apprenant le retour triomphal de Ted dans le West End avec sa nouvelle pièce, elle avait été contente pour lui. Bien que profondément blessée et incapable de lui parler, elle avait tout de même eu la bonne grâce de se réjouir. Elle savait à quel point l'achèvement d'une pièce, après toutes ces années, devait lui faire du bien. Mais quand les premières critiques d'*Attrition* étaient sorties, elle avait déchanté. Le téléphone s'était mis à sonner non-stop, et elle avait été harcelée par les journalistes qui lui demandaient perfidement son opinion sur la pièce de son ex-mari (« Non, pas mon ex-mari – nous n'étions pas mariés »), et des commentaires sur ce qu'il y racontait. Elle lui en avait beaucoup voulu. *Attrition* était une version contemporaine de l'histoire biblique de Samson et Dalila. C'était la dissection de la déchéance d'un homme lentement usé par une femme plus forte que lui, et plus connue. Un acteur de Hollywood en vue avait accepté le premier rôle et la pièce avait été montée dans un grand théâtre. Elle était acclamée par la critique qui louait cet examen cruel de l'échec d'un amour sincère à travers les jeux de pouvoir entre un homme et une femme : il était dans l'air du temps, surfant sur la vague du féminisme moderne en posant sur leur couple la grille de la division des rôles et des stéréotypes de genre. Les journaux sérieux louaient sa maîtrise et son intelligence. La presse populaire se repaissait des anecdotes et les décortiquait, se passionnant pour les dessous de la rupture de Ted et Kit.

Quand, quelques semaines plus tard, Margot était entrée dans la cuisine, juste avant ses dix-sept ans, et avait annoncé qu'elle partait elle aussi, Kit n'avait eu aucune envie de discuter avec elle. C'était trop frais : elle supportait à peine de la regarder. Mais son départ avait été le coup de grâce, la dernière porte qui lui claquait au nez. Après cela, elle s'était isolée. Elle avait bâti des murs hauts et solides autour d'elle parce qu'elle se savait incapable de risquer d'endurer de nouveau une telle souffrance, tant au plan professionnel que personnel. Dans cet univers protégé, elle n'avait plus à affronter que la solitude et la cinquantaine.

Le mariage de Lucy ce week-end sera la plus grosse fête à laquelle elle aura assisté depuis des années. Elle espère réussir à tenir le coup. Ce sera difficile de les voir tous : Ted, Sibella, Margot. Mais elle est déterminée : elle veut y arriver. Pour Lucy. Ce week-end, elle doit oublier tous ses griefs et ne penser qu'à sa fille. C'est peut-être le plus beau cadeau qu'elle peut lui offrir. Elle va remiser ses souffrances, les cacher ainsi qu'elle sait si bien le faire, et maintenir sa trêve avec Margot. Elle fera de son mieux pour accueillir Sibella à Windfalls, sans faire d'histoires, sans se donner en spectacle. Elle s'en sent capable pour Lucy. Elle va leur prouver à tous, et se prouver à elle-même, qu'elle sait être une mère attentive, contrairement à ce qu'ils pensent.

Éblouie par la lumière matinale, elle s'écarte de la fenêtre et pose les yeux sur l'écran de son ordinateur. Elle travaille maintenant sur un MacBook, muni d'un disque dur externe ronronnant sous son bureau à côté de l'imprimante qui lui sert à tirer les pages qu'elle vient d'écrire en fin de journée. Elle sauvegarde ses fichiers dans un service de stockage en ligne. Eve et Andrew sont venus lui installer tout le système. Elle n'aime pas cette façon de travailler, trop différente de ses anciennes habitudes. Le bruit satisfaisant des touches frappant le ruban sur le rouleau de la machine à écrire lui manque, mais au moins, en admettant qu'elle arrive un jour à réécrire, elle ne pourra plus tout perdre.

Peut-être reprendra-t-elle le fil de la saga des *Éléments rares*, mais pour cela, il faudrait qu'elle trouve en elle la force de dépasser le traumatisme qui la bloque depuis huit longues années. Un jour, elle l'espère, le plaisir de raconter lui reviendra. Oh, Ted, songe-t-elle. Je te comprends maintenant. Je te comprends tellement.

Soudain, elle entend du bruit en bas, la porte de la cuisine qui s'ouvre et se referme. Margot est rentrée. Quelques minutes plus tard, c'est le sifflement strident d'un camion qui remonte l'allée de la propriété en marche arrière. Des voix montent jusqu'à elle par sa fenêtre ouverte, celle de sa fille et celles, plus graves et masculines, des employés de l'entreprise de location de barnums. Des pas crissent sur le gravier. Les portes coulissantes du véhicule s'ouvrent. Elle devrait peut-être descendre pour diriger les opérations, mais quelque chose la retient. Alors elle reste encore un peu dans son bureau à écouter l'agitation en bas, profitant encore de ce petit répit avant d'être obligée de sortir de sa cachette.

17

L'équipe d'installation est rapide et efficace. Les hommes transportent les piquets et la toile blanche jusqu'au verger, et commencent à monter la structure entre les arbres. Margot les observe, se sentant inutile. Elle envoie à Eve et Lucy une photo avec son Smartphone pour leur montrer le chapiteau qui prend forme. « Trop tard pour reculer », plaisante-t-elle.

Elle entend un bruit de moteur dans l'allée, et peu après Tom arrive par le verger, apparaissant entre les arbres dans sa tenue de travail, bottes boueuses et lunettes noires d'aviateur sur le front.

— J'étais à une visite de projet pas loin, et je me suis dit que ça serait une bonne idée de passer pour voir si vous aviez besoin d'un coup de main.

— Il me semble que les gars se débrouillent tout seuls, remarque Margot. Merci, en tout cas.

Elle cherche quoi dire pour meubler le silence.

— C'est quoi, le projet ?

— Un couloir à bourdons.

— Qu'est-ce que c'est que ça ?

— C'est tout simple, répond-il avec un sourire. Nous travaillons avec des exploitants agricoles et des propriétaires de terrains pour créer des sites riches en nectar qui permettent aux abeilles et autres butineurs de se déplacer et de polliniser. C'est important pour leur survie et pour l'agriculture. Tout le monde y trouve son compte.

— Ah, ça me plaît bien, cette idée ! Une autoroute pour abeilles.

— Exactement.

Côte à côte, ils contemplent les ouvriers qui dressent les mâts en bois et enfoncent d'énormes piquets métalliques dans la terre avec des maillets.

— C'est marrant, ce mariage, dit Margot.

— Très, répond Tom.

Une petite vibration dans sa voix alerte sa future belle-sœur qui se tourne vers lui.

— Il y a un problème ?

— Mais non, pas du tout, répond-il en se forçant à sourire. Tout va très bien.

Soudain, un ouvrier lâche le coin de la toile blanche sur lequel il était en train de tirer. Le vent s'engouffre à l'intérieur et la fait claquer comme un fouet, un bruit violent amplifié par l'acoustique de la vallée. Tom se précipite pour l'aider, et ils parviennent ensemble à rattraper et à fixer la toile.

De retour au côté de Margot, Tom reprend la conversation.

— Lucy est super contente que tu sois venue pour le mariage.

— C'était impossible autrement ! Je ne pouvais pas ne pas venir.

— Je sais qu'on ne se connaît pas très bien, tous les deux, mais j'espère que tu sais que je ferai toujours tout pour bien m'occuper de ta sœur.

— C'est drôle, mais je n'ai jamais pensé que Lucy avait particulièrement besoin qu'on s'occupe d'elle.

— C'est sûr. En tout cas, j'assurerai toujours, quoi qu'il arrive.

Margot étudie le visage hâlé de Tom. Son regard bleu est on ne peut plus sérieux : il ne plaisante pas.

— J'espère bien..., dit-elle.

— Ça me fera plaisir de te voir un peu plus pendant les jours qui viennent. Tu seras au dîner demain, j'espère ?

Margot fait signe que oui, mais en fait, elle se demande encore si elle ne pourrait pas trouver une excuse pour éviter ce calvaire. Au mariage, la présence des invités lui facilitera la tâche, et il y aura moins d'occasions d'aborder les sujets qui fâchent et de ranimer les vieux conflits. Ce repas de famille à huis clos lui fait peur.

— Bon, tant mieux, continue Tom, parce que c'est très important pour Lucy de vous réunir tous, et mes parents se réjouissent de faire votre connaissance.

— J'espère que tu les as avertis que nous sommes un petit peu... bizarres... ?

— Ne t'inquiète pas ! C'est plutôt une qualité, tu sais.

Elle sourit.

— Lucy attend beaucoup de ces retrouvailles, Margot.

Margot le regarde en haussant les sourcils. Il lève les mains en signe d'apaisement.

— Je sais ! Il lui arrive de manquer totalement de réalisme, mais je veux qu'elle soit heureuse ce week-end. Il ne faudrait pas que vos histoires de famille gâchent tout. Enfin, je veux dire, si tu pouvais faire en sorte que la conversation reste calme…

Il s'interrompt en voyant l'expression indignée de Margot qui se hérisse :

— C'est elle qui nous a forcés à nous réunir ! Je suis tout à fait prête à ne pas réveiller le passé, mais j'imagine que tu n'as pas fait les mêmes recommandations à notre mère ?

Il a au moins la bonne grâce de prendre l'air coupable.

— J'aurais mieux fait de me taire.

Margot le considère avec méfiance.

— J'ignore ce que Lucy t'a raconté, mais crois-moi, tu n'en sais pas la moitié.

— Bon, d'accord, je suis désolé. Fais comme si je n'avais rien dit. Luce m'a dit de te prévenir qu'elle allait venir vous aider à décorer. Il faut que je retourne travailler.

Margot regarde Tom remonter vers la maison, blessée et irritée par son ingérence dans leurs affaires familiales. Quand elle se tourne de nouveau vers le chapiteau, elle découvre qu'il est pratiquement terminé, comme par un coup de baguette magique. Là où il n'y avait que de l'herbe et des arbres se dresse maintenant un énorme barnum blanc qui semble respirer. Ses parois montent et descendent tels des poumons géants gonflés par l'air matinal. Elle le contemple, absorbée par ce mouvement ondulant et régulier. Oui, songe-t-elle, c'est ça… Il suffit de bien respirer.

18

Lucy lâche la nouvelle alors que Margot et elle sont dans le chapiteau, toutes les deux debout sur des chaises, en train d'accrocher une guirlande d'ampoules entre deux poteaux.

— Je crois qu'Andrew a une maîtresse.

— Quoi ? s'exclame Margot en manquant lâcher prise. C'est une blague !

— Je préférerais.

— Qu'est-ce qui te fait penser ça ?

— Je l'ai vu avec une femme. Il lui achetait un bijou. Et ça n'avait pas l'air particulièrement… innocent.

— Il t'a vue ?

— Non.

— Merde ! Mais qu'est-ce qui lui prend, à cet imbécile ? ajoute Margot en devenant écarlate. Il pense à Eve et aux filles ?

— Je sais, ça craint… Je ne sais pas quoi faire. Je me demande s'il faut en parler à Eve.

— Bien sûr que oui.

— Elle va être effondrée. Tu la connais. Elle ne supporte pas de perdre le contrôle.

Margot soupire.

— Quel salaud…

— J'aurais dû lui parler tout de suite. J'ai eu envie de leur casser la figure ! Tu aurais vu leur air tout content…

Lucy imagine la conversation qu'ils auraient eue, et qu'elle s'est déjà répétée au moins cent fois dans sa tête depuis cette rencontre. Elle aurait dû interpeller Andrew et lui rappeler qu'il avait une femme et des enfants, des responsabilités.

— J'ai toujours pensé que leur couple était plus que solide, s'étonne Margot, qui continue après un instant de réflexion : C'est vrai que je l'ai trouvée plutôt bizarre – tendue, renfermée. Peut-être qu'elle est déjà au courant.

— Elle m'en aurait parlé, non ?

— À moins qu'elle n'ait pas voulu te perturber avant le grand jour.

Lucy fronce les sourcils.

— Bon, reprend Margot, qu'elle sache ou pas, ça n'empêche que c'est un énorme salaud de la tromper. Je te jure, je ne comprends pas les hommes ! On ne peut pas leur faire confiance ! Pourquoi est-ce que ces salopards sont tellement dragueurs ?

— Ils ne sont pas tous comme ça.

Margot lui jette un regard peu amène.

— Papa a quitté maman, non ? Maintenant, c'est Andrew qui joue les don Juan derrière le dos d'Eve. Les hommes sont faibles, Luce. Ils sont tous pareils, incapables de se retenir.

— Heu… Tu te souviens que j'épouse l'homme de ma vie samedi ?

— J'espère que Tom n'est pas comme les autres. Espérons…, répète Margot, l'air sombre.

— Eh bien, merci pour ta confiance. Bien sûr qu'il n'est pas comme les autres.

Margot ne répondant rien, Lucy sent monter l'indignation.

— Mais enfin ! Ça va ? Tu as l'air… de ne pas aller très bien. Qu'est-ce qui se passe ?

— Rien, ça va.

Lucy se penche pour accrocher le fil de la guirlande au-dessus de l'entrée de la tente, s'étirant autant qu'elle peut, bras tendus. Sa chaise vacille, et elle manque basculer.

— Merde ! s'exclame-t-elle en se rattrapant comme elle peut.

— Donne, dit Margot en tendant le bras pour récupérer l'autre bout de la guirlande. Descends, je m'en occupe. Ne va pas te blesser juste avant ton mariage, surtout dans ton…

— Quoi ? demande Lucy en lui jetant un regard surpris.

— Rien, mais donne, insiste Margot en lui arrachant la guirlande des mains. Va chercher les fanions, on les a laissés à la maison, et il faut les accrocher aussi.

Lucy pousse un soupir et obéit. À son retour, Eve est arrivée et prête main-forte à Margot. Elles sont en train de démêler une guirlande qui s'est déroulée. Elle dévisage sa sœur aînée pour essayer de détecter un indice qui trahirait ses problèmes de couple. Elle lui trouve l'air plus fatiguée que d'habitude, et sa tenue est peut-être un peu moins impeccable ; ses cheveux châtains sont rassemblés en un chignon attaché à la va-vite, et son chemisier est froissé et n'est pas rentré dans sa jupe.

— Merci d'être venue, dit Lucy prudemment. On avait peur que tu nous lâches, ajoute-t-elle en jetant un coup d'œil à Margot.

— Je voulais voir si le chapiteau était installé, et puis je me suis dit que vous auriez peut-être besoin de moi.

Margot hésite, puis se hasarde :

— Tout va bien, chez toi ? demande-t-elle.

Lucy lui adresse un regard affolé, mais Eve n'a pas l'air de se formaliser de cette question maladroite.

— Oui, ça va, surtout à cette heure, dit-elle en relevant à peine le nez de la guirlande lumineuse. C'est un des rares moments où je suis tranquille, quand les filles sont encore à l'école et Andrew au bureau.

— Bon, ben super. C'est cool.

Eve lui jette un regard suspicieux.

— Mais toi ? Ça va ? Tout va bien ?

— Ben oui. Ça va. Tout va bien, hein, Lucy ?

Lucy lui jette un regard d'avertissement pour la faire taire.

— Oui, tout va bien.

Margot agite le fil emmêlé avec impatience.

— C'est fichu. On n'y arrivera jamais. On n'a qu'à se passer des guirlandes et mettre des bougies. Ça serait joli.

— Impossible, rétorque Eve. Le loueur interdit les bougies à cause du risque d'incendie. Tu imagines le désastre si le chapiteau prenait feu ?

Les mains de Margot se figent sur la guirlande. Les trois sœurs se regardent, le même souvenir leur revenant en même temps. Lucy se rebelle intérieurement :

c'est ridicule. Il va bien falloir un jour qu'elles parlent de ce qui s'est passé. C'est le seul moyen d'apaiser la situation.

— Tu ne crois pas qu'il serait temps que tu demandes pardon à maman, Margot ?

Celle-ci lui jette un regard dur.

— Puisque ça t'intéresse, je lui ai demandé pardon l'autre soir.

— Ah, mais c'est bien, ça ! s'exclame Eve d'un ton encourageant.

— Ça n'a pas servi à grand-chose. Elle a l'air de tenir à me faire des reproches jusqu'à la nuit des temps.

Lucy se rebelle :

— Tu as détruit des années de travail. Un manuscrit de six cents pages est parti en fumée, comme ça, ajoute-t-elle en claquant des doigts.

Margot accuse le coup.

— Je sais bien.

— Est-ce que tu as essayé de te mettre à sa place ? Tu t'es imaginé ce qu'elle a dû ressentir ? Tu vois bien qu'elle n'a pas réussi à terminer la série. C'était le dernier livre.

Constatant que Margot regarde ses pieds, l'air fermé, elle se met en colère.

— Margot, c'est ta faute. C'est toi qui l'as paralysée.

— Lucy…, lance Eve. Je pense que ça n'est pas…

— Oui. Je sais bien, répond Margot, l'air sombre. Bien sûr que je le sais.

— Est-ce que tu as pensé à commencer une thérapie ? Tu devrais voir quelqu'un, tu sais…

— À quoi ça servirait ?

— On ne peut pas savoir avant d'essayer.

Margot se décompose et ne relève toujours pas la tête.

— Parler, parler… Ça ne change pas grand-chose.

— Parler, ça n'est déjà pas si mal, Margot. Il faut que tu fasses sortir tout ce que tu gardes en toi, ça t'étouffe. Ce silence dans lequel tu t'enfermes, ça n'est pas bon. Ça ne suffit pas de demander pardon à maman. Tu lui dois aussi des explications. Elle a besoin de savoir pourquoi tu as voulu lui faire autant de mal.

Margot redresse la tête et lève les yeux au ciel.

— Non mais tu t'entends ? Tu fais comme si nous avions eu une enfance merveilleuse. Comme si maman et papa avaient été des parents parfaits. La vérité, c'est que personne ne sait ce qui s'est vraiment passé. Ou alors vous avez préféré ne pas le savoir. C'est beaucoup plus facile de se bercer d'illusions que de reconnaître qu'on vit une vie de merde !

Lucy jette à Eve le regard de quelqu'un qui n'y comprend rien.

— Qu'est-ce que tu racontes ?

— Rien, je n'ai rien dit.

— Mais si. Dis-nous ce qu'il s'est passé.

— À quoi ça servirait ? On ne peut pas revenir en arrière. Je suis désolée, mais ton petit rêve de réconciliation est complètement débile.

— Mais pourquoi ? Je t'assure que ça n'est pas impossible. Ce que je vois, moi, c'est que la violence de vos sentiments, à maman et à toi, prouve que vous comptez beaucoup l'une pour l'autre. Il y a encore de l'amour entre vous, et là où il y a de l'amour, il y a de l'espoir.

Voyant que Margot secoue la tête, Lucy insiste.

— Tu ne veux même pas tenter le coup ?

Margot refuse toujours de la regarder.

— C'est bon, j'ai entendu ce que tu avais à me dire, Lucy.

— Tu entends, mais tu n'écoutes pas ! rétorque sa sœur, exaspérée.

— Alors quoi ? s'exclame Margot en relevant la tête, un éclair de fureur passant sur son visage. Tu crois que de jouer les jeunes mariées ce week-end te donne le droit de faire tout ce que tu veux ? Tu crois que ta petite vie idéale, ton boulot en or, ta vie amoureuse parfaite t'autorisent à dire tout ce qui te plaît ? À nous passer dessus comme un rouleau compresseur pour qu'on fasse ce que tu veux ?

— Ma vie n'est pas parfaite, Margot, loin de là. Et non, je ne vous marche pas dessus. L'unique personne qui piétine tout le monde ici, c'est toi. Je suis la seule de cette famille qui ose te dire la vérité. Ce que tu as fait à maman est inqualifiable. Tout le monde le pense. Aucune colère d'adolescente ne peut excuser ça.

Eve pose la main sur le bras de Lucy.

— Lucy, je sais que tu aimes la franchise, mais je ne pense pas que le moment soit très bien choisi pour…

— Mais si on n'en parle pas maintenant, on en parlera quand ? s'exclame sa sœur, hors d'elle. C'est le moment parce qu'il n'y a rien d'autre. Rien que le moment présent. Tu ne comprends pas ça ? Nous passons notre vie à éviter les discussions qui fâchent, mais je pense que Margot doit savoir que…

— Elle a compris, Lucy, dit Eve en désignant Margot. Regarde-la. Elle a très bien compris…

Lucy tourne la tête et voit en effet que Margot a plongé la tête dans ses mains, et que ses épaules sont secouées de sanglots.

— Margot ?

Pas de réponse.

— Margot, mais qu'est-ce qui… ?

Avant qu'elle puisse ajouter autre chose, Margot tourne les talons et s'enfuit du chapiteau.

Eve jette un regard inquiet à Lucy.

— Bon, ben, c'est réussi !

Lucy pousse un soupir mais n'en démord pas.

— Il fallait bien que quelqu'un finisse par lui parler.

Elle regarde par l'ouverture du barnum pour voir si Margot est partie loin. Un beau soleil entre dans le chapiteau, et elle regrette qu'il ne puisse pas éclairer les secrets que sa sœur refuse avec tant d'acharnement de révéler.

— Elle voulait dire quoi ? demande-t-elle en s'adressant de nouveau à Eve. « Ce qui s'est vraiment passé », c'est ce qu'elle a dit, non ? Tu crois qu'il est arrivé quelque chose qu'on ne sait pas ?

Eve regarde Lucy fixement un long moment et répond seulement :

— Pas la moindre idée.

LE PASSÉ
2009

19

Ted quitta Windfalls précisément le jour où Margot devait passer son audition pour obtenir un rôle dans *Roméo et Juliette* qu'on montait au lycée. Cette année-là, beaucoup d'élèves s'étaient pris de passion pour le théâtre grâce à l'arrivée d'un nouveau professeur d'art dramatique enthousiaste, M. Hudson, que tout le monde trouvait très intéressant.

Il y avait beaucoup d'inscrits, mais Margot, qui allait avoir seize ans, n'avait pas hésité à se présenter. Elle avait pris l'option théâtre pour ses prochains examens et espérait entrer dans la filière arts du spectacle à l'université si ses résultats le lui permettaient. Le jury était composé de M. Hudson et de deux élèves de terminale, fiers de leur petit pouvoir, qui regardaient passer les candidats sans indiquer ce qu'ils pensaient, ce que Margot avait trouvé très désagréable. L'extrait choisi pour les filles était le monologue de Juliette au balcon, et Margot se rejouait la tirade dans sa tête en rentrant chez elle, tâchant de juger si elle s'en était bien sortie, quand elle vit Ted qui mettait deux grosses valises dans son coffre.

— Qu'est-ce qui se passe, papa ?

Kit sortit sur le pas de la porte de la cuisine et croisa les bras.

— Ton père s'en va.

Le regard de Margot passa de sa mère à son père. L'expression figée de Kit et l'air résigné de Ted lui confirmèrent ce qu'elle venait d'entendre. Son père hocha légèrement la tête et Margot eut l'impression qu'une grosse pierre lui tombait sur l'estomac.

— Je suis désolé, Margot. C'est mieux comme ça, dit Ted. Je ne vais pas vivre loin. On se verra tout le temps.

Alors c'était fait. Tout le monde avait eu beau feindre qu'il ne se passait rien, cette femme avait réussi à le leur prendre.

— Votre mère et moi…

Kit ne la laissa pas terminer sa phrase.

— Votre père s'est enfin décidé à arrêter de vivre à mes crochets et de se faire nourrir par mes « best-sellers nuls ». Maintenant que vous êtes adultes toutes les trois et qu'il a enfin fini sa nouvelle pièce, il n'a plus besoin de nous. Il va vivre avec sa pute, de l'autre côté de la rivière.

— Je suis vraiment désolé, répéta Ted en s'adressant à Margot sans relever les amabilités de Kit. J'avais espéré que nous pourrions continuer à cohabiter un peu, mais la situation est trop difficile pour tout le monde. J'ai rencontré quelqu'un qui me rend heureux.

— Nous, on ne te rend pas heureux ? demanda Margot, sourcils froncés.

— Mais si, chérie. Toi, bien sûr que tu me rends heureux. Je suis ton père. Je t'aimerai toujours.

— Mais tu la préfères.

— Oui, cracha Kit. Il la préfère.

— Kit ! s'exclama Ted. Ne dis pas des choses pareilles. C'est injuste.

— Et pourquoi ne faut-il pas que je le dise ? s'écria sa mère. C'est pourtant la vérité, et c'est beaucoup moins injuste que de vivre avec un homme qui vous trompe depuis quatre ans avec une autre femme, en faisant semblant de ne rien voir dans l'espoir qu'il va finir par se rendre compte qu'il a tout pour être heureux chez lui. Je n'ai jamais rien exigé de ta part. Je ne t'ai pas demandé de m'épouser. Je n'ai jamais rien demandé, rien ! Je t'ai laissé ta liberté, mais ça ne t'a pas suffi.

— Tu peux tourner la situation dans le sens que tu veux, Kit, mais tu sais très bien que nous ne sommes plus heureux. Notre amour est mort depuis des années. Sibella, elle, s'intéresse à moi. Elle me soutient moralement comme tu ne l'as plus fait depuis longtemps. J'aurais dû partir plus tôt.

— Parce que je ne t'ai pas soutenu pendant toutes les années où tu ne travaillais pas ? Pendant que je faisais des enfants, que j'écrivais des livres et que je m'efforçais de te laisser « trouver la voie de ta créativité » ?

Ted s'empourpra, indigné.

— L'élan artistique ne se commande pas en appuyant sur un bouton, Kit. J'aurais pu choisir une voie plus facile, mais je cherche à faire quelque chose de neuf sans m'occuper du succès commercial. Ça ne m'intéresse pas d'enfiler les clichés.

— Ah, oui ? Parce que j'enfile les clichés, moi ?

Kit se saisit de l'objet le plus proche et le lui jeta à la tête. Il se baissa juste à temps pour éviter la botte en caoutchouc qui atterrit sur le capot de sa voiture.

— Kit, arrête ! Je veux vivre avec Sibella. Je l'aime. Je vais l'épouser.

Kit attrapa une autre botte qui prit le chemin de la première.

— Quoi ? Tu vas te marier ? Espèce de salaud ! Toi qui méprisais tellement ça !

Horriblement choquée, Margot s'enfuit. Elle s'éloigna en se bouchant les oreilles, entendant le son assourdi des cris et des impacts de chaussures qui se succédaient en tir rapproché. Elle rentra par la porte principale et monta dans sa chambre avec son sac de classe. Là, elle s'effondra sur son lit, la tête dans l'oreiller.

Maintenant que vous êtes adultes toutes les trois, avait dit sa mère. Cette phrase la poursuivait. Adulte, elle ? Peut-être pas encore tout à fait. Elle avait ses règles – maudites règles – depuis deux ans, et ses seins, bien que petits, semblaient avoir atteint leur taille définitive, mais elle ne se sentait pas très mûre pour son âge. Elle était encore vierge et n'avait même jamais embrassé un garçon. On leur donnait des cours d'éducation sexuelle, et les élèves ricanaient beaucoup en racontant des histoires, mais elle se sentait assez en retard. Des bruits couraient sur certaines filles de son âge, Tanya et Darren, pour ne pas les nommer, qui auraient perdu leur virginité à une fête le mois précédent. Margot n'en était pas là. Elle y pensait beaucoup, certes… Elle avait vu ses contemporaines passer à la pratique du baiser, l'été précédent, dans une fête en plein air, au jeu de la bouteille. Elle n'avait pas participé, mais regardé de loin le groupe assis en cercle. Certaines filles, quand elles étaient désignées, avançaient audacieusement au milieu et roulaient des pelles expertes aux garçons. Cela ne faisait pas particulièrement envie à Margot – elle trouvait ça un peu dégoûtant. Cela lui faisait un peu peur, même, et l'idée de se prêter à ce genre de jeu éveillait en elle la même honte qu'elle avait ressentie quand elle avait su que les livres de sa mère étaient qualifiés avec mépris par certaines personnes de « grosses merdes pornographiques ».

Elle savait d'ailleurs à quoi s'en tenir car elle en avait lu un l'année précédente. Elle l'avait volé à Kit dans la bibliothèque bien garnie de la réserve à pommes, une édition de poche de *L'Attrape-rêves*, le troisième tome de la saga de Tora Ravenstone. Elle avait passé trois nuits presque blanches à le lire clandestinement pendant les vacances de Noël, une vitesse record vu la grosseur du roman. Elle avait d'abord été subjuguée : on était happé dans un monde fantastique de personnages extraordinaires sortis de l'imagination de sa mère – sa propre mère ! Elle avait adoré l'héroïne, son courage, son originalité, son obstination à agir pour le bien dans un monde où régnaient le mal et la violence. L'aventure, aussi, était très prenante. Et puis, le grand amour de Tora était entré en scène, Aeron, un beau guerrier victime de grandes injustices. Margot avait alors compris pourquoi ses amis riaient chaque fois qu'il était question de Kit, et pourquoi des exemplaires de ses œuvres circulaient en secret au collège. Mais quelle horreur, ce que ces personnages faisaient entre eux ! Tout était dit, étalé au grand jour ! Incapable de s'arrêter de lire, Margot tournait les pages de plus en plus vite, choquée et fascinée à la fois, parcourue par d'étranges sensations qui l'empêchaient de dormir.

Après avoir terminé le roman, elle en avait longuement étudié l'auteure au petit déjeuner le lendemain matin. Le plaisir de la lecture restait, l'intérêt de l'intrigue et son admiration pour Tora, mais tout cela se mêlait à un sentiment plus compliqué et tout nouveau. Elle regardait sa mère différemment : c'était elle qui avait écrit ces scènes. Tout cela était né dans sa tête.

« Quoi, qu'est-ce qu'il y a ? lui avait demandé Kit en levant le nez de son café. Pourquoi tu me regardes comme ça ? »

Margot avait choisi prudemment ses mots. Il aurait été plus facile de ne rien dire, mais elle n'avait pas pu s'empêcher d'en parler.

« J'ai lu un de tes livres.

— Ah oui ? avait répondu Kit avec un sourire. Lequel ? Tu as aimé ?

— Le troisième. »

Margot avait hésité, se sentant rougir à la pensée d'une scène particulièrement torride entre Tora et son amant qui lui revenait en mémoire malgré elle.

« Celui avec Aeron », avait-elle précisé.

Kit semblait ravie.

« Et tu en as pensé quoi ?

— Ben… Heu… C'est… un peu osé. »

Kit avait éclaté d'un rire pétillant comme un Coca qu'on décapsule.

« Oui, chérie, avait-elle dit en reprenant son sérieux. J'imagine que ça t'a semblé un peu imagé. Mais tu sais, avait-elle ajouté en considérant attentivement Margot, c'est tout à fait normal d'éprouver ce genre de curiosité à ton âge, et d'être un peu gênée aussi. Ton corps se transforme. Tes hormones se déchaînent. C'est une période perturbante.

— Je ne suis pas perturbée. Je trouve ça juste un peu… dégueu.

— Bah, à mon avis, ça ne durera pas. Tu es en train de grandir. C'est normal que tu t'intéresses aux garçons, que tu explores ton corps, que tu te masturbes et…

— Maman !

— Margot, c'est tout à fait naturel. J'espère que tu apprendras à être fière de ton corps, et que tu sauras l'apprivoiser. La sexualité est une très belle chose, une révolution personnelle. Tout ce que je te demande, c'est de te respecter et de prendre des précautions. Mais il n'y a aucune honte à avoir du désir pour les garçons – ou pour les filles. C'est tout à fait normal d'avoir envie de faire l'amour. La nature est ainsi faite. »

Incapable de regarder sa mère en face, Margot était devenue rouge pivoine.

« Arrête, on ne parle plus de ça, c'est trop gênant. »

Kit avait abandonné avec un autre rire.

« Comme tu voudras ! Mais je te parie qu'un jour tu repenseras à cette conversation et tu te diras que j'avais raison. En tout cas, je l'espère. L'acte sexuel entre deux personnes qui s'aiment est une très belle chose. »

Margot s'était levée d'un bond.

« Je crois que j'entends Lucy qui arrive ! »

Et elle avait filé de la cuisine comme une flèche.

Margot poussa un soupir. Elle entendit monter le ronronnement sourd de la voiture de son père qui démarrait, sous les hurlements de sa mère. Pourquoi partait-il ? Il disait que Sibella faisait attention à lui. Elle n'avait aucune envie de les imaginer ensemble, mais cette réflexion touchait un point sensible. Elle eut envie de ressortir pour crier à ses parents : « Et moi ? Qui fait attention à moi ? » Car elle ne s'était jamais sentie aussi invisible de sa vie, et, prostrée sur son lit, elle était tout sauf « adulte », comme ils disaient.

Le week-end fut épouvantable et traîna en longueur. Un camion était arrivé le lendemain matin du départ de Ted, et deux déménageurs qu'il supervisait, très tendu, avaient emporté les vêtements, les livres qu'il voulait, le grand bureau en chêne sur lequel il travaillait. Des vides se creusèrent à Windfalls, matériels et spirituels, causés par le départ de son père et de ses affaires. Et ces vides faisaient très mal. Margot passa le samedi et le dimanche à éviter les zones les plus difficiles de la maison, et à entourer de ses attentions sa mère qui souffrait en silence.

Ce fut un soulagement de retourner en classe le lundi matin. À la fin de la journée, juste avant la sortie, M. Hudson passa entre les élèves pour annoncer la distribution qu'il avait choisie pour la pièce, s'arrêtant devant les heureux élus pour leur donner les pages de leur rôle. Le cœur de Margot se gonfla de joie quand il lui tendit un script.

— Tu vas avoir beaucoup de travail, et j'attends beaucoup de toi… Félicitations, Juliette.

Incroyable ! Margot n'en revenait pas. Elle rentra de l'arrêt de bus sur un nuage, fière comme elle l'avait rarement été, le drame familial oublié pour un instant. Tout lui revint quand elle entra par la cuisine et vit les patères débarrassées des vestes et imperméables qui les surchargeaient d'ordinaire. Il n'y avait plus à côté de la porte que ses propres bottes et une paire de mules en velours usées de sa mère. Elle laissa les chaussures de l'uniforme scolaire à côté des pantoufles, puis alla ouvrir le réfrigérateur pour se verser un verre de lait. À la tienne, se dit-elle en trinquant toute seule. Sa mère devait être en train d'écrire dans la remise, perdue dans son monde. Mieux valait ne pas la déranger. Même avec sa bonne nouvelle, elle serait mal accueillie. Alors Margot sortit le script de son cartable et s'installa dans un rayon de soleil dans le salon pour lire son rôle en surlignant ses répliques au Stabilo jaune.

Lucy la félicita par téléphone ce soir-là.

— Je savais qu'on te donnerait un bon rôle. Tu as ça dans le sang. Comment ça se passe à la maison ?

— C'est tout vide.

— J'imagine. Ça doit faire bizarre sans papa.

— Oui, mais finalement, je préfère ça à leurs engueulades. Maman ne veut pas en parler. Elle s'enferme dans la remise.

— Elle est toujours en train de terminer le dernier livre de la saga ?

— Oui. Elle n'arrête pas.

— Dommage. Tu dois te sentir seule. Tu veux qu'on se retrouve à Bath après la classe demain ? J'ai presque fini mes valises, alors je vais avoir un peu de temps avant d'aller prendre mon avion. On devrait aller faire des courses. On s'arrêtera pour prendre un chocolat chaud et un gâteau au salon de thé que tu aimes bien.

— Je ne peux pas. Les répétitions commencent demain.

— Ah, mais c'est sympa, ça, dit Lucy, très encourageante. Ça va bien t'occuper, cette histoire. Comment est Roméo ? Beau gosse ?

Margot eut un rire.

— Pas trop. C'est Jamie Kingston. Il mesure dix centimètres de moins que moi et il est couvert d'acné. Bon, tant pis. Le nouveau prof de théâtre est cool, lui. Il n'est pas comme les autres profs. Il a l'air de bien aimer les élèves pour commencer.

Elle trouvait aussi que ça n'était pas plus mal non plus qu'il soit beaucoup plus jeune que les autres enseignants. Ses cours étaient plus dynamiques, plus amusants, et il s'intéressait toujours à l'opinion des élèves. Il avait proposé une adaptation moderne de la pièce de Shakespeare qui avait motivé tout le monde.

— Génial ! dit Lucy. Un bon prof, ça compte beaucoup. Qui sait, j'aurais peut-être réussi mes examens si j'avais eu la chance d'avoir des profs intéressants. Margot, je sais que c'est dur pour toi de rester seule avec maman, surtout si elle s'enferme jour et nuit avec son manuscrit, mais concentre-toi sur ton travail, mets toute la gomme pour la pièce, et tu ne verras pas le temps passer. Dans trois mois, je rentre de mon stage de yoga dans le Kerala, et puis Eve est là.

— Mouais…

Lucy savait pourtant aussi bien que Margot qu'il ne fallait pas trop compter sur Eve : elle avait pratiquement disparu de la circulation, trop occupée à fonder un foyer avec Andrew et à s'occuper de son bébé qui venait de naître.

— Ça ira, je t'assure, insista Lucy.

Margot ne répondit pas, redoutant si elle ouvrait la bouche d'avoir une voix trop plaintive, mais elle avait envie de crier : *Ne pars pas ! Ne m'abandonne pas.*

Les semaines suivantes, Margot ne négligea pas son travail scolaire mais déversa toute son énergie dans les répétitions. Quand elle apprenait son texte et jouait ses scènes, elle oubliait plus facilement son horrible solitude et la pesanteur de la maison vide. Elle remplissait son cœur de la bonne ambiance qui régnait dans la troupe dirigée avec bienveillance par M. Hudson.

— Pense à la signification des vers avant tout, Margot, recommanda M. Hudson au cours de l'une de leurs répétitions de fin d'après-midi. Il y a des sentiments forts qui s'expriment dans ces mots. Essaie de ressentir ce que ressent Juliette. Elle est jeune et amoureuse pour la première fois. Il y a de l'innocence en elle, oui, mais aussi beaucoup d'énergie. Ce qu'il faut, c'est que tu nous convainques tous, nous les spectateurs, de la profondeur de son amour pour Roméo, de l'intensité de son désir.

M. Hudson s'exprimait avec un enthousiasme communicatif, et ses yeux verts lançaient des étincelles quand il parlait de la pièce.

Margot jeta un coup d'œil à son Roméo – Jamie Kingston – qui shootait dans des briques de jus de fruits vides avec ses copains pour les envoyer dans des buts imaginaires. Elle ne demandait qu'à satisfaire M. Hudson, mais cela allait être sacrément difficile de convaincre une salle pleine qu'elle était amoureuse de Jamie. Il avait du mal à se concentrer aux répétions et ne connaissait pas encore une ligne de son rôle.

— Je sais que ça n'est pas facile quand les autres membres de la troupe ne prennent pas la pièce autant au sérieux que toi, ajouta son professeur en suivant son regard, mais toi, tu es différente. Tu as du talent, Margot. Ce rôle, tu le mérites vraiment.

Margot hocha la tête, ayant soudain très chaud, et gênée de se sentir rougir.

Vers le milieu du trimestre, Ted avait proposé à Margot de venir dîner chez lui après les cours. Margot n'en avait pas très envie, mais son père lui avait demandé avec insistance de donner sa chance à Sibella, et elle n'avait pas osé refuser. Elle s'était dit qu'au moins elle pourrait en profiter pour demander à Ted de venir la voir jouer dans sa pièce.

La rencontre ne fut pas très agréable. Sur le chemin du cottage, déjà, elle eut l'impression de se conduire en traître. Et puis en entrant dans la cuisine, elle comprit soudain pourquoi elle n'avait aucune envie de découvrir la vie de son père. Tant que l'idée restait abstraite, Margot pouvait facilement penser à autre chose. Mais maintenant qu'elle le voyait, avec sa nouvelle femme dans leur maisonnette bizarre perchée au bout du village, cela devenait beaucoup plus difficile. Margot n'avait pas envie de s'asseoir à la table de Sibella, de manger le repas préparé par Sibella, de faire comme si tout allait bien alors que, de l'autre côté de la rivière, sa mère restait seule dans la remise, et que Windfalls n'était plus que vide et absence.

— Je suis végétarienne, dit-elle en baissant les yeux sur l'assiette d'agneau et de légumes que Sibella avait posée devant elle.

— Oh, pardon, je ne savais pas, dit celle-ci en devenant toute rouge.

— Depuis quand ? demanda Ted, surpris.

— Depuis ton départ.

Elle soutint son regard, le mettant au défi de bien réagir, déterminée à ne pas détourner les yeux la première.

Ted eut soudain l'air de comprendre.

— Pas de souci. Je vais te faire des toasts.

— Attends, je peux trouver mieux à lui donner, protesta Sibella.

— Non, non. Des toasts, c'est parfait, dit Ted d'un ton sec.

Margot haussa les épaules, un peu vexée de voir qu'il se mettait en colère. Pourquoi prenait-il la défense de cette femme ? Pourquoi supposait-il qu'elle mentait ? On faisait tellement peu attention à elle, ces temps-ci, qu'elle aurait très bien pu devenir végétarienne sans que personne s'en aperçoive.

Une conversation embarrassée suivit, et Margot parla de *Roméo et Juliette* à son père.

— Les billets seront mis en vente la semaine prochaine. Tu vas venir ?

— Désolé, chérie. Si tu m'avais averti plus tôt, j'aurais peut-être pu m'arranger, mais à cette date, je serai à Londres pour une semaine. C'est le casting, et Nigel veut que j'assiste aux auditions. Le projet se met en place, et je suis très content que tout aille si vite.

Margot fut horriblement déçue. Bien entendu, cette nouvelle pièce était beaucoup plus importante qu'une minable production scolaire, mais elle ne pouvait s'empêcher de se sentir rejetée une fois de plus.

Sibella prit la parole d'une voix hésitante.

— Moi, je pourrais venir. Enfin, je veux dire… Je suis libre… Si tu as envie…

— Non, merci, ça va. Maman doit venir. Il vaut mieux que tu ne sois pas là.

— Ah, mais oui, bien sûr, dit Sibella.

L'adolescente eut la satisfaction de la voir devenir toute rouge.

Le soulagement fut général quand Margot se leva de table et qu'il fut temps pour elle de rentrer.

Deux semaines avant la représentation, M. Hudson invita la troupe à aller regarder l'adaptation de *Roméo et Juliette* par Baz Luhrmann chez lui. Par un samedi après-midi nuageux, il leur ouvrit la porte d'une maison moderne, située dans un lotissement récemment construit un peu loin du centre. Elle était en pierre, avec une porte d'entrée noire, et une Ford Focus rouge garée devant. Mme Hudson était une jolie jeune femme qui semblait sur le point d'accoucher. Elle leur apporta des biscuits, du jus de fruits et du thé dans le salon assez exigu où ils s'étaient entassés en se perchant sur le canapé ou en s'asseyant par terre sur des coussins. Ils passèrent un très bon après-midi, et Margot fut ravie jusqu'à la scène où Claire Danes et Leonardo DiCaprio s'embrassent dans l'ascenseur au bal masqué des Capulet. Sous les rires et les sifflets de ses camarades, elle se sentit devenir cramoisie. Elle jeta un coup d'œil à Jamie, qui n'avait pas l'air plus emballé qu'elle. Allait-il falloir qu'ils s'embrassent à pleine bouche ?

Après le film, alors que tout le monde partait, M. Hudson demanda à Margot de rester pour lui parler cinq minutes.

— J'ai vu la tête que tu faisais, tout à l'heure. Ne t'inquiète pas. Nous avons encore le temps de répéter cette scène. Tu n'as pas encore pu la travailler avec Jamie ?

— Non. Il a son foot, et puis, il y a… Nous avons beaucoup de devoirs. Ou alors, c'est qu'il n'a pas envie de m'embrasser, ajouta-t-elle sur le ton de la plaisanterie pour masquer sa gêne.

— Ça m'étonnerait ! Tu es très mignonne. N'importe quel garçon digne de ce nom doit avoir envie de t'embrasser.

Margot rougit et plongea les mains au fond de ses poches.

M. Hudson lui sourit gentiment et demanda sur le ton de la confidence :

— Tu n'as encore jamais embrassé personne ?

Morte de honte de si bien laisser deviner ses pensées et gênée par la question, elle fit non de la tête.

— Ça t'embête ?

Un rire nerveux lui échappa.

— Forcément. Il va falloir que j'embrasse Jamie sur scène devant tout le collège ! Devant ma famille !

— Et tu ne l'aimes pas, Jamie ?

— Si, ça va, mais je n'ai pas spécialement envie de l'embrasser.

— Ce qu'il faut que tu gardes en tête, c'est que ça n'est pas Margot qui va embrasser Jamie. Ce sera Juliette et Roméo.

— Oui, je sais bien.

Elle comprenait ce qu'il cherchait à lui expliquer, mais elle ne se sortait pas de la tête que c'étaient ses lèvres à elle qui allaient toucher celles de Jamie Kingston... devant tout le monde. M. Hudson pouvait raconter ce qu'il voulait, les gens ne verraient rien d'autre.

M. Hudson sourit encore.

— Mets-toi dans la peau de Juliette. C'est une jeune fille qui devient une femme et qui est envahie par l'émoi démesuré d'un premier amour. Ça serait bien que tu t'entraînes un peu à embrasser. Avec de la pratique, ça te semblera vite moins terrible. Tu apprendras à te dissocier de ce qui arrive.

Elle eut encore un rire gêné.

— Une copine m'a dit qu'on pouvait s'entraîner sur soi, avec la main. On replie les doigts pour faire un cercle.

Elle regretta aussitôt d'avoir confié cette bêtise et plongea dans un embarras encore plus profond.

Mais M. Hudson ne se moqua pas. Sans rire, il ferma le poing.

— Comme ça ?

— Oui. C'est idiot, hein ?

— Mais non. « Restez donc immobile, tandis que je recueillerai l'effet de ma prière », récita-t-il.

Et sans lui laisser le temps de comprendre ce qui se passait, M. Hudson appuya le rond formé par sa main fermée sur la bouche de Margot. Choquée par la sensation de la peau de son professeur sur ses lèvres, elle resta paralysée un instant, puis détourna la tête en rougissant intensément.

Il eut un rire.

— Ma petite Margot ! Tu es une gamine adorable.

— Je ne suis pas une gamine !

— Mais bien sûr que non, répondit-il en glissant les doigts autour du bras de Margot et en exerçant une pression chaleureuse. Excuse-moi. Tu as déjà seize ans…

— Presque…

— Et sais-tu quel âge avait la Juliette de Shakespeare ?

— Non.

— Treize ans.

— Quoi ? Treize ans ? C'est vrai ? s'exclama Margot, sidérée.

Elle n'en revenait pas et se sentait très ennuyée. Si Juliette, à treize ans, pouvait tomber amoureuse de Roméo et l'épouser, cela voulait dire qu'elle-même avait largement l'âge d'embrasser Jamie Kingston, et que ses états d'âme devaient sembler vraiment bêtes.

— Et oui, confirma M. Hudson. De nos jours, la société considérerait qu'elle est encore une enfant, mais Shakespeare nous montre autre chose. Il voyait en Juliette une jeune fille en train de devenir une femme.

Margot ne sut que répondre. Jamais elle n'avait eu ce genre de conversation avec un professeur. C'était très bizarre de parler d'amour et de sa peur d'embrasser un garçon avec lui. Elle craignit qu'en comprenant à quel point elle manquait d'expérience, M. Hudson regrette de l'avoir choisie pour jouer Juliette. Elle jeta un coup d'œil dehors. Ses camarades ne l'avaient pas attendue. Elle allait devoir rentrer toute seule.

Son professeur reprit la parole d'un ton persuasif :

— Dans une troupe de théâtre, il faut de la confiance entre tout le monde, aussi bien entre les acteurs et le metteur en scène qu'avec l'équipe technique. Nous devons être à l'aise les uns avec les autres, nous livrer, accepter l'intimité. Encore quelques répétitions avec Jamie, et je suis certain que tu auras beaucoup moins peur.

Il y eut un silence.

— Tu sais ce que tu pourrais faire ? reprit-il soudain.

Elle le regarda, espérant qu'il allait lui proposer de jouer la scène sans embrasser Jamie Kingston si elle préférait.

— Si Jamie n'est pas ton Roméo idéal, ferme les yeux et imagine que tu embrasses quelqu'un d'autre. Quelqu'un qui te plaît davantage. C'est possible ? ajouta-t-il avec un sourire. Il y a bien quelqu'un qui te plaît ?

— Je… Heu… Non… Je ne crois pas. Je vais voir…

Cette réponse le fit un peu rire.

— Tu es charmante. Ne t'inquiète pas, Margot. Tu seras une Juliette merveilleuse.

Elle songea aux autres élèves qui jouaient des rôles secondaires et qui auraient sûrement été meilleures qu'elle.

— Peut-être qu'il vaudrait mieux laisser la place à quelqu'un qui saurait mieux s'y prendre…

— Non, l'interrompit-il fermement. Ne commence pas à douter de toi. Tu es parfaite pour le rôle. Nous devons au contraire t'aider à prendre confiance en toi.

Peu après, Margot repartit du lotissement un peu regonflée. *Tu seras une Juliette merveilleuse*… C'était plutôt cool à entendre.

Ces encouragements la mirent en joie toute la soirée et, une fois couchée, elle continua à se passer en boucle dans sa tête les compliments de M. Hudson. *Tu es charmante*… Elle savait qu'il ne parlait d'elle que dans le rôle de Juliette, mais tout de même... Elle appuya sa main refermée contre ses lèvres et imagina qu'elle embrassait Roméo. Dans l'obscurité, le visage de Jamie Kingston s'effaça et fut remplacé par un autre. Le visage d'un homme aux yeux verts et aux cheveux noirs bouclés. C'était beaucoup mieux avec lui. Même s'il ne s'agissait que de la Juliette qu'elle incarnait... personne ne lui avait jamais dit qu'elle était charmante.

Deux semaines plus tard, cachée dans les coulisses, Margot écarta le rideau pour jeter un coup d'œil dans la salle. Elle balaya du regard les rangées de visages et aperçut Eve sur le côté du troisième rang en partant du fond, sa petite Chloé dans ses bras. Il y avait un siège vide à côté d'elle. Leur mère n'était pas encore arrivée.

— Deux minutes avant le lever de rideau ! lança M. Hudson.

Margot tâcha de respirer et échangea un sourire nerveux avec Jamie. Leur professeur les rejoignit.

— Bien, et souvenez-vous : le principal, c'est de...

— ... vous amuser ! complétèrent-ils en chœur.

Il eut un rire.

— Bien, je vois que vous êtes au point !

Il tendit le bras et remonta la bretelle de la robe de mousseline blanche de Margot.

— On voyait ton soutien-gorge, souffla-t-il.

Il lui pressa chaleureusement l'épaule. Margot fut parcourue d'un frisson, et sa peau garda l'empreinte électrique des doigts qui venaient de se poser sur elle. Le souvenir de l'instant où son professeur avait touché ses lèvres lui revint. Ce souvenir l'obsédait sûrement un peu trop, et seule dans sa chambre, elle avait même imaginé une ou deux fois que ses lèvres rencontraient non pas la main de M. Hudson, mais sa bouche.

Jamie lui sourit.

— Merde !

— Oui, merde !

Elle voulut regarder une fois de plus dans le public, mais les lumières étaient éteintes, et elle ne distingua plus que des silhouettes sombres qui attendaient en silence que le rideau se lève.

Au milieu du deuxième acte, alors que frère Laurence ânonnait son long monologue, des pleurs de bébé stridents montèrent dans la salle. Margot regarda par la fente du rideau depuis les coulisses. Elle vit la silhouette d'Eve se lever, s'extraire de sa place en murmurant des excuses, puis se faufiler dehors par la sortie de secours. La lourde porte coupe-feu étouffa les pleurs de Chloé, et le silence revint. Margot espéra que sa sœur pourrait revenir dans la salle pour l'acte suivant et reprendre sa place à côté de leur mère, qui était sans doute arrivée à la dernière minute et qu'elle ne voyait pas à cause de l'obscurité.

Pendant les saluts, Margot balaya le public des yeux. La place d'Eve était toujours vide, et celle d'à côté aussi. Elle ne vit pas leur mère, ni à sa place ni nulle part ailleurs. Une boule dans la gorge, elle tâcha de sourire puis s'inclina pour le dernier salut. Tant de travail, et pas un seul membre de sa famille ne l'avait vue jouer. Dès que le rideau fut tiré sur la scène, elle se sauva en courant.

— Qu'est-ce qu'elle a ? demanda un membre de la troupe alors qu'elle fuyait vers la loge.

Ce fut Jamie qui la découvrit dans la petite pièce qui leur servait à se changer. Elle enlevait son maquillage avec de la vaseline mêlée de larmes.

— Ça ne va pas, Margot ?

— Bof. Mais je n'ai pas envie d'en parler.

Il s'assit à côté d'elle.

— Tu as super bien joué, tu sais. Beaucoup mieux que tout le monde.

— Merci.

— Bon, alors tu viens à la fête, tout à l'heure ?

— Je ne sais pas…

Elle se regarda dans la glace et vit un visage défait, du mascara étalé sur ses joues.

— Je crois que non, compléta-t-elle. Ça ne me dit rien.

— Mais si, viens ! Sans toi, ça sera nul ! Et puis, ajouta-t-il en baissant la voix, Riley a fauché un baril de cidre à son père. M. Hudson s'en est aperçu, mais il est trop cool. Il n'a rien dit. Allez, viens, on va s'amuser.

Margot contemplait fixement le miroir, hypnotisée par son image. Si elle n'allait pas à la fête, elle devrait rentrer chez elle, et elle savait parfaitement ce qui l'attendait là-bas : rien. Absolument rien.

À son retour dans la salle polyvalente du collège, les élèves avaient enlevé les rangées de chaises et installé la table à tréteaux pour le buffet. On lui tendit un gobelet en plastique. La voix de Beyoncé hurlait à plein volume dans une enceinte à côté d'elle. Elle but une gorgée et fut assaillie par un fort goût d'alcool : le punch au jus de fruits tropicaux avait été fortement corsé. Jamie lui adressa un clin d'œil.

— Ça décoiffe, hein ?

Margot vida son verre d'un trait et en prit un deuxième. À ce rythme, elle oublia vite sa déception. Dès qu'on lui passait un verre, elle le prenait et buvait. Elle accepta même de suivre Jamie sur la piste de danse avec le reste de la troupe. Tout alla bien jusqu'à ce que le concierge du collège fasse son apparition à 22 heures et menace de tous les enfermer dans l'établissement s'ils refusaient de partir.

— Bon, on va où ? demanda un élève de première.

Certains terminales proposèrent de finir la soirée au pub, mais tous savaient que si un grand groupe de lycéens débarquait, on refuserait de les servir.

— On n'a qu'à tous aller chez moi, dit Margot.

— Tes parents seront d'accord ?

— Ben, il n'y a que ma mère, et je pense qu'elle ne s'apercevra même pas qu'on est là. Elle doit travailler. Elle passe son temps enfermée dans son bureau.

— Vous venez, monsieur Hudson ? crièrent deux ou trois voix. Allez, venez !

— Oui, appuya Margot qui n'avait surtout pas envie que la soirée finisse trop vite.

Les jours qui s'annonçaient promettaient d'être sinistres. La fin de son activité théâtrale laisserait un grand vide. Elle se tourna vers lui avec un sourire engageant.

— Allez, venez, monsieur Hudson. C'est sympa, chez moi.

Leur professeur céda avec un sourire.

— C'est si gentiment demandé ! D'accord, je vous accompagne un petit moment. Il faut bien que quelqu'un vous surveille.

Au final, ils furent une douzaine à suivre le mouvement, un groupe composé de ceux qui avaient la permission de minuit et qui arrivaient encore à marcher à peu près droit après tout l'alcool qui avait été ingurgité. Margot s'entassa avec d'autres dans la voiture d'un élève de terminale, et ils passèrent devant pour indiquer le chemin de Windfalls. Les voitures se garèrent à l'entrée de l'allée, et Margot mena le petit groupe vers la maison.

En arrivant en vue des fenêtres du rez-de-chaussée, elle eut un coup au cœur. Contrairement à ce qu'elle avait supposé, Kit n'était pas en train de travailler dans la remise. Il y avait de la lumière dans la maison, et l'ombre de sa mère passait derrière le store tiré de la cuisine.

— Bon, tant pis, on n'a qu'à aller à la rivière, décréta-t-elle.

— Tu es sûre, Margot ? demanda M. Hudson qui semblait soucieux. Nous devrions peut-être aller nous coucher. J'ai peur que tes parents ne soient pas d'accord.

— Non, non ! Tout va bien. Ça ne gêne pas du tout ma mère. C'est même mieux comme ça. Là-bas, on pourra faire autant de bruit qu'on voudra.

Elle reprit la tête de la troupe et leur fit traverser le verger, avançant d'un pas mal assuré sur le sol inégal. Les arbres formaient des obstacles presque invisibles dans le noir, qui surgissaient en vacillant étrangement. Quant au ciel, il était plein d'étoiles, mais de drôles d'étoiles qui pétillaient. Elle trébucha sur une racine et Jamie, qui marchait à côté d'elle, la retint par le bras pour l'empêcher de tomber.

— Ça va ? demanda-t-il en lui prenant la main.

Comme il ne semblait plus vouloir la lâcher, elle se dégagea doucement.

— C'est bon, merci.

Elle ne savait pas pourquoi le regard des autres comptait autant pour elle, mais elle ne voulait surtout pas que leurs amis aillent s'imaginer qu'elle sortait avec Jamie. Et encore moins que lui se fasse des idées.

Le message étant bien passé, Jamie accéléra le pas pour mettre de la distance, l'air déçu et vexé.

Quelqu'un derrière elle trébucha en poussant un juron. Il y eut un grand rire, puis des chut ! retentissants. On apercevait à présent le scintillement sombre de la rivière, et elle eut un instant d'inquiétude : elle se demandait si elle avait bien fait de lancer cette invitation. Dès les premiers pas dehors, elle s'était rendu compte qu'elle avait trop bu et dans le verger obscur, seulement éclairé par la lune, elle ne maîtrisait plus rien : l'atmosphère lui sembla malsaine et leur attitude furtive, comme s'ils étaient des hors-la-loi. Et alors ? se dit-elle. Elle n'avait pas besoin d'autorisation pour aller au bord de la rivière, et d'ailleurs ses parents se fichaient complètement d'elle et de ce qu'elle faisait. Et puis M. Hudson était avec eux. En présence d'un adulte, la soirée ne pouvait pas mal tourner.

Elle le chercha des yeux et le vit à quelques pas derrière elle, en grande conversation avec des élèves de terminale, riant à ce que disait une fille. Margot éprouva un pincement de jalousie. Elle aurait voulu être à la place de celle qui l'amusait, ressentir encore un peu le plaisir d'être admirée par lui. Il releva la tête et rencontra son regard.

— Tout va bien, Juliette ? demanda-t-il avec un sourire.

Elle répondit que oui, heureuse, puis reprit sa marche vers la rivière.

Pendant que le reste de la troupe se dirigeait vers la jetée, Margot alla à tâtons jusqu'à la réserve à pommes pour appuyer sur l'interrupteur extérieur qui allumait la guirlande d'ampoules accrochée dans les arbres le long de la berge et à l'entrée de la jetée. L'illumination fut accueillie par des hourras enthousiastes, mais ces lumières qui se balançaient dans la nuit donnèrent encore plus le tournis à Margot, qui eut l'impression de tanguer sur un bateau. Un gros papillon de nuit sortit de l'ombre à grands coups d'ailes et alla cogner contre une ampoule. Il y eut des bruits de canettes de bière qu'on ouvre, des pschitt !, des claquements de bouteilles en verre qu'on entrechoque, des pas sur les planches. Des rires, des acclamations. Quelque chose tomba dans l'eau avec un grand plouf !

— Alors, c'est ici que la magie opère ?

Elle fit un bond, surprise par cette voix qui éclatait derrière elle. Ce n'était que M. Hudson qui s'appuyait au mur de la remise, ses dents blanches étincelant dans la lueur des ampoules.

— Ta mère est bien installée, ajouta-t-il. C'est un bel endroit où écrire.

Margot fut ravie qu'il semble apprécier leur mode de vie.

— Oui, c'est une ancienne remise à pommes dont elle a fait son bureau.

— Tu me fais visiter ?

— Je crois que c'est fermé à clé.

Mais la poignée tourna quand elle l'essaya, et la porte s'ouvrit, ne révélant que de l'obscurité.

— On peut jeter un coup d'œil ? J'adorerais voir où la célèbre K.T. Weaver trouve toutes ses idées.

Margot n'osa pas refuser. Le bureau de sa mère n'avait rien de passionnant, mais elle ne voulait pas décevoir son professeur.

Il faisait très noir dans la pièce que n'éclairaient ni la lune ni les ampoules extérieures. Il fallut une minute à ses yeux pour s'habituer. Cela sentait l'encens, le papier, et le parfum fleuri qui suivait Kit partout. Margot tendit le bras vers la lampe de bureau.

— Attends, dit M. Hudson. Si tu allumes, ils vont tous venir, et il ne vaut mieux pas que ces maladroits entrent dans le joli refuge de ta mère. Ils piétineraient tout.

C'était vrai. Il ne fallait surtout pas que toute la bande déboule dans la remise. Et puis elle n'avait pas très envie de partager ce moment exceptionnel avec les autres. Elle trouvait incroyable de se retrouver là, en tête à tête avec M. Hudson. En sa compagnie, elle avait l'impression d'être encore un peu sous les feux de la rampe.

— Voilà, c'est là, dit-elle en montrant le bureau couvert de feuilles dactylographiées étalées en éventail, avec l'œuf de quartz rose, le pot à crayons, la photo encadrée qu'il faisait trop sombre pour voir, mais qui, comme elle le savait fort bien, représentait Eve, Lucy et elle, perchées en équilibre précaire sur la balançoire du jardin.

Il n'y avait là rien de bien spectaculaire, et elle eut peur de le décevoir.

Il approcha du bureau et prit une page qu'il approcha de ses yeux.

— Le dernier roman ?

— Oui…

La gorge bloquée, elle n'arriva pas à dire autre chose. Elle était seule avec M. Hudson dans une pièce sombre et silencieuse, cette proximité n'évoquant que trop ses pensées nocturnes. Encore heureux qu'il ne soit pas télépathe.

Il tenta de lire quelques lignes, puis se tourna vers elle avec un clin d'œil.

— C'est plutôt osé, ce qu'elle écrit, non ?

Elle crut mourir de gêne, mais il continua avec le plus grand naturel en reposant la feuille sur le bureau.

— Ils te plaisent, ses livres ?

Margot haussa les épaules.

— Je ne sais pas… Ils ne sont pas mal.

— Tu as dû apprendre pas mal de choses en les lisant.

C'était l'horreur absolue de se dire que M. Hudson avait lu les passages érotiques écrits par sa mère. Elle s'humecta les lèvres, la bouche soudain très sèche.

— Ça n'est pas trop mon truc…

Dans ses fantasmes, leurs entrevues étaient très différentes. Beaucoup plus agréables. Le M. Hudson de ses rêves n'était qu'un personnage inventé par elle, une marionnette qu'elle commandait à sa guise, et non pas un homme en chair et en os animé de réactions totalement inattendues.

— Tu t'es très bien débrouillée, ce soir, dit-il.

Il était tellement proche que son bras frôla celui de Margot.

— Merci.

— Surtout la scène du baiser. Je sais combien tu la redoutais, mais ça ne s'est pas vu du tout. Tu as été très émouvante.

— Merci, dit-elle de nouveau.

Elle recula d'un pas, et sentit le bureau cogner contre l'arrière de ses cuisses.

Il prit l'œuf de quartz et le tourna entre ses mains.

— Alors, ça t'a plu d'embrasser Jamie ? demanda-t-il sans rencontrer franchement son regard.

Margot émit un petit gloussement.

— Ben non !

— Est-ce que tu as suivi mon conseil ? Est-ce que tu as pensé à quelqu'un d'autre ?

Elle fit oui de la tête, mais resta muette.

Il reposa l'œuf rose sur le bureau.

— À qui as-tu pensé, Margot ?

Elle vacilla, ne sachant si elle perdait ses repères à cause de l'obscurité et de l'alcool, ou si c'était plutôt la situation qui la déstabilisait. C'était tellement inhabituel, cette situation étrange qu'elle avait acceptée et qui les isolait. Se sentant très bête, elle se crut obligée de répondre.

— J'ai pensé à…

Elle s'arrêta, sentant confusément qu'il aurait mieux valu se taire, mais, poussée par une audace soudaine, née de l'effet détonant du cidre et de la colère contre sa mère, elle se dit qu'elle n'avait rien à perdre. La remise isolée les plongeait dans une atmosphère étrangement intime. Il y avait du plaisir à le sentir si proche, mais cette transgression se mêlait à de la peur, au sentiment que tout allait trop vite et qu'elle ne contrôlait plus rien. Il se dressait devant elle, et elle se demanda s'il allait l'embrasser, avec à la fois la crainte qu'il le fasse et celle qu'il ne le fasse pas. Les pages étalées sur le bureau évoquaient l'héroïne de sa mère. Des passages qu'elle avait lus à Noël lui revinrent en tête. Elle songea qu'elle devrait agir davantage comme Tora. Être plus aventureuse, plus courageuse, plus adulte. Les paroles de Kit lui revinrent : *C'est tout à fait normal. La nature est ainsi faite*. Alors Margot lâcha :

— J'ai pensé à vous…

Ce dernier mot sortit dans un murmure, si bas qu'elle espéra qu'il ne l'avait pas entendue. Elle rougit, heureuse que l'obscurité la cache, et baissa les yeux. Elle sursauta en le sentant lui prendre la main.

— Oh, Margot…

Il lui pressa les doigts et elle le regarda. Son sourire lui montra qu'il ne se moquait pas d'elle.

— « Vos lèvres ont effacé le péché des miennes », dit-il, citant une réplique de Roméo.

Et soudain, très vite, il se pencha sur elle et l'embrassa. Margot, les lèvres pressées contre celles de son professeur, se figea, abasourdie, sidérée. C'était fou. Était-elle vraiment en train d'embrasser M. Hudson ? Ce moment qu'elle avait joué dans sa tête d'innombrables fois, ce fantasme électrisant, perturbant, qui n'appartenait qu'à la solitude de sa chambre, aux pages de son journal intime, était-il vraiment en train de se concrétiser ?

La réalité n'avait rien à voir avec ce qu'elle avait imaginé. Il avait la bouche plus ferme que celle de Jamie, sa peau était râpeuse, son baiser moins hésitant, moins mou. Le frottement de son millimètre de barbe contre sa joue n'était pas très agréable, et sa langue avait un écœurant goût d'alcool. C'était excitant… mais elle était très mal à l'aise.

Elle s'écarta pour reprendre son souffle et, tâchant d'attraper son regard, sourit pour masquer son embarras.

— Pardon, je n'aurais pas dû dire ça.

— Ne t'excuse pas.

Il l'attira contre lui et la serra dans ses bras, si fort qu'elle eut la joue écrasée contre ses boutons de chemise et entendit les battements de son cœur.

— Heu… On ferait peut-être mieux de rejoindre les autres, dit-elle avec un coup d'œil à la porte.

Pour toute réponse, il la serra encore plus fort. Elle ne bougea plus, ne sachant comment réagir, la joue écrasée contre lui, la tête comprimée par le poids du menton de M. Hudson, dont la chemise dégageait une légère odeur de sueur.

— Margot, tu es une fleur prête à éclore.

En d'autres circonstances, elle aurait hurlé de rire, mais il lui prenait le menton et lui faisait lever le visage vers lui pour l'embrasser de nouveau. Il appuya fermement sa bouche sur la sienne et remua la langue entre ses lèvres.

Allez, embrasse-le, se dit-elle. Sois un peu adulte. N'en fais pas toute une histoire. Mais elle eut un choc en sentant des mains tâtonner vers sa poitrine, puis des doigts frotter le bout de ses seins à travers son T-shirt. Elle s'arracha à lui et se couvrit avec les bras, horriblement gênée.

— On devrait arrêter…

— Ne te cache pas. Tu es belle, tu sais. Tu te souviens de ce que je t'ai dit ? Au théâtre, il faut de la confiance, se livrer, accepter l'intimité. Tu me fais confiance, j'espère ?

Elle fit oui de la tête. Dehors, des bruits de rire éclatèrent au bord de la rivière.

— On devrait aller les rejoindre, insista-t-elle.

Il fronça les sourcils, et elle perçut son mécontentement malgré l'absence de lumière.

— Mais je croyais que je te plaisais… Tu as dit toi-même que tu avais envie de m'embrasser…

Elle se força à sourire.

— Oui, c'est vrai, je l'ai dit, mais…

Elle allait ajouter que, même si elle l'aimait beaucoup, elle savait que c'était mal pour une élève et un professeur de s'embrasser, et qu'ils pourraient tous les deux avoir de gros ennuis si cela se savait, mais elle n'en eut pas le temps. Sans lui laisser la possibilité de finir, il l'embrassa de nouveau. Sa langue insistante partit à l'assaut de la sienne. Puis il lui prit la main et la passa sur le devant de son pantalon pour lui faire sentir quelque chose de dur dressé sous le tissu.

— Tu vois comme tu me plais, Margot ? Tu vois ce que tu me fais ?

Il descendit alors la main pour la toucher entre les jambes à travers son jean, beaucoup trop fort, presque douloureusement, et elle tenta de s'écarter.

— Tu aimes ?

— Arrêtez, dit-elle en repoussant sa main. Je ne veux pas faire ça.

Elle avait la gorge bloquée et se sentait près de pleurer. N'aie pas peur, se dit-elle. C'était M. Hudson. Son professeur. Son ami.

— Comment peux-tu savoir ce que tu veux si tu ne l'as encore jamais fait ? Je croyais que tu me faisais confiance… Si tu veux devenir une bonne actrice, il va te falloir apprendre à lâcher prise, Margot.

— Je sais. C'est juste que…

Elle ne savait plus quoi dire pour dissiper la tension.

— Tu vois ? Tant mieux… parce que je ne voudrais pas croire que tu es une petite allumeuse. Tu n'es pas comme ces idiotes immatures qui font tout pour attirer les hommes juste pour le plaisir de leur dire non. C'est une conduite méprisable. Tu n'es pas comme ça, Margot, j'espère !

— Non, répondit-elle en riant un peu trop fort. Pas du tout.

Elle essaya encore de le repousser, avec le sourire, comme s'ils jouaient, pour tourner l'incident en plaisanterie. D'ailleurs, c'était sûrement cela. Il allait en rire avec elle. Mais M. Hudson était planté devant elle et ne bougeait pas, la coinçant entre ses jambes, lui bloquant le dos contre le bureau de sa mère. L'obscurité se leva alors que les nuages s'écartaient de la lune, et elle vit mieux son visage, baissé sur elle avec une expression si intense qu'elle en trembla. C'était M. Hudson, pourtant. Il n'y avait pas de quoi avoir peur, se dit-elle. C'était un malentendu. Elle avait voulu… voulu… Qu'avait-elle voulu, au juste ? Attirer son attention ? Se retrouver seule avec lui ? Qu'il la complimente et lui redise qu'elle était belle ? Oui… Elle avait même peut-être aussi voulu qu'il l'embrasse…

Seulement, maintenant qu'ils étaient vraiment seuls dans le noir, cela ne lui faisait plus du tout envie. Elle ne reconnaissait plus M. Hudson – ce prof avec lequel elle s'entendait pourtant si bien. Elle avait l'impression d'être avec un total inconnu. Il recommençait à l'embrasser, à la toucher presque avec agressivité, une jambe s'introduisant entre les siennes pour les écarter. Elle avait trop bu et sa tête lui tournait. Elle n'arrivait plus à réfléchir. Elle aurait pu essayer de lui échapper, mais elle avait peur de paraître impolie.

— Dis-moi ce que tu veux, Margot, dit-il en passant les mains sous son T-shirt. Dis-moi ce que tu imagines. J'ai lu les livres de ta mère. Tu connais l'expression : bon chien chasse de race ? Telle mère, telle fille. Dis-moi à quoi tu penses quand tu es dans ton lit.

Il lisait trop bien en elle. Elle eut l'impression qu'il devinait tous les moments où elle avait bêtement imaginé qu'elle l'embrassait. Elle n'avait aucune envie de lui parler de ça.

— Je veux retourner avec les autres…

Elle ne voulait pas le vexer, lui qui avait été si gentil, mais elle ne pensait plus qu'à courir au bord de la rivière et retrouver ses camarades pour plaisanter et rire avec eux.

— On ira tout à l'heure, mais pas tout de suite.

Il s'appuya plus fort contre elle, l'écrasant contre le bureau pour mieux se frotter. Son haleine qui empestait le cidre rappela à Margot les fruits tombés dans l'herbe du verger, qui exhalaient une odeur de pourriture. La panique amplifiait l'odeur qui lui semblait monter du plancher, sourdre des murs de la vieille remise, écœurante et aigre. Une envie de vomir presque insurmontable l'envahit.

— Les autres vont se demander où on est, dit-elle en détournant la tête.

Elle tenta de le repousser en appuyant les deux mains sur la poitrine qui formait un mur devant elle, ne voulant plus qu'une seule chose : qu'il s'écarte et la libère.

— Non, j'ai dit : tout à l'heure.

Ce n'était plus le M. Hudson à l'humour facile qu'elle connaissait, mais une sorte de géant sévère qui lui retenait la tête en arrière par sa queue-de-cheval, tirant si fort que son cuir chevelu brûlait, livrant son cou à la bouche qui semblait vouloir la dévorer. Elle poussa une sorte de gémissement – un gémissement de peur, et non de plaisir –, son corps se cambrant pour le fuir.

— Ah ! Tu aimes ça, hein ?

Il respirait fort, et elle sentit qu'il avait descendu la main sur son jean pour l'ouvrir.

— Non ! Arrêtez…

Mais elle ne protesta pas longtemps car il la fit taire en lui couvrant la bouche avec la sienne. Il baissa brutalement son jean et la retourna d'une main tandis qu'il défaisait sa propre boucle de ceinture, puis la plaqua à plat ventre sur le bureau.

— Non, gémit-elle d'une voix étranglée.

Il n'écoutait pas. Il la força à écarter les jambes avec le genou, et la maintint sur les feuillets contre lesquels il lui écrasait la joue. Il lui saisit une épaule, appuyant avec le pouce sur l'intérieur du cou.

Une douleur fulgurante la transperça comme un tesson de verre, mais elle se retint de hurler : elle entendait toujours le joyeux vacarme sur la jetée mais elle ne voulait pas attirer l'attention des autres, trop horrifiée à l'idée qu'ils puissent la voir dans cette position – qu'ils voient ce que M. Hudson était en train de lui faire. Elle serra les dents et se reprocha ses sourires d'idiote et ses pensées érotiques en priant pour que cela cesse. Mais M. Hudson n'avait aucune intention de s'arrêter.

— Pourquoi vous faites ça ? sanglota-t-elle.

Il se pencha pour approcher la bouche de son oreille.

— Parce que je sais que tu en as envie.

Pressée contre les papiers sur lesquels il la retenait, écrasée sous son poids, tandis que le bureau grinçait frénétiquement, Margot ferma les yeux, tâchant de se détacher de la douleur, de prendre de la distance et de fuir au moins dans sa tête cette épouvante, suffoquée par l'odeur aigre de pommes, tandis que dehors, la rivière silencieuse suivait son cours, indifférente, vers la mer.

VENDREDI

20

Depuis le salon, Margot aperçoit le chapiteau par la fenêtre, la toile blanche qui se gonfle comme le drap d'un fantôme entre les arbres. Demain, à cette heure, Lucy sera mariée et la maison sera pleine de bruit et d'agitation, envahie par la famille et les invités. Pour l'instant, c'est le silence, et il n'y a qu'elle, le tic-tac de la pendule, le chat qui s'étire sur le canapé, et sa mère qui se cache elle ne sait où.

Sur les rayonnages de la bibliothèque, elle aperçoit un exemplaire de *Cœur de quartz*, le cinquième livre de la série des *Éléments rares*. Elle le prend et l'ouvre à la première page, celle de la dédicace :

À mes filles – mes éléments rares à moi, ce que j'ai de plus précieux au monde.

Aimez l'amour. Aimez la vie.

Margot contemple ces petites phrases, envahie par l'émotion, sentant se livrer en elle un combat entre l'amour et la fierté, et l'angoisse. *Ce que j'ai de plus précieux au monde*. Est-elle vraiment précieuse ? Elle ne le sent pas. Elle sait ce que tout le monde pense. Elle sait combien on la juge mal. Et la suite : *Aimez l'amour, aimez la vie.* Si seulement c'était aussi simple. Pour Lucy, oui. Sa sœur croque la vie à pleines dents. Elle est ouverte, pleine d'optimisme et d'espoir, mais Margot n'est pas comme elle. Ce qu'elle a vécu lui a ôté toute confiance, parce qu'elle sait ce qu'on risque. Emprisonnée par ce qui lui est arrivé, elle ne parvient pas à échapper à son traumatisme.

Elle a beau faire, elle ne peut s'empêcher de penser que son malheur est lié à l'absence de sa mère, à cette liberté sexuelle imbécile qu'elle prône. Comment s'étonner maintenant que Margot ait du mal à lier des relations intimes ? Est-il vraiment si étrange que son désir soit indissociablement lié à un besoin de se faire punir ? Elle baisse de nouveau les yeux sur la dédicace imprimée, puis referme le livre et le replace sur l'étagère.

Une fois montée dans sa chambre, elle essaie de chasser la tentation, mais l'appel de la bouteille de vodka cachée dans son sac de voyage sous son lit est irrésistible. Elle a besoin de boire un peu après toutes les pensées désagréables qui lui sont venues sur sa mère, ajoutées à la peur du dîner de famille de ce soir. D'autant qu'elle n'a pas pu reparler à Lucy depuis leur dispute sous le chapiteau. Juste quelques gorgées, se dit-elle, pour se calmer les nerfs et anesthésier son angoisse.

Elle tire son sac de voyage de sous le lit et déroule les vêtements qui entourent la bouteille. La première gorgée lui brûle la gorge. À la troisième, une douce chaleur l'envahit, la douleur s'estompe et c'est la béatitude. Elle reprend encore deux gorgées pour faire bonne mesure, puis revisse le bouchon et s'allonge sur son lit. Voilà. Elle n'en prendra pas plus. Juste ce dont elle a besoin pour se sentir un peu mieux. Il ne lui en faut pas plus.

Après les reproches que lui a faits Lucy sous le chapiteau, elle a eu envie de reprendre le train pour Édimbourg tout de suite. Elle a même vérifié les horaires. Merde à Lucy, et merde à son mariage de merde ! Merde à tout le monde ! Elle a fait sept heures de train pour les voir. Pourquoi faut-il encore qu'elle leur rende des comptes ? Pourquoi Lucy insiste-t-elle autant ? Elle ne se rend pas compte de la torture qu'elle lui impose.

Margot tourne le visage vers le mur et tombe sur la déchirure dans le papier peint. Elle est tentée de continuer un peu, mais le son d'une notification sur son téléphone la tire de son engourdissement. Elle déverrouille l'écran et trouve un message de Jonas. Un fichier JPEG, sans commentaire.

Intriguée, elle clique sur le lien, l'écran se remplit d'une photo en noir et blanc. Elle fronce les sourcils. Un visage la regarde droit dans les yeux. Le sien.

Elle reconnaît le décor : les toits d'Édimbourg à l'arrière-plan, à contre-jour. La photo a été prise dans l'appartement de Jonas. Elle cherche un peu et se souvient. Quelques mois plus tôt, il était rentré du travail avec un nouvel objectif ultra-perfectionné.

« Laisse-moi faire quelques portraits de toi, avait-il supplié. Juste pour tester le matos. Je les effacerai tout de suite, c'est promis.

— D'accord, mais je ne pose pas, je te préviens.

— Je ne veux surtout pas que tu poses, avait-il dit en dirigeant l'appareil vers elle et en appuyant sur le déclencheur.

— Eh ! Attends, je ne suis pas prête !

— Ne t'en fais pas. Tu es très bien comme ça. Naturelle. Dans l'action. Complètement toi-même. »

Elle l'avait laissé la photographier, se sentant bête et raide, jusqu'à ce que le son répétitif de l'ouverture de l'objectif la plonge dans un état méditatif.

« C'est bon, avait-il annoncé au bout de quelques minutes en vérifiant ses prises de vue. Merci, c'est super. »

Elle n'avait pas demandé à voir les photos, supposant, à tort apparemment, qu'il avait tenu parole et tout effacé de la carte mémoire. Alors qu'elle étudie le cliché de plus près, un autre message apparaît.

Tu vois comme tu es belle ?

Elle examine de nouveau la photo. Elle ne se trouve pas belle à proprement parler, mais elle reconnaît que ce portrait est assez frappant. Jonas a étonnamment utilisé la lumière et donné de la force et de la douceur à ses yeux, à son visage, le regard perdu dans le lointain, les lèvres entrouvertes. Une image d'elle très différente de celle qu'elle se fait.

Tu avais promis de les effacer, répond-elle.

Oui. Je n'en ai gardé qu'une. Trop belle pour la perdre.

Trop belle pour la perdre ? Peut-être pas à ce point, mais cette photo porte indéniablement la signature artistique de Jonas. Il y a dans ce portrait la fraîcheur, la clarté qui ont fait son renom et son succès. Elle rappelle à Margot la photo aimantée au réfrigérateur de l'appartement – celle qu'il a prise autrefois de sa mère devant un lac suédois, près de sa ville natale.

Tu es où ? tape-t-elle, voulant mieux se l'imaginer.

Pas loin de York. Je vais à un shooting.

Tu vas tout déchirer, répond-elle, sans comprendre pourquoi elle est prise d'une telle envie d'être avec lui.

Elle se débarrasse de son portable en le jetant sur le lit et, sans réfléchir, saisit la bouteille qu'elle a posée par terre.

21

Eve est en train de se battre avec May pour lui passer sa robe quand Andrew l'appelle du bureau.

— Ça y est, je pars, annonce-t-il. Tu auras cinq minutes tout à l'heure ? J'ai quelque chose à te dire.

Elle coince le téléphone entre son oreille et son épaule pour mieux tirer la robe sur la tête de May qui pousse des cris de crécelle.

— Je ne peux plus respirer ! C'est trop serré !

— Ça va passer, arrête de gigoter.

— Eve ? Tu m'entends ?

— Oui, je suis là. Désolée. Je suis en train de changer les filles. Tu n'as pas oublié le dîner de ce soir j'espère ?

— Non. C'est pour ça que je pars plus tôt du boulot.

— Parfait.

— Donc on prendra un peu de temps pour parler quand j'arriverai ?

— Oui, bien sûr. Mais, ajoute-t-elle après une hésitation, tout va bien, au moins ? Ça semble important.

— Oui, c'est important. Je préfère t'en parler tout à l'heure, d'accord ?

— Oui, répond Eve qui commence à s'inquiéter.

— On aura plus de temps si les filles sont prêtes. Je me dépêche.

— Très bien.

Andrew raccroche et Eve reste un moment songeuse, assise par terre dans la chambre de May pendant que la petite finit de tirer sur sa robe en ronchonnant.

Ça ne ressemble pas à Andrew de faire ce genre de déclaration plutôt… perturbante. De quoi peut-il bien vouloir lui parler ? D'ennuis au travail ? De leur couple ? Elle soupire. Le repas familial est déjà une perspective suffisamment désagréable pour ne pas en rajouter. Après les paroles dures que Lucy a eu contre Margot, elle a angoissé toute la journée en pensant au dîner au pub avec, pour couronner le tout, Ryan derrière le comptoir et son mari à la table. Elle se serait passée de cette annonce bizarre d'Andrew. Peut-il avoir appris quelque chose ? Ou bien… quoi d'autre ?

Elle prend la deuxième robe.

— Chloé ! appelle-t-elle. Viens te changer !

Une petite voix monte du rez-de-chaussée.

— Une minute, maman !

— Non, tout de suite !

Chloé monte avec une mauvaise humeur qui explose quand elle voit la robe que lui tend sa mère.

— Mais beurk ! Pas celle avec de la dentelle !

— Allez, sois gentille. Pour me faire plaisir. Tu es tellement mignonne avec !

— Maman !… C'est pas juste ! T'es pas gentille !

Eve lui jette un regard sévère.

— C'est bien possible, mais tu vas mettre cette robe tout de suite, Chloé !

Trois quarts d'heure plus tard, Eve regarde la pendule. Elle ne sait pas ce qu'Andrew peut bien fabriquer. Pour être à l'heure au pub, ils doivent partir dans dix minutes. Elle cherche son rouge à lèvres, trouve le tube dans son sac et l'applique devant le miroir de l'entrée. Elle est en train de se demander s'il n'est pas un peu trop vif – s'il ne lui donne pas l'air un peu trop vamp – quand son téléphone sonne.

— Pardon, chérie, il y a un embouteillage épouvantable. Je suis à cinq minutes de la maison.

— Les filles ! Mettez vos chaussures. On va partir dès que papa sera là.

Peu après, Andrew passe la porte en toute hâte. Il lui pose un petit baiser sur la joue.

— Désolé. Il y avait un accident sur London Road. Je me change et on file.

— Oui, dépêche-toi. Mais tu voulais me dire quelque chose tout à l'heure ? On peut en discuter dans la voiture en chemin si tu veux…

Andrew jette un coup d'œil aux filles.

— Non, on verra plus tard.

Eve n'insiste pas. Prise d'un profond malaise, elle attend pendant que son mari monte quatre à quatre. Elle ne sait pas pourquoi, mais elle a un mauvais pressentiment.

22

— Tu as bu ? demande Kit en attrapant fermement le bras de Margot alors qu'elles approchent du pub.

Margot, surprise, s'arrête et se tourne vers elle.

— Et alors, ça te regarde ?

— Margot…

— Quoi, *Margot* ? Tu as la trouille ? Tu as peur que je fasse quoi, exactement, maman ?

Elle s'entend manger ses mots et tente d'articuler plus clairement.

— Je suis là, ça ne te suffit pas ?

— Oui, c'est bien que tu sois là, soupire Kit, mais tâche de te tenir convenablement, d'accord ?

— T'inquiète, grommelle Margot. Vous n'avez rien à craindre.

Manque de chance, ils seront treize à table. Ted et Sibella sont déjà là, installés au fond avec les parents de Tom et sa sœur. Le père de Tom, un homme grisonnant portant un costume défraîchi, sa canne posée contre sa chaise, est un ancien professeur de physique. Margot sait par Lucy qu'il a enseigné à l'université avant la maladie de Parkinson qui a entraîné son départ précoce à la retraite. On voit en effet nettement trembler ses mains alors qu'il se penche pour discuter avec Ted et Sibella. La mère de Tom, un petit moineau qui a le même sourire rayonnant que son fils, est plongée dans une intense conversation avec sa fille cadette, Sarah, professeure des écoles. Ou du moins, se dit Margot en considérant ses joues roses, sa robe à fleurs et sa queue-de-cheval, si elle ne l'était pas, elle devrait. Toutes les institutrices devraient avoir cet air sain et heureux. À côté d'elle, Margot se sent comme une loque.

Lucy est assise seule au centre, très jolie dans une robe chemisier vert pâle. Elle joue avec les joncs qu'elle porte au bras tout en pianotant sur la table. En voyant arriver Margot et Kit, elle leur fait signe, puis attire l'attention de Tom qui commande des boissons au bar.

— Pile à l'heure, dit-il en embrassant d'abord Kit puis Margot sur la joue. Vous boirez quoi ?

Kit commande un verre de vin.

— Une vodka tonic, s'il te plaît, dit Margot. Double, ajoute-t-elle en ignorant le regard furieux de Kit.

— Alors c'est toi, Margot ? demande Ryan en versant la moitié d'une bouteille de tonic dans un verre.

Pendant ce temps, elle retire sa veste en cuir, révélant le tatouage qui couvre le bras laissé nu par son corsage sans manches.

— J'ai entendu parler de toi, ajoute-t-il.

— En mal, j'imagine.

Il pousse son verre vers elle sur le comptoir avec un rire.

— C'est toi, le nouveau propriétaire ?

— Je n'en suis pas plus fier que ça…, dit-il en lui tendant la main. Ryan.

La porte du pub s'ouvre sur Chloé et May qui entrent en courant, habillée de robes bleues identiques, suivies de près par Eve.

— Tata Margot ! s'écrient-elles en se jetant dans ses bras.

Andrew suit, chargé d'un assortiment de matériel de dessin, iPad, crayons de couleur et cahiers de coloriage.

— Oh, mon Dieu ! s'exclame Margot en les embrassant, sentant la tension se dissiper un peu devant leur accueil enthousiaste. Qui m'a volé mes nièces pour les remplacer par des géantes ?

Eve regarde nerveusement autour d'elle, adressant un petit signe de tête à Ryan avant de s'arrêter sur la table installée au fond du pub.

— Ça va, toi ? demande-t-elle à Margot à voix basse.

— Impec, réplique cette dernière un peu trop fort.

Eve a l'air aussi tendue que Lucy, et Margot comprend qu'elle n'est pas la seule à redouter ce dîner.

— Mais toi, demande-t-elle, ça va ?

— Oui, ça va, répond Eve, qui semble au contraire particulièrement mal.

Margot jette un coup d'œil à son beau-frère qui essaie de serrer la main de Tom tout en tentant d'enlever à Chloé le manteau en fausse fourrure rose qu'elle ne veut pas quitter.

— Tu t'es disputée avec Andrew ?

— Non.

— Bonsoir, Margot, dit celui-ci en venant l'embrasser.

Elle lui présente sa joue le plus brièvement possible et lui répond d'un ton glacial.

Ryan pose un verre de vin rouge sur le bar pour Eve.

— Et pour monsieur, ce sera ? demande-t-il en se tournant vers Andrew.

— Allez, à la vôtre, dit Margot en entrechoquant son verre contre celui d'Eve. À une soirée tranquille, ajoute-t-elle, suffisamment bas pour que seule cette dernière l'entende.

— Espérons, commente Eve avant de prendre une gorgée de vin.

Kit se dirige vers la table.

— Bonjour, Ted… Sibella, dit-elle froidement.

Après cela, elle salue tout à fait chaleureusement les parents de Tom sous l'œil attentif de Margot qui note que sa mère s'installe le plus loin possible de Sibella et de Ted, à l'autre bout de la table. Eve et sa famille prennent place autour de Kit, ce qui laisse une seule place libre, à côté de Lucy. Margot s'y assoit, prenant soin de poser sa boisson sur le dessous de verre placé devant son assiette. Les deux sœurs ne se sont pas reparlé depuis que Margot a coupé court à leur dispute en s'enfuyant de la marquise la veille, mais elle a déjà décidé de faire comme si de rien n'était.

— Eh bien, à cette joyeuse occasion, déclare Kit en levant son verre pour porter un toast.

Margot voit parfaitement à sa mâchoire crispée qu'elle se force à être aimable. Kit a un mouvement de recul quand son regard s'arrête sur ses tatouages. Margot lève son verre vers elle pour saluer de loin cette réaction.

Ted, à l'autre bout de la table, enchaîne avec son propre toast.

— Buvons à l'heureux couple, dit-il. Souhaitons-leur tout le bonheur du monde pour le grand jour demain.

— Oui, renchérit Kit. Beaucoup de bonheur, Tom et Lucy. Je vous souhaite une longue et heureuse vie l'un avec l'autre, ajoute-t-elle en appuyant sur les derniers mots.

— Merci, dit Tom en pressant le bras de Lucy.

Lucy remercie ses parents d'un signe de tête, mais semble ne pas avoir beaucoup apprécié cet échange. Margot croise le regard d'Eve et lui adresse un sourire en coin. Le ton est donné : fausse amabilité et petites vacheries dès que possible.

— Ils sont beaux, tes tatouages, dit May, les yeux ronds, en admirant les motifs encrés en spirale sur le bras de sa tante.

Elle se penche pour suivre les entrelacs d'une liane avec le doigt et arrive au petit cœur niché dans le creux du coude.

— Quand je serai grande, j'en veux un comme toi. On sera tout pareilles.

— Oui, dit Margot avec un clin d'œil. Je pense aussi me faire tatouer l'autre, ajoute-t-elle en tendant son bras droit nu.

— Youpi ! s'exclame May. Moi aussi.

— Ah, c'est malin, marmonne Eve.

Les conversations se portent sur le menu et Margot, désireuse de faire la paix, en profite pour se pencher vers Lucy.

— Bon, on oublie ce qui s'est passé hier ? Ne pensons qu'à ce soir.

Lucy la regarde.

— Oui, d'accord.

Margot hoche la tête pour conclure le pacte, sans se sentir vraiment rassurée. Sa sœur est très pâle et semble préoccupée.

— Ça va ? demande-t-elle à voix basse. Tu as l'air un peu… patraque.

Elle sait qu'elle ne devrait pas en parler, mais elle trouve ridicule que Lucy et Tom fassent un tel mystère de ce qui leur arrive. Ils se conduisent comme de grands conspirateurs. Pourquoi ce secret ? Lucy n'est pas la première personne au monde à tomber enceinte.

— Ça va, répond celle-ci en tendant la main vers le verre de prosecco auquel elle n'a pas encore touché.

Tom lui passe un bras autour de la taille.

— Ça va ? demande-t-il en l'embrassant sur la joue.

Lucy hoche la tête.

— Je viens de lui poser la même question, dit Margot, qui chuchote en désignant le verre de vin de sa sœur d'un coup d'œil : Tu crois que c'est bien raisonnable ?

— Pourquoi dis-tu ça ?

Lucy regarde le verre qu'elle tient et rougit d'un coup.

Margot ajoute en lui donnant un petit coup de coude :

— Dans ton état, ça n'est pas recommandé… Allez, Luce, autant nous annoncer la nouvelle tout de suite.

Tom se penche vers elles et parle assez bas pour que seules les deux sœurs l'entendent.

— Fiche-lui la paix, Margot. Laisse-la choisir le moment qu'elle veut…

— Tom ! jette Lucy sur le ton de l'avertissement.

Margot abandonne, agacée par cette intervention. Tom en fait trop et il est vexant : il n'a pas besoin de protéger Lucy contre sa petite sœur, tout de même !

— Pardon, je ne savais pas que le mariage donnait toujours le droit de parler au nom de sa femme.

— Vous avez fini, oui ? lance Lucy, plus fort sans doute qu'elle ne l'aurait voulu parce qu'un grand silence se fait autour de la table, et que tous se tournent vers eux.

Heureusement, Ryan choisit ce moment pour venir à leur table. Il prend la commande en commençant par le côté d'Eve, leur souriant agréablement à tous, comme s'il ne percevait pas la tension ambiante. Alors qu'il récupère les cartes, Margot attire son attention et lui demande une autre vodka tonic, sans se soucier des regards assassins de sa mère. Se tournant de nouveau vers Lucy, elle voit que Tom est en train de lui parler à voix basse comme pour la réconforter. Margot soupire. Depuis quand sa sœur est-elle devenue une petite chose passive et fragile ?

La carte n'occupant plus l'attention des convives, un silence gêné tombe. Ted s'éclaircit la voix comme s'il voulait parler, mais il doit changer d'avis car il n'ouvre pas la bouche. Margot voit que Sibella pose la main sur celle de son père. Ce geste ne fait que l'exaspérer davantage. Mais qu'est-ce qu'ils ont, tous ? Ted a abandonné leur mère pour Sibella. Andrew a une liaison sous le nez d'Eve. Tom étouffe Lucy sous ses attentions comme une mère poule anxieuse. Pourquoi Margot serait-elle la seule dont on décortique les moindres faits et gestes, la seule à devoir avoir honte de qui elle est ?

— Vous savez, dit-elle à la cantonade, vous vous comportez comme si j'étais la seule à me conduire mal, mais vous devriez vous regarder dans une glace.

Elle lève son verre comme pour porter un toast et le vide d'un trait.

— Margot, tu avais promis de ne pas faire de scène, gémit Lucy.

— Quoi ? Quelle scène ?

Margot balaye l'assemblée du regard. Elle voit l'inquiétude de son père, la fureur de sa mère, la résignation épuisée d'Eve. La sœur de Tom baisse les yeux, très gênée, et ses parents ont l'air de n'y rien comprendre.

— Mais qu'est-ce que vous avez, tous ? s'exclame-t-elle. On n'est pas censés faire la fête ?

— Si, dit Andrew. Tu as raison. Je reprendrais bien un verre. Je vous rapporte autre chose ? demande-t-il en se levant.

Margot le regarde s'éloigner, imaginant qu'il se sent coupable. Elle donne un petit coup de coude à Lucy, se demandant si sa sœur a aussi remarqué son attitude, mais Lucy refuse de la regarder et semble au contraire tout faire pour l'ignorer.

Est-elle allée trop loin ? Compulsivement, elle déchire son set de table en papier en petits morceaux. La tension enfle en elle, ses oreilles sifflent. Des images et des souvenirs dont elle ne veut surtout pas commencent à remonter. Elle veut reprendre son verre, mais cette fois Eve tend le bras pour retenir sa main.

— Tu as assez bu, Margot, non ? Tu ne veux pas aller prendre l'air ?

Elle se sent devenir écarlate.

— Oui, bien sûr. Crime suprême : il faut à tout prix m'empêcher de faire honte à la famille !

Kit intervient alors :

— Je ne comprends pas ce qui te met autant en colère, Margot.

— Ben tiens ! Le contraire serait étonnant !

— Margot…, souffle Eve pour la mettre en garde.

Kit la regarde froidement.

— Tu devrais aller te calmer dehors avant de dire quelque chose que tu regretteras.

— Oh, ne t'inquiète pas. Je m'en vais. Je vais être bien sage et aller « me calmer » comme ma gentille maman si attentionnée me le demande.

Elle repousse brutalement sa chaise en titubant un peu. Alors qu'elle reprend son équilibre, elle entend May rire sous cape et commenter assez fort pour qu'on l'entende :

— Elle a appelé mamie « maman » !

Chloé, qui est assez grande pour comprendre à l'attitude d'Eve et à son expression que ça n'est pas le moment de rire, donne une petite tape d'avertissement à sa sœur. Les deux filles baissent la tête et ouvrent leurs cahiers de dessin.

— Tu veux que je t'accompagne ? demande Sibella depuis l'autre bout de la table.

— Non, mais de quoi je me mêle ? marmonne Kit en secouant la tête.

Margot ne se donne pas la peine de répondre. Elle prend le couloir qui mène aux toilettes des femmes où elle reste un moment appuyée au lavabo, le front cherchant la fraîcheur du grand miroir dans son cadre doré. Elle inspecte ses yeux – ils sont injectés de sang, cernés de rouge – et elle voit le fantôme de l'adolescente cachée dans son sweat-shirt à capuche gris informe qui s'est tenue autrefois exactement au même endroit, et s'est regardée dans le même miroir. Non, songe-t-elle. Elle n'est plus la même. Elle a changé.

Ayant du mal à respirer, elle se précipite dehors en prenant la porte la plus proche, celle qui donne à l'arrière du parking, et avale de grandes goulées d'air. Dans le ciel noir, les étoiles sont floues et dédoublées. Il faut bien reconnaître qu'elle a bu plus qu'elle ne l'avait décidé au départ, et qu'elle est saoule. Un peu plus loin, quelqu'un est assis sur une marche du côté des cuisines. C'est un adolescent en tablier rayé, qui fume une cigarette. L'heure de pause d'un apprenti cuisinier, probablement. Elle va l'aborder avec un sourire qu'elle espère irrésistible.

— Est-ce que je peux te taxer une cigarette ?

— Bien sûr.

Il plonge la main dans sa poche et en sort son paquet. Le briquet suit. Margot forme un écran avec les mains autour des siennes et se penche, la cigarette entre les lèvres, pour l'allumer à la flamme. Elle aspire la fumée au fond de ses poumons.

— Merci, dit-elle en soufflant vers le ciel noir.

— Pas de souci, dit-il.

— Tu es australien ?

— Ouaiche.

— Tu fais la route ?

— J'ai pris un an avant la fac. J'avais envie d'aventure.

— Et tu échoues à Mortford, cette métropole trépidante. Quelle chance !

Cela le fait rire.

— Ryan est mon oncle. Il m'a proposé un petit boulot. Et toi ? Qu'est-ce que tu fais ici ? demande-t-il en considérant son tatouage. Tu n'es pas franchement du style de notre clientèle habituelle.

— Je viens voir ma famille.

Le garçon hoche la tête, jette son mégot par terre et l'écrase sous sa chaussure de sport dans le gravier.

— La famille, on ne peut pas faire avec, et on ne peut pas faire sans…

— Trop vrai.

— Bon, faut que j'y retourne…

— Vas-y. Je ne voudrais pas que ton oncle te prenne la tête à cause de moi. Merci pour la clope.

— Pas de souci, lance-t-il en rentrant dans la cuisine.

Elle reste encore un peu dehors pour regarder les étoiles. Seule, elle n'a plus autant l'impression d'être une rebelle avec sa cigarette. Il fait froid et elle a la chair de poule. Elle regrette de ne pas avoir pris sa veste. Tout en se frottant les bras, elle pense à la fumée qui circule dans ses poumons. L'avertissement imprimé sur le paquet que le garçon lui a tendu est ridicule : elle n'a pas besoin de ça pour savoir que c'est une habitude dégueulasse, un truc de gamin.

Elle jette la cigarette par terre et l'écrase juste au moment où des mouvements à l'autre bout du parking attirent son attention. Elle tâche de distinguer ce qui se passe, et voit ce qu'elle pense être un homme et une femme debout dans l'obscurité, à côté d'une voiture. Leur attitude l'alarme. Son sang se fige. Elle cligne des yeux pour essayer de chasser les brumes de l'alcool. Quelque chose dans la proximité de leurs corps, leurs gesticulations, la taille de l'homme qui domine la femme déclenche chez elle une peur incontrôlable. Elle se dit qu'elle devrait crier pour sauver cette femme, mais elle est paralysée et sa voix s'étouffe dans sa gorge. L'homme attrape la femme par le bras. Le cœur de Margot s'emballe.

Un chat traverse le parking en courant et déclenche le projecteur de sécurité. Le faisceau jaune tombe sur le couple et éclaire une scène bien différente de celle qu'elle imaginait. Elle reconnaît l'homme : c'est Andrew qui, très pâle et loin d'agresser la jeune femme, semble subir sa colère. C'est la serveuse du pub.

Margot croise les bras.

Andrew tourne la tête et la remarque près de la porte de la cuisine alors que l'éclairage de sécurité brille encore. Elle le dévisage longuement, froidement, puis tourne les talons et rentre dans le pub. Connard. Lucy avait raison.

En revenant dans le pub, elle voit Lucy et Tom debout près du bar qui discutent intensément. Alors qu'elle passe, la tête haute, Lucy dit :

— Ce n'est pas le moment. L'atmosphère est trop tendue.

— Mais quand, alors ? Tu voulais leur dire ce soir.

— J'avais tort, ça ne va pas du tout. Margot a tout gâché.

Lucy l'aperçoit alors et fuit son regard, l'air coupable.

— Tom a raison, dit Margot avec un sourire forcé. Annonce-nous la nouvelle tout de suite. Ne nous fais pas languir, ajoute-t-elle avec une ironie à peine déguisée. Ce n'est pas comme si on allait s'évanouir de surprise. Tout le monde a deviné. C'est cousu de fil blanc, votre histoire.

Lucy la contemple avec stupéfaction. Margot lève les yeux au ciel. Pourquoi faire autant de secrets ? Ils se conduisent comme si la nouvelle était trop énorme, trop précieuse pour être divulguée sans mille précautions. Ils se croient le centre du monde. Cette comédie est grotesque. Lucy et Tom vont avoir un enfant, bon. Il n'y a pas de quoi en faire un roman. Elle pose un regard appuyé sur le ventre de Lucy et annonce :

— C'est bien, la relève est assurée… On a compris, tu sais, on n'est pas complètement stupides.

Voyant que Lucy devient blanche comme un linge, Margot hausse les épaules.

— Je comprends, tu veux profiter à fond de ta grande nouvelle. Ne t'en fais pas, je ne vais pas te gâcher la surprise.

Elle prend sur le comptoir le premier verre qui lui tombe sous la main et le porte à ses lèvres, renversant un peu de vin sur sa main mal assurée.

— Bon, là, entre nous, on peut bien déjà porter un toast… aux bébés. À la nouvelle génération de déglingués.

Le bras de Tom se resserre autour des épaules de Lucy, ce que Margot prend très mal. Il n'a pas besoin de protéger sa sœur contre elle, il devrait le savoir. Elle aime Lucy – rien ne pourra jamais changer ça. Jamais elle ne lui ferait de mal.

Elle tourne les talons et se dirige vers la table, mais l'ambiance ne s'est pas réchauffée là non plus. Andrew revient, très pâle, les mains plongées au fond de ses poches. Il regarde Margot en se rasseyant à côté d'Eve qu'il prend par la taille pour l'attirer contre lui. Il l'embrasse.

Eve a l'air étonnée.

— Ça va ?

— Très bien, dit-il d'une voix sonore en fixant Margot.

Oui, c'est ça, songe-t-elle. Tu ne me feras pas prendre des vessies pour des lanternes ! Elle le fusille du regard, et Andrew baisse les yeux.

Pendant le repas, la conversation est guindée et laborieuse. Margot n'a aucun appétit et touche à peine à son assiette, préférant reprendre un verre de vin. Lucy ne mange pas non plus, et Eve ne dit pas grand-chose, l'air perturbé. Seules les deux petites filles semblent ne rien capter des tensions familiales.

— On a fini. On peut aller jouer au billard ? demande Chloé.

— Oui, répond Andrew, qui ajoute avec un soulagement mal déguisé : Je vous accompagne.

On débarrasse leur table, et personne ne commande de dessert. Après un intervalle de temps à peu près correct, Ted murmure quelque chose à Sibella, qui approuve. Il est prêt à partir.

— Eh bien, merci pour ce délicieux dîner, Lucy et Tom. Demain, c'est le grand jour, et nous nous doutons que vous n'avez pas envie de vous coucher trop tard. Nous ne voulons pas épuiser les futurs mariés.

— C'est vrai, renchérit la mère de Tom d'un ton jovial. Nous devons tous nous reposer pour être en forme demain.

Elle tapote la main de son mari, sourit à Margot, l'air de dire qu'elle a grand besoin aussi d'aller se coucher, et décroche son sac à main du dossier de sa chaise.

Eve suit le mouvement, commençant à rassembler les feutres et les cahiers de dessin de ses filles. Affalée sur sa chaise, le menton appuyé à sa main, Margot s'aperçoit que Tom encourage Lucy à prendre la parole.

— Allez, vas-y, murmure-t-il.

— Oui, c'est ça, vas-y, dit Margot.

Lucy lui jette un regard pour la faire taire puis, bizarrement, se lève quand même.

— Est-ce que vous pourriez tous rester encore une minute ? J'ai quelque chose à vous dire. Finalement, il vaut mieux que je profite de ce moment, avant qu'Andrew revienne avec les filles.

Nous y voilà, songe Margot avec un petit sourire narquois en se renversant sur sa chaise. Pas trop tôt. La révélation arrive…

— Allez, Luce, lance-toi ! dit-elle. Émerveille-nous avec ta grande nouvelle. Nous sommes tout ouïe.

23

Lucy se lève, le cœur battant à se rompre. La présence rassurante de Tom à ses côtés la soutient un peu.

— Allez, vas-y, répète-t-il. Je suis là.

— Quoi ? demande Kit, interloquée. Qu'est-ce qu'il y a ?

Lucy prend son courage à deux mains.

— Bon, vous savez tous que Tom et moi, nous avons organisé ce mariage dans la précipitation. En fait, nous n'avons décidé de nous marier que la semaine dernière, ce qui n'a pas laissé beaucoup de temps. Nous sommes désolés de ne pas avoir pu faire autrement… Mais, ajoute-t-elle après un silence, nous vous sommes extrêmement reconnaissants d'avoir fait l'effort d'être là pour nous ce week-end.

Elle balaye du regard la tablée étonnée.

— Je veux vous expliquer pourquoi j'ai voulu vous rassembler ici ce soir avant la fête de demain. J'ai quelque chose d'important à vous dire.

Lucy voit que Margot jubile, et son sourire entendu et suffisant est un affront insupportable.

Elle a la gorge serrée : elle a beau avoir répété ce moment cent fois, elle ne se sent pas prête.

— Je ne suis pas enceinte, dit-elle en se tournant vers Margot.

Sa sœur jette un rapide coup d'œil à leur père et son sourire commence à s'effacer.

— Je suis désolée, mais ce que je vais vous annoncer est beaucoup moins drôle. Je suis malade.

— Comment ça, malade ? s'exclame Kit, sourcils froncés.

Lucy se tourne d'abord vers sa mère, puis vers son père, et annonce :

— J'ai un cancer.

Un lourd silence accueille cette nouvelle.

Ted s'étrangle.

Le visage de Margot passe de la surprise à l'incrédulité.

Sa mère la regarde fixement, bouche ouverte.

Margot brise le silence avec un rire.

— Luce, arrête, c'est pas drôle !

Lucy ne répond pas et Margot se tourne vers Tom avec un regard interrogateur, cherchant à se faire rassurer. Elle proteste encore un peu, mais sans grande conviction.

— Mais non, tu es enceinte. C'est un secret de Polichinelle.

Eve pose la main sur le bras de Margot.

— Tais-toi cinq minutes…

— Pardon, mais non, je ne suis pas enceinte, dit Lucy.

Elle serre les poings, les bras inertes le long du corps, comme s'ils avaient perdu leur force.

— Je suis désolée de n'avoir rien dit tout de suite. Mon idée était de vous réunir pour n'avoir à l'annoncer qu'une seule fois, à tout le monde en même temps. Je ne sais pas pourquoi, j'imaginais que ça serait plus facile. J'entre à l'hôpital lundi pour subir une intervention. On va m'opérer.

Sa main se porte automatiquement sur son ventre, le siège de ses problèmes.

— J'ai une assez grosse tumeur sur un ovaire. On va me l'enlever… et… et tout ce qu'il faudra retirer avec. Ensuite, eh bien, ce sera de la chimiothérapie pour ralentir la maladie.

— Comment ça, pour la ralentir ? intervient Eve.

Lucy hoche la tête, et elle sent la main de Tom, chaude et rassurante, se poser sur son bras.

— Mais on va te guérir, proteste Eve.

Lucy soutient son regard.

— Le scanner que j'ai passé la semaine dernière montre que la tumeur a déjà très probablement métastasé. On en saura plus la semaine prochaine avec l'opération, mais l'oncologue m'a avertie que la lésion semblait agressive. C'est probablement un stade quatre.

Lucy entend ses nièces au loin qui se crient des conseils dans la salle de billard, le claquement des boules qui s'entrechoquent, un éclat de rire.

— Métastasé ? Ça veut dire quoi ? rage Margot, que l'inquiétude rend agressive.

Devant les visages stupéfaits et inquiets de sa famille, Lucy comprend que Tom avait raison : ça n'était peut-être pas le mieux de leur apprendre la nouvelle à tous en même temps.

— Métastasé, ça veut dire que la première tumeur s'est répandue, explique-t-elle. Le scanner indique qu'il y a probablement des tumeurs secondaires dans mon abdomen et mes poumons. L'opération de la semaine prochaine va clarifier la situation.

— Mais la semaine prochaine, tu pars en voyage de noces ! proteste Eve.

Margot approuve avec des hochements de tête véhéments.

— Tu as fait tes bagages !

— Pour l'instant, ma lune de miel sera un séjour au CHU de Bath. Si j'ai fait ma valise, c'est seulement pour aller à l'hôpital, pas ailleurs. Je ne pars pas. Pas tout de suite, en tout cas.

— Ah, Lucy, ma petite chérie…, dit Ted gravement.

— Mais, mais…, bégaye Margot. Tu ne peux pas avoir un cancer. Tu n'as que vingt-huit ans. Tu te maries demain.

Lucy se force à sourire.

— Oui, je me marie demain, dit-elle en prenant la main de Tom. C'est justement ma maladie qui nous a décidés à hâter le mariage. Quand j'ai appris que j'avais un cancer… (chaque fois qu'elle prononce ce mot, sa mère rentre la tête dans ses épaules), j'ai soudain compris ce qui comptait le plus pour moi. Tom. Vous tous. Nous réunir.

Elle reprend des forces au contact de la main de Tom et tente un nouveau sourire.

— Je ne sais pas… Je voulais que vous le sachiez, mais en vous l'annonçant dans des circonstances pas trop tragiques… en pimentant un peu la sauce avec quelque chose de sympa…

Margot se rebelle :

— Ouais : « Salut, tout le monde. Je me marie. Ah, et au fait, j'ai un cancer ! Bon, amusez-vous bien. »

Lucy n'en mène pas large.

— C'est vrai que, présentée comme ça, l'idée semble un peu bizarre. Je suis désolée si vous me trouvez égoïste et si je vous ai attirés ici en vous mentant, mais ce mariage est bien vrai, et je veux que ce soit la fête. Nous tenons vraiment à célébrer ce bel événement avec vous, insiste-t-elle avec un sourire. Je sais que les prochains mois ne vont pas être très drôles, alors je compte bien profiter de demain.

Margot a toujours l'air furieuse.

— Pourquoi est-ce que la maladie n'a pas été diagnostiquée plus tôt ? Comment peut-on être en pleine forme et soudain se rendre compte de ça ? C'est insensé !

— J'ai des symptômes depuis un certain temps. De la fatigue, des ballonnements. Des douleurs abdominales, ajoute-t-elle en posant la main sur son ventre. Le médecin a d'abord cru que c'était le syndrome de l'intestin irritable. On peut facilement confondre, apparemment.

Ted secoue la tête.

— Il y a des médecins extraordinaires à Londres. Nous allons te trouver un rendez-vous avec le meilleur spécialiste de Harley Street.

Lucy sourit tristement.

— Papa, ça ne sert à rien. Je vois des gens formidables ici. C'est un très bon hôpital. Je suis entre de bonnes mains.

— Tu ne vas pas mourir, jette Margot d'un ton ferme.

— Si, bien sûr, un jour ou l'autre, comme tout le monde.

— Arrête, tu me comprends très bien.

— Papa a raison, intervient Eve. Il y a toutes sortes de traitements de nos jours. Des médicaments très efficaces, des centres pilotes où on tente des thérapies nouvelles, sans parler de la médecine alternative. Ça, c'est ton domaine : l'acupuncture, la réflexologie, et...

Elle s'arrête en voyant le regard de Lucy, et cherche un appui auprès de Margot, puis de Kit, mais Lucy l'empêche de terminer.

— Je ne sais pas ce qui va se passer dans les semaines et les mois qui viennent, mais pour vous dire la vérité, je ne voulais pas que la prochaine réunion familiale ait lieu à l'occasion de mon enterrement. Je ne voulais pas que vous fassiez la fête sans moi, ajoute-t-elle avec un demi-sourire.

Au mot « enterrement », Kit laisse échapper un sanglot étouffé.

Lucy s'adresse alors particulièrement à elle :

— Demain, je veux qu'on fête l'amour et la vie, pas la mort.

— Il n'est pas question d'enterrement ! se révolte Margot.

— Mais enfin, ils vont te soigner, insiste Eve, le visage défait.

— Si nous avons la confirmation la semaine prochaine que c'est un stade quatre, eh bien... on pourra me soulager, oui, mais pas me guérir. J'entrerai en soins palliatifs. Mais je ne baisse pas les bras. Je suis jeune et solide.

Elle presse la main de Tom puis se tourne vers Margot.

— Je suis persuadée que tant qu'il y a de l'amour, il y a de l'espoir.

Margot baisse la tête, et Lucy se tourne ensuite vers Kit qui a reculé sa chaise, le visage ravagé.

— Maman, ça va ?

Kit la regarde fixement.

— Je… je ne… Pardon…

Elle se lève avec un horrible grincement de chaise et sort précipitamment, laissant un silence atterré derrière elle.

— Ne vous en faites pas, dit Lucy gaiement. C'est le choc. Vous accusez le coup. J'ai eu quelques jours pour commencer à digérer la nouvelle, mais ça va prendre encore un peu de temps. Pour nous tous.

Elle essaie de leur sourire, mais elle ne voit qu'une mer de visages horrifiés. Eve presse son poing contre sa bouche. Leur père a l'air au bord des larmes, et Sibella lui tient la main, la serrant fortement dans les siennes. La mère de Tom sanglote.

— Tu as été très courageuse ce soir, Lucy, dit Sibella. Je pense qu'on a tous besoin d'un peu de temps pour assimiler ce que tu viens de nous dire.

Lucy hoche la tête, reconnaissante, réconfortée par sa calme présence.

— Oui, je sais.

— Excusez-moi, se rebelle Margot en jetant un regard noir à Sibella, mais je ne peux pas faire semblant que tout va pour le mieux dans le meilleur des mondes. Tu nous demandes de faire la fête demain comme si c'était un mariage normal ?

Elle considère Lucy en secouant la tête, l'air de ne pas y croire.

— Mais oui, répond Lucy. C'est exactement ça, Margot.

Ils sont tous tournés vers Lucy, en état de choc, quand un souffle d'air frais entre dans le pub. Un homme blond portant une veste en cuir noir vient d'entrer. Il regarde autour de lui comme s'il cherchait quelqu'un, et s'arrête sur Margot. Celle-ci le contemple bouche bée, l'air stupéfait.

Lucy voit cet homme adresser à Margot un grand sourire heureux, qui rend son visage encore plus séduisant et fait pétiller ses yeux bleus. Elle est fascinée. On dirait une rock star.

— Salut, Margot, dit-il.

Comme celle-ci reste muette, l'homme s'adresse au reste de l'assemblée avec un grand sourire.

— Bonjour, je m'appelle Jonas, dit-il avec un léger accent qui adoucit la première consonne de son nom. Je suis un ami de Margot.

Le regard de Lucy passe de Jonas à Margot, et sa sœur rougit.

— Je ne veux pas m'imposer, continue-t-il, mais j'ai entendu dire que vous fêtiez un mariage demain, et j'ai pensé que vous auriez peut-être besoin d'un photographe.

Il pose un regard interrogateur sur Margot, qui semble sur le point de parler, sauf qu'aucun son ne sort de sa bouche.

Lucy prend la parole à sa place, accueillant le nouveau venu avec un sourire reconnaissant.

— Oui. Oui, il y a bien un mariage demain. Bienvenue, Jonas.

24

Malgré leur décision de ne pas passer la nuit ensemble la veille du mariage, Lucy demande à Tom de rester dormir chez elle après cette soirée difficile.

— On dit que ça porte malheur, commente-t-il dans la voiture.

Lucy laisse échapper un rire cynique.

— Bah, tu sais, le mal est fait. Je veux profiter de chaque instant, et j'ai envie d'être avec toi.

— Moi aussi, répond-il en lui posant une main sur le genou.

Au lit, ils s'enlacent.

Elle distingue dans l'obscurité la longue forme de sa robe de mariée pendue à la porte.

— Ça ne s'est pas très bien passé, je reconnais, dit-elle au bout d'un moment.

— Il n'y avait pas de bonne façon de l'annoncer.

— C'est vrai.

— Tu as eu du courage de leur parler à tous. Je suis fier de toi. Il n'y a eu que Margot qui… Elle a été très limite. Qu'est-ce qu'elle a ?

Lucy soupire dans le noir.

— C'est ce que nous nous demandons depuis un bon moment.

Elle repense au comportement de sa sœur au pub, à sa consommation d'alcool, à sa rage contre l'infidélité supposée d'Andrew, à ses larmes inattendues la veille quand on lui a reproché la destruction du roman de leur mère.

— J'ai du mal à la comprendre. Elle est complètement… imprévisible. Personne ne sait jamais ce qu'elle est capable de faire. Mais quand ce type a débarqué, là, je me suis dit « chapeau ». Il est super canon, non ?

— Je n'ai pas spécialement remarqué, répond Tom sèchement.

— Eh, mais tu ne serais pas jaloux, par hasard ?

— Qui ? Moi ? Jaloux d'un beau gosse scandinave d'un mètre quatre-vingt-quinze ?

— C'est toi, mon beau gosse, dit-elle avec un petit rire en se blottissant contre lui.

Ils se taisent, puis Tom demande :

— Tu as le trac, pour demain ?

— Oui.

— Tout va bien se passer. Je suis là.

Il lui caresse les cheveux puis pose de nouveau le bras sur sa taille. Elle sent son souffle dans son cou et se love, dos contre lui, se laissant envelopper par sa chaleur et sa force. Elle se sent petite, fragile comme un œuf dans le nid. Leur respiration s'apaise, ralentit et se synchronise. Elle sent que le sommeil le lui vole. Il s'éloigne.

Elle pense à la journée qui l'attend, et à tous ses amis qui vont converger vers Windfalls pour fêter leur mariage. Elle veut réellement que tout le monde s'amuse, comme elle l'a dit à sa famille. Elle veut que ce soit un beau jour, célébrer le bonheur et chasser la tristesse.

La respiration de Tom s'amplifie. Peu à peu, ses bras se desserrent et il sombre dans le sommeil.

Lâcher prise. C'est quelque chose qu'elle doit apprendre. Une image remonte des profondeurs de son inconscient, du duvet de pissenlit qui s'envole dans le vent, et avec cette image surgit le souvenir d'un après-midi à Windfalls, sur la pelouse, avec son père qui lui montre comment on souffle sur les têtes blanches des fleurs en graines. C'est le jeu de l'horloge.

« Tu vois, Lucy, avait-il dit en se baissant à côté d'elle. Compte combien de fois tu souffles pour tout faire s'envoler, et tu sauras l'heure. »

Elle avait posé sur lui un regard méfiant…

« Mais si, je t'assure, essaie, tu verras. »

Alors elle avait soufflé. Il lui avait fallu cinq fois pour débarrasser le pissenlit de ses akènes.

« Il est 5 heures ? » avait-elle demandé.

Il avait très théâtralement vérifié l'heure à sa montre.

« Pile, avait-il confirmé avec un grand sourire.

— Mais on vient de prendre le petit déjeuner !

— On a dû se lever très tard, alors ! »

Il l'avait soulevée dans ses bras et l'avait chatouillée jusqu'à la faire hurler de rire pendant que les aigrettes blanches finissaient de se disperser au loin.

« Regarde-les partir, Lucy, avait-il ajouté quand son fou rire s'était calmé. Tu les vois voler ? »

Ce souvenir lui donne une forte nostalgie de son enfance. Elle regrette cette époque où tout semblait plus simple, plus léger, où elle n'avait d'autre souci que de souffler sur des têtes de pissenlits. Elle pense à son annonce, revoit l'expression de Margot, blessée, choquée, les émotions à fleur de peau. Pourquoi sa sœur est-elle si fragile ? se demande-t-elle. Margot est tellement particulière… Pourquoi ne se livre-t-elle jamais ? De quoi a-t-elle peur ?

— Tom…, murmure-t-elle dans l'obscurité.

Seule une respiration lente et régulière lui répond.

— Tom…, tente-t-elle à nouveau sans grande conviction.

Elle sait qu'il est trop profondément endormi pour l'entendre, alors ce qu'elle a envie de lui dire, les questions qui la perturbent ne trouvent pas d'exutoire. C'est un poids qu'elle tourne et retourne et qui l'empêche de dormir.

LE PASSÉ
2009

25

Le surlendemain de la soirée de clôture de *Roméo et Juliette*, un cadeau pour Margot arriva chez elle. C'était une boîte enveloppée de papier doré, nouée d'un ruban rouge, qu'on avait déposée devant sa porte. Une carte l'accompagnait. Elle fut parcourue d'un frisson glacé en la lisant : « Bravo, Juliette ! Tu as été magnifique. Avec mes sentiments les meilleurs, M. Hudson. »

Elle resta les yeux rivés sur ce message un long moment avant d'aller dans la cuisine et d'ouvrir le paquet. C'était une grande boîte de chocolats, du genre de celles qui s'alignent sur les présentoirs de supermarché à Noël. Pétrifiée, elle la laissa choir sur la table et la contempla, paralysée.

— Tiens, quelle gentille attention ! s'exclama Kit qui passait par là. Voilà qui va peut-être te redonner le sourire.

Margot ne répondit pas.

— Tu te sens toujours patraque ? Tu ne voudrais pas que je te prépare un petit quelque chose à manger ?

Elle fit non de la tête.

— Tu n'as pas décidé de suivre un régime, j'espère…

Margot poussa la boîte de chocolats vers sa mère.

— Mange-les, toi.

— Mais non, voyons, ils sont à toi…

— Je n'en veux pas.

Kit haussa les épaules.

— Bon, eh bien, merci, ma chérie.

Elle en choisit un de forme triangulaire et le mit dans sa bouche.

— Tu en auras peut-être envie un peu plus tard, quand tu te sentiras mieux.

Margot baissa les yeux sur la carte. *Tu as été magnifique*. Une bouffée de haine l'envahit. Elle rassembla tout son courage.

— Maman…

— Mmmmm…, marmonna Kit en mâchant.

C'était très difficile, mais elle continua.

— Je voulais te dire… le soir de la pièce…

— Oui, je sais. Je suis désolée d'avoir oublié, mais je me suis déjà platement excusée.

— Non, ça n'est pas ça… Il est arrivé quelque chose…

Margot ne savait pas comment présenter les choses à sa mère. Il lui semblait impensable de décrire à voix haute ce qui lui était arrivé, mais il fallait profiter du moment. Il était si rare que sa mère reste un peu avec elle et lui prête attention. Elle voulait lui parler, mais la difficulté était d'expliquer l'enchaînement des événements, de trouver comment dire qu'elle avait sans doute voulu… voulu qu'il se passe quelque chose… qu'il la regarde… qu'il l'embrasse… Mais jamais voulu ça. Absolument pas ça. Sa mère comprendrait peut-être.

— Il est arrivé quelque chose… quelque chose de grave…

— Ah bon ? Moi qui croyais que tout s'était tellement bien passé, dit Kit distraitement en étudiant la liste des chocolats pour choisir le prochain. La mère de Jamie Kingston m'a dit que vous aviez fait un triomphe.

— Je ne parle pas de la pièce. Ça s'est passé après, pendant la fête.

Kit oublia enfin les chocolats et dirigea vers elle un regard attentif.

— Après ? Oui, justement, je voulais t'en parler.

Margot se figea, stupéfaite.

— Ah bon ?

Kit posa le papier cartonné sur la table.

— Oui, oui. Je sais parfaitement ce que vous avez fait.

Margot se sentit à la fois consumée de honte et, d'une certaine manière, soulagée. Si sa mère savait, il n'y aurait pas besoin de lui expliquer la Chose affreuse qui était arrivée et d'entrer trop dans les détails.

— Oui, je ne voulais pas t'en parler, surtout après ton triomphe dans la pièce, d'autant que j'avais quelque chose à me faire pardonner, ajouta Kit avec un petit rire. Mais bon, puisque tu abordes le sujet…

Margot ne respirait plus.

— Tu as essayé de faire disparaître les traces de votre passage, reprit Kit, mais j'ai trouvé plusieurs canettes de bière vides sur la jetée, et j'ai bien vu dans quel état vous avez laissé mon bureau, toi et tes amis. Vous êtes entrés dans la remise !

Margot fronça les sourcils pendant que sa mère continuait en posant sur elle un regard sévère :

— Bon, ça ne me dérange pas que tu invites tes amis à Windfalls, mais je te demande expressément de ne pas entrer dans la remise. Pour moi, c'est primordial de tout retrouver exactement dans l'état où je l'ai laissé. Tu imagines le désastre s'il était arrivé quelque chose au roman que je suis en train d'écrire ? ajouta-t-elle, la voix tremblante. Ce serait une catastrophe épouvantable.

Devant le malentendu, Margot fut saisie d'une angoisse muette. Elle baissa la tête. Une catastrophe épouvantable…

— Oui. Bien sûr. Pardon.

— Je crois qu'il vaut mieux qu'on décide une fois pour toutes que la réserve à pommes vous est totalement interdite, à toi et à tes amis. Comme ça au moins, c'est clair.

Margot approuva d'un signe de tête. Sur ce point, elle n'avait aucune envie de la contredire. Elle n'était pas retournée dans la remise depuis le soir de la fête. Jamais, jamais, elle ne pourrait s'y résoudre.

— Tu devrais sauvegarder ce que tu écris, suggéra-t-elle au bout d'un long moment.

Kit eut un rire et goba un autre chocolat.

— Moi, tu sais, tout ce qui est technique, je n'y comprends rien. J'ai déjà eu assez de mal à m'habituer au lecteur DVD que ton père a acheté autrefois. Je préfère les bonnes vieilles méthodes traditionnelles. Et puis, il n'y a aucun risque si personne n'entre dans la remise. N'inventons pas de problème là où il n'y en a pas.

Elle se leva et laissa tomber sa main sur l'épaule de Margot.

— Alors, on se comprend ? Je te remercie, chérie. Je te promets que tout sera très différent dès que j'aurai fini mon livre. Je me rattraperai. Allez, pour cette fois, ça n'est pas tragique. Il n'est rien arrivé. On n'en parle plus, d'accord ?

Margot ne se retourna pas quand sa mère sortit. Elle entendit le déclic de la porte du jardin qui se refermait, et les pas de Kit qui s'éloignaient vers le verger.

Elle se fit porter malade pour ne pas retourner au lycée et passa les derniers jours de l'année scolaire au fond de son lit, prostrée, un chat roulé en boule à ses pieds. Elle restait nez au mur, examinant le papier peint fleuri dans ses moindres détails. Elle s'abreuvait de reproches. Tout était sa faute : quelle idiote elle avait été de fantasmer qu'il l'embrassait, d'avoir formé un cercle avec ses doigts pour mieux l'imaginer ! Elle aurait pu s'arracher les lèvres à force de les frotter pour effacer cette souillure, couper sa traîtresse de main.

Tu vois ce que tu me fais ?

C'était elle, la coupable. Autrement, elle n'aurait pas eu autant honte. Elle résolut de ne jamais parler à personne des événements qu'elle avait provoqués. Elle avait voulu que M. Hudson la remarque, qu'il l'embrasse. Elle n'avait eu que ce qu'elle méritait. Alors elle enferma en elle l'horrible souvenir, enterra son traumatisme dans l'endroit le plus secret.

À qui as-tu pensé, Margot ?

Dis-moi ce que tu veux, Margot.

Tu aimes ça, hein ?

Quand des souvenirs s'échappaient malgré elle et l'envahissaient, elle essayait de les transformer en quelque chose de plus tolérable, de plus doux, de plus romantique, de construire une autre histoire. Il n'avait pas pu s'en empêcher. Peut-être était-il amoureux d'elle ? Mais toujours revenait aussi la violence avec laquelle il l'avait maintenue en l'attrapant par les cheveux. Elle sentait la douleur dans ses cuisses pressées contre le bureau, le goût immonde de la langue qui s'introduisait dans sa bouche.

À la fin du mois d'août, elle reçut les résultats de ses examens : d'excellentes notes dans toutes les matières. Elle avait particulièrement bien réussi l'épreuve de théâtre. Elle aurait dû être heureuse, mais elle n'éprouva que de l'indifférence.

— Tu ne veux pas sortir fêter ça avec tes copains ? demanda Kit.

— Je n'ai pas envie.

Kit fronça les sourcils. Elle alla ouvrir le réfrigérateur et en sortit une bouteille de champagne.

— Mon éditeur français m'a envoyé ça la semaine dernière. Allez, on l'ouvre ! On se boit une coupe ! Tu l'as bien mérité. Je suis fière de toi. Tout le monde est très fier.

Margot n'avait aucune envie de boire du champagne, mais elle se força à tout avaler. Le goût d'alcool fruité lui rappela celui, écœurant, du punch et du cidre. Et puis elle sentit une chaleur se répandre en elle, et une sorte de bien-être estomper la torture que lui infligeaient ses pensées. Quand Kit retourna à la remise pour écrire, Margot ressortit la bouteille du réfrigérateur et s'en versa encore un verre. Elle en but plusieurs de suite, vite, tant et si bien qu'elle vida presque la bouteille.

Une fois remontée dans sa chambre, elle trouva le silence lourd et angoissant. Elle resta un long moment devant le miroir de la salle de bains sans pouvoir s'arracher à son reflet. *Tu es une fleur prête à éclore.* Son visage la révulsait. Si elle ne s'était pas retenue, elle se serait labouré la peau, arraché les joues avec les ongles.

Elle alla dans la chambre d'Eve, s'allongea sur le lit en fer forgé par-dessus le couvre-lit bien tiré, et serra dans ses bras un coussin de sa sœur. Elle laissa venir ses larmes, regrettant que son aînée ne soit pas là pour lui remonter le moral avec sa voix calme et ses conseils toujours judicieux. Eve aurait su quoi dire et quoi faire. Mais elle n'était pas là, et il n'y avait que le silence – une solitude qui faisait très mal.

Dans le dernier tiroir de la commode, elle trouva quelques vieux vêtements d'Eve, des T-shirts délavés, un bas de jogging et un sweat à capuche qu'elle avait vu sa grande sœur porter les jours où elle se sentait « trop moche » et déambulait dans la maison avec un air sombre, une bouillotte plaquée sur le ventre. Margot mit le nez dans le sweatshirt et inhala le parfum oublié. Un peu réconfortée, elle tira la capuche sur sa tête. Elle se sentait mieux ainsi, protégée par le vêtement trop grand qui lui ôtait ses formes et la cachait.

La chambre de Lucy lui sembla encore plus vide, privée de son énergie et de son dynamisme. La pièce était restée figée dans son vieux désordre, capsule temporelle remplie d'un fatras d'objets de son adolescence. De vieilles affiches de boys bands et des photos étaient punaisées aux murs. On y voyait Lucy brandissant des coupes scolaires de hockey, et posant au sein d'équipes de basket victorieuses. Il y avait une photo très ancienne des trois sœurs au bord de la rivière – elle ne devait pas avoir plus de six ou sept ans. Elles étaient assises côte à côte sur la jetée et regardaient toutes les trois dans l'eau. Elle ne se souvenait pas du jour où cette photo avait été prise, mais supposait que son père était le photographe. Elle contempla les fillettes d'autrefois, puis continua son petit tour.

Lucy avait laissé beaucoup d'affaires à Windfalls. Sur le bureau s'étalait le désordre habituel de stylos, de carnets, de vieilles bouteilles de vernis à ongles et une pile de livres de poche lus sans ménagement. Il y avait de vieux billets de cinéma et des bâtons de rouge à lèvres, un collier de perles fantaisie emmêlé avec le fil d'une paire d'écouteurs. À côté d'une lampe poussiéreuse, elle vit le canif de sa sœur et un flacon de patchouli à moitié vide. Elle prit le couteau pliant et le soupesa, puis ouvrit la lame et la fit tourner dans la lumière. Cela lui rappela le jour où, au bord du ruisseau, Lucy s'en était servie pour graver l'écorce du pommier. La sensation du canif dans sa main était fraîche et rassurante. Elle le mit dans la poche avant de son sweat à capuche et sortit de la chambre.

Dehors, il faisait gris et pas très chaud. Aucune trace de Kit. Margot se doutait que sa mère était en train de travailler dans la remise, penchée sur son petit manuscrit chéri. Elle baissa la capuche sur son front et prit l'allée vers la route.

Bizarrement, elle avait l'impression d'être environnée d'une brume épaisse, peut-être à cause du champagne, ou de la protection de la capuche d'Eve qui mettait son visage dans l'ombre. Ou bien cette impression était simplement due à l'anesthésie étrange qui ne la quittait plus. Tous les bruits lui semblaient assourdis : ses pas sur le goudron, les rires d'enfants sur les portiques, les voitures qui passaient. Il lui semblait évoluer dans un monde de silence, être étrangement ailleurs.

Elle marcha sans but, tête basse, d'un pas machinal, serrant dans sa poche le canif dont le manche s'était réchauffé au contact de sa paume.

Ce ne fut qu'en arrivant au lotissement qu'elle comprit où sa volonté inconsciente avait guidé ses pas. Elle retrouva la porte d'entrée noire, la voiture rouge garée dans l'allée. À peine quelques semaines plus tôt, elle était venue ici même avec le reste de la troupe, heureuse à l'idée de regarder un film chez son cher M. Hudson. Son sang cinglait dans ses veines. Elle avait du mal à respirer. Elle serra plus fort le canif de Lucy dans sa main, avança et appuya sur la sonnette.

Le carillon déclencha un hurlement strident dans la maison, un cri de bébé. D'autres sons suivirent, une voix assourdie, une télévision dont on coupait le son.

— Une minute ! cria une voix de femme derrière la porte.

Ce fut cette voix, celle de Mme Hudson, qui la tira de son état second, ou peut-être les vagissements du nouveau-né. Voyant une ombre passer derrière le panneau de verre dépoli de la porte, elle tourna les talons juste avant qu'on lui ouvre.

Elle sauta de la marche et s'éloigna à grands pas. En arrivant à la hauteur de la voiture garée dans l'allée, elle sortit le canif ouvert de sa poche et posa la lame sur la carrosserie, raclant la peinture dans un long grincement métallique.

— Hé ! cria une voix de femme derrière elle.

Mais Margot ne se retourna pas. Elle ne se sauva pas non plus. Elle laissa tomber son canif et regagna la rue du lotissement, marchant vite, tête rentrée dans les épaules et visage caché sous la capuche du sweat, réveillée de son somnambulisme, pleine de vie, d'agressivité et de fureur.

Elle s'isola pendant tout l'été, refusant les invitations aux fêtes, aux sorties à la rivière. Elle n'allait pas non plus en ville par peur de tomber sur des camarades de la pièce ou, pire encore, sur M. Hudson lui-même. Il était beaucoup plus facile de rester chez elle que d'affronter le regard des autres.

Quand elle reprit le chemin du lycée à la fin de l'été, Margot était à peu près prête à participer à la vie scolaire, ayant construit ses défenses et enfoui très loin ce qui était arrivé avec M. Hudson. Elle s'était blindée, s'attendant à le croiser dans les couloirs, à endurer ses sourires en classe. Ce qui était fait était fait, mais elle refuserait toute interaction avec lui.

Et puis, surprise totale, le chef d'établissement annonça lors de son discours de début d'année que M. Hudson avait quitté le collège. Il communiqua cette nouvelle très brièvement, sans donner aucune explication.

— Je sais que vous allez réserver un très bon accueil à Mme Ashcroft, qui va prendre la tête de la section théâtrale, et je compte sur vous pour lui faciliter la tâche…

Pendant que tous applaudissaient poliment, Margot, interdite, se posait mille questions.

La rumeur se répandit comme une traînée de poudre. Dès l'heure du déjeuner, la raison de ce départ alimentait les conversations, et les messages fusaient sur les portables clandestins.

— Vieux pervers.

— Sale dégueulasse.

— Je me doutais qu'il n'était pas net.

Margot s'arrêta en arrivant à la hauteur d'un groupe de troisièmes et tendit l'oreille.

— Il paraît qu'il l'a fait rester après les cours et qu'il a mis la main sous sa chemise.

— Beurk ! On voyait bien qu'il était bizarre. Il était trop mielleux. Il voulait trop être le pote de tout le monde.

— Elle a porté plainte ?

— Les parents de Sasha ont dit qu'ils ne raconteraient rien à la police si le bahut se débarrassait de lui.

— Oui. Il paraît qu'ils ont peur que le nom de Sasha se retrouve dans les journaux. Ça risquait d'être mauvais pour trouver une place dans une bonne université.

— La plus malheureuse dans tout ça, c'est sa femme. Elle vient d'avoir un enfant.

Margot écoutait, envahie par un horrible malaise. Sasha, c'était Sasha Hart, et M. Hudson avait essayé de lui faire la même chose qu'à elle, sauf que Sasha avait vu quel genre d'homme c'était, et elle avait pu faire ce dont Margot avait été incapable : elle l'avait repoussé. M. Hudson n'était qu'un « sale pervers », ce que tout le monde avait compris depuis longtemps, sauf elle. Elle n'en put vite plus d'entendre les élèves ressasser les détails du scandale et de la spectaculaire descente aux enfers de leur ancien professeur.

Ce qu'elle entendait confirmait ses pires craintes : elle avait bien mérité ce qui lui était arrivé. Et maintenant que tout le monde savait à quoi s'en tenir sur lui, elle avait honte de s'être tue si longtemps, et il lui devenait encore plus impossible de révéler son secret. Elle avait laissé passer tout l'été sans rien dire. Si elle parlait maintenant, tout le monde se demanderait pourquoi elle choisissait ce moment. Et avec elle, il était allé beaucoup plus loin qu'avec Sasha… Il avait… il avait… Ils croiraient qu'elle n'avait demandé que cela.

Tu vois ce que tu me fais ?

Tout le monde saurait. Sa famille. Ses amis. Le lycée. La police. Les journaux.

L'angoisse enflait en elle comme une énorme masse maléfique, alimentée par les bavardages de ses camarades. Tout le monde la regarderait. C'était une idée insupportable. Jamais elle ne devait se trahir et parler de ce qui s'était passé ce soir-là dans la remise au bord de la rivière.

SAMEDI

26

Margot se réveille en sursaut, en proie à un cauchemar. La bouche sèche, un marteau-piqueur cognant dans sa tête presque aussi fort que son cœur dans sa poitrine, elle repousse la couette et regarde autour d'elle, tâchant de reprendre pied dans la réalité. Ses yeux s'accoutument à la pénombre d'une aube grise, et elle voit un matelas par terre contre le mur du fond, occupé par un homme qui dort. Jonas est là.

Ralentie par sa gueule de bois, elle retrouve progressivement les souvenirs de la veille. Le dîner au pub. La vodka. La tension à table. Le visage blafard d'Andrew illuminé par la lumière de sécurité dans le parking. L'annonce de Lucy. L'arrivée surprise de Jonas.

Tous ces événements lui reviennent en mémoire sans hiérarchie particulière, puis une horreur glacée descend sur elle : la maladie de Lucy. Margot se tétanise.

Lucy n'est pas enceinte. Elle souffre d'une maladie grave.

Le mot terrible jaillit de son inconscient : cancer.

Margot retombe sur le dos, yeux tournés vers le plafond, et bat le rappel de ses souvenirs. Elle voit Lucy debout à côté de Tom, les regardant avec son petit sourire brave.

Cancer, ce mot est comme un coup de poing dans le ventre. Un cancer des ovaires… stade quatre… métastasé. N'y tenant plus, Margot se lève en silence et sort son ordinateur portable de son sac. Assise au bord du lit, elle l'allume et tape rapidement une requête dans le moteur de recherche. Ce qu'elle trouve ne sert qu'à l'inquiéter davantage. Le docteur Google n'a rien de bon à lui apprendre : Lucy a clairement tenté de leur cacher la terrible vérité. Margot fait rapidement défiler la liste des symptômes et des différents traitements possibles sur le site d'une association de lutte contre le cancer, et clique sur un fil de discussion où toutes sortes de gens racontent leurs souffrances, les traitements, le pronostic. Elle ferme son ordinateur. Sa pauvre Lucy…

Pourquoi ne leur a-t-elle pas parlé de ses craintes tout de suite ? Pour les protéger ? Ces derniers jours ont dû être terribles. Elle repense au texto que sa sœur lui a envoyé au début de la semaine. *J'ai besoin de toi*. Cette idée qu'elle a eue de les faire tous venir pour ce mariage de dernière minute n'avait finalement rien d'égoïste. Au contraire, c'était héroïque.

Margot n'en revient pas. Elle sait ce qu'il en coûte de vivre en gardant un secret, mais le sien n'a aucune mesure avec ce qui arrive à Lucy. C'est atroce.

Elle s'allonge de nouveau, submergée par l'émotion. Un poids énorme l'écrase et il n'est plus question de retenir ses larmes : c'est à peine si elle peut respirer.

Au bout d'un moment, elle prend conscience que le lit bouge et que quelqu'un s'allonge à côté d'elle. Une main chaude se pose sur son bras.

— Margot ?

Elle ne parvient ni à parler ni à le regarder, tant la douleur est épouvantable. Elle s'écarte, ayant besoin de toute son énergie pour ne pas s'effondrer. Si elle se relâche maintenant, elle risque d'éclater en mille morceaux.

— Margot, répète Jonas doucement. Je suis là.

Ces trois mots suffisent. Elle se tourne vers lui et se blottit dans ses bras. Elle se laisse enlacer et sanglote sur son épaule, laissant libre cours au désespoir qui la suffoque.

— Je devrais me fâcher, dit-elle un peu plus tard, couchée à côté de Jonas. Tu débarques sans prévenir…

— Oui, je sais.

— Comment as-tu réussi à me trouver ?

— Ça n'est pas compliqué de trouver le nom du village où habite la célèbre K.T. Weaver. La page Wikipédia de ta mère est remplie d'informations utiles. Je venais simplement au pub pour essayer de me faire indiquer le chemin par les gens du coin quand je t'ai vue installée à une table en entrant. Une super coïncidence.

— Pourquoi es-tu venu ?

— Je ne sais pas. J'ai eu l'impression… que tu aurais besoin d'être soutenue, et comme le pire qui pouvait arriver était que tu me dises de me barrer, eh bien, j'ai pensé que ça valait la peine d'essayer.

— Et tu te serais barré si je te l'avais demandé ?

— Bien sûr. Pour toi, je suis prêt à me barrer n'importe quand.

Elle sourit malgré elle.

— Je crois qu'on ne m'a jamais rien dit d'aussi gentil.

— Alors, tu n'es pas fâchée ?

Margot réfléchit un peu.

— Non. Tu veux savoir ce que j'ai ressenti quand je t'ai vu entrer dans le pub, hier soir ?

Jonas tourne la tête vers elle pour lui jeter un regard.

— Je ne suis pas sûr de vraiment vouloir… C'est agréable à entendre ?

— J'ai été soulagée. C'est tellement l'horreur pour l'instant, ajoute-t-elle après un silence. Lucy a un cancer.

— Je sais. Tu me l'as dit hier soir.

— Ah, d'accord, dit Margot en posant la main sur sa tempe.

Elle n'a plus aucun souvenir de la fin de la soirée : elle ne se rappelle pas avoir quitté le pub, ne sait pas comment on l'a couchée. Elle soupire.

— C'est tellement injuste.

— Oui, c'est injuste… La vie est injuste.

Margot se souvient de la photo de la belle femme blonde au bord du lac, sur la porte du réfrigérateur de Jonas. Elle lui prend la main.

— Je suis désolée.

— Et moi, je suis désolé pour toi. Pour Lucy. Pour ta famille.

Margot soupire et se tourne en se recroquevillant sur le côté. Ce qu'elle ne dit pas – ce qu'elle ne supporterait pas d'admettre devant Jonas ou n'importe qui d'autre –, c'est qu'elle se sent horriblement coupable.

Ce qui arrive est injuste. Ce n'est pas Lucy, l'image de la joie de vivre et de l'optimisme, qui devrait subir cette épreuve. Le destin s'est trompé de sœur, car si quelqu'un dans la famille méritait une sentence aussi dure, c'était bien elle. Elle vit depuis si longtemps avec sa honte, ce mal qui la ronge et la vide de sa substance, qu'elle aurait été une victime toute trouvée.

— Dis-moi à quoi tu penses, demande Jonas en la sentant trembler.

— Tu n'aurais pas dû venir. Je ne suis pas capable d'être heureuse. Je n'ai rien à t'offrir. Je suis vide.

Jonas garde un long silence avant de répondre.

— Tu dis n'importe quoi, Margot. Tu n'es pas vide. Je te vois, et je vois tes émotions. Tu es pleine de sentiments au contraire, mais tu les retiens, tu les emprisonnes. Tu n'arrives pas à y accéder. Tu es enfermée dans une coquille qui ne veut pas s'ouvrir. Il est possible que tu ne m'aimes pas – et ça ne serait peut-être pas facile pour moi à entendre –, mais ne pense surtout pas que tu n'as pas la capacité d'aimer. Tu as de l'amour en toi. Je le vois. Tu es venue ici pour Lucy, et pourtant cet endroit te fait horreur. Ce qui te retient, c'est la peur. Laisse les sensations venir, les sentiments. Qu'est-ce que tu risques ?

— Justement, de craquer.

— Mais si tu t'autorisais à craquer, peut-être pourrais-tu commencer à recoller les morceaux.

— Et si je n'arrivais pas à les recoller, justement ? Si je n'arrivais jamais à aller mieux ?

— Moi, je suis là. Je t'aiderai.

27

Kit s'arrête devant la porte du cottage de Sibella et attend un long moment avant de se décider à frapper. Elle ne sait pas pourquoi elle est venue. Tout ce qu'elle sait, c'est qu'elle s'est réveillée avec le besoin impérieux de fuir Windfalls. Elle ne supporte pas l'idée de la journée qui les attend : la jovialité forcée, les rires, les toasts portés pour célébrer un avenir maintenant si sombre et incertain. En chemin, le barnum encore vide dans le verger lui a semblé symboliser l'absurdité de la vie : c'est l'espace le plus temporaire, le moins solide qui puisse exister, monté un jour, démonté le lendemain. C'était très difficile de le voir, sachant à quoi il allait servir, et pourquoi il avait fallu le louer si vite pour Lucy.

Elle a marché un moment au bord de la rivière devant les saules pleureurs, contemplant leur reflet mouvant sur la surface argentée. Sur la rive opposée, un héron gris était perché sur un rocher dans les ajoncs. Il a levé la tête à son passage, mais sans bouger. Si tout avait été normal, la famille se serait félicitée qu'il fasse aussi beau. On aurait sorti les fers à repasser pour défroisser les tenues de mariage, on aurait fait sauter les bouchons de champagne. Mais rien n'était normal. Rien, plus jamais, ne serait normal.

Sa fille avait un cancer, un cancer fatal. Ces mots mettent brutalement fin à un avenir qu'elle croyait tout tracé.

Il lui avait semblé marcher au hasard, mais elle s'était retrouvée sur le pont, avait traversé la rivière et pris le chemin qui montait vers la maison de Sibella.

Sibella ouvre la porte et la salue d'un petit signe de tête.

— Entre, dit-elle en s'effaçant pour la laisser passer.

Kit fait deux pas dans la cuisine et regarde autour d'elle, surprise par le désordre de ce lieu encombré mais chaleureux. Le cottage où vit Ted n'est même pas à deux kilomètres de Windfalls, mais elle n'y a jamais mis les pieds.

— Ted est allé chercher les tables à tréteaux de la salle communale.

Kit hoche la tête, ignorant ce qu'elle fait là. Elle n'a pas particulièrement envie de voir Ted, ni non plus Sibella. Elle aurait dû rester à Windfalls pour aider à préparer la réception. Elle ne sait plus du tout où elle en est.

— J'allais faire du café, dit Sibella. Tu en veux ?

— Je veux bien, merci, répond Kit qui sent son regard prudent peser sur elle.

— Assieds-toi.

Elle prend place dans un fauteuil en osier qui grince sous son poids, puis, sans avertissement et sans qu'elle puisse rien y faire, elle s'écroule, et les larmes se mettent à couler à flots sur ses joues. La voyant plonger le visage dans ses mains, Sibella abandonne la bouilloire pour venir s'asseoir à côté d'elle. Elle lui tend un mouchoir en papier et pose une main chaleureuse sur son épaule jusqu'à ce que ses sanglots se calment. Puis elle se lève, prend une cafetière sur une étagère et la boîte de café. Une fois le café passé, elle l'apporte sur la table et se rassoit près de Kit.

— C'est le choc, commente-t-elle.

Kit soupire.

— J'ai bien compris ce que Lucy voulait que nous fassions aujourd'hui, mais je ne crois pas en être capable. Je n'arriverai jamais à faire semblant que tout va bien.

Elle tire sur sa manche pour couvrir sa main.

— Pourquoi Lucy ? Pourquoi si tôt ? Elle est tellement jeune. Elle a encore tellement de choses à vivre.

Sibella approuve d'un petit hochement de tête et Kit ajoute :

— J'ai une telle colère en moi !

— Bien sûr.

— Il faudrait que je reste forte pour Lucy, mais je ne m'en sens pas capable. Je ne sais pas comment je vais pouvoir supporter tout ça.

— Ça ne va pas être facile.

— Et le temps ne guérit rien, je le sais ! On ne se console pas. J'attends que le temps fasse son œuvre depuis que Ted est parti, mais cela ne va pas mieux. Je souffre toujours de son absence et de la perte de notre relation. C'est une douleur qui ne part pas.

— Je suis désolée, Kit, répond Sibella en baissant les yeux.

Kit hausse les épaules.

— C'est Ted qui a choisi de partir. Il a préféré vivre avec toi, et il avait peut-être raison. J'étais souvent inattentive. Nous avions déjà perdu notre complicité depuis longtemps. Mais cela ne rend pas la séparation plus facile. Je l'aimais. Je l'aime encore, d'une certaine façon. Mais perdre un enfant, c'est tellement pire… Je ne sais pas comment survivre à ça. C'est insupportable.

Kit relève la tête, de la colère dans les yeux.

— Tu ne peux pas comprendre ça, toi…

Sibella soupire.

— J'ai perdu un mari… et un enfant – j'ai fait une fausse couche autrefois. Je sais ce qu'on ressent, Kit. Je sais ce que c'est de souffrir.

Kit se recule un peu dans le fauteuil en faisant grincer l'osier. Elle considère Sibella un long moment.

— Je suis désolée.

— Oui… merci… mais je n'ai pas été mère comme toi. Tu as raison. Je ne peux pas comprendre exactement ce que tu ressens.

Kit cherche ses mots.

— Je… je te demande pardon. Le jour où nous nous sommes parlé, au marché. Ce que j'ai dit n'était pas… Je ne savais pas… J'ignorais complètement que tu avais perdu un enfant.

— Je ne t'en ai pas voulu. Je comprends. Dans un monde idéal, je ne serais pas tombée amoureuse de Ted, et il ne serait pas tombé amoureux de moi. Dans un monde idéal, j'aurais trouvé la force de ne pas aller vers lui. Je ne suis pas parfaite.

Kit rit un peu, tristement.

— Personne n'est parfait. Moi, en tout cas, sûrement pas. J'ai raté ma relation avec Ted et j'ai aussi tout raté avec mes filles, on dirait.

Elle regarde soudain Sibella, prise d'une pensée qui semble la désespérer.

— Tu as Ted. Je t'en prie, ne me prends pas aussi mes filles.

— Jamais je ne ferais ça, Kit. Et même si je le voulais, ce serait impossible. C'est toi, leur mère. Elles t'aiment.

Les yeux de Kit se remplissent de larmes, et elle soupire.

— Lucy aura besoin de toi aussi. Avec ce qui l'attend, nous allons tous devoir la soutenir. Elle fera ce qu'elle veut. Je ne dois pas intervenir.

— Elle aura besoin de toi, Kit.

— La vie, quelle vacherie…

— C'est vrai. C'est si fragile…

Kit regarde ce qui l'entoure, ayant l'impression de comprendre quelque chose. Elle voit un bouquet de chardons séchés dans une cruche. Un petit crâne d'animal blanc – de menus ossements alignés dignement sur une étagère. Une pomme de pin posée dans l'âtre. Les délicates porcelaines que fabrique Sibella exposées à la lumière devant la fenêtre. Ailleurs, dans un cadre, le portrait d'un bel homme brun. Kit est fascinée par cette photo.

— Ton premier mari ? demande-t-elle.

— Oui. C'est Patrick.

Alors c'est bien cela. Kit a l'impression qu'un voile se soulève. Il y a partout des traces du passage du temps. Dans cette maison, les objets sont des preuves de l'impermanence de la vie. Elle tourne la tête et parvient pour la première fois depuis qu'elle est arrivée à soutenir le regard de Sibella.

Elle prend le mug de café et le serre entre ses mains. L'odeur corsée monte jusqu'à elle, familière et un peu réconfortante.

— Je ne sais pas comment accepter ce qui arrive, ni comment supporter cette souffrance. Je ne sais pas comment faire.

Sibella soupire.

— L'acceptation est un long processus, Kit. Tu n'y arriveras pas tout de suite. Ça ne vient pas tout seul.

— J'ai l'impression qu'on m'a retiré des œillères. La mort est partout présente, dit Kit en regardant de nouveau autour d'elle. Le vent secoue les branches, et nous tombons, sans autre raison.

Ses yeux se posent sur le crâne d'animal blanc.

— Est-ce qu'il y a un sens à l'existence ?

— Ça, je ne peux pas te répondre. Ce que je sais en revanche, c'est qu'à côté de la mort et de la souffrance il y a aussi la vie – et l'amour. C'est indissociable.

Kit ne comprend pas. Elle ne voit que l'arbitraire et l'absurdité. Pourquoi vivre et aimer, si cela ne mène qu'au désespoir ? Elle ne peut pas protéger Lucy. Elle voudrait pouvoir prendre sa douleur pour l'épargncr. L'impression de manquer à ses devoirs de mère la met à la torture.

— Je sais que tu ne veux pas tout ça, Kit. Je sais que tu voudrais pouvoir changer le destin. Mais si tu cherches à étouffer ta peine, alors tu étoufferas aussi ta faculté de guérir et d'aimer. Cela forme un tout.

Le regard de Kit est attiré par une tache de couleur à l'autre bout de la pièce, des roses disposés dans un panier, de gros boutons jaunes prêts à éclore. Derrière la fenêtre, un papillon passe et volette près des carreaux, puis se laisse emporter par un souffle de vent. Sur le réfrigérateur, il y a une photo de Ted qui tient par les épaules Chloé et May, hilares. Toutes les dépouilles – les plantes sèches, les restes d'animaux morts – qui lui avaient d'abord fait une impression un peu macabre lui paraissent maintenant créer une certaine beauté étrange, par l'effet de juxtaposition avec le reste. Les uns mettant les autres en relief, par contraste.

— J'ai peur de ne pas arriver à traverser cette journée avec le sourire.

— Lucy veut fêter son mariage avec toi. Il faut si possible ne penser qu'à la vie aujourd'hui, dit doucement Sibella. Peut-être serons-nous d'autant plus heureux d'être ensemble en sachant qu'aucun de nous n'est éternel. Nous n'avons qu'un temps limité devant nous, quelle que soit sa durée.

Kit respire un peu mieux. Quelque chose dans ce que vient de dire Sibella résonne en elle. Elle ferme les yeux pour se laisser pénétrer par cette idée, puis les rouvre et se tourne vers son ancienne rivale.

— Quel dommage, quand même…

Sibella la regarde sans comprendre.

— Nous aurions pu être amies, toutes les deux, termine Kit.

— C'est vrai, répond Sibella avec un petit sourire. C'est ce que je pense aussi.

28

Andrew décide de parler à Eve alors qu'elle est en train de se maquiller devant le miroir de la salle de bains. Arrêté derrière elle, il lâche soudain :

— Eve, je sais.

— Tu sais quoi ?

Concentrée sur la ligne de khôl noir qu'elle passe à la base des cils de sa paupière droite, elle lui jette un coup d'œil rapide puis reprend sa tâche.

— Je sais que tu as un amant, dit-il.

Les mains d'Eve s'arrêtent si brusquement que du noir s'étale, le crayon déviant de son minutieux tracé. Elle le pose au bord du lavabo et se tourne vers son mari.

— Un amant… ?

— Oui.

— Comment le sais-tu ?

— Tu veux vraiment le savoir ?

— Pas vraiment.

— Donc, tu ne nies pas ?

Eve baisse les yeux.

— Non.

— Mais pourquoi, Eve ? Pourquoi ? Et pourquoi lui ?

Elle pousse un grand soupir. Quand elle a imaginé cette confrontation, une mise à plat de leur relation et de leur mariage, elle a toujours pensé qu'Andrew s'emporterait, qu'il serait fou de colère, qu'il hurlerait de rage. De son côté, elle serait calme, sûre d'elle et de son bon droit, et lui expliquerait sereinement qu'il fallait s'y attendre, qu'il n'avait à s'en prendre qu'à lui-même parce qu'il l'avait délaissée et qu'elle avait besoin de quelque chose de plus. Mais ce moment est arrivé et Andrew est calme et mesuré, et en le voyant triste, abattu, elle arrive seulement à penser : Oui, c'est vrai. Pourquoi ? Pourquoi lui ? Elle n'en a aucune idée.

Il se juche sur le bord de la baignoire, la tête dans les mains.

— D'abord, je n'y ai pas cru. La serveuse m'a alpagué hier soir au pub. À mon avis, elle est amoureuse de lui. Elle avait l'air surtout furieuse qu'il s'intéresse à toi, ajoute-t-il avec un rire pincé. Elle était en colère parce que tu avais le toupet de venir dîner au pub avec ton mari et tes enfants malgré tout, et que ça n'était pas une conduite acceptable. J'ai cru qu'elle était cinglée. Je lui ai dit qu'elle se trompait, mais elle a juré qu'elle en était sûre, parce qu'elle était tombée sur vous en train de vous embrasser dans le parking du pub il y a quelques jours.

Donc Stacey les avait vus. Eve se sent humiliée. Elle se rend compte que quoi qu'il arrive, Andrew aurait su. Elle qui redoutait le dîner par peur de se trahir devant tout le monde ! Et c'est la barmaid qui l'a dénoncée !

— Je ne voulais pas la croire. J'étais furieux qu'elle se mêle de nos affaires. Mais finalement, tu veux savoir ce qui m'a convaincu ?

Elle le laisse parler, très mal à l'aise. Cette conversation lui pèse, mais elle veut le laisser s'exprimer jusqu'au bout. Elle lui doit bien ça.

— J'ai repensé à la soirée, et je me suis souvenu d'un détail. Quand nous sommes arrivés au pub, Ryan t'a donné un verre de vin. Sans que tu demandes rien. Ton vin préféré. Un petit geste, mais qui en disait long. Dès que je me suis souvenu de ça, j'ai compris qu'elle disait la vérité. Tu ne trouves pas que c'était un peu tordu d'aller dîner là-bas en famille – avec les filles, bon sang ! Dans le pub que tient ton… ton amant ?

Il a craché les derniers mots comme s'ils lui laissaient un mauvais goût dans la bouche.

— Pardon…, murmure Eve, tête basse. Je reconnais que c'est bizarre, mais ça n'est pas moi qui ai décidé d'aller là-bas. C'est Lucy et Tom qui nous ont invités. Ils tenaient absolument à aller au pub et je n'ai rien pu dire.

— Ben tiens ! grommelle Andrew avec amertume. Et maintenant, il va falloir fêter ce mariage bizarre comme si de rien n'était.

Eve est bien d'accord. C'est la goutte d'eau qui fait déborder le vase. Ils n'avaient pas besoin de ça après la terrible nouvelle que leur a annoncée Lucy. Elle s'assoit à côté d'Andrew sur le bord de la baignoire, très abattue.

— Je te demande pardon… Je suis tellement désolée…

Elle veut lui prendre la main, mais il la repousse.

— Ça dure depuis combien de temps ?

— Pas longtemps. Deux ou trois semaines. Pas plus.

— Tu as couché avec lui combien de fois ?

— Une fois… deux… presque.

Elle s'interrompt en voyant la peine que cela lui cause.

— Écoute, reprend-elle, je sais que ça n'excuse rien, mais j'allais lui dire que je voulais arrêter dès que le mariage serait passé. Je ne voulais plus te mentir.

Andrew rit tristement.

— Je ne comprends pas, Eve. Nous avions tout pour être heureux. Une belle maison. Deux filles adorables. Je t'aimais. Et je croyais que tu m'aimais aussi.

Eve regarde l'homme avec lequel elle vit depuis onze ans. Elle voit les petites cicatrices presque effacées sur son cou : le souvenir d'une chute de vélo dont il lui a parlé le jour où ils sont sortis ensemble pour la première fois. Elle connaît si bien les paillettes d'ambre dans ses yeux noisette qu'il a transmis à leurs filles, et le sillon qui se creuse entre ses sourcils quand il réfléchit, et qui va finir par se marquer avec le temps pour former la ride caractéristique de son père. Elle connaît si bien cet homme, et elle éprouve une douleur terrible en comprenant ce qu'elle a perdu sur un coup de tête. Il l'aimait, il l'a dit au passé. Elle a détruit une relation rare et précieuse.

Andrew semble voir à quel point elle est triste car il lui prend la main.

— C'est une journée difficile. Je sais que tu es encore sous le choc de ce que Lucy a annoncé hier soir. Nous allons devoir tenir le coup encore aujourd'hui, pour Lucy et pour Tom, et pour nos filles. Mais il va falloir qu'on parle sérieusement. Nous devons… décider… comment nous… Si nous voulons…

Elle approuve d'un signe de tête. Ce serait peut-être plus facile s'il haussait le ton. Elle préférerait qu'il se mette en colère, qu'il hurle, mais au lieu de cela, il reste lui-même. C'est son Andrew, un homme bon. Elle est atterrée par sa folie. Depuis que Lucy leur a parlé, elle n'a plus eu qu'une envie : se blottir dans les bras d'Andrew, poser la tête sur son épaule en fermant les yeux, et se laisser rassurer. C'est justement au moment où elle a le plus besoin de lui qu'elle comprend le mal qu'elle lui a fait en allant chercher auprès d'un autre ce qu'elle aurait dû chercher auprès de lui.

Il la regarde avec un petit sourire triste.

— Tu es belle. C'est une robe neuve ?

— Non.

Elle tend les mains vers lui pour redresser son nœud de cravate.

— Elle était de travers. C'est mieux comme ça.

Elle fronce les sourcils.

— Alors, c'est de ça que tu voulais me parler hier soir ?

— Non.

Il sort quelque chose de sa poche.

— J'allais te donner ça. Je les ai choisies pour toi. Avant de… Enfin, tu sais, achève-t-il avec un haussement d'épaules. Avant.

Il lui tend un petit écrin de velours. En l'ouvrant, Eve découvre une paire de ravissantes boucles d'oreilles Art déco en diamant.

— J'ai demandé à Jenny, du boulot, de m'aider à les choisir. Je voulais t'offrir quelque chose de joli parce que tu avais bien mérité un cadeau après avoir fait pratiquement tout à la maison depuis des semaines, mais tu sais comme je suis nul pour choisir les bijoux. Elle te ressemble un peu, alors je me suis dit que si ça lui allait…

Eve touche du doigt les boucles d'oreilles. Dans la lumière crue de la salle de bains, les brillants scintillent comme du feu.

— Je voulais te demander pardon de m'être laissé happer par le travail et de vous avoir négligées, toi et les filles. J'allais te promettre de faire plus attention.

Le visage d'Andrew se défait. Il plonge la tête dans ses mains un instant, puis se reprend.

Si Eve avait voulu imaginer leur rupture, elle n'aurait jamais pensé à une scène pareille : tous les deux assis tranquillement sur le bord de la baignoire, les larmes aux yeux, une paire de magnifiques boucles d'oreilles en diamant sur ses genoux.

Elle pose la main sur le bras d'Andrew.

— Merci. Pas seulement pour le cadeau. Pour ce que tu fais aujourd'hui. Parce que tu tiens le coup alors que je sais parfaitement que tu préférerais… ne pas vivre tout ça.

Il se lève.

— Je vais voir où en sont les filles. On part dans vingt minutes, ça te va ?

Elle attend qu'il soit sorti de la salle de bains, puis, désespérée, se laisser glisser par terre sur le carrelage froid, l'écrin serré dans sa main.

29

Ted n'en voit pas le bout. Il a tellement de choses à faire : ses chaussures à cirer, sa chemise à repasser, les bouteilles de vin et les verres à sortir des caisses. Le bois à empiler pour le feu de joie.

Après avoir transporté les tables à tréteaux sous le barnum, il est descendu un moment au bas du verger pour inspecter le bois rassemblé pour le feu. Il n'y en avait pas assez, et de loin. Il vient donc de passer plus d'une demi-heure à traîner des branches mortes rassemblées l'hiver précédent sous un abri après les tempêtes.

C'est un travail très physique. Ted transpire à grosses gouttes et s'enfonce des échardes plein les mains, mais il se dit que s'il continue, s'il monte un beau bûcher, il restera maître de la situation – la situation à laquelle il ne peut se résoudre à penser. Encore une branche, se dit-il, encore une… pour tout arranger.

Sibella avait voulu lui parler en début de matinée alors qu'ils étaient encore au lit et que les oiseaux s'égosillaient dehors. Elle avait délicatement tâté le terrain en posant quelques questions sur ce qu'il avait éprouvé la veille. Il n'avait pas pu lui parler, pas voulu y penser. Il lui avait répondu, trop sèchement, qu'en ce qui le concernait ce n'était pas compliqué. Il avait l'intention de faire ce que Lucy leur demandait. Il allait fêter son mariage sans penser à des choses tristes, des choses sur lesquelles il n'avait aucun pouvoir. Il allait oublier tout cela, et puis c'était tout.

« Je ne crois pas que c'était exactement ce qu'elle voulait dire, avait répondu Sibella doucement.

— Arrête, Sib, n'insiste pas. »

Comprenant ses peurs et sa colère, elle avait pressé gentiment son bras et s'en était tenue là.

Il vient de jeter une grosse bûche sur la pile quand il voit Kit qui traverse le pré vers le chapiteau. Même à cette distance, il distingue sa pâleur, ses yeux cernés, ses épaules voûtées. Elle porte un plateau de verres, avance à pas prudents sur le sol inégal, puis disparaît dans la tente.

Sibella lui a téléphoné pour lui parler de la visite de Kit pendant qu'il s'occupait des tables.

« Qu'est-ce qu'elle voulait ? » a-t-il demandé, contrarié de savoir qu'elle était entrée chez eux.

Il lui était désagréable d'imaginer ces deux femmes ensemble, parlant en tête à tête, sans lui. Cette idée l'avait mis profondément mal à l'aise. Et puis il avait soudain été frappé par la pensée que Kit devait se sentir vraiment très seule pour venir frapper à leur porte.

Il recule d'un pas pour mieux considérer l'énorme pile de bois, puis, avec un soupir, il jette la dernière branche sur le bûcher, s'essuie les mains sur sa chemise et retourne au barnum.

Kit dispose les verres sur une table, au bout du chapiteau. Elle ne l'entend approcher que lorsqu'il est à quelques pas. Elle se retourne avec un sursaut.

— Ah ! C'est toi…

— Comment ça va ?

— Ça va à peu près. Et toi ? ajoute-t-elle d'un ton prudent en l'observant.

— Oui, ça va aussi. Je m'occupe. Il y a du boulot.

— C'est vrai.

Ils se taisent, le poids de tout ce qu'ils ne disent pas alourdissant le silence. Et puis Kit ne parvient plus à contenir son angoisse et craque.

— Oh, Ted… ! lâche-t-elle dans un sanglot.

Sensible à sa douleur, Ted comble la distance et la prend dans ses bras.

— Je sais, Kitty, je sais…

En retrouvant la sensation familière de Kit dans ses bras, le parfum de ses cheveux, Ted éprouve un instant de nostalgie – pour un temps, une vie qui n'est plus, et la femme d'autrefois.

— Ça n'est pas possible…, gémit-elle.

— Je sais…

— Comment avons-nous pu tout rater à ce point ? Comment avons-nous fait pour en arriver là ?

Ted ferme les yeux, surpris de sentir l'affection qui le lie encore à cette femme – cette femme pleine de caractère, mais aussi de contradictions, et si difficile à vivre.

— Je ne sais pas, Kitty. Je ne sais pas.

Il la conduit aux bottes de foin installées pour servir de sièges, et ils s'assoient côte à côte. Kit tâche de sécher ses larmes tandis que Ted chasse la poussière et les morceaux d'écorce qui salissent ses manches.

— Nous allons devoir être forts, Kit, finit-il par dire. Elle va avoir besoin de nous. Elles vont avoir besoin de nous toutes les trois.

— Je sais.

Kit tire sur un brin de paille qui dépasse. En la voyant assise là, si déprimée, si fatiguée, il se rappelle la jeune mère harassée, son bébé hurlant dans ses bras. Eve. Eve, évidemment. Leur première fille avait été un nourrisson si tourmenté, et Kit avait été au bord de la dépression, jusqu'au moment où elle avait réussi à lâcher la pression grâce à l'écriture. Ce souvenir lui transperce le cœur comme une flèche. Il accepte soudain la vérité, et avant qu'il puisse s'arrêter, les mots s'échappent de ses lèvres :

— Tu avais raison, tu sais.

Elle le regarde sans comprendre.

— À propos de quoi ?

— J'étais jaloux. Jaloux de ta réussite, de la facilité avec laquelle tu écrivais. De la vitesse avec laquelle le succès est venu pour toi. Plus tu devenais forte, plus tu étais connue, et plus je me sentais vide et incapable de créer.

— Pourtant, on ne boxait vraiment pas dans la même catégorie. Je n'avais pas du tout l'intention de t'écraser. Au contraire, je croyais que mes livres allaient te faciliter la vie. Je n'avais aucune envie de te faire du mal.

— Je le sais bien. Mais c'est ce qui est arrivé, ajoute-t-il avec un rire gêné. Ça n'est pas très glorieux pour un homme de se sentir diminué par le succès de sa compagne… C'est un peu bas, non ?

Kit sourit.

— Franchement ? Un peu, oui.

Ted rit de nouveau.

— Ce qu'il y a de bien chez toi, c'est que tu es toujours d'une parfaite franchise.

— Ça ne m'a pas vraiment réussi.

Elle se mord les lèvres.

— J'ai tellement peur, Ted. J'ai l'impression que tout m'échappe. D'abord toi, et puis Margot, et maintenant Lucy.

Il lui prend la main, incapable de trouver comment la rassurer.

Kit soupire.

— Je suppose que tu sais que j'étais au courant pour Sibella depuis le début et que je n'ai rien dit ? Pendant presque quatre ans, je t'ai laissé la voir. Sans protester, sans te poser d'ultimatum. Je te connaissais. Je savais que moins tu te sentirais libre, plus tu chercherais à partir. Tu avais besoin de l'attention, de l'affection qu'elle te portait. Je savais combien tu souffrais de ton blocage. Je me disais qu'en te donnant au moins ça – en te laissant ta liberté –, tu finirais par me revenir.

Elle lui jette un regard empreint d'un tel regret qu'il en est profondément ébranlé.

— J'aurais dû plus me battre pour te garder, peut-être…, ajoute-t-elle.

Ted a la gorge serrée. Son cœur est si lourd qu'il a peur de ne pas pouvoir supporter son poids dans sa poitrine pendant qu'elle poursuit :

— Ce sera toujours un de mes plus grands regrets, n'avoir pas su te faire comprendre à quel point je t'aimais.

— Je suis désolé, Kit.

Elle accueille ces mots d'un signe de tête.

— Je me rends compte à présent que je t'ai fait souffrir, continue-t-il. Je n'aurais pas dû laisser la situation traîner si longtemps. Il faut que tu saches que Sibella non plus ne m'a pas demandé de choisir. Elle comprenait que j'avais des responsabilités, qu'il y avait les filles. Mais il a bien fallu que je me décide. La situation n'était pas saine, ni pour toi, ni pour elle, ni pour moi.

— Oui, tu as fini par te décider, et c'est elle que tu as choisie, dit doucement Kit.

Comprenant combien il lui a fait mal, il est pris d'une intense culpabilité.

— Et tu sais le pire ? demande-t-elle au bout d'un long moment.

— Quoi ? demande Ted, un peu inquiet.

— Le pire, c'est que je l'aime bien. Elle est super.

— Je te demande pardon, Kit. Je suis désolé pour tout.

Elle hausse les épaules.

— Que veux-tu, c'est comme ça. Et maintenant, il va falloir penser à aujourd'hui, pour Lucy.

— Oui. Il n'y a pas grand-chose d'autre à faire.

Kit lui tapote la main et, avec visiblement un gros effort, elle se lève.

— Viens. Tu as raison : nous avons du pain sur la planche. Et pour commencer, tu devrais aller prendre une douche et te changer. Tu ressembles plus à Worzel l'épouvantail qu'au père de la mariée.

30

Margot repasse une robe bleu pastel en sous-vêtements sur le palier du haut, dans un carré de soleil. Lucy considère la minceur de sa sœur, ses longues jambes, l'incroyable tatouage qui s'enroule autour de son bras gauche. Alors que Margot lève la tête, Lucy voit à son visage crispé et à ses yeux rouges qu'elle souffre d'une bonne gueule de bois. Elle ne lui en veut pas. Elle est heureuse que Margot soit venue. Cela lui suffit pour l'instant.

— Tu veux bien m'aider à me coiffer ? demande-t-elle.

— Bien sûr.

Margot débranche le fer à repasser, enfile sa robe et suit Lucy dans sa chambre. Elle brosse la crinière blonde, et Lucy se laisse faire en fermant les yeux, appréciant la sensation apaisante de la brosse et des doigts de sa sœur dans ses cheveux.

— Bon, on les attache comment ? demande Margot.

Ensemble, elles élaborent un chignon lâche, puis Margot lui applique un rouge vif sur les lèvres, parce que sa main tremble un peu moins. Elle l'aide à passer la robe rouge et remonte la fermeture Éclair dans son dos.

— Tu es magnifique, dit-elle en reculant pour mieux l'admirer.

— Merci.

— Luce… Je… je te demande pardon pour hier soir.

— Ne t'inquiète pas. Tu dois avoir mal aux cheveux ce matin. Tu veux chasser le mal par le mal ? ajoute-t-elle en désignant le champagne qui attend dans un coin de la chambre.

— Non, non. Aujourd'hui, je ne bois pas.

Le regard de Margot s'arrête sur la valise qui attend près du mur.

— C'est pour lundi ? demande-t-elle.

— Oui. Tu parles d'une lune de miel !

— Tu pourras partir plus tard… Dès que ça ira mieux.

— Oui, dit Lucy en serrant la main de Margot dans les siennes, sans la détromper.

— À quelle heure est le mariage à l'état civil ?

— Midi.

— Et tu es sûre que tu ne veux pas qu'on vienne tous avec vous ?

— C'est juste une formalité. Je crois que c'est important pour les parents d'y être, mais pour moi, le vrai mariage sera ici, avec tout le monde.

— Tu imagines ? À ton retour, tu seras devenue une vieille, une dame mariée.

— Si tu pouvais laisser le « vieille » de côté, s'il te plaît !

Kit frappe discrètement à la porte avant d'entrer. Elle a passé une robe longue imprimée de grosses fleurs colorées, et ses cheveux sont attachés comme d'habitude, un peu n'importe comment sur le haut de la tête. Des boucles d'oreilles en turquoise complètent sa tenue. Margot jette à Lucy un regard agréablement surpris.

— Oh ! souffle Kit en voyant Lucy avancer. Oh, Lucy !

Elle semble frappée de stupeur et ses lèvres tremblent.

— Ne pleure pas.

— Ça n'est pas grave. Mon mascara est waterproof.

— Alors tu me trouves belle ? demande Lucy d'un ton mal assuré.

— Tu es magnifique.

— Toi aussi, tu as réussi ton coup, maman, dit Margot en jetant un nouveau regard à sa sœur.

— Ça vous plaît ? demande Kit en ajustant sa robe.

— C'est parfait.

— Je voulais vous faire honneur.

On frappe de nouveau à la porte.

— Tout le monde est habillé ? Je peux entrer ?

Margot ouvre grand la porte pour accueillir Jonas.

— Fin prêtes…

— Je me disais que je pourrais déjà prendre quelques photos. Sur le vif, vite fait. Continuez comme si je n'étais pas là.

Lucy sourit. Elle voit bien à la façon dont Jonas regarde Margot qu'il est fou d'elle. Si sa petite sœur n'en profite pas, elle est bien décidée à la secouer un peu pour lui faire prendre conscience de ce qu'elle perd.

Margot lui jette un coup d'œil.

— Tu n'es pas obligée de dire oui, Luce, c'est comme tu préfères.

Lucy adresse son plus beau sourire à Jonas.

— Mais au contraire, ça me fait très plaisir. Merci. Quoi, qu'est-ce qu'il y a ? s'exclame-t-elle en surprenant le regard amusé qu'échangent Margot et Kit.

— Tu ne disais pas ça hier, remarque Margot.

Un bruit de klaxon retentit devant la maison.

— Ça doit être Tom qui revient me chercher avec la voiture, annonce Lucy. C'est l'heure d'y aller !

31

Dès que Lucy et Tom ont quitté les lieux, la maison s'anime comme une ruche. Les meubles sont déplacés, les assiettes et les couverts de location sortis des caisses, on remplit les seaux à glace, on aligne les bouteilles. Tout le monde participe, même Chloé et May qu'on a installées devant une pile de serviettes en papier à plier. Elles sont aussi chargées de compter les couverts. Ils ont tous besoin de s'occuper, de faire quelque chose d'utile qui les empêchera de trop penser, et envie de trouver une façon d'exprimer leur amour.

Sibella arrive, très jolie dans une robe de lin jaune toute simple. Margot l'aide à sortir de sa voiture le sac de brins de lavande séchée et de blé, et les bocaux à confiture qui vont servir de vases pour les bouquets de fleurs des champs et de roses qu'elle apporte aussi. Eve et Margot l'aident à répartir les fleurs entre la maison et le chapiteau, et réalisent une magnifique installation avec la lavande et le blé à l'entrée de la tente. La bonne odeur se répand, embaumant l'atmosphère de parfums de fin d'été.

En remontant à la maison, elles aperçoivent Chloé et May qui sont sorties jouer. Les deux petites dévalent la pente en roulant comme des tonneaux.

— Ah ! C'est malin ! s'exclame Eve en voyant les taches d'herbe qui salissent déjà leurs robes blanches, encore impeccables un quart d'heure plus tôt, et les brindilles qui hérissent leurs cheveux. La fête n'a même pas encore commencé, et tu vois dans quel état elles se sont mises ?

— Ça ne te rappelle rien ? demande Margot avec un sourire ému. Lucy était la meilleure, évidemment, ou du moins elle voulait l'être, et elle piquait des crises si on ne la laissait pas gagner.

Voyant qu'Eve est toujours aussi furieuse, elle fait une nouvelle tentative.

— Allez, ne t'inquiète pas ! Quelques taches d'herbe, ça n'a jamais fait de mal à personne. Laisse-les s'amuser. Il y a plus important dans la vie, ajoute-t-elle en lui pressant la main.

Eve hoche la tête en se mordant les lèvres.

— C'est vrai. Il y a plus grave.

L'atmosphère – industrieuse et concentrée – change radicalement dès que Lucy et Tom reviennent à Windfalls, leurs parents à la remorque. Le jeune couple descend de la jeep de Tom, semblant très heureux et ému. Ils montrent les alliances, reçoivent les premières félicitations avec force embrassades. Très vite, les invités finissent d'arriver, les voitures se suivant de près et se garant sur les bas-côtés. On ouvre le champagne. On trinque. On lance des confettis. Quelqu'un, dans la joie du moment, jette un sac de riz sur le couple avec enthousiasme, sans l'ouvrir, et manque assommer Tom qui le reçoit sur la tête.

Margot reste un peu à l'écart, dans un rôle d'observatrice plus que de participante. Jonas a passé une veste de costume noir ajustée et une chemise blanche. Il se déplace dans la foule, prenant des photos des invités discrètement. Elle remarque les regards admiratifs qui le suivent et sent naître en elle un sentiment nouveau. Serait-elle jalouse, par hasard ? Mais quelle idiote ! songe-t-elle.

Elle fend la joyeuse foule pour aller retrouver Eve dans le jardin.

— Ben dis donc, dit-elle à mi-voix, il y en a, du monde ! Tu crois qu'on aura de quoi nourrir tous ces gens ?

Eve considère calmement les invités.

— Oui, Margot. Il y a tout ce qu'il faut.

— Je savais qu'on pouvait compter sur toi. Tu es géniale !

Eve répond par un petit sourire.

— Merci.

La sentant ailleurs, Margot demande :

— Ça va, toi ?

— Pas envie d'en parler.

Elle se détourne, mais trop tard pour cacher les larmes qui remplissent ses yeux.

La vieille camionnette du groupe de musiciens que connaît Tom s'arrête devant la maison. Ils prennent leurs instruments et la sono qu'ils transportent jusqu'à l'estrade construite à la va-vite dans le verger. Il ne leur faut pas longtemps pour accorder les guitares et tester les micros, et ils se mettent à jouer. Ils commencent par un arrangement folk d'une des chansons préférées de Lucy. Margot entend les cris de joie de sa sœur qui se débarrasse de ses chaussures et se précipite en attrapant Tom par la main pour une première danse impromptue, pieds nus dans l'herbe. Elle s'élance et devient un tourbillon de soie rouge, ses cheveux blonds se détachant au vent, alors que Tom s'efforce de garder le rythme, l'air aussi heureux qu'elle. Margot les regarde, contente pour eux mais vite rattrapée par un chagrin violent.

L'après-midi passe vite, le soir approche, le champagne coule à flots. Quelqu'un arrive chargé d'un fût de bière et le pose sur une table du chapiteau. On allume les lanternes accrochées dans les pommiers. On réquisitionne des coussins dans la maison. À mesure que la nouvelle de la maladie de Lucy se répand, l'atmosphère devient électrique, toutes les inhibitions s'envolent. Le mot d'ordre général est de profiter de l'instant. Andrew allume le feu de joie et l'air se remplit de fumée, la chaleur se répand, les craquements du bois qui brûle et cette communion avec les forces de la nature leur insufflent à tous un regain d'énergie. Le DJ se met aux platines sous le barnum, et le battement des basses change le tempo de la fête.

À l'entrée du chapiteau, Margot s'imprègne de l'odeur du feu et ferme les yeux. La peur se réveille au creux de son ventre. Elle rouvre les paupières et voit sa mère de l'autre côté de la barrière de fumée et de flammes. Leurs regards se croisent au-dessus du brasier et, dans la lueur dansante, le rouge des flammes se reflète, incandescent, dans les prunelles de Kit. Elles naviguent à vue, songe Margot, qui s'est arrangée toute la journée pour l'éviter. La gorge serrée, elle baisse la tête. Non, se dit-elle. Elle ne veut surtout pas se laisser envahir par les souvenirs ce soir.

Au bout de la tente, elle aperçoit Tom, accoudé au bar, l'air sombre. Elle le rejoint et lui met une coupe de champagne dans les mains. Ils regardent Lucy, assise sur une botte de foin, qui rit et plaisante avec un groupe d'amis.

— Elle est extraordinaire, commente Margot.

— Oui. C'est vrai. Je lui ai demandé de ne pas trop se fatiguer aujourd'hui, mais elle ne veut rien entendre, soupire-t-il. Ça m'ennuie, mais on ne peut pas lui en vouloir longtemps. Tu la vois ?

Margot regarde avec plaisir Lucy qui entraîne théâtralement une amie vers la piste de danse en faisant virevolter sa robe de soie.

— On lui pardonne toujours tout, approuve-t-elle. Tu peux en croire ma longue expérience.

Ils se taisent, et Margot s'interroge : est-ce que, comme elle, Tom pense à la suite ? C'est une question dangereuse, mais elle ne peut s'empêcher de se demander combien de temps il reste à Lucy. Elle est tellement pleine de vie et de joie. L'opération et la chimiothérapie vont la guérir, sûrement… Elle ne peut pas imaginer un monde sans Lucy et son énergie indomptable.

Jonas surgit à leurs côtés. Il pose la main sur la taille de Margot, soulève son appareil photo pour l'enlever de son cou et le leur passe.

— Dites-moi si ça vous plaît…

Margot se penche sur l'affichage pendant que Tom fait défiler les photos. Il y en a une très belle de May : un gros plan de ses grands yeux noisette au-dessus d'une rose jaune. Et puis Lucy, radieuse, descendant de la voiture de Tom, le visage rieur ; Margot et Eve à l'entrée du chapiteau, en pleine discussion ; Sibella, sereine, la tête posée sur l'épaule de Ted ; Kit au milieu de sa cour d'admiratrices amies de Lucy, dans la cuisine ; les invités qui rient et qui dansent ; enfin une, volée à travers l'ouverture du barnum, de Lucy et Tom dans un moment d'intimité, leurs fronts appuyés l'un contre l'autre, les yeux clos.

— Elles sont magnifiques, s'exclame Margot, surprise par ce qu'il a réussi à montrer.

Jonas approuve.

— Je pense qu'elles vont bien donner. C'est beau à photographier, tout cet amour. Ta famille est extraordinaire, Margot, ajoute-t-il en lui saisissant la main.

Derrière lui, près de l'orchestre, Eve tourbillonne avec May dans ses bras. Lucy et Ted dans son costume de lin froissé dansent une ronde à deux, et Andrew valse avec Kit sans trop sembler savoir comment. Cela la fait sourire.

— Oui, ils sont formidables, admet-elle en se tournant vers Jonas. Je suis tellement contente que tu sois venu…

Les mots se sont échappés tout seuls, elle ne peut plus les reprendre. Il lui sourit, plongeant ses yeux dans les siens.

Tom tousse pour attirer leur attention.

— Bon, je vais aller danser avec ma jolie femme, dit-il avec tact.

Jonas se penche sur Margot.

— Tu es belle…

— Merci.

Il fait semblant d'avoir reçu un coup sur la tête.

— Incroyable, tu viens d'accepter un compliment !

Elle lui donne une tape sur le bras.

— Ha, ha ! Très drôle.

— Oui, je sais, dit-il, je suis un marrant. Tu vois, moi aussi, je sais apprécier les compliments.

Margot le regarde si intensément qu'il lève son appareil photo en la capturant dans le viseur, mais elle écarte son bras.

— Tu ne voudrais pas poser ça une seconde pour m'embrasser ?

Quand Tom revient, suant et soufflant après s'être agité comme un fou sur la piste, Margot le laisse bavarder avec Jonas et va trouver Eve, assise seule sur une botte de foin dans un coin. Son visage s'éclaire de rouge, de violet, de vert, de bleu sous le jeu des LED d'ambiance disco. Elle regarde Andrew, empourpré, qui fait virevolter Chloé sur la piste, la chemise tendue sur son ventre. Chloé pousse des cris de joie, ivre de fatigue et shootée au sucre de la limonade qu'elle a bue en cachette toute la soirée. Cyndi Lauper chante *Girls just want to have fun*. Margot proteste lorsque Andrew veut l'attirer sur la piste pour danser avec lui et sa fille, et elle s'assoit à côté d'Eve sur les bottes de foin. Elles observent ceux qui s'amusent sur la piste, complices dans leur volonté de ne pas danser.

— Je crois qu'on va se séparer, lance Eve brusquement sans cesser de regarder devant elle, mais en se penchant un peu vers Margot pour se faire entendre malgré le volume sonore.

Margot tire quelques conclusions hâtives de ce qu'elle vient d'entendre : Eve sait certainement que son mari a une liaison. On le lui a dit. Qui, elle l'ignore, mais cela lui évite au moins d'annoncer la mauvaise nouvelle elle-même. Cette semaine de coups de théâtre est usante.

— Tu crois que vous allez vous séparer, ou tu en es sûre ?

Eve hausse les épaules, incertaine.

— Qu'est-ce qui se passe ? demande prudemment Margot.

— Andrew a appris que j'avais une aventure…

— Quoi ?

— J'ai une aventure avec Ryan.

Margot fronce les sourcils.

— Comment ça ? Toi ? Toi, tu as une aventure avec Ryan ? Ryan du pub ?

— Oui…

— C'est quoi, ce délire, Eve ?

— Je sais, c'est bête.

— Mais c'est trop… trop bizarre… Toi ? Toi, tu as une liaison ?

Eve est presque vexée.

— C'est tellement difficile à croire ?

— Pardon… Non ! C'est juste que tu es tellement… tellement…

— Tellement quoi ?

— Tellement… parfaite. Moralement irréprochable. Tu sais toujours ce qu'il faut faire dans toutes les circonstances. Tu fais toujours tout bien. Alors c'est pour ça que… et aussi parce que Lucy m'avait dit que… Qu'on pensait…

Elle se reprend.

— Peu importe. Tout le monde peut se tromper. C'est la merde…

— Andrew l'a appris hier soir. Il m'en a parlé ce matin.

— Mais comment… ?

Soudain, Margot se rappelle la scène qu'elle a surprise la veille dans le parking du pub. La cigarette taxée à un saisonnier, la lumière qui tombe sur la serveuse. Son air furieux, ses gesticulations et la pâleur d'Andrew. Elle comprend. La serveuse a vendu la mèche. Son beau-frère venait d'apprendre la nouvelle.

— Ah, d'accord… C'est un peu compliqué, ça… Tu vas faire quoi ?

— Je ne sais pas. J'ai tellement honte. J'ignore ce qui m'a pris. Je ne comprends pas pourquoi j'ai fait ça. Si tu m'avais dit il y a quelques mois que je coucherais avec un autre homme – et Ryan, en plus –, je t'aurais ri au nez. Mais je me suis rapprochée de lui ces derniers mois et, je ne sais pas… Sa façon de me regarder, de me parler, c'était assez grisant. J'avais l'impression d'exister. D'être un peu plus moi-même. D'être désirée. Tu sais, continue-t-elle, penaude, je crois que j'ai besoin qu'on ne me voie pas seulement comme une épouse, une mère, ou une sœur embêtante, ajoute-t-elle avec un sourire de regret. J'ai besoin qu'on me traite comme une femme, comme Eve. Ryan me donnait cette impression d'être unique.

— Mais tu es unique, Eve…, bégaye Margot, encore assommée par cette révélation. Et Andrew a pris ça comment ?

— Comme un mec : il cache ses émotions. Regarde-le…

Margot tourne la tête vers Andrew qui fait une chorégraphie à la Mick Jagger sur la piste pour amuser ses filles. De larges auréoles se dessinent sous ses bras, et ses joues sont écarlates. Par comparaison, Eve est très pâle, très triste.

— Quand on sait ce que vient de nous annoncer Lucy, on regarde le monde un peu différemment, non ? remarque Eve.

— C'est vrai.

— Nous avons tout loupé, Andrew et moi. Je pense que c'est notre faute à tous les deux parce que nous avons arrêté de regarder l'autre. Nous avons perdu de vue l'essentiel et oublié ce qui était important dans nos vies surchargées. Je n'aurais jamais cru que nous deviendrions un couple comme ça. Deux parents qui se disputent pour savoir qui va emmener les enfants à l'école et qui va faire la vaisselle.

Margot repense à l'air interdit d'Andrew la veille, à son visage blanc comme un linge.

— Il a dit quoi ? Il a réagi comment ?

— Il m'a offert une paire de boucles d'oreilles en diamant… Tu y crois, toi ?

— Quoi ?

— Exactement. Celles que je porte…

Elle lui montre les boucles Art déco qui scintillent à ses oreilles. Margot est encore plus stupéfaite.

— Il est en colère, ajoute Eve, mais surtout, très triste. Je crois qu'au départ, il voulait me faire ce cadeau pour s'excuser d'avoir été tellement pris par son travail et de m'avoir un peu délaissée. L'embêtant, c'est que là, c'est plutôt moi qui devrais m'excuser.

Margot lui prend la main.

— C'est un bon père, ajoute Eve en le contemplant sur la piste avec leurs filles.

Il danse maintenant avec Chloé juchée sur ses grandes chaussures, et l'entraîne au rythme de la musique, la petite May accrochée comme un singe dans son dos.

— Et toi, tu es une bonne mère, intervient Margot en pressant la main de sa sœur. Tu es quelqu'un de bien.

— Pas si bien que ça. J'ai rompu mon serment de fidélité. J'ai perdu la confiance d'Andrew. J'ai peut-être foutu en l'air notre vie commune et tout ce que nous avons construit ensemble.

— Si vous voulez que ça s'arrange, vous arriverez à recoller les morceaux. Et puis… eh bien, si vous n'y arrivez pas, tant pis, tu t'en sortiras. Tu es forte, Eve. Beaucoup plus forte que tu ne l'imagines, ajoute Margot, férocement protectrice.

— Je crois que nous partageons ça toutes les trois, quand les circonstances l'exigent…

Elle désigne Lucy d'un signe de tête en glissant un regard en coin à Margot.

— C'est toujours mieux de révéler ses secrets. C'est douloureux sur le moment, mais au moins, on sait à quoi s'en tenir. Maintenant, Andrew et moi nous savons ce qui ne fonctionne plus et ce qu'il faut réparer. C'est sûrement une étape nécessaire si on veut commencer à se pardonner, à reconstruire.

Eve lui fait passer un message. Elle lui demande de parler d'elle, de se livrer. Margot hésite, ne sachant comment formuler ce qu'elle a à dire, comment poser ce fardeau qu'elle porte depuis si longtemps. Jonas le lui a dit… *Laisse les sensations venir, les sentiments. Qu'est-ce que tu risques ?*

Des éclats de rire montent de la piste de danse. Lucy forme un cercle avec ses amies. Elles se tiennent par les épaules et dansent. Leur sœur a de bonnes couleurs, ses cheveux volent.

— C'est difficile à croire..., commente Eve.

— Tu crois qu'elle se cache la vérité ?

— C'est compréhensible, non ?

— Je n'arrête pas de penser qu'elle nous a fait une mauvaise farce, qu'elle va nous dire que ça n'est pas vrai. Que c'est encore une de ses idées idiotes pour nous obliger à fêter son mariage ensemble.

— Elle en fait trop, là. Tu ne crois pas qu'elle se fatigue ?

— Sûrement, soupire Margot, qui ajoute sans conviction : Tu crois qu'il faut intervenir ?

— Non, non... C'est son mariage. Il faut lui laisser gérer ça comme elle veut.

Margot lui jette un coup d'œil surpris. C'est rare qu'elle accepte de ne pas tout contrôler. Eve soupire et appuie la tête contre son épaule.

Lucy les aperçoit et quitte ses amies pour venir les rejoindre. Elle se laisse tomber sur le foin à côté d'elles, en nage.

— Au secours ! Sauvez-moi des chorégraphies loufoques de mon beau-frère. Je vais mourir !

Un silence atterré suit ces paroles. Les trois sœurs se figent, la petite phrase malheureuse persistant dans toute sa vérité. Le regard d'Eve passe de l'une à l'autre, puis, soudain, elles éclatent toutes les trois de rire.

— Ça n'a rien de drôle, dit Eve.

— Non, c'est vrai, approuve Margot.

Mais elles ne peuvent plus s'arrêter, leurs rires irrépressibles se mêlant aux larmes, leurs mains se cherchant et se joignant.

Un changement soudain dans le rythme de la musique disco annonce un slow, une douce version acoustique de *Harvest Moon*. Andrew vient se planter devant elles et tend la main à Eve.

— Notre chanson, Eve.

Eve jette un coup d'œil hésitant à Margot, qui l'encourage d'un signe de tête, et Lucy la pousse pour la faire se lever en disant :

— Allez, mais bouge-toi ! Va danser avec ton mari.

32

La soirée se prolonge jusque tard dans la nuit, une fête joyeuse et désordonnée où tout le monde danse et boit. Andrew va chercher les filles sur les divans où elles se sont endormies, et les porte jusqu'à la voiture.

— Reste, dit-il à Eve. C'est important. Profite.

— Merci…

Elle se détourne pour lui cacher les larmes qui menacent de déborder de ses yeux.

Dans la cuisine, elle rince des coupes à champagne, vide les assiettes et les empile près de l'évier afin de faciliter le nettoyage du lendemain. Elle sort le sac de la poubelle et le remplace. Dehors, on joue de la guitare dans le verger. Il y a des rires, des chants. Pourquoi ne va-t-elle pas les rejoindre ? se demande-t-elle. Ce n'est pas le moment de s'économiser.

Elle trouve Lucy et Margot allongées dans l'herbe devant le feu de joie, appuyées à des coussins, enveloppées dans des couvertures apportées de la maison parce que, avec la nuit, l'air a beaucoup fraîchi. Le feu n'est plus qu'un monticule de braises, et la bonne humeur est retombée pour laisser place à un état plus contemplatif à l'approche de l'aube. Le jour est encore loin, mais une lueur mauve éclaircit vaguement l'horizon et souligne la forme sombre des collines.

Eve contemple ses sœurs : Margot, jambes repliées, les bras noués autour des genoux, le visage éclairé par le rougeoiement, et Lucy à côté d'elle, l'air épuisée mais heureuse. Elle pense à Andrew et à leurs filles, bien au chaud dans leur lit. Elle pense à tout le ménage qu'il faudra faire demain, quand « demain » sera officiellement là.

— Andrew a ramené les filles à la maison, et je devrais peut-être rentrer moi aussi, dit-elle.

— Pourquoi ? demande Lucy.

— Je ne sais pas. Par culpabilité maternelle. Vis-à-vis des filles, d'Andrew. La culpabilité, ça me bouffe.

— Andrew se débrouille très bien tout seul. Reste. Juste encore un peu.

Eve considère ses sœurs et comprend soudain pourquoi elle s'est toujours sentie rejetée. Ce n'est peut-être pas leur faute. Peut-être est-ce son caractère qui veut cela, qui la pousse à garder ses distances. C'est elle qui a creusé ce fossé, qui s'est mise à part. Elle a pris des responsabilités et accompli des tâches alors qu'on ne lui demandait rien, inutilement peut-être. Elle s'assoit sur un coussin à côté de Lucy.

— Bon, mais pas longtemps alors.

— Regardez ce que Jonas m'a donné, dit Margot en sortant un joint.

— Je ne sais pas où tu es allée le pêcher, celui-là, mais je suis tombée raide dingue de ton photographe, dit Lucy. Un beau mec, ajoute-t-elle en donnant un coup de coude à Margot. J'espère que tu vas le laisser t'aimer. Ça crève les yeux qu'il est fou de toi.

Margot devient aussi rouge que les braises qui se consument devant elles. Eve, de son côté, considère avec inquiétude le joint que sa sœur tient dans la main.

— Vous croyez que c'est raisonnable ?

Lucy a un rire.

— Ben moi, j'ai un cancer. Je trouve que je mérite bien un petit pétard thérapeutique.

Margot allume le joint et le passe à Lucy. Elles fument en silence un moment en regardant les dernières flammes crépiter, les étincelles jaillir et s'éteindre dans le ciel encore noir. Eve prend le joint et aspire une bouffée. Elle fait semblant de ne pas voir le regard amusé qu'échangent ses sœurs.

— Vous ne vous demandez pas parfois ce qu'on fait là ? lance Margot après un long silence. S'il y a une raison à notre présence sur terre ?

— Tout le temps, dit Lucy.

— Tu dois te demander pourquoi ça t'arrive à toi, te dire que c'est injuste, intervient Eve.

Lucy hausse les épaules.

— Oui, bien sûr. Mais au fond, pourquoi pas à moi ? La vie est une loterie. C'est ça aussi qui rend l'aventure intéressante.

Margot hésite, puis demande :

— Tu as peur ?

— Oui.

Quelques bûches, réduites en cendres, s'effondrent en envoyant voler des gerbes d'étincelles.

— Oui, j'ai peur, reprend-elle, mais je vais tout faire pour m'en sortir. Je suis jeune, en forme, et je suis suivie par de très bons médecins. Je dirige un centre de yoga et de remise en forme, quand même. Ça doit bien jouer en ma faveur, non ?

Margot et Eve hochent vigoureusement la tête.

— Depuis le diagnostic, j'ai l'impression que chaque jour qui passe est encore plus précieux. Je veux profiter à fond du temps qui me reste, être plus ouverte, vivre plus intensément, aimer plus passionnément et, si je peux abuser un peu de ton indulgence, ajoute-t-elle avec un petit sourire en se tournant vers Margot, je voudrais te convaincre d'affronter tes vieux démons. Là, je pourrai partir tranquille même si vous m'en voulez à mort…

Elle plaisante, bien sûr, mais Margot ne trouve rien à répondre. Silencieuse, elle se perd dans la contemplation du foyer circulaire encore fumant. Elle est très pâle, et a pris une tête qu'Eve ne lui a pas vue depuis longtemps. Son visage vibre, animé par des désirs contradictoires, comme si elle était perchée sur un rocher et hésitait à sauter.

Avec un soupir, Margot se tourne vers elles, et son expression se transforme. Quelque chose de nouveau s'est allumé dans ses yeux. C'est de la détermination. Elle vient de se décider.

— Il y a quelque chose qu'il faut que je vous dise… commence-t-elle gravement.

Eve se garde bien de parler. Elle sent que Lucy retient son souffle comme elle. Elles attendent, et Margot se tourne de nouveau vers le feu.

— J’aurais dû vous parler de tout ça il y a des années.

Eve et Lucy, comprenant que leur sœur est au bord d’un précipice, ne respirent plus. Et puis Margot se lance. D’une voix entrecoupée, elle leur révèle cette vérité qu’elle a si longtemps cachée.

LE PASSÉ
2009-2010

33

À la fin décembre, Ted invita Eve, Margot et Lucy – récemment rentrée de son voyage – à un dîner de Noël au pub. C'était la première fois que les trois filles voyaient leur père ensemble depuis qu'il était en couple avec Sibella, l'absence de Lucy ayant retardé l'organisation d'une rencontre officielle. Ted était passé chercher sa plus jeune fille en bas de l'allée de Windfalls, et Margot, qui redoutait la perspective d'une soirée d'hypocrisie et de bonne humeur forcée, et surtout d'être soumise aux regards de ses sœurs et de son père, était particulièrement taciturne en montant à l'arrière de la voiture. Sibella et Ted étaient tous les deux d'excellente humeur. La belle-mère de Margot exhibait son bonheur, élégante dans son manteau rouge, les cheveux détachés. Quant à son père, il flottait encore sur le nuage de son nouveau succès, après la première à Londres de sa pièce *Attrition*, tellement attendue, et unanimement louée par la critique.

Ted passa aussitôt à un interrogatoire en règle, comme s'il n'avait que cinq minutes pour connaître la vie de Margot dans ses moindres détails. Affalée à l'arrière, elle répondit à ses questions le plus brièvement possible.

— Alors, tes examens ? demanda Ted en prenant les épingles à cheveux des routes de Mortford. Comment ça se présente, ces *A levels* ?

— Bien.

— Tu arrives à tenir le coup et à faire tout le travail qu'on te demande ?

— Oui, oui.

— Ça se passe bien avec maman ?

— Ça va.

Ted et Sibella échangèrent un regard beaucoup trop transparent : ils imaginaient avoir affaire à une adolescente mal lunée qui avait du mal à accepter la nouvelle compagne de son père. Qu'ils pensent ce qu'ils voulaient. C'était plus simple comme ça.

Lucy et Eve les attendaient à l'intérieur du pub, juchées sur des tabourets au bar. Lucy était d'une incroyable beauté, la peau dorée, les cheveux nattés serrés et portant un sari teint à la main – rapporté de son voyage en Inde où les trois mois initialement prévus avaient doublé à cause d'une idylle, belle mais brève, avec un de ses partenaires de yoga. Lucy formait un contraste saisissant avec Eve, car leur sœur aînée avait l'air épuisée : sa première maternité la fatiguait, et elle se sentait perdue sans sa petite Chloé qu'elle quittait pratiquement pour la première fois.

Ted commanda du champagne et leur raconta des anecdotes sur le monde du théâtre. Ils firent craquer des papillotes de Noël, et Margot tâcha de ne pas se faire remarquer, prétendant s'amuser et ne parlant que très peu. Quand elle se leva pour aller aux toilettes, Lucy la suivit et l'arrêta devant les lavabos.

— Est-ce que tout va bien ? Tu as l'air bizarre.

— Non, non, répondit Margot sans quitter des yeux ses mains pleines de savon qu'elle frottait sous un jet d'eau brûlante.

Lucy la dévisagea.

— Tu es sûre ? On dirait… on dirait qu'on a éteint ta lumière. C'est comme si… comme si une flamme avait été soufflée.

Margot croisa le regard de Lucy dans le miroir.

— Une flamme ? Tu es restée trop longtemps en Inde, toi !

— C'est à cause de l'atmosphère à la maison ? Tu dois trouver ça lourd de te retrouver toute seule avec maman.

— Elle est très prise par le dernier livre de la série, marmonna Margot.

Lucy poussa un soupir.

— Je sais que c'est dur, mais il faut être sympa avec Sibella, pour papa.

— Bah, Sibella, ça va…

Lucy profita vite de cette réponse favorable, n'attendant de toute évidence que de parler de la petite amie de leur père.

— Elle n'a pas l'air trop folle, ce qui est un bon début, non ? Et puis elle semble bien s'entendre avec papa. C'est mieux que s'ils se bouffaient le nez tout le temps, ajouta-t-elle avec un sourire complice.

Margot tâcha de participer.

— Je suis jalouse de ses cheveux.

Elle sentit le regard de Lucy se poser de nouveau sur elle. Sa sœur la scruta et avança soudain la main. Margot tâcha de retenir un mouvement de recul en la voyant attraper la manche de son sweat à capuche.

— Ça n'est pas une vieille fringue d'Eve, ça ?

— Je suis bien dedans.

— C'est super moche. Je vais t'emmener faire du shopping. Tu es jolie. C'est bête de ne pas te mettre en valeur.

Cette réflexion rappela à Margot la dernière fois où elle s'était sentie jolie : le soir de la représentation, sur scène, pendant les applaudissements. Les spectateurs l'avaient regardée avec un plaisir visible. Elle se souvint aussi du regard de M. Hudson, mais ce regard-là était loin d'être innocent. Et elle, elle l'avait encouragé. Alors mieux valait au contraire ne pas se mettre en valeur, ne pas attirer l'attention. Elle avait appris à ses dépens ce qui arrivait quand on… Il arrivait des choses affreuses… des choses qu'on ne maîtrisait pas du tout.

La porte du couloir s'ouvrit sur Eve qui entra en s'exclamant :

— Ah, vous êtes là ! Vous parlez de papa et Sibella ?

— Oui. Ferme la porte, vite, ordonna Lucy. Toi, tu la trouves comment ?

— Je préférerais ne pas l'aimer, mais je trouve que papa a bien choisi. Et vous ?

Lucy haussa les épaules.

— Ça serait plus facile de l'aimer si elle ne faisait pas partie de ces garces qui peuvent se permettre de se balader sans un gramme de maquillage, mais oui, on est d'accord, elle est bien. Sauf qu'il m'énerve à la regarder avec ses yeux de merlan frit. Beurk.

— Qu'est-ce qu'elle peut bien lui trouver ? s'interrogea Eve. Il est tellement plus vieux qu'elle !

— Justement, je lui ai posé la question, dit Lucy malicieusement.

Eve la dévisagea, bouche bée.

— Non ! Tu n'as pas fait ça ! Lucy ! Remarque, ça ne m'étonne pas de toi. Bon, alors, qu'est-ce qu'elle a répondu ?

— Elle a dit qu'il était gentil et aimant, et puis elle en a remis une couche en ajoutant qu'il était « super brillant », ou un truc du genre.

Margot jeta un coup d'œil vers la porte, ne rêvant que de son lit. Elle avait envie d'être chez elle, sous sa couette, loin de ce décorticage familial.

— J'étais en train de dire à Margot qu'il fallait absolument qu'elle change de look, dit Lucy en sautant du coq à l'âne. Les vieux sweats et les pantalons de jogging ultra-larges ne la mettent pas du tout à son avantage.

— Moi, j'aime bien, riposta Margot avec un air de défi. Il n'y a pas que les fringues et le maquillage dans la vie.

Eve se tourna vers le miroir pour ajuster sa tenue, tira sur son haut flottant et remit en place un coussinet dans son soutien-gorge d'allaitement.

— Vous avez vu ça ? Mes seins sont énormes ! Moi qui croyais que je perdrais vite le poids que j'ai pris pendant ma grossesse… La sage-femme me disait que la graisse allait fondre en moins de deux quand je nourrirais le bébé, mais c'est n'importe quoi. Je suis énorme !

— Bon, c'est fini, vous deux ? protesta Lucy. Vous êtes super belles. Si vous voulez vous sentir plus à l'aise dans votre corps, vous n'avez qu'à venir faire du yoga avec moi.

Eve et Margot échangèrent un regard et éclatèrent de rire.

— Quoi ? Qu'est-ce qu'il y a ? Le yoga, c'est génial, et ça convient à tout le monde. Je suis sûre que ça vous plairait.

Eve leva les yeux au ciel.

— Lucy, si j'avais une heure de libre sans un nourrisson qui s'accroche à moi comme un ouistiti en pleurant pour réclamer quelque chose, genre téter ou être changé, tu sais ce que je ferais ? Je me mettrais la tête sous la couette et je dormirais.

Oui, songea Margot. Oui, dormir…

— Pourtant, ça te ferait du bien, insista Lucy qui renonçait rarement à ses bonnes idées. Et à toi aussi, Margot. Ça te redonnerait de l'énergie. Tu as l'air tellement… tellement…

Elle ne termina pas, mais Margot savait très bien ce qu'elle voulait dire. Ses deux sœurs la considérèrent d'un œil critique dans le miroir, et elle vit à travers leurs yeux ses cheveux gras et plats, son teint terne, le sweat à capuche gris beaucoup trop grand qu'elle ne quittait plus et qui la faisait paraître petite et obèse. Son apparence ne la trahissait que trop : ses sœurs la voyaient telle qu'elle était, un être répugnant et indigne d'amour.

Le reflet que lui renvoyait le miroir du lavabo couvert de graffitis la dévisageait en retour. Elle s'étonnait presque d'être visible dans la glace. Elle avait tellement l'impression d'être absente, insensible. Elle allait mal, très mal. Quelque chose était brisé en elle, qui la faisait se sentir vide, prête à vaciller au moindre souffle et à disparaître, et elle se demandait si cela pourrait se réparer un jour.

Eve bâilla à s'en décrocher la mâchoire.

— On ferait mieux de les rejoindre. Ils risquent de se douter qu'on est en train de parler d'eux. Et puis je voudrais bien qu'on se grouille un peu pour le dessert : j'ai envie de rentrer me coucher. À moins d'un miracle de Noël, Chloé va me réveiller à 2 heures du matin pour téter.

De retour à table, Margot s'avachit sur sa chaise et laissa la conversation et les rires lui passer au-dessus de la tête. Ils se donnèrent leurs cadeaux et sablèrent le champagne, tâchant de rester dans l'esprit de Noël. Ted ne quittait pas Sibella des yeux. Elle gardait une main posée sur son genou et il se comportait comme s'il avait gagné le gros lot à une fête foraine, un ours géant qu'il ne voulait pas lâcher. Eve bâillait en regardant sa montre toutes les deux secondes, et Lucy ne parlait que de l'Inde et de son voyage mirifique. Tout cela parvenait à Margot comme si elle était derrière une vitre ou sous l'eau, visible mais déconnectée des autres, indifférente à leurs joies et à leurs succès. Elle fut soulagée quand Ted régla l'addition et la ramena à Windfalls.

Pendant tout l'hiver, Margot garda le secret honteux qui brûlait comme une braise incandescente en son sein. Elle passait des heures couchée sur son lit à lire, à écouter de la musique avec ses écouteurs, ou à tomber dans d'étranges léthargies qui n'étaient pas tout à fait du sommeil, mais pas non plus un état d'éveil. Il lui arrivait d'aller voler du vin dans le placard de la cuisine, sachant que Kit ne remarquerait jamais la disparition d'une bouteille. Elle buvait dans sa chambre, cherchant l'euphorie et l'anesthésie des sens qui venaient avec l'ivresse et qui lui permettaient de s'évader un peu en dehors d'elle-même. D'autres fois, elle achetait des cigarettes et se mettait à la fenêtre pour fumer le paquet entier, jusqu'à en avoir la nausée et des vertiges. Elle portait les vieux vêtements les plus informes d'Eve et ne touchait plus à ses cheveux, qui finirent par ressembler à un nid d'oiseau irrécupérable. Au lycée, elle se faisait discrète et travaillait juste assez pour obtenir la moyenne, ayant le plus grand mal à mobiliser l'énergie nécessaire pour suivre même a minima. Elle ne s'intéressait plus ni au théâtre ni à ses résultats. La Chose affreuse la vidait de son énergie. Elle souhaitait de toutes ses forces se réveiller un jour en découvrant que c'était un mauvais rêve, et redevenir comme avant, mais tous les matins elle se réveillait en se rappelant parfaitement ce qui était arrivé. Le mal ne partait pas.

Le dernier jour de lycée avant les vacances de printemps, Margot monta avec soulagement dans le bus de ramassage scolaire pour rentrer chez elle. Elle descendit à son arrêt et prit la route : ce n'était pas très loin à pied. La journée avait été particulièrement monstrueuse. La prof de littérature lui avait reproché devant tout le monde d'avoir encore oublié de rendre sa dissertation, la dernière du trimestre. Elle avait encaissé le coup, tête basse, et fait le gros dos.

« Je ne comprends pas, Margot, s'était indignée la prof. Ça ne te ressemble pas de ne pas faire ton travail. Je ne te reconnais plus. »

Margot bouillait intérieurement. Si la prof ne la reconnaissait pas, c'était peut-être parce qu'elle ne la connaissait pas, pour commencer ! Personne ne voyait qu'elle était fatiguée, qu'elle n'en pouvait plus, et qu'elle avait mal au dos quelle que soit la position qu'elle adoptait sur les chaises dures des bureaux malcommodes du lycée. Il lui avait fallu faire un effort considérable pour se retenir de répondre avec insolence et de sortir de la classe en claquant la porte. À la cantine, son plateau lui avait échappé des mains, et tout le monde s'était moqué d'elle. Elle avait passé le reste de la journée cachée dans les toilettes des filles, assise dans une cabine à pleurer toutes les larmes de son corps sans savoir pourquoi.

Devant elle, un groupe d'élèves avançait sur la route, dans la même direction. Jamie et quelques autres de l'ancienne troupe de *Roméo et Juliette*. Elle les entendait plaisanter et rire aux éclats. Elle tira sa capuche bas sur son front et bifurqua sur un sentier qui passait par les bois et menait à la rivière. Cela lui faisait faire un détour, mais en prenant le chemin de halage, elle pourrait remonter à Windfalls sans voir personne.

Une fois dans les bois, elle se sentit un peu mieux. L'angoisse s'allégeait. Le soleil printanier chauffait l'air, et le sous-bois embaumait l'ail des ours. Elle avait deux semaines de liberté devant elle : pas de lycée, pas de trajet en car, personne à éviter. Elle savait que sa mère était dans la dernière ligne droite et terminait son roman. Il ne lui restait presque plus rien à écrire : plus que « les deux derniers chapitres, chérie », avait dit Kit le matin, l'air ailleurs, au petit déjeuner. Tant qu'elle serait dans cette phase de création, il ne serait pas difficile de l'éviter. Margot était plus ou moins tranquille aussi du côté de ses sœurs, Eve étant encore très occupée par son bébé, et Lucy ayant eu la brillante idée de monter son propre centre de yoga à Bath. Ainsi, elle pourrait facilement s'arranger pour ne voir personne pendant les vacances de Pâques. Elle tâcherait même d'écrire sa dissertation en retard si une idée lui venait.

Elle avait parcouru la moitié du chemin quand elle fut prise d'une sensation étrange et subite. Comme si elle se vidait. Il y eut un son, un vrai bruit de ballon qui éclate, puis un liquide chaud inonda l'intérieur de ses cuisses. Elle s'immobilisa, sous le choc. Elle crut avoir fait pipi dans sa culotte. Une inondation, sans avertissement, soudain, comme ça. Presque aussi vite, une douleur intense s'empara d'elle, comme si on serrait violemment une ceinture autour de son ventre. Margot s'appuya de tout son poids à un arbre pour mieux supporter la crise. C'était comme un mal de ventre démoniaque, comme si ses tripes voulaient sortir.

La pression se relâcha, et elle put mieux respirer. Elle se redressa. Voilà, c'était passé. Elle attendit de retrouver de la force dans les jambes, agacée par la désagréable sensation de son bas de jogging mouillé qui lui collait aux cuisses, puis elle reprit sa marche.

Un peu plus loin, la douleur la reprit, une crispation des muscles si forte qu'elle fut incapable de faire un pas de plus. Elle appuya les deux mains sur son ventre, et sentit une boule dure comme du bois sous ses doigts. Elle poussa un gémissement apeuré. La Chose affreuse arrivait. Là, maintenant, tout de suite.

Margot reprit sa route, tordue de douleur, titubant entre les arbres, ralentie par la succession des horribles crispations qui ne se relâchaient que brièvement. À un moment, elle se pencha en avant pour vomir dans les fourrés les restes du déjeuner de la cantine. La sueur tombait de son front et dégoulinait dans son cou. Elle mourait de chaud. Un nouvel accès insoutenable la prit de nouveau.

Agrippant son ventre à deux mains, poussée par l'instinct animal, elle se fraya un chemin à travers les arbres, s'éloignant du sentier pour s'enfoncer dans une zone plus dense de la forêt, où les aulnes étaient plus hauts et plantés plus serrés. Incapable d'aller plus loin, elle s'accroupit sur le tapis forestier et vomit une nouvelle fois, secouée de haut-le-cœur qui lui vidèrent l'estomac et baignèrent son visage de larmes. *À l'aide*, implora-t-elle en silence en levant les yeux vers le peu de ciel qui apparaissait entre les frondaisons. Elle ne savait pas à qui elle adressait cette supplique, mais elle avait besoin de croire en un secours possible, humain ou divin.

Et puis ce fut une nouvelle crise : baignée de sueur, elle arracha ses vêtements en haletant, sentant monter une énorme pression intérieure – d'une puissance telle qu'elle comprit que rien au monde ne pourrait l'arrêter. Elle tomba à genoux, au supplice, et prit appui des deux mains sur la terre humide en poussant sur le sol pour mieux résister. Elle gémissait, déchirée par une douleur épouvantable. Il y eut un bref répit, et puis cela recommença, et elle ne put rien faire d'autre que de laisser travailler son corps qui voulait se purger.

Avec un grognement, Margot, toujours à quatre pattes, sentit quelque chose de chaud et de volumineux sortir en glissant de son corps. Il y eut une douleur, comme une brûlure brutale, puis elle entendit cette chose tomber avec un choc sourd par terre. Il y avait de l'humidité entre ses jambes, de la sueur sur son visage. Elle attendit, haletante, le front appuyé contre la terre, cherchant de la fraîcheur. Un instinct obscur et profond lui disait que ce n'était pas terminé. Quelques minutes plus tard, en effet, une nouvelle crispation violente arriva, moins forte que les précédentes, mais puissante. Et puis la détente, et l'éjection d'autre chose, une masse chaude et humide qui glissa hors de son corps et tomba aussi par terre. Elle se pencha de nouveau en avant, le visage appuyé au sol, inspirant fort, se remplissant les poumons pour se réconforter à la saine odeur de terre et de feuilles humides.

Elle resta longtemps ainsi, oubliant l'heure, mais quand elle ouvrit les yeux, elle eut l'impression d'un changement marquant. Les rayons du soleil pénétraient un plus bas entre les arbres, l'air était plus frais sur sa peau. Un champignon de forme étrange se dressait devant elle. Un perce-oreille grimpait le long de son pied gris.

Elle avait encore quelque chose à faire, elle le savait obscurément, mais préférait rester là, joue contre terre, en faisant semblant que tout allait bien. Pourtant, elle devait rassembler ses forces et ses esprits, retrouver la capacité d'agir.

Margot ne se décida à bouger que lorsque le froid commença à figer l'humidité gluante entre ses cuisses, et que sa peau enfiévrée se hérissa de chair de poule. Il lui fallut du courage pour regarder.

Elle vit ce qui était tombé entre ses jambes. La Chose affreuse. Un bébé bleu, silencieux, gluant de sang. Un cordon d'un blanc terne enroulé autour de son cou le reliait à une masse informe et sanglante qui avait chu dans les feuilles à côté de lui.

Margot le contempla un moment, puis fut reprise de violents et longs vomissements.

Il faisait presque nuit quand elle finit par reprendre lentement le chemin de Windfalls, sale et épuisée, suivant le ruban noir de la rivière pour rentrer. Elle avait mal aux mains, et vit qu'elles étaient noires et sanglantes, que ses ongles étaient cassés et incrustés de vase. Un bourdonnement étrange remplissait sa tête, et elle avançait, les jambes lourdes comme du plomb, n'étant plus que l'ombre d'elle-même, pliée en deux, en pilote automatique, l'instinct seul lui permettant de retrouver son chemin. Un mot se répétait sans cesse dans sa tête et rythmait ses pas : Fini… fini… c'était fini. La Chose affreuse n'était plus là.

La jetée en bas du verger se profila devant elle, avançant dans l'eau noire. Margot hésita, une main posée sur son ventre, entendant encore résonner les rires d'autrefois et s'entrechoquer les bouteilles. Elle était arrivée devant la remise de sa mère, qui se dressait, menaçante, dans l'ombre. L'endroit qui l'avait perdue. Le bourdonnement devint assourdissant.

Alors, c'est ici que la magie opère ?

Une voix d'homme remplissait sa tête. Elle l'entendait si clairement qu'elle dut se retenir de plaquer les mains sur ses oreilles. Une force irrésistible la poussa en avant. Titubante, elle plaça une main souillée de sang sur la poignée. Était-elle là ? Allait-elle l'aider ?

À qui as-tu pensé, Margot ?

À l'intérieur, une odeur familière la prit à la gorge : mélange de papier, de pommes et du parfum de sa mère. La pièce était vide, mais sur le bureau, une pile parfaite de feuilles A4 était posée à côté de la vieille machine à écrire noire. Elle ferma les yeux, se souvenant de la sensation de son visage écrasé contre le papier, de la pression des mains qui la retenaient, le pouce appuyant sur la base de son cou, les secousses du meuble sous elle. Tout lui revint d'un coup avec un réalisme insupportable.

Tu vois ce que tu me fais ?

Intensément consciente d'un vide douloureux en elle, Margot poussa un hurlement de rage. Elle se précipita sur le bureau et, d'un geste violent, balaya la pile de papier par terre, envoya au sol la lampe et la machine à écrire qui se fracassèrent en tombant. Les feuilles s'envolèrent comme une nuée d'oiseaux. Elle attrapa la lampe à huile accrochée à un clou au mur et la jeta par terre dans une grande explosion de verre. Le bruit lui fit du bien, et elle regarda avec satisfaction l'huile se répandre sur le sol. Elle vida les étagères de leurs livres en les jetant dans tous les sens, arracha les voilages de leurs rails. L'œuf en quartz rose passa à travers la vitre comme un boulet de canon. Elle avait cet endroit en horreur, y voyant la cause de tous ses maux : la distraction de sa mère, l'abandon de son père, le lieu de sa dégradation.

Il y avait une boîte d'allumettes sur le rebord de la fenêtre. Rien ne lui sembla plus simple et plus évident que de la prendre et d'en gratter une. La flamme jaillit dans la pénombre, et elle la jeta sur la flaque d'huile qui s'échappait encore de la lampe cassée. Elle trouva magnifique le souffle brusque de l'embrasement.

Les flammes prirent vite de la hauteur. Elles se propagèrent sur le plancher, léchèrent les pieds du bureau, noircirent les feuillets du manuscrit qui jonchaient le sol, les transformant en cendres en un instant. Margot, fascinée, regarda le spectacle un moment, émerveillée de voir à quelle vitesse elles s'emparaient de la remise et la remplissaient d'une lumière vive mais étrangement brouillée par la fumée. Elle aurait voulu rester pour tout voir brûler, même partir en fumée avec le reste, mais au moment où l'incendie atteignait le toit et menaçait de l'engloutir, l'instinct de conservation lui fit tourner les talons et elle sortit en trébuchant de la vieille réserve à pommes, puis tituba en toussant jusqu'à la jetée sur laquelle elle s'effondra au bout de quelques pas. Elle vit la cabane brûler comme une torche, devenir une colonne de flammes qui dégageait une chaleur intense.

Il avait fallu attendre – Margot ne savait pas combien de temps : quelques minutes, ou bien plus – avant qu'une silhouette surgisse du verger obscur et arrive en courant sur le chemin. Elle regarda avec un total détachement la femme qui s'arrêtait devant l'incendie, en chemise de nuit, les cheveux défaits.

— Non ! hurla Kit devant le brasier, les mains sur la tête, l'image même de l'horreur. Oh, mon Dieu ! Non !

Sa mère regarda autour d'elle, et Margot capta la seconde où, la remarquant accroupie sur la jetée, elle comprit. En état de choc, rompue de fatigue, elle vit le visage de Kit changer d'expression, et son désespoir se transformer en rage.

— Mais qu'est-ce que tu as fait ? s'écria sa mère en s'arrachant les cheveux, la fusillant d'un regard assassin. Qu'est-ce que tu as fait ? Mon livre ! Mais qu'est-ce qui t'a pris ?

Margot, un goût de cendres et de fumée dans la bouche, n'arriva à répondre que quelques mots, à peine plus forts qu'un murmure :

— Il est parti… Il est parti.

Au-dessus de sa tête, les ampoules éteintes poussiéreuses se balançaient sur leur fil, alors qu'à ses pieds l'eau noire suivait son cours, impassible et silencieuse.

Dimanche

34

Lucy est allongée à côté de Tom endormi et n'y voit pas grand-chose dans la pénombre de sa chambre d'enfant. Elle devrait dormir, elle aussi. Elle sera fatiguée aujourd'hui à cause de ce réveil prématuré alors qu'elle s'est couchée si tard, mais elle n'y peut rien. L'adrénaline de la fête court encore dans ses veines, mais elle est surtout assommée par le choc que lui ont causé les révélations de Margot. Elle se rejoue des parties de cette confession alors que les merles entonnent leurs premiers chants dans le jardin. Rien à faire. Elle abandonne et se lève sans bruit.

Elle enfile des bottines et un long cardigan en laine qu'elle croise par-dessus son pyjama. Une douleur familière pèse dans son bas-ventre, mais elle peut à la rigueur encore l'ignorer pour l'instant.

La maison est silencieuse. Rien ne bouge. Elle semble avoir été dévastée par une tempête. En bas, dans le salon, un invité presque invisible sous une couverture dort sur le canapé de velours, ses pieds nus dépassant à un bout, et de doux ronflements s'échappaient par la porte ouverte. La cuisine est dans un état épouvantable. La longue table en chêne disparaît sous les bouteilles de vin vides, les verres sales et les restes du plateau de fromages que personne n'a pensé à ranger : une roue de brie a coulé sur la planche, près d'une grappe de raisin ramollie. Un cendrier débordant de mégots a été abandonné tout près. Lucy considère ce désordre avec satisfaction – ce sont les signes d'une fête réussie –, puis elle ouvre la porte du jardin et sort dans la fraîche lumière matinale. Elle a besoin d'un peu de temps pour se retrouver avant l'opération.

Dehors, on sent les premiers signes de l'automne. La lumière est vive, et pure, et belle, brumeuse vers le bas de la vallée. Un voile cotonneux lui masque la rivière. Elle descend dans le verger, dépasse les restes du feu de joie, le barnum empesé par la rosée et festonné de banderoles pendantes. Une bouteille de champagne traîne dans l'herbe piétinée, une senteur de pommes monte de la terre. Le bas de son pyjama est bientôt imprégné d'humidité.

Un merle chante sur une branche au-dessus de sa tête. Elle se demande si c'est celui qui l'a fait sortir du lit tout à l'heure. Serrant son cardigan un peu plus autour d'elle, elle se dirige vers le tronc couché qui fait office de banc au bord du ruisseau. Alors qu'elle s'assoit, son regard se pose sur les initiales gravées dans le tronc du vieux pommier : K.T.E.L.M. Cinq lettres qui marquent leur présence, installent sa famille sur ces terres, lui donnent des racines. Elle essaie d'imaginer quel effet cela ferait sans le L. Elle s'arrête sur cette idée, fait disparaître cette lettre en pensée, la gorge serrée.

Elle tourne les yeux vers la maison, en haut de la colline, éclairée par le soleil matinal, le château de son enfance. C'est un lieu sans grande structure, dysfonctionnel par bien des côtés, mais c'est aussi un lieu plein d'amour où on se sent en sécurité. C'est du moins toujours ainsi qu'elle a considéré Windfalls. Les révélations de Margot l'ont profondément ébranlée. Comment sa sœur a-t-elle pu porter seule un secret aussi terrible pendant aussi longtemps ? Comment n'a-t-on rien remarqué – ce calvaire qu'elle a enduré, à la fois physique et moral ? Pourquoi ne se sont-ils pas donné la peine de l'interroger mieux ? Tout le monde a trouvé tellement plus simple d'interpréter ses sautes d'humeur et son attitude destructrice comme une simple phase normale de l'adolescence, et préféré accepter sa colère et ses provocations. Margot s'est enfermée dans son silence, et ils l'ont laissée faire. Ce sont eux, les fautifs, eux qui l'ont rejetée. Lucy se sent profondément honteuse d'avoir ignoré des signes de détresse pourtant visibles, de n'avoir pas su l'aider.

Elle se souvient de l'expression de Margot devant le feu à moitié éteint, de son émotion quand elle leur a parlé du viol dont elle a été victime et de l'enfant qu'elle a porté en secret. Elle se souvient de ses larmes quand elle leur a raconté la naissance. Mort-né, avait-elle dit. Ou du moins, c'était ce qu'elle avait cru. Un bébé bleu, le cordon ombilical serré autour du cou, et qui n'avait pas poussé un cri.

« Qu'est-ce que tu en as fait ? » avait demandé Lucy, angoissée.

Margot avait fermé les yeux. Elle avait mis un long moment à répondre.

« Je ne voulais pas le toucher, expliqua-t-elle finalement, mais j'étais obligée. Je l'ai porté à la rivière. »

Elle parlait de cet enfant au masculin… Un petit garçon, alors… Lucy avait eu bien du mal à retenir ses larmes en pensant à la réalité de ce bébé, mais elle ne se l'était pas autorisé pour ménager Margot. Le moins qu'elle pouvait faire, c'était de l'écouter jusqu'au bout.

« Je ne savais pas ce que je faisais, avait conclu sa petite sœur.

— Tu devais être sous le choc, avait dit Eve doucement en lui prenant la main. Dis-nous comment ça s'est passé. »

Alors elle avait continué. Elle leur avait raconté, en butant sur les mots, qu'elle avait d'abord eu l'intention de jeter le bébé dans la rivière.

« Je voulais qu'il disparaisse. Je pensais que le courant l'entraînerait loin. »

Mais quand elle était arrivée au bord de l'eau, elle n'en avait pas eu le courage.

« Je n'ai pas pu : l'eau était tellement froide, je n'arrivais pas à le lâcher. Pas comme ça. »

Lucy avait fermé les yeux pour contenir ses larmes pendant que Margot expliquait qu'elle avait creusé une tombe sur la berge, à mains nues.

« Sous le pont, leur dit-elle. Au bord de l'eau, la terre était moins dure, et il faisait encore plus noir. C'était calme, silencieux. Je me suis dit qu'il serait… qu'il y serait bien, avait-elle continué, la voix coupée de sanglots. Je sais que c'était mal de faire ça… mais je n'ai pas su comment me débrouiller autrement. »

Elle leur avait rapporté le calvaire de son retour le long de la rivière, jusqu'à la remise de leur mère à la croisée des chemins – l'endroit où le viol avait été commis. En l'entendant décrire ce qu'elle avait ressenti devant ce lieu qui la narguait, Lucy avait compris très précisément pourquoi Margot y avait mis le feu. À sa place, elle aurait probablement fait exactement pareil.

En pensant aux souffrances de sa sœur, Lucy est submergée par un chagrin immense ; elle se dit que Kit serait capable de comprendre, comme elle, ce qui s'est passé. Malgré sa souffrance devant l'irréparable, Kit ne pourra que pardonner à sa fille ce qu'elle a fait. Il faut seulement que Margot se résolve à lui parler.

Lucy a entendu beaucoup de félicitations la veille. En apprenant la nouvelle de sa maladie, on lui a répété : *Tu es tellement courageuse, tu es tellement forte.* Est-elle courageuse ? Elle n'en a pas l'impression. Elle avance, un pas après l'autre, et fait ce qu'il y a à faire. A-t-elle le choix ? Mais Margot, elle, a souffert et porté le fardeau d'une honte imméritée. C'est elle qui est courageuse d'avoir réussi à vivre avec ce secret.

Elle comprend tant de choses maintenant : toutes les quatre portent une douleur en elles. Kit a perdu l'amour de Ted, Eve est en train de rater son mariage, Lucy est malade, Margot se débat avec son passé. Pour vivre, il faut beaucoup de courage, pour tout le monde, songe-t-elle. Ce qu'il faut, c'est simplement aller de l'avant. Margot en est la preuve, et Lucy espère que sa sœur, maintenant qu'elle a commencé à parler de ce qui lui est arrivé, va trouver le moyen de vivre et de laisser venir à elle tant de choses dont elle s'est privée. Si seulement elle pouvait trouver la force de tout raconter à Kit, alors peut-être feraient-elles la paix.

Une silhouette apparaît en haut du pré. C'est Sibella qui descend jusqu'à elle.

— Je ne veux pas m'imposer. Je suis venue pour vous aider à nettoyer, et je t'ai entendue sortir tout à l'heure.

Elle tend un plaid à Lucy.

— Tiens. N'attrape pas froid.

Lucy le prend, l'air un peu ennuyé.

— À partir de maintenant, je sens que tout le monde va être aux petits soins : couvertures, thé et réconforts variés…

Sibella sourit.

— Profites-en, ça vaut mieux que de faire la vaisselle.

— Merci.

— Bon, je te laisse…

Lucy ne se décide à parler qu'au moment où Sibella fait demi-tour.

— J'ai peur, dit-elle d'une voix tremblante.

Sibella revient, s'assoit sur le tronc d'arbre et pose doucement la main sur la sienne. C'est un contact doux et rassurant.

— Je m'en doute, ma chérie. Je m'en doute.

— Avant, j'arrivais à ne me préoccuper que de la fête d'hier – j'étais contente de faire ce beau geste. Je pensais que cela me donnerait l'impression de boucler la boucle, que ça m'apporterait même une certaine paix. Au fond, ajoute-t-elle avec un pâle sourire, ça n'était pas si bête. Le mariage, la fête avec tout le monde hier, c'était exactement ce qu'il me fallait. Vous rassembler tous, ça m'a rendue… si heureuse, et j'ai senti… tant d'amour, achève-t-elle, apparemment satisfaite d'avoir trouvé le bon mot.

« Mais aujourd'hui, reprend-elle avec un soupir en envoyant un coup de pied dans une pierre qui va rouler dans l'herbe, aujourd'hui, je suis furieuse. Ça me met en colère de ne rien être capable de faire… Je me sens impuissante et je souffre, et tout le monde souffre.

Le regard de Sibella se perd dans le lointain.

— Ne sois pas injuste avec toi-même. Ce que tu as fait hier, cette façon que tu as eue de nous montrer comment tu voulais qu'on réagisse, d'affirmer que tu veux vivre dans le présent, c'était du vrai courage. Tu nous as donné une grande leçon.

Lucy pense de nouveau à Margot. Une larme coule le long de sa joue et tombe sur son cardigan où elle forme une tache sombre.

— C'est vrai que ça semble parfois plus facile de se protéger, de se cacher, de s'isoler, mais je me rends compte de plus en plus que nous avons tous besoin les uns des autres.

Lucy ravale un sanglot en pensant de nouveau à Margot, seule dans les bois, serrant son enfant mort-né dans ses bras. Quelle épreuve elle avait vécue ! Cet accouchement sans aide, et ensuite emporter le pauvre petit et l'ensevelir sous le pont en creusant la terre de ses mains nues, animée par la seule force de sa volonté et son désespoir, avec la rivière pour seul témoin.

Sans soupçonner ses pensées, Sibella lui prend la main.

— Tu ne peux pas te soucier de tout le monde, Lucy. Tu n'es pas responsable. Pardon si je te donne l'impression de me mêler de ce qui ne me regarde pas, mais je me demande s'il ne serait pas temps que tu penses un peu à toi et que tu conserves tes forces.

— J'ai peur d'être égoïste, admet Lucy en se forçant à sourire. Je crois qu'il y a déjà pas mal de monde qui trouve que je n'ai pensé qu'à moi en vous forçant à vous réunir tous hier.

— Toi, égoïste ? Bien sûr que non ! Cela ne viendrait à l'idée de personne. La journée d'hier nous a fait du bien. Tu as fait preuve d'une extraordinaire générosité, au contraire. Nous en garderons des souvenirs inoubliables qui nous soutiendront, quoi qu'il arrive. Et ton mariage avec Tom n'est pas une fin en soi. Ce n'est pas la fin de ton histoire. Tu es là, bien vivante. Alors vis, Lucy. Vis aussi fort et bien que tu en es capable.

Lucy approuve avec un pauvre petit sourire :

— C'est vrai... Je ne suis pas encore morte... C'est ça ?

— Exactement. Il faut chérir chaque jour qui passe.

Lucy laisse Sibella se lever pour retourner vers la maison et reste encore un peu assise sur le vieux tronc. Elle n'est pas encore prête à la suivre. Peu à peu, dans le calme du verger, des souvenirs heureux de la veille lui reviennent. Elle revoit ses amis danser avec elle sous les lumières joyeuses ; Chloé et May rire avec leur père ; Eve se reposer un moment, assise sur le foin, la tête appuyée à l'épaule de Margot ; Tom qui l'enlace et lui murmure combien il est fier d'être son mari ; Andrew qui tend la main à Eve pour l'inviter à danser ; Ted et Kit assis sur des chaises longues sous les étoiles, discutant tranquillement.

Elle regarde autour d'elle, et ses yeux tombent de nouveau sur les cinq initiales gravées dans l'écorce du pommier. Cette fois, cette vision l'apaise. Elle comprend que l'amour ne partira pas. L'amour qu'ils éprouvent les uns pour les autres va rester, même quand elle ne sera plus là.

Un souffle de vent agite les branches au-dessus de sa tête, libérant une cascade de feuilles cuivrées qui tombent en voletant vers le sol. Lucy lève le visage, cherchant la chaleur du soleil. C'est l'équinoxe. Aujourd'hui, la Terre est à l'équilibre, puis les nuits deviendront plus longues et les jours plus courts. L'été cède la place à l'automne. Une feuille brune tombe dans le ruisseau et s'éloigne vers la rivière où elle sera emportée au gré de son flux perpétuel. La clarté allume le voile de brume d'une luminosité si belle. Lucy ressent tout cela profondément : elle s'abandonne à tout ce qui fait l'existence – la beauté, l'amour, la souffrance, la tristesse et la joie.

De quoi a-t-elle besoin en cet instant ? Elle a envie d'aller retrouver sa famille. Elle a envie de prendre son mari dans ses bras et de les remercier tous pour ce magnifique mariage. Mais d'abord, songe-t-elle, le regard se portant vers le fond de la vallée, elle a besoin d'autre chose.

La brume blanche s'enroule autour d'elle en formant un voile qui la suit à travers le verger et, au-delà de la barrière, jusqu'au bord de l'eau. Les sons s'étouffent, un étrange silence enveloppe la nature. Une sensation très particulière s'empare d'elle : elle a l'impression de tout quitter pour entrer dans un autre monde. La rivière s'étend, pâle, grise et plate entre ses berges, et va se fondre à l'horizon, la brume effaçant la limite entre le ciel et l'eau en un joli tableau, aérien et étrange. Lucy avance jusqu'à la jetée et ôte ses vêtements. L'air frais lui picote la peau. Au bout du ponton, elle baisse les yeux sur les flots qui glissent, d'une blancheur laiteuse, opalescente et vaporeuse. Les saules ne sont plus que des formes vagues, comme si un peintre avait passé sa gomme pour en estomper les contours. La rivière silencieuse l'attend.

Elle prend une profonde inspiration et d'une détente plonge le plus loin possible.

Le choc est électrique. Le froid la saisit et enveloppe son traître de corps. Alors qu'elle donne un coup de pied pour remonter à la surface, elle sent son cœur palpiter et battre plus fort, son besoin de respirer lui brûler les poumons, puis vient l'inspiration explosive, preuve de la vie indéniable, incroyable qui l'habite. Alors elle se laisse flotter sur le dos, ayant retrouvé une certaine paix, se sentant reliée au mouvement de la vie et à tout ce qui l'entoure. Je suis là, songe-t-elle. Je suis là.

Six mois plus tard

35

Margot est assise à la fenêtre devant la vue des collines et des arbres, silhouettes noires frémissantes aux branches nues piquées de nids échevelés. Lucy est couchée derrière elle, dans son lit d'autrefois, yeux fermés. Tom est prostré dans un fauteuil à son chevet. Personne n'a parlé depuis un moment, mais il prend de temps en temps la main de Lucy pour la caresser et fait tourner l'alliance qui flotte sur son annulaire.

L'infirmière de garde, une femme d'âge mûr qui s'appelle Pam, entre quelques instants. Elle règle le goutte-à-goutte accroché à côté du lit, puis se tourne vers Margot et Tom.

— Nuit difficile, commente-t-elle. Vous tenez le coup ?

Margot fait signe que oui, incapable d'ouvrir la bouche.

Lucy ouvre les yeux.

— La fenêtre…, dit-elle avec un geste.

Margot considère le paysage hivernal, tout de bruns et de gris dans ce petit matin sans couleurs.

— On ne peut pas ouvrir, Luce. Il fait trop froid.

— Tu as peur que j'attrape la crève ? ironise Lucy d'une voix faible mais incisive.

Tom plonge la tête dans ses mains. Lucy tend le bras vers lui et dit en lui caressant le bras du bout des doigts :

— J'ai besoin de sentir l'air sur mon visage.

Margot cède sans discuter, ne jetant qu'un coup d'œil à Lucy, souffrant de voir ses bras frêles, son visage émacié et pâle, ses traits creusés, les cernes noirs sous ses yeux. On ne peut pas lui refuser ça.

Elle ouvre le loquet de la fenêtre à guillotine et soulève le châssis qui remonte brutalement en se débloquant. Un souffle d'air frais s'engouffre dans la chambre. Elle va vite étendre une autre couverture sur sa sœur amaigrie, puis resserre les pans de son cardigan autour d'elle. Le froid est coupant, mais fait du bien. Cela lui rappelle qu'il y a un monde à l'extérieur, hors de cette existence étrange dominée par la maladie où chaque inspiration est difficile et douloureuse.

À travers la fenêtre ouverte, le premier oiseau fait entendre son chant matinal. Lucy ferme les yeux.

— Ah, ça va mieux. Je respire…

Lucy avait demandé à revenir à Windfalls.

« Je voudrais être là-bas, avait-elle dit à Tom. Ramène-moi à la maison, s'il te plaît. »

C'était, disait-elle, le seul endroit où elle avait envie de se trouver.

Margot avait reçu l'appel de Ted à Édimbourg et pris le premier train. Pendant le trajet vers Londres, elle avait pensé au premier voyage du mois de septembre, avec la même destination, l'angoisse au ventre mais pour d'autres raisons.

Elle a pris l'habitude des allers et retours. Depuis le mariage, elle est revenue très souvent. Elle s'est libérée pour accompagner Lucy à ses rendez-vous médicaux, et lui a tenu compagnie pendant les interminables heures de chimiothérapie destinées à ralentir le développement des tumeurs. Parfois, elles bavardaient, ou bien elles regardaient ensemble leurs émissions favorites sur son iPad, chacune un écouteur dans une oreille. D'autres fois encore, Lucy dormait, et Margot lisait à côté d'elle. Il lui arrivait de la laisser pour aller se promener dans la petite cour où elle parlait avec d'autres personnes venues accompagner des proches en traitement, ou bien où elle s'asseyait, simplement pour regarder le ciel en tâchant de respirer calmement, impressionnée par le courage extraordinaire de sa sœur, et n'arrivant pas à imaginer un monde sans Lucy.

Après ces passages éprouvants à l'hôpital, Margot restait parfois dormir sur le convertible de Lucy et Tom, ou elle allait voir Eve et les filles, mais la plupart du temps, elle retournait à Windfalls. Face à la maladie de Lucy, Kit et elle ont enterré la hache de guerre, mais leurs relations restent tendues.

« Parle-lui, avait insisté Lucy plus d'une fois. Dis-lui ce qui est arrivé. »

Chaque fois, Margot hochait la tête et affirmait qu'elle allait le faire. Bientôt, mais pas tout de suite… Quand Lucy irait mieux. Et Lucy secouait la tête, son crâne chauve enveloppé dans une écharpe de soie indienne, et lui disait qu'elle exagérait.

Elles avaient discuté de M. Hudson. Pendant l'un de ces longs, interminables après-midi à l'hôpital, Margot avait raconté à sa sœur qu'elle avait effectué une recherche sur Internet, un jour de courage. Il n'avait pas été difficile à retrouver. Le moteur de recherche le listait dès les premiers résultats. La presse parlait de lui : une série d'articles traitaient d'un enseignant de Manchester poursuivi pour attentat à la pudeur et condamné à une peine de prison qu'il était en train de purger. Il y avait même des photos du coupable. On le voyait transféré d'une voiture de police au palais de justice le jour de l'audience. Son aspect lui avait causé un choc. Le temps l'avait marqué. Il était hagard, gros, une version plus âgée, plus enflée de l'homme dont elle se souvenait. Elle avait contemplé longuement les photos, envahie par une colère noire à la pensée de ce qu'il lui avait fait subir, de ce qu'il lui avait volé. Il n'était pas facile non plus de constater qu'il avait continué. Elle s'en voulait : si elle avait trouvé le courage de parler, peut-être aurait-elle sauvé les autres du même supplice…

« Tu avais peur, tu avais honte, avait dit Lucy en lui prenant la main. Quand je pense à ce que tu as vécu… c'est compréhensible que tu n'aies pu en parler à personne. Mais il n'est pas trop tard. Tu peux encore porter plainte.

— On ne va pas me croire, après tout ce temps… »

Lucy lui avait jeté un regard pénétrant.

« Il y a une preuve, Margot. Tu l'as enterré, mais tu saurais le retrouver. Ton bébé. »

Margot avait baissé la tête et serré les bras autour d'elle en caressant machinalement le petit cœur noir niché au creux de son coude.

« C'est vrai. J'ai tout fait pour ne pas y penser, mais depuis que je vous en ai parlé, je me dis que je ne peux pas le laisser là. Ça n'est pas bien.

— Je suis d'accord. Il est sûrement possible de faire quelque chose… Peut-être que si tu pouvais lui donner une vraie sépulture, ça t'aiderait ? »

Margot avait hoché la tête, incapable de regarder Lucy en face, des larmes tombant de ses yeux sur ses genoux.

Lucy avait pressé sa main dans les siennes.

« Tu le feras quand tu seras prête. »

Margot était à Windfalls le jour où Lucy leur avait annoncé son intention d'arrêter le traitement – la chimiothérapie ne faisait plus aucun effet. Lucy et Tom en avaient parlé avec l'équipe médicale, et elle avait pris sa décision en connaissance de cause, préférant privilégier sa qualité de vie pendant le temps qui lui restait, avec le soutien de l'équipe de soins palliatifs, plutôt que de s'infliger des souffrances inutiles.

Malgré son total rejet, Margot s'était interdit de critiquer sa décision, ayant vu à quel point le traitement était pénible. Les derniers mois avaient été une épreuve d'endurance. Lucy avait tout supporté avec courage et détermination, mais sa souffrance avait été terrible pour son entourage. Lucy avait fait preuve d'une telle force que Margot s'était convaincue qu'un miracle était possible. Le moment du renoncement avait été insupportable.

C'est Margot qui se charge de prévenir la famille. Elle laisse Tom dans la chambre et descend à la cuisine où Eve, Kit et Ted sont réunis autour de la table de la cuisine, silencieux, des mugs et une théière vide devant eux. Elle s'arrête sur le seuil et, en la voyant, ils comprennent. Un soupir échappe à Ted.

Elle hoche la tête.

— Pam dit qu'il est temps de monter lui faire nos adieux.

Kit détourne le visage.

— Je ne peux pas.

— Allez, maman, courage, dit Margot. Pour Lucy.

Eve pose la main sur le bras de Kit.

— Tu n'as pas le choix.

Ted aide Kit à quitter sa chaise et la soutient jusqu'à la chambre de Lucy. L'infirmière règle le goutte-à-goutte à la tête du lit, puis recule pour permettre à la famille de se placer autour. Eve passe un bras autour de Tom. Margot reste seule près de la fenêtre. Une douleur insupportable lui déchire le cœur.

— J'ai augmenté la dose, annonce Pam. Elle souffrait beaucoup.

Kit s'approche de Lucy et lui caresse la joue. Elle passe la main sur le front de sa fille et se penche pour l'embrasser. La respiration de Lucy est lente, irrégulière et sonore.

Margot voit Eve s'avancer pour embrasser leur sœur à son tour. Tom soulève la main de Lucy et y appuie les lèvres.

— Je t'aime, Luce, dit-il. Je t'aimerai toujours.

Kit ne peut retenir un sanglot étranglé, et Ted se précipite pour la soutenir. Margot a l'impression que son cœur va exploser. Elle tourne le visage vers la fenêtre, comptant les respirations laborieuses de Lucy, ce râle qui ralentit. Un pâle soleil levant darde un rayon d'argent entre les nuages. Un instant, le méandre de la rivière, visible entre les branches nues, s'éclaire. Margot se remémore la baignade de Lucy le lendemain du mariage. Au matin, les empreintes de sa sœur dans l'herbe humide de rosée l'ont conduite à la rivière où elle l'a vue dans la brume, flottant sur l'eau, bras étendus, yeux fermés, le visage illuminé par un sourire de béatitude. Elle se souvient de l'avoir observée discrètement sans sortir de derrière les arbres et de s'être émerveillée de sa force d'âme et de l'étrange sentiment de paix qui se dégageait de cette scène pleine du souvenir de toutes les autres fois où elle avait vu Lucy nager et jouer dans la rivière, jeune, libre et insouciante.

Margot pense un moment à sa sœur dans son havre de paix, et ce n'est qu'en revenant au temps présent qu'elle entend que l'oiseau a cessé de chanter. Dehors, un fin voile de pluie commence à tomber.

Pam n'a pas fini de les aider. Elle suggère à Margot une idée qui résonne en elle. L'infirmière lui explique que, d'après son expérience, c'est une bonne façon pour certaines personnes de faire leurs adieux au disparu. Margot est tout de suite convaincue que cela l'aidera. Pendant que Ted téléphone aux pompes funèbres, elle sort dans le jardin pour aller trouver Sibella.

— Tu pourrais m'aider à faire quelque chose d'important ? Maman se sent trop mal, et Eve a besoin d'un peu de temps pour se remettre avant de rentrer annoncer aux filles ce qui est arrivé.

— Bien sûr, tout ce que tu voudras, répond Sibella.

La pluie a cessé aussi vite qu'elle avait commencé. À travers le halo d'humidité, le soleil hivernal baigne les arbres dépouillés d'une lumière étincelante. Les gouttelettes roulent des branches nues, formant des cascades argentées d'une beauté à couper le souffle. Elle ne parvient pas à détacher les yeux de ce spectacle magnifié par sa peine.

Les émotions gonflent et se mêlent, l'émerveillement, et à côté la tristesse : tout est plus fort. Des larmes brûlantes lui montent aux yeux et troublent le paysage qui scintille. Elle tourne le visage vers le ciel et murmure son amour et sa gratitude.

Margot va puiser de l'eau à la rivière et l'apporte solennellement dans la chambre de Lucy. Sibella l'y attend avec du linge propre, des serviettes et une cuvette d'eau tiède. Sous le regard de sa belle-mère, Margot verse en silence l'eau de la rivière dans la cuvette. Elle ne sait pas exactement pourquoi elle a trouvé aussi important de rapporter un peu de cette eau à Lucy, mais quelque chose dans ce geste lui semble beau. Comme si la rivière que sa sœur a tant aimée allait la porter dans l'étape finale qui la mène au repos éternel.

— Sa dernière baignade, dit-elle en guise d'explication en se tournant vers Sibella, la gorge nouée par l'émotion.

Sibella hoche la tête et lui passe un gant.

Tout en lavant le corps de Lucy, Margot est frappée : c'est Lucy, et pourtant ce n'est pas elle. Les soins qu'elle prodigue à sa dépouille lui font comprendre que

Lucy n'est plus là. Son esprit, qui la rendait si profondément elle-même, est parti. C'est une sensation étrange, cependant Margot éprouve un certain réconfort à la toucher, à s'occuper d'elle dans ce dernier acte d'amour. Elle laisse plusieurs fois ses regards s'égarer vers la fenêtre ouverte. Où es-tu ? se demande-t-elle. Où es-tu allée ? Cette immobilité, ce corps froid sont des énigmes.

Elles ôtent avec précaution l'alliance de son doigt. Margot recule et ressent une soudaine fureur devant le visage creux de Lucy. Sa sœur aurait dû avoir le temps d'avoir des enfants, des vergetures, des rides, des taches de vieillesse, des poils blancs sur son menton de vieille dame. C'est si atrocement injuste. Elle tâche de se souvenir de sa beauté. Elle veut garder en mémoire l'image la plus radieuse possible. Pas cette Lucy ravagée, détruite par la maladie. Un jour, Margot sera vieille, mais Lucy restera pour toujours une jeune femme arrêtée en pleine course. Comment ne pas se sentir flouée ? Elle soupire.

— Elle a l'air paisible, non ?

— Oui, c'est vrai, répond Sibella.

Margot ouvre la main de Lucy et place dans sa paume un petit galet de rivière, puis la referme en repliant ses doigts. Sachant qu'elles ont fait de leur mieux, elles sortent de la chambre.

Margot trouve Tom et Eve assis sur la terrasse, grelottant dans l'air hivernal, leur souffle blanchissant l'air, poussés, comme elle, par le besoin inavoué d'échapper à l'atmosphère pesante de la maison. *Ouvre la fenêtre.* Elle se souvient de la dernière volonté de

Lucy et lève les yeux vers le ciel pâle en ravalant ses larmes. Le déséquilibre se fait déjà sentir : il manque quelqu'un autour de cette table. Elle presse l'épaule de Tom au passage. Elle sent combien il est tendu et devine l'effort qu'il fait pour ne pas s'effondrer. Elle s'assoit à côté de lui.

— Je croyais que tu étais partie, dit Margot à Eve.

— Je n'en ai pas encore eu le courage. Je retarde le moment de parler aux filles.

— Andrew est avec elles ?

— Oui, répond Eve, qui ajoute en lui lançant un regard entendu : Il est rentré vivre à la maison le week-end dernier.

Margot la dévisage.

— Mais c'est bien, ça. Alors… ça va mieux entre vous ?

— Il a été formidable ces dernières semaines. J'ai pu m'appuyer sur lui. Nous avons beaucoup parlé. Nous voulons tous les deux que ça marche. Pas seulement pour les filles, pour nous aussi. Je crois que nous avons compris… ce qui est le plus important pour nous. La maladie de Lucy nous a montré ce qui compte vraiment. Pour le reste…

Tom relève la tête.

— Lucy aurait été très contente.

— Oui. Je le lui ai dit. Hier.

Eve et Tom échangent un regard complice. Hier. Comme ce mot sonne étrangement. C'est un « hier » qui fait partie d'une autre ère, d'une vie qui ne sera plus jamais la même.

Eve pousse un long soupir.

— Il va falloir commencer à réfléchir aux obsèques.

— Lucy a dressé une liste pour nous aider. Elle avait des idées très arrêtées sur ce qu'elle voulait, mais surtout sur ce qu'elle ne voulait absolument pas.

Des larmes remplissent les yeux bleus de Tom, mais il parvient à sourire un peu quand même.

Se souvenant des disputes et des tensions qui ont entouré l'organisation du mariage, Margot s'exclame :

— Tu m'étonnes !

Un rouge-gorge sautille dans la haie en faisant bouger les branchages. Margot aperçoit du coin de l'œil la couleur chaude de son poitrail qui lui rappelle la robe de mariée de Lucy. Sa sœur était si belle ce jour-là, songe-t-elle, sentant se raviver la douleur.

Tom appuie la tête dans ses mains. Il reste ainsi en silence un moment, puis il semble reprendre des forces et se passe la main sur le visage.

— Je suis tellement épuisé que j'ai failli oublier : Lucy vous a écrit des lettres qu'elle voulait que je vous donne… après…

Sa voix se brise, mais il sort une enveloppe de sa veste. On y voit le mot « Margot » tracé de l'écriture large et ronde de Lucy. Il la lui donne, puis sort celle adressée à Eve avant de retourner vers la maison. Margot crispe les mains sur sa lettre et attend.

Tom entre dans la cuisine où Kit, Ted et Sibella sont assis autour de la table. Par la fenêtre, Margot voit Ted se lever pour l'accueillir. Il lui serre la main, puis l'attire dans ses bras, en une accolade qui tient un peu du câlin, comme le font parfois les hommes dans des moments de profonde émotion. Tom a un mouvement de recul, puis il accepte ce réconfort et s'effondre sur l'épaule de son beau-père, secoué de sanglots. Sans aucune hésitation, Ted l'enveloppe de ses bras et, au bout d'un moment, Margot ne sait plus lequel des deux a le plus besoin du soutien de l'autre.

En larmes, elle tourne les yeux vers Kit, tassée sur elle-même, tête baissée. Comme si elle sentait le regard de Margot sur elle, Kit se redresse et regarde par la fenêtre. Elle lui adresse un petit signe, et le plus triste des sourires se dessine sur ses lèvres. Margot répond par une inclinaison de tête. Lucy voulait que son mariage les rapproche. Il n'y a pas suffi, mais sa mort y arrivera peut-être, car ils sont tous de nouveau à Windfalls, tous liés par le même amour et le même chagrin.

— Je ne me sens pas capable de la lire tout de suite, dit Eve en prenant son enveloppe sur la table et en la rangeant dans la poche de son manteau. Je la garde pour plus tard… Je la lirai quand je la sentirai s'éloigner un peu trop. Je rentre, ajoute-t-elle avec un frisson. Tu viens ?

Le rouge-gorge sautille dans la haie avec un bruissement, puis s'envole dans un soudain battement d'ailes. Margot jette un coup d'œil à son enveloppe.

— Pas tout de suite, dit-elle en jetant un coup d'œil au-delà du verger à l'eau qui scintille entre les arbres.

36

Tout est calme sur la berge. C'est le silence. Margot replie sa lettre et la remet soigneusement dans l'enveloppe, puis elle s'assoit sur la jetée. Elle médite devant le miroir de l'eau, le regard perdu dans le lointain.

La lettre de Lucy, toute pleine de sa voix, a amplifié la douleur et le manque. Le chagrin enserre son cœur dans ses griffes. Elle ressent très fort l'absence de sa sœur, son absence absolue et définitive. Les plaisanteries, les souvenirs qu'elles partageaient ne vivent plus qu'en elle. Leur langue commune va s'éteindre. Il n'y aura plus de « Tu te rappelles ? ». Cette pensée l'afflige.

Demain sera son premier jour complet sans Lucy. Demain, au réveil, après une demi-seconde de paix – ce bref instant entre le sommeil et la conscience –, la pensée que Lucy n'est plus de ce monde va l'assaillir. Combien de matins lui faudra-t-il pour comprendre cette vérité impossible ? Combien de temps avant que la mort de Lucy soit intégrée ? Que sa disparition devienne une simple composante de sa vie, triste, mais acceptée ?

Elle serre la lettre dans ses mains et baisse les yeux sur l'eau tranquille. *Il faut du courage pour aimer*, a écrit Lucy. *Mais là où il y a de l'amour – et je sais qu'il y en a beaucoup –, il y a de l'espoir. N'abandonne pas. Va parler à maman.*

Sur la jetée, Margot ferme les yeux. Tant de souvenirs sont liés à cet endroit. Derrière ses paupières closes, le filament incandescent d'une ampoule électrique se balance. Le pétillement du cidre revient sur sa langue. Elle entend les rires d'autrefois, se souvient de la main qui appuie sur sa nuque pour la maintenir. Elle ouvre les yeux et se concentre sur l'eau verte. Oui, songe-t-elle avec un soupir, il faut parler à Kit. Elle ne peut qu'accéder à la dernière requête de sa sœur. Il lui faudra du courage, mais elle dira à sa mère ce qui est arrivé cet été-là, et les mois suivants. Rien ne permet de prédire la réaction de Kit, mais au moins Margot lui aura offert la possibilité de comprendre, et à tout le moins d'entendre. Il est possible, juste possible, que Lucy ait raison. La vérité sera peut-être le pont qui leur permettra de revenir l'une vers l'autre.

Elle regarde autour d'elle, la rivière et les ruines calcinées de la remise où écrivait sa mère, cachées dans l'ombre sous la végétation. Ce lieu la poursuit depuis si longtemps. Ici, elle a vécu son humiliation suprême et enterré ses plus terribles secrets. L'image de la rivière surgit dans ses cauchemars et la retient enfermée dans un passé dont elle n'est pas encore parvenue à s'affranchir. Et pourtant, il y a là aussi la vieille barque dans laquelle Eve s'installait pour lire. Il y a les rochers qu'elles escaladaient pour sauter dans l'eau. C'est là que Lucy aimait faire la planche en regardant le ciel. Tant d'autres souvenirs précieux nichent ici.

Une expression de la lettre de Lucy l'a marquée en particulier : *où il y a de l'amour…*

Elle associe depuis trop longtemps cette rivière à son calvaire. Et pourtant, ces berges lui rappellent aussi de nombreuses joies. Peut-être ce calme paysage est-il tout cela à la fois… Ou bien rien. Rien du tout. Rien qu'un bout de campagne. Ce qui lui a fait si peur, Margot le voit bien, ce n'est pas de revenir à Windfalls, ni de revoir la rivière, ni d'affronter les ruines de la remise de sa mère, mais c'est cette blessure, cette plaie béante qu'elle porte depuis si longtemps en elle. C'est à cela que Lucy lui demande de faire face.

La joie et la souffrance, la vie et la mort n'existeraient pas les unes sans les autres et se donnent de l'intensité. Ainsi, au bout de la jetée, plongée dans ses pensées, songeant à la vie de Lucy – à la mort –, Margot sent son cœur battre avec un peu plus de force, ses poumons s'emplir avec un peu plus d'énergie. *Il faut du courage pour aimer.*

Frissonnant dans la fraîcheur de cette matinée de mars, elle se lève et se dirige vers la barrière du verger. La main posée sur le loquet, elle hésite. Elle se tourne vers la remise calcinée cachée dans l'ombre. À cet instant, les nuages laissent passer un rayon de soleil qui éclaire un instant les ruines. Le regard de Margot est attiré par un objet opalescent qui brille dans l'herbe près des décombres. Elle s'approche et se baisse pour le ramasser. C'est une pierre ovoïde qu'elle reconnaît avant même d'essuyer la couche de terre qui la recouvre. Elle se rappelle si bien le presse-papiers de quartz rose que sa mère aimait tant. Elle le soupèse et se souvient que la nuit de l'incendie, elle l'a jeté à travers la fenêtre de la remise dans un fracas de vitre brisée. Il est resté là depuis ce jour, invisible. Elle tourne la roche dans ses mains, laissant la lumière la traverser comme un morceau de glace. Elle serre l'œuf rose. Elle a trouvé quelque chose d'important – au moins quelque chose qu'elle peut rendre.

Les arbres du verger se dressent le long de sa route comme de vieux amis. Elle entre par la porte de devant. Jonas l'attend en haut dans sa chambre. Elle a envie de monter l'escalier pour le rejoindre. Elle ressent le besoin de se blottir contre lui, de lui prendre la main et de la poser sur elle, là où bat son cœur. Il l'enlacera, et ses doigts caresseront machinalement son tatouage de ce geste à présent familier qui lui fait suivre l'enroulement des lianes et se poser sur le petit cœur noir au creux de son coude. Il murmurera des mots tendres, les lèvres appuyées contre les cheveux de Margot qui fermera les yeux.

Elle hésite en bas de l'escalier, un pied sur la première marche, le presse-papiers, tiède à présent, dans la main. Lentement, elle se tourne vers la porte ouverte de la cuisine où Kit est seule, assise devant la fenêtre. Margot hésite. Elle entend un soupir.

— Maman, dit-elle en approchant de la porte, ses doigts se crispant autour de l'œuf rose. Maman, je peux te parler ?

Kit lève les yeux. Elle tapote la chaise vide à côté d'elle.

— Oui, viens, dit-elle.

Alors Margot rassemble son courage et avance.

Remerciements

Merci à mon agent, Sarah Lutyens, et à toute l'équipe de Lutyens and Rubinstein pour leur indéfectible soutien. Merci à l'équipe éditoriale chez Orion au Royaume-Uni, Hachette Australie et HarperCollins aux États-Unis, avec un coup de chapeau spécial à Clare Hey, Vanessa Radnidge et Emily Griffin pour la clarté de leur travail éditorial et leur appui attentif.

Un énorme merci à tous les libraires et bibliothécaires qui conduisent les livres vers les lecteurs et qui aiment l'écrit et font partager cet amour.

Enfin, et avant tout, merci à ma famille et à mes amis, pour leur amour et leur soutien, en particulier à mes parents, John et Gill, ma sœur (et première lectrice) Jess, mon frère Will, et, bien sûr, mes plus belles œuvres, Jude et Gracie, qui m'acceptent et me font sourire envers et contre tout.

Ce livre est dédié à mon frère Will, l'homme le plus généreux qui existe sur terre.